Nazigold

Paul Kohl, geboren 1937 in Köln, ist während des Krieges und in der Nachkriegszeit in Oberbayern aufgewachsen. Heute ist er Hörfunk- und Buchautor und schreibt vorwiegend über sozialkritische und zeitgeschichtliche Themen. Sein Schwerpunkt: der Überfall auf die Sowjetunion und die Aufarbeitung der NS-Zeit und der NS-Verbrechen. Paul Kohl lebt und arbeitet seit 1970 in Berlin.

PAUL KOHL

Nazigold

KRIMINALROMAN

emons:

Bibliografische Information der Deutschen Nationalbibliothek
Die Deutsche Nationalbibliothek verzeichnet diese Publikation
in der Deutschen Nationalbibliografie; detaillierte bibliografische
Daten sind im Internet über http://dnb.d-nb.de abrufbar.

© Hermann-Josef Emons Verlag
Alle Rechte vorbehalten
Umschlagmotiv: fotolia.com / Uwe Lütjohann
Umschlaggestaltung: Tobias Doetsch, Berlin
Druck und Bindung: CPI – Clausen & Bosse, Leck
Printed in Germany 2012
ISBN 978-3-95451-033-7
Originalausgabe

Unser Newsletter informiert Sie
regelmäßig über Neues von emons:
Kostenlos bestellen unter
www.emons-verlag.de

1

»Jetz bin i gmoant«, hat d'Sau gsagt, wia Schlachttag war.

Wie jeden Morgen seit einem Dreivierteljahr putzt Fanny Jais auch heute, an diesem noch frühen Morgen des 29. Mai 1946, die obere Etage des »Crazy Horse«. Mit den fünf Gästezimmern ist sie gerade fertig. Sie hat die verschrumpelten Kondome neben den Betten eingesammelt und in die Mülleimer geschmissen, die Betttücher mit den großen gelben Flecken und manchmal auch kleinen Blutflecken auf den Gang geworfen. Sie hat die Doppelbetten neu überzogen, den Boden gewischt, die leeren Flaschen aus den Zimmern geräumt, die kleinen Kühlschränke mit neuem Bier, Cognac, Whisky und Sekt aufgefüllt. Und sie hat die schief hängenden Kruzifixe und Heiligenbilder über den Doppelbetten gerade gerückt und die geklauten Bibeln durch neue ersetzt und auf die Nachtkästchen gelegt.

Nun muss sie sich daranmachen, das Büro ihres Chefs zu putzen. Danach ist unten das große Lokal dran.

Die abgearbeitete, siebenundfünfzigjährige Fanny Jais, die zehn Jahre älter aussieht, biegt ihr Kreuz gerade, stöhnt leicht und wischt sich mit dem Handrücken den Schweiß von der Stirn. In den Achselhöhlen haben sich in ihrem Kittel große nasse Flecken gebildet. Sie hebt den klebenden Stoff etwas an, bläst unter ihre Achseln und spürt die Kühle auf ihrer Haut.

Bevor sie jedoch das Büro aufschließt, will sie erst mal eine rauchen. Das macht sie immer so. Mit einem Seufzer lässt sie sich auf dem Schemel nieder, der jeden Morgen auf sie wartet, holt eine Schachtel Chesterfield aus ihrer Kitteltasche, fummelt mit ihren vom Putzwasser aufgeweichten Fingern einen Ami-Stengel heraus, zündet ihn an und pafft. Die Zigaretten bekommt sie von ihrem Chef geschenkt, mal Camel, mal Lucky Strike, jetzt Chesterfield.

Die Asche tippt sie in die leere Corned-Beef-Dose auf ihrem Schoß. Nach ihrer Pause wirft sie auch die Kippe hinein. Kurz zischt die Zigarettenglut in dem Putzwasser, das sie in die Dose gegossen hat. Dann rafft sie sich ächzend auf, fasst nochmals in ihre

Kitteltasche und fingert den Bund mit dem Büroschlüssel und ihre alte Armbanduhr heraus: ein paar Minuten nach sechs. Es wird Zeit, sich sein Büro vorzunehmen. Sie schließt die Tür auf. Ein kalter Luftzug schlägt ihr entgegen. Die Glastür zum Balkon steht weit offen. Wieso hat er sie am Abend beim Verlassen des Büros nicht geschlossen wie sonst auch immer?

Als sie den Raum betritt, erstarrt sie, ihr stockt der Atem: Ihr Chef liegt neben seinem Schreibtisch auf dem Boden, lang hingestreckt, das Gesicht zur Decke gerichtet. Rund um seinen Hinterkopf schimmert dunkelrot, fast schwarz, eine große Blutlache auf dem Linoleum. Und quer auf seiner Brust liegt sein Gewehr. Seine rechte Hand hält er auf dem Abzugshahn, als hätte er sich selbst erschossen.

Ein paar Sekunden lang ist Fanny Jais unfähig, näher zu treten. Nur langsam kommt wieder Bewegung in ihren Körper. Sie schließt die Bürotür hinter sich und tritt zitternd an den Leichnam heran. Seine Augen sind weit geöffnet, als würde er sie erschreckt ansehen. In seiner blutigen Stirn sieht sie ein schwarzes Loch. Die Blutrinnsale auf seinem Gesicht sind verkrustet. Auch das Blut auf dem Boden um seinen Hinterkopf ist bereits angetrocknet. Er muss schon ein paar Stunden so dagelegen haben. Wie betäubt schwankt sie zur Balkontür, tappt dabei durch die Blutlache, und drückt die Tür zu, schaut zurück auf den Leichnam.

Da packt es sie, sie schreit, sie brüllt; wie eine Wahnsinnige rennt sie die Treppe hinab, hinaus auf die Straße, kreischt: »Dea Nafziger is tot! Dea Nafziger is tot!«

Vor dem Haus trifft sie den Zeitungsjungen, der den »Hochland-Boten« austrägt, um sich etwas Taschengeld zu verdienen. Sie schreit: »Dea Nafziger is tot!«

Der dickliche, schnauzbärtige Müllfahrer, der jeden Morgen die Tonnen hinter dem Lokal leert, kommt hinzu. Sie schreit: »Dea Nafziger is tot!«

Fanny Jais will den beiden die Leiche zeigen, hastet mit ihnen hinauf in das Büro und weist fassungslos auf die Glastür zum Balkon: »De hat ea niea offn lassn!« Verwirrt rennt sie durch den Raum, wieder mitten durch die Blutlache hindurch, und verteilt überall blutige Fußabdrücke.

Neugierig wenden der Zeitungsbote und der Müllfahrer die Leiche hin und her, bis sie auf dem Bauch liegt. Der Müllfahrer zeigt auf den Hinterkopf.»Da is a Loch.« Mit den Fingern wischt er das Blut vom Linoleum, dort, wo der Hinterkopf gelegen hat.»Da, da«, sagt er,»da steckt de Kugl im Bodn«, und will sie herauskratzen. Es gelingt ihm nicht, er gibt es auf und will seine mit Blut verklebten Finger an seiner Jacke abwischen. Auch das gelingt ihm nicht. Nun sind Jacke und Hand rot verschmiert.

Der Zeitungsbote sagt:»Se müssn de Polizei anrufn.«

Fanny stürzt zum Schreibtisch und ergreift den Telefonhörer. Kein Tuten beim Abnehmen und Wählen der Nummer. Sie stellt fest: Das Telefonkabel ist durchgeschnitten. Benommen stolpert sie nach unten in das Lokal, will von dort anrufen. Aber bei der Polizei meldet sich niemand.

Fanny hetzt zur Polizei am Obermarkt. Zehn Minuten muss sie rennen. Als sie das Revier erreicht, ist es sechs Uhr dreißig. Der alte Gendarm Ferdinand Buchner schlüpft gerade in seinen Lodenjanker und will nach Hause. Er hat die Nachtschicht hinter sich, ist müde und will schlafen. Eben sind seine jungen Anfängerkollegen Bergmoser und Senger zur Tagesschicht eingetroffen.

Eigentlich hätte Buchner schon längst pensioniert werden müssen, doch nun, nach Kriegsende, hat man für den Aufbau der neuen Polizei keine erfahrenen Leute. Die Polizeibeamten der Nazizeit wurden von den Amerikanern ins Internierungslager gesteckt, und junge Bewerber müssen erst ausgebildet werden. So hatte man ihn bekniet, noch so lange Dienst zu tun, bis die beiden ihm zugewiesenen Neulinge eingearbeitet sind. Derart gezwungen, bringt Buchner nun seine Tag- und Nachtschichten hinter sich und freut sich, wenn Feierabend ist. Besonders aber freut er sich auf den Tag, an dem er endgültig in Pension gehen kann.

Über das, was er als Gendarm in der Nazizeit gemacht hat, schweigt er beharrlich. Es fragt ihn auch keiner danach. Ebenso hartnäckig verschweigt er, warum man ihn schon nach wenigen Tagen aus dem amerikanischen Internierungslager, diesem Mittenwalder Gehege, wieder freigelassen hat. Die Mittenwalder tuscheln viel darüber und glauben auch, den Grund für seine schnelle Freilassung zu wissen.

Zuerst misslaunig, doch dann alarmiert hört sich Buchner an, was die Jais ihm keuchend berichtet: Der Nafziger erschossen! Der

Anton! Der Besitzer und Betreiber des »Crazy Horse«, des Ami-Amüsierclubs, in dem er mit den Besatzern, mit dem CIC und den Schwarzhändlern heimliche Geschäfte machte. Und jetzt erschossen! Von wem? Das wird ein Getuschel geben. Dass es schon wieder einen Toten gibt, wundert ihn nicht. Aber dass es nun den Nafziger erwischt hat, das ist was Besonderes. Seit Kriegsende werden im Ort und in der Umgebung ständig Leute umgebracht, Ausländer und auch Einheimische. Seit der Niederlage, dem Zusammenbruch, der Kapitulation, der Besatzung, der Befreiung gibt es überall Mord und Totschlag. Das hat es früher nicht gegeben, denkt Buchner. Da herrschte Ordnung. Davon ist er überzeugt. Das lässt er sich nicht nehmen. Aber dass es jetzt den Anton weggeputzt hat, das macht Buchner nervös. Das wird Ärger geben.

Noch dazu war der Anton sein Freund.

Es hilft alles nichts: Der Feierabend muss warten. Als erfahrener Polizist kann er diesen neuen Fall nicht den beiden Anwärtern überlassen. Und so kratzt er sich kurz an seiner dunklen Warze am rechten Nasenflügel, schnappt sich seine alte Leica, seine Gummihandschuhe und seine Taschenlampe, bei der er schon lange nicht mehr die Batterie ausgewechselt hat, und eilt mit Fanny zum »Crazy Horse«.

Unterdessen greifen sich der Zeitungsbote und der Müllfahrer den Karabiner, wiegen ihn in den Händen, schätzen respektvoll sein Gewicht und legen den Schießprügel auf den Boden, mitten in die Blutlache. Sie nehmen die Enzianflasche vom Schreibtisch, bedauern, dass sie leer ist, und stellen die nun blutbefleckte Flasche zurück. Sie öffnen die Schubladen, holen Papiere heraus, wenden sie hin und her, stecken einige davon ein, stopfen die restlichen zurück. Auch dicke Bündel von Dollarscheinen finden sie in den Schubladen und lassen sie schnell in ihren Hosen- und Jackentaschen verschwinden.

»Du hoitst dei Mei. Keinen Muckser, hörst?« Kurzes Nicken, Schweigegelöbnis.

Sie öffnen die Balkontür, treten hinaus und schauen hinab auf das Garagendach.

»Fluchtweg«, sagen sie. »Guata Fluchtweg.« Und immer wieder latschen sie in die große rote Lache in der Mitte des Raumes.

Dann gehen sie hinunter auf die Straße, warten auf die Polizei und berichten allen Vorübergehenden: »Obm liagt dea Nafziger un is tot.«

Die Neugierigen drängen die schmale Treppe hinauf, dringen in das Büro ein. Jeder will die Leiche sehen, jeder fuchtelt mit dem Karabiner herum, jeder will sehen, was der Nafziger in seinen Schubladen hat. Jeder nimmt dies und das in die Hand und stellt es irgendwohin zurück oder auch nicht. Was ihnen gefällt, stecken sie ein. So auch die restlichen dicken Dollarbündel, die der Zeitungsbote und der Müllfahrer übersehen haben.

Als Buchner mit Fanny eintrifft, ist der Raum voller Menschen. »Herrgottsakrafix!«, brüllt er sie an. »Seids ihr denn ganz narrisch?« Buchner tobt, schäumt vor Wut. »Wie soll man da noch Spuren finden, ihr Idioten!«

Alle bleiben erschrocken stehen.

»Raus! Raus!«, brüllt er. »Aber fix!«

»Mia wolltn doch nua moi schaun«, sagen einige und stellen irgendwelche Gegenstände irgendwohin zurück.

»Ihr Sauhamme, ihr blöden!« Buchners Stimme überschlägt sich vor Zorn.

Nur langsam verlassen die Leichengaffer und Schubladenwühler einer nach dem anderen den Raum.

»Raus mit euch, alle miteinander! Oder soll ich nachhelfen?« Am liebsten hätte er ihnen einen Tritt in den Arsch versetzt und sie die Treppe hinabgestoßen.

Erst als er mit Fanny allein ist, sieht er den kompletten Schlamassel: Die Leiche liegt auf dem Bauch, der Karabiner auf dem Schreibtisch, der Boden ist voller blutiger Abdrücke.

»Warum haben S' die Leute reingelassen?«, fährt er Fanny wütend an. »Warum haben S' das Büro nicht abgesperrt?«

»Vor lauta Aufgregtsei«, erwidert sie verstört.

»Lag die Leiche so da, als Sie sie gefunden haben?«

»Na, de lag aufm Rückn.«

»Und wer hat sie umgedreht?«

»Wahrscheins di Leit, wia i zu Eana ganga bin.«

Buchner kann es nicht fassen. Er muss sich gewaltig zusammennehmen, um nicht völlig auszurasten. »Und wie soll man jetzt rausfinden, wie der Nafziger umgebracht worden ist?«

»In dea Stian is a Loch«, sagt Fanny schüchtern.

»Woher wissen S' das?«

»Des hab i gsehng, wia i eam zerst gsehng hab. Wenn Se'n umdrahn ...«

»Ich rühr den Toten nicht an.«

Er betrachtet den blutigen Hinterkopf, sieht die klaffende Wunde, den Austrittspunkt des Projektils, und kratzt sich an seiner dunklen Warze.

»Und wo lag der Karabiner? Doch nicht da auf dem Tisch.«

»Na, dea hat auf seim Bauch gleng, und ea hat sei Hand draufghaltn.«

»Das müssen S' alles bezeugen, wenn S' vernommen werden.«

Fanny ist dem Weinen nah. »Ea wa a so a guater Chef. Mia ham uns imma so guat vastandn. Ea hat so vüi für mi gtan. Wiad jetz des Hors gschlossn? Dann hab i koa Arbat meha. Was soll i denn jetz machn?«

Buchner will das Krankenhaus anrufen, einen Arzt kommen lassen, der Nafzigers Tod bestätigt und den Totenschein ausstellt. Da macht ihn Fanny darauf aufmerksam, dass das Kabel abgeschnitten ist. Mit seiner Leica knipst Buchner ein paar Aufnahmen von der Leiche, von dem Raum und dem Karabiner auf dem Tisch, obwohl er weiß, dass diese Fotos für die Ermittlung völlig wertlos sind.

»Soll i des Gwehr wieda zrucklegn auf den Nafziger?«, fragt sie.

»Kruzifix, das bleibt, wo's ist! Wie viele Leut haben das Ding schon angefasst?«

»Wahrscheins vüi. I aba net!«

Buchner schüttelt verzweifelt den Kopf und geht zur Balkontür.

»De wa offn, wia i reikomma bin«, sagt Fanny.

»Und wer hat sie geschlossen?«

»I. Weils so koid war.«

»Dann sind Ihre Fingerabdrücke auf der Klinke.«

»Un von den andern a«, wehrt sie ab.

»Welchen andern?«

»De a de Tüa auf- und zuagmacht ham.«

Buchner sagt überhaupt nichts mehr. Um zusätzlich zu den vielen anderen Fingerabdrücken nicht auch noch seine eigenen zu hinterlassen, zieht er seine Gummihandschuhe an. Er weiß, dass auch das völlig sinnlos ist, aber er ist es eben so gewohnt. Vom Balkon schaut er hinunter auf das Garagendach und sieht auf der Teerpappe die Sohlenabdrücke von vier Paar Schuhen.

Sie verlassen den Raum, Fanny schließt ab, und Buchner versiegelt die Tür.

»Lassen Sie keinen Menschen mehr da rein. Verstanden?«

Fanny nickt schuldbewusst. Als Buchner weg ist, schenkt sie sich unten im Lokal drei Gläser randvoll mit Cognac ein, kippt jedes Glas ex, schluckt und weint.

Auf dem Revier bestellt Buchner beim Krankenhaus einen Arzt, der den Totenschein ausstellen soll. Sebastian Senger soll sich darum kümmern, dass der Arzt Zutritt zum Büro bekommt. Buchner drückt ihm ein neues Siegel in die Hand und ermahnt ihn: »Wenn du wieder gehst, denk daran, die Tür wieder gut zu versiegeln, Wastl. Und bring die Kopie vom Totenschein mit. Die brauchen wir für die Münchner.«

Dann meldet er den Mord an das staatliche Landeserkennungsamt in München. Die aber haben in der Stadt so viel zu tun und so wenig Personal, dass sie erst am nächsten Tag kommen können. Es ist warm Ende Mai, sicher fängt da der Nafziger schon an zu stinken. Buchner ist das egal. Es wird nach diesem Mord beim CIC sowieso viel Gestank geben. Jetzt will er nach seiner Nachtschicht und nach dieser Geschichte endlich nach Hause und schlafen.

»Wenn morgen der Erkennungsdienst kommt«, sagt er zu Bergmoser, »um sechse bin ich wieder da.«

Auf Anordnung der Amerikaner geht der Amüsierbetrieb im »Crazy Horse« weiter, während im ersten Stock die Leiche vom Nafziger liegt. Nur die Bordellzimmer nebenan bleiben vorerst geschlossen. Die rumänische Bardame Lucretia, die die Ermordung ihres Chefs geschäftsmäßig zur Kenntnis nimmt, wird von Bergmoser angewiesen, keine Gäste mit ihren »Froileins« nach oben zu lassen. Die deutschen und amerikanischen Geschäftsfreunde wollen aber dennoch nach oben. Lucretia muss sie abweisen: »Heute geschlossen.«

»Warum?«

»No comment.«

»Ich zahl das Doppelte.«

»Nicht heute.«

»Und morgen?«

»Weiß nicht.«

»Übermorgen?«

»Weiß nicht.«

Lucretia beschwert sich bei Bergmoser und Senger:»Wie lange noch dauert? Ich kein Geld.«

»Wir geben Ihnen Bescheid.«

»Bullshit.«

***

Am darauffolgenden Morgen, am Donnerstag, den 30. Mai 1946, Christi Himmelfahrt, erscheint im»Hochland-Boten« unter der Rubrik»Familien-Anzeigen« folgende Todesanzeige:

Anton Nafziger

Oberst u. ehem. Kdr. der Gebirgsjäger-Kaserne Mittenwald
Eigentümer u. Betreiber des Lokals»Crazy Horse«
geb. 13.9.1910
durch einen tragischen Unfall gest. am 29.5.1946
In tiefer Trauer, das Personal.
Gottesdienst und Beerdigung werden noch bekannt gegeben.

Am Vormittag desselben Tages treffen die Männer vom Münchner Erkennungsdienst zusammen mit einem Leichenwagen in Mittenwald ein. In Nafzigers Büro packen sie ihre Koffer aus und machen sich an die Arbeit. Sie fluchen über das Chaos. Eine beweiskräftige Spurensicherung ist unmöglich. Dennoch: Sie fotografieren, nehmen mit ihren Klebestreifen von Gegenständen Fingerabdrücke und vom Anzug des Ermordeten Anhaftungen, die zur Beweisführung dienen könnten, füllen Blutproben in ihre Fläschchen, kratzen das Projektil aus dem Boden, finden die Messinghülse unter dem Aktenschrank, packen Projektil, Hülse und die Enzianflasche in Zellophanbeutel. Was ihnen in den Schubladen wichtig scheint, füllen sie in Säcke und wickeln den Wehrmachtskarabiner in eine Plastikfolie. Mit Kreide zeichnen sie auf dem Boden die

Umrisse des liegenden Körpers nach und laden ihn in den Leichenwagen. Sie durchsuchen die fünf Zimmer neben dem Büro, öffnen die Schränke und die Schubladen in den Nachtkästchen, schauen unter die Betten und schlagen die Bezüge um, wobei Fanny Jais heftig protestiert, denn sie muss nun alle Betten neu machen.

Die ED-Männer klettern an der Ecke Innsbrucker Straße/Dekan-Karl-Platz über eine Leiter auf das Garagendach und fotografieren die vier Paar Schuhabdrücke in der weichen Teerpappe. Auch da, wo die Täter hinter der Garage vom Dach gesprungen sind, finden sie im Erdreich diese vier Paar Sohlenabdrücke. Im Gebüsch daneben entdecken sie ein blau-weißes Schnupftuch mit dunklen Flecken und zwei Hundert-Dollar-Scheine. Die Fußspuren führen zu einem hohen Holzzaun an der Innsbrucker Straße. Im Zaun entdecken sie zwei herausgebrochene Bretter. Das also war ihr Fluchtweg. Auf der Innsbrucker Straße verliert sich die Spur.

Am Schluss machen sie noch Aufnahmen von Nafzigers himmelblauem Buick Super, der vor dem »Crazy Horse« steht, und untersuchen das Innere des Wagens.

»Viel wird dabei nicht herauskommen«, sagen sie und bedauern den Kommissar, der hier ermitteln soll. Dann fahren sie zurück nach München, gefolgt vom Leichenwagen, der Nafziger zur Medizinischen Fakultät der Münchner Universität zur Obduktion bringt.

***

»Wie es aussieht: Mord«, sagt der Münchner Kripoleiter einen Tag später und drückt dem neu angestellten Kommissar Martin Gropper den Obduktionsbericht und das Protokoll des Erkennungsdienstes in die Hand. »Das Opfer ist ein gewisser Anton Nafziger.«

Gropper glaubt, nicht richtig gehört zu haben.

Der Kripoleiter hält ihm Nafzigers Ausweis hin, den die Erkennungsdienstler mitgebracht haben. »Sechsunddreißig Jahre. Geschäftsmann.«

Gropper betrachtet das Passfoto. Es trifft ihn wie ein Keulenschlag: Sein ehemaliger Schulkamerad Anton ist tot, ermordet.

Während ihrer Schulzeit waren sie Freunde, doch danach hatte er als Jugendlicher kaum noch Kontakt mit Nafziger. Und erst recht nicht als Erwachsener, da Nafziger sich ab 1933 für die Nationalsozialisten begeisterte. Von da an war ihm sein Schulfreund Anton endgültig fremd geworden. 1937 war er freiwillig zu den Gebirgsjägern gegangen und in die Mittenwalder Kaserne eingezogen. Zufällig gesehen hatten sie sich zuletzt vor acht Jahren, kurz bevor Nafziger 1938 mit seinen »Jagern« in Österreich einmarschierte. Nun also wurde dieser überzeugte Nazi ermordet. Von wem? Warum?

Gropper soll nach Mittenwald fahren und die Ermittlungen aufnehmen. Morgen, am Samstag. Das passt ihm überhaupt nicht. Dazu hat er überhaupt keine Lust. Vor vielen Jahren schon hat er sich geschworen, Mittenwald nie wieder sehen zu wollen. Er lehnt den Auftrag ab mit dem Argument, Nafziger persönlich gekannt zu haben und dadurch nicht neutral ermitteln zu können. Für den Kripoleiter ist aber gerade das der entscheidende Grund, ihm den Fall zu übertragen.

Gropper versucht alle möglichen Ausreden: »Ich bin zu neu. Ich habe noch keine Erfahrung. Ich weiß gar nicht, wie man ermittelt.«

Doch wie er sich auch windet, der Kripoleiter redet auf ihn ein: »Das schaffst du schon. Außerdem haben wir keinen anderen, den wir hinschicken können. Alle anderen müssen in der Stadt bleiben. Also los. Du kennst die Leute dort. Warst drei Jahre lang Gendarm in dem Flecken. Vielleicht erzählen sie dir mehr als einem Fremden.«

»Oder gerade deshalb überhaupt nichts.«

»Red nicht. Morgen in der Früh fährst du nach Mittenwald. Du bist genau der Richtige für diesen Fall«, sagt der Kripoleiter knapp und geht hinaus.

Er will nicht, er will nicht wieder in dieses Kaff. Das hat er sich geschworen, und dabei bleibt es. Er kann Nafzigers Ermordung nicht aufklären. Er kann nicht all die Menschen, die er von Kindheit an kennt, verdächtigen, sie vernehmen, bei ihnen nach Beweisen schnüffeln. Außerdem hat er noch Feinde in Mittenwald aus seiner Zeit als Gendarm. Dass er damals seinen Pflichten nachgehen musste, werden sie ihm heute heimzahlen. Eine Pleite wird es werden und nicht sehr förderlich für seine künftige Laufbahn als Kommissar. Gequält fährt er sich mit den Fingern durch sein blondes gelocktes Haar.

Polizist wollte Martin Gropper nie werden und schon gar nicht Kriminalkommissar. Von Jugend an wollte er Förster werden. Doch das hatte ihm nach dem Tod seines Vaters seine Mutter verboten. Und nur, weil seine Frau Luise ihn dazu drängte, einen anständigen Beruf auszuüben, hatte er sich bei der Polizei gemeldet und war 1936 Gendarm in Mittenwald geworden, wo fast jeder jeden kannte. Geliebt hat er diesen Beruf nie. Allein schon deshalb nicht, weil er meistens Diebstähle, auch Viehdiebstähle, Einbrüche, Wilderei, Viehkaufbetrügereien, Milchpantschereien und oft auch Schwarzbrennen aufdecken musste, Delikte, die entfernte oder nähere Bekannte oder gar Freunde begangen hatten. Da befand er sich oft in der Zwickmühle. Die Täter baten ihn, die Sache nicht so ernst zu nehmen und ruhen zu lassen, was er auch hin und wieder tat, mit nagendem schlechtem Gewissen. Nur wenn die Angelegenheit zu schwerwiegend war, musste er resolut entscheiden, mit der Folge Strafzahlung oder gar Gefängnis für die Betroffenen. Das haben sie ihm nie verziehen. So hat er sich Feinde gemacht, was er gar nicht wollte. Er konnte es keinem recht machen.

1939 hätte er in die Gestapo eintreten müssen. Das kam für ihn nun überhaupt nicht in Frage, und so floh er mit seiner schweizerischen Frau Luise in das nahe St. Gallen, wo ihre Eltern wohnten. Als gelernte Krankenschwester arbeitete sie dort in einem Hospital und er im selben Krankenhaus als Rot-Kreuz-Fahrer, weil er als Ausländer keinen anderen Beruf ausüben durfte. Kurz nach dem Krieg kehrten sie nach Deutschland zurück, nach München. Wieder auf Drängen seiner Frau bewarb er sich abermals bei der Polizei, obwohl er immer noch an seinem Traumberuf Förster hing. Als im Frühjahr 1946 die amerikanische Militärregierung in Bayern die Erlaubnis erteilte, eine neue deutsche Polizei aufzustellen, benötigte man dringend auch Kriminalpolizisten. Ab da ging alles wie von selbst. Nach einer Schnellausbildung war Gropper kurze Zeit Anwärter und plötzlich Kommissar. Dieser neue Beruf wurde ihm quasi in den Schoß gelegt.

Und jetzt soll er für seinen ersten Mordfall ausgerechnet nach Mittenwald. Man wird es ihm dort übel nehmen, dass er 1939 abgehauen ist. Er ahnt, was er in Mittenwald zu hören bekommen wird: Fahnenflüchtiger! Deserteur! Vaterlandsverräter! Widerwillig überfliegt Gropper die beiden Berichte. Zuerst den Obduktionsbefund.

Zeitpunkt des Todes: Mittwoch, 29.5.1946, kurz nach Mitternacht. Tod durch einmaligen Schuss, Spitzgeschoss Kaliber 7,92, mittels des Wehrmachtskarabiners 98k aus circa dreißig Zentimetern Abstand in die Stirn. Starke Quetschung des Kehlkopfes. Am Hals tiefe Eindrücke durch eine Nagelsohle. Dennoch kein Tod durch Ersticken. Das mit dem Rücken auf dem Boden liegende Opfer sollte durch den Druck auf den Hals möglicherweise daran gehindert werden, den Kopf zu bewegen, um den Schuss gezielt auf die Stirn abgeben zu können. Der Vorgang legt eine Hinrichtung nahe.

Wieso Hinrichtung?, fragt sich Gropper. Dann nimmt er sich das Protokoll des Erkennungsdienstes vor.

Tatwaffe: Infanterie-Karabiner 98k mit Spitzgeschoss Kaliber 7,92. An Kolben, Lauf und Abzugshahn Reste von Enzianschnaps und Schnupftabakkrümel. Schuhabdrücke von vier Personen auf dem Teerpappedach der Garage: 2 Paar Nagelsohlen, 1 Paar flache Sohlen und 1 Paar mit spitzen Absätzen. Im Erdreich hinter der Garage die gleichen Sohlenabdrücke, die zu einer hohen hölzernen Umzäunung an der Innsbrucker Straße führen. Aus dem Zaun sind zwei Bretter herausgebrochen.

Nur Wehrmachtssoldaten tragen Nagelstiefel, überlegt Gropper. Demnach könnten zwei der Täter ehemalige Wehrmachtsangehörige, eventuell Gebirgsjäger gewesen sein. Das Schuhpaar mit den spitzen Absätzen könnte außerdem eine Frau als Täterin einschließen. Die flachen Sohlen lassen sich nicht zuordnen. Vielleicht stammen sie von einem Amerikaner.

In einem Gebüsch neben der Garage zwei Hundert-Dollar-Scheine und ein blau-weiß kariertes, mit Enzianschnaps getränktes Schnupftuch mit Schnupftabakflecken und anhaftenden Tabakkrümeln. Vor dem Lokal der blaue Buick Super des Opfers, Limousine, 4-türig, geparkt. Aufnahmen liegen bei.

16

Durch die Hinterlassungen zahlreicher Personen sind die am Tatort gesicherten Spuren größtenteils zerstört oder unbrauchbar. In den beschlagnahmten Geschäfts- und Privatordnern keine Hinweise auf Tatverdächtige. Ebenfalls keine Spuren in den neben dem Büro liegenden sauber geputzten fünf Fremdenzimmern.

Resigniert legt Gropper das Protokoll beiseite. Er kommt sich vor wie der Ochs vorm Berg. Nie wird er da etwas herausbekommen. Zumal er auch Amerikaner verdächtigen und vernehmen muss. Das aber wird das örtliche CIC nie erlauben und ihn schroff abweisen.

Gropper wird wieder einmal klar: Er hat den falschen Beruf. Das wusste er von Anfang an.

Der Kripoleiter kommt in sein Zimmer und legt ihm einen großen Umschlag der Spurensicherung auf den Tisch.

»Schau dir die Fotos an. Dann hast du einen Überblick, was dir bevorsteht.«

Gropper will den Umschlag gar nicht anfassen. Dann zieht er doch ein Foto hervor: ein himmelblauer Buick Super, wie sie in Hollywood-Filmen vorkommen, eine breite, schwere Limousine, die Reichtum symbolisiert. Weißwandreifen, hufeisenförmiger Kühlergrill mit senkrechten Chromstäben, breite Chromstangen. Der Kühlergrill mit den Chromstäben sieht aus wie ein Haifischmaul. Fehlen nur noch die Palmen und der Meeresstrand.

»Die Luxuskarosse des Opfers«, sagt der Kripoleiter. »Interessant, dass er einen solchen Schlitten besessen hat. Also Courage, Gropper. Morgen geht es los.«

Gropper sträubt sich immer noch. Doch es hilft alles nichts. Der Kripoleiter lässt nicht locker, er ermuntert ihn: »Vielleicht kommt dir in deiner Heimat so manche Idee, die dir hilft bei deinen Ermittlungen. Wer weiß. Das hab ich auch schon erlebt. Ist doch schön, zu alten Orten zurückzukehren. Da gab's doch auch Erfreuliches.«

Da fällt Gropper seine Jugendliebe Wilma ein. Er sieht wieder ihr langes braunes Haar vor sich, ihren roten Mund und ihre schön geschwungenen Lippen. Wilma Gschwandtner, die Metzgerstochter, die Fleisch und Würste hasste. Wenn Schlachttag war, lief sie den ganzen Tag im Wald herum und kam erst wieder nach Hause, wenn die ausgeweideten Tiere im Kühlhaus hingen. Sie wollten damals heiraten und in einem Forsthaus leben, fernab vom Schlachthaus ihres Vaters. Warum haben sie es nicht getan?

Sieben Jahre hat er Wilma nicht mehr gesehen. Was ist aus ihr geworden? Lebt sie noch in Mittenwald? Hat sie doch die Metzgerei ihres Vaters übernommen?

Obwohl er nun schon vierzehn Jahre verheiratet ist, hat Gropper Wilma nie vergessen. Er liebt sie noch immer. Davon ist er überzeugt.

Plötzlich drängt es ihn nach Mittenwald – zu Wilma. Sie ist ihm nun wichtiger als dieser Fall Nafziger. Also auf nach Mittenwald.

2

Sieben Jahre war er weg. Jetzt ist er wieder da. Der Bahnhof sieht noch genauso aus wie damals, als er von hier mit Luise nach St. Gallen abhaute. Auf den Bahnsteigen tragen immer noch die kunstvoll verzierten Säulen aus Gusseisen die geschwungenen, schmalen Dächer. Gropper steigt die Treppen hinab, durchquert den leicht nach Urin stinkenden Tunnel unter dem Gleis und geht auf der anderen Seite die Treppen wieder hoch. Früher liefen viele einfach quer über das Gleis, was natürlich verboten war. Große Schilder verbieten das auch heute noch. Beim Vorübergehen am eisernen Geländer streift er wie früher mit den Fingern an den klingenden Gitterstäben entlang und gibt dem Fahrkartenkontrolleur in seiner alten Reichsbahnuniform das braune gelochte Pappebillett. Dieser schaut streng auf das Datum und wirft es in die Blechtonne mit der Aufschrift »United Oil« neben ihm. Über dem Kontrolleur verkündet an der Bahnhofswand das alte Stationsschild: »Mittenwald«. So wie früher.

Die Schalterhalle ist voller lärmender Menschen. Hier herrschte immer schon dichtes Gedränge. Doch früher waren es Touristen aus dem ganzen Reich mit ihren teuren Lederkoffern und Hutschachteln oder Skigarnituren, bedrängt von feilschenden Gepäckträgern. Touristen, die hier ihren Sommerurlaub verbringen oder im Schneeparadies ihre Künste auf der Piste zeigen wollten. Nun sind es müde, ausgehungerte, zerlumpte menschliche Wracks, die aussehen, als hätte sie ein Mülltransporter von der Ladefläche gekippt. Ihr Gepäck besteht aus zugeschnürten Kartons, löchrigen Jutesäcken und Bündeln, zusammengewickelt aus schmutzigen Betttüchern. Auf dem mit Dreck übersäten Kachelboden liegen die Menschen in der Mitte der Halle und in den Ecken, zugedeckt mit stinkenden Pferdedecken oder nur mit Zeitungen, gedruckt in Sprachen, die kaum einer versteht.

An der großen Sperrholzwand neben der Gepäckaufbewahrung haften Hunderte von Zetteln. Reißnägel und Leukoplastkleber halten die Papierfetzen, auf denen mit Bleistift oder Tintenstift krakelig geschrieben steht: »Suche Kochherd. Biete Trauring. Hertl, Mittenwald. Im Gries 8.« – »Petrowitsch Hoog, wo bist du? Wir sind in der Turnhalle Dammkarstraße!« – »Fräulein, Anfang 30, gute Erscheinung, sucht Lebenspartner in der Lebensmittelbranche. Briefe unter A 3 postlagernd, Mittenwald.« – »Wer kann Auskunft geben über Obgfr. Joh. Löffler? Feldpost-Nr. 24 826 E. Vermisst seit 20. Nov. 1944 südl. Belgrad. Um Nachricht bittet Margit Löffler, Mittenwald, Matthias-Klotz-Str. 23.« – »Biete Herren-Lederhosen, getr., Bundweite 95 cm. Suche Kinderbett und elektr. Bügeleisen 220 Volt. Elfriede Vogt, Mittenwald, Innsbrucker Str. 56.«

Gropper tritt heraus auf den Bahnhofplatz. Da steht mit einem Schlag die Erinnerung vor ihm an das, was ihm seine Schwester Theres erzählt hat. Nach seiner Rückkehr aus der Schweiz hat sie ihn und Luise in Gauting besucht und ihnen berichtet, was hier direkt nach Kriegsende los war. Theres ist damals in Mittenwald geblieben und hat das Chaos miterlebt. Sie haben auch oft darüber telefoniert. Noch deutlich hat er ihre Stimme und ihre Schilderungen im Ohr.

Tagelang strömten Kolonnen flüchtender Wehrmachtssoldaten und SS-Einheiten durch den Ort. Ihre Waffen hatten sie in Seen oder in die Isar geworfen. An ihren Leibern hingen verdreckte und zerfetzte Uniformen. Viele humpelten ohne Stiefel, die Füße nur mit Tüchern umwickelt. Häufig fehlte ihnen ein Bein oder ein Arm; die Augen waren leer, leer auch schon seit Langem ihre Dosen für die Marschverpflegung. Überholt wurden sie von Wehrmachts-Lkws, bis unter die Plane vollgeladen mit Nahrungsmitteln, in letzter Minute geraubt aus Depots. Für alle galt nur das eine: die Flucht in die Alpen.

Nach ihnen kamen Massen von Flüchtlingen aus Schlesien und dem Sudetenland. Ihre Pferdefuhrwerke waren vollgeladen mit Koffern, Kisten, Säcken und Haushaltsgeschirr, mit alten, kranken Menschen und mit kleinen Kindern. Die Handkarren und Kinderwagen waren so schwer beladen, dass jeden Augenblick die Achsen brechen konnten. Sie belagerten den Ort, wurden behelfsmäßig in Hotels, Villen, Schulen und Gewerbehallen einquartiert.

Gleichzeitig wurden Tausende von KZ-Häftlingen in ihren dünnen, blau-weiß gestreiften Drillichanzügen von SS-Wachen durch Mittenwald getrieben. Ausgemergelt, halb verhungert, halb erfroren und in ihren Holzschuhen konnten sie sich auf ihrem Todesmarsch aus dem KZ Dachau Richtung Österreich kaum noch auf den Beinen halten. Einen Tag lang stand im Bahnhof ein Zug mit fast zweitausend KZ-Häftlingen aus Dachau, schwer bewacht von der SS mit Hunden. In der Nacht sind die Bewacher dann plötzlich verschwunden, und die Häftlinge taumelten aus den Güterwaggons, verkrochen sich in Schuppen und Heustadeln und vegetierten in den umliegenden Wäldern dahin.

Aus den Lagern befreite Zwangsarbeiter und Kriegsgefangene aus Osteuropa irrten umher und rächten sich an der deutschen Bevölkerung, indem sie in Villen einbrachen und plünderten.

Flüchtlinge und Mittenwalder stürmten die Kaufhäuser, raubten alles, was sie kriegen konnten. Wer seine Wohnung auch nur für kurze Zeit verließ, musste damit rechnen, dass sie in der Zwischenzeit ausgeräumt wurde. Auch verwahrloste Jugend- und sogar Kinderbanden aus den aufgelösten Erziehungsanstalten und Waisenhäusern rotteten sich zusammen, überfielen Menschen auf den Straßen und plünderten Lebensmittelläden.

In dem hübschen, von Bomben verschonten Bilderbuchstädtchen Mittenwald wurde ein geordnetes Leben unmöglich. Es gab keinen Strom, kein Gas und kein Wasser mehr. Jeder war sich selbst der Nächste, jeder kämpfte ums Überleben. Kriminalität griff um sich. Raub, Mord und Totschlag wurden zur Normalität. Dazu war der Ort voller Kinder und Schüler, die durch die Kinderlandverschickung aus dem zerbombten München hierher in Sicherheit gebracht worden waren.

Schließlich rückten die amerikanischen Kampftruppen ein mit ihren Panzern, Kettenfahrzeugen, Lastwagen und Jeeps mit aufgebauten Maschinengewehren. Unter ihnen viele schwarze GIs – für die Mittenwalder unfassbar.»Wieso auf oamoi de Näga? So vüi Näga! War denn Afrika a im Kriag gegn uns?«

Ihnen folgten die Besatzungstruppen. Sie schufen sich Platz, indem sie die Hotels, die Villen und Chalets räumten, in denen man die Flüchtlinge, die ehemaligen Zwangsarbeiter und die aus den KZs befreiten Juden untergebracht hatte. Sie mussten woandershin verfrachtet werden.

Die Militärregierung verkündete Deklarationen, verfügte strenge Anordnungen: Ablieferung aller Waffen, Ausgangssperre, Registrierung aller Einwohner, das Verbot, mit dem Auto, sogar mit dem Fahrrad zu fahren. Auf der Straße durften sich nicht mehr als vier Personen versammeln.

Die Amerikaner, immer noch im Feindesland, griffen hart durch. Die Militärpolizei erschoss auch Zivilisten, wenn sie es für nötig hielt. Menschen etwa, die sie für flüchtende SS-Männer hielt. Es waren aber Juden aus dem KZ Dachau. Sie hatten ihre gestreifte Häftlingskluft gegen gewendete Uniformen getauscht, die sie in den Wäldern gefunden hatten.

Nach und nach beruhigte sich die Lage, die strengen Verordnungen wurden gelockert, und nun, ein Jahr nach Kriegsende, beginnt man, das Chaos zu organisieren.

Gropper steht auf dem Bahnhofplatz und schaut sich um. Das Gebirge steht noch wie damals: Auf der einen Seite der Karwendel und auf der anderen Seite der Wetterstein. Als wäre nichts geschehen in der Zwischenzeit.

Die Sonne strahlt am blauen Himmel und lässt den Ort wie in einem oberbayerischen Bilderbuch aufleuchten. So kennt man Mittenwald von tausend Werbefotografien: ein hübsches, buntes Puppendorf. Es ist noch früh am Vormittag, und die Luft an diesem ersten Junitag ist noch frisch, würzig und wohltuend.

Gropper atmet kräftig durch. Er muss sich erst mal erholen von der Fahrt. Schon beim Halt in Gauting war der Zug aus München völlig überfüllt. Dicht gedrängt hockten und standen die Menschen in den alten, ratternden Waggons. Die meisten von ihnen waren auf Hamsterfahrt. In den Gepäcknetzen, auf den Gängen und zwischen den Bänken war alles vollgepackt mit alten Koffern und Rucksäcken, prall gefüllt mit Pelzjacken, Anzügen, Schuhen, Stiefeln, auch mit Schmuck, Silberbesteck und Porzellan. Sie mussten in Kartoffeln, Schinken, Mehl und Eier umgetauscht werden.

In Starnberg stieg ein Schub neuer Reisender zu. Auch sie wollten aufs Land, von Bauer zu Bauer, von Tausch zu Tausch. Gropper überließ seinen Sitzplatz einem beinamputierten Mann mit Krücken. Dieser tippte nur stumm an seine alte Wehrmachtsmütze und ließ sich stöhnend nieder. Gropper zwängte sich hinaus auf die Plattform und musste sich draußen am Scherengitter in eine Ecke drücken. Als an den Stationen die Gitter zum Aussteigen und Einsteigen nach oben geklappt wurden, musste er sich am Griff festhalten, um nicht mit hinausgeschoben und von den Zusteigenden nicht rückwärts über die Gepäckberge gestoßen zu werden.

Er muss Luise anrufen. Jedes Mal, wenn Gropper verreist, muss er Luise versprechen, sie sofort nach seiner Ankunft anzurufen, um ihr mitzuteilen, dass er gut angekommen ist.

Die beiden gelben Telefonhäuschen neben dem Bahnhofseingang sind immer noch da, doch von beiden Apparaten sind die Hörer abgeschnitten.

In der Bahnhofswirtschaft kann er nicht anrufen. So früh am Morgen ist sie noch geschlossen.

Ein großes Transparent an einer Häuserfront fällt ihm auf. Auch in München hängt so ein Spruchband, am Sendlinger Tor hat man es aufgespannt. »Drive carefully! Death is so permanent!«, steht darauf.

Vor dem Krieg standen auf dem Bahnhofplatz Pferdekutschen und Taxis, in die die Touristen stiegen, gefolgt von den schwer beladenen Gepäckträgern. »Zum Hotel ›Alpenrose‹!« – »Zum Hotel ›Post‹!« – »Zum Hotel ›Traube‹!«, hieß es damals. Und die roten Fahnen mit dem schwarzen Hakenkreuz auf weißem Grund wehten dazu.

Jetzt stehen auf dem Platz die Jeeps der Amerikaner. Kaugummi kauend und in gebügelten Uniformen fläzen sie sich lässig in ihren Sitzen und schauen scheinbar gelangweilt in die Gegend. Einer von ihnen reinigt sich mit der Klinge seines Taschenmessers die Fingernägel.

Dazwischen stehen ausrangierte Postbusse mit den Zielen »Schule«, »Turnhalle«, »Lagerhalle Sägewerk«, in die die Flüchtlinge ihre Säcke, Kartons und Stoffbündel wuchten und hastig hinterherklettern. Dazu wellt sich über einem der Gebäude das bunte Sternenbanner mit den Stars and Stripes im Wind.

Drive carefully! Death is so permanent!, denkt Gropper immer wieder. Death is so permanent.

Über den gesamten Platz verstreut stehen hier und da zwei oder drei Leute beisammen, Männer und Frauen, aber auch Jugendliche und junge Frauen. Während sie knappe Worte wechseln, blicken sie verstohlen nach allen Seiten. Dann tauschen Waren und Geld schnell die Besitzer. Schwarzmarkt ist verboten. Die in ihren Jeeps dösenden Amerikaner greifen nicht ein, obwohl sie alles und jeden genau beobachten. Sie lassen die Leute in Ruhe. Sie packen erst zu, wenn ein besonderer Befehl von oben kommt.

Gropper kennt den Schwarzmarkt von München und auch vom Gautinger Bahnhof. Er möchte wissen, wie hier die Preise sind, und tritt an einige heran, fragt leise nach ihren Angeboten und Preisen. Man antwortet nicht sofort, taxiert ihn erst mal kritisch. Man kennt diesen Neuen nicht, er war noch nie da, man muss vorsichtig sein. Vielleicht ist er ein Spitzel, der eine Falle stellt.

Nach einigem guten Zureden kann er einem die Preise entlocken: eine »Ami« zwanzig Mark, ein Pfund Käse fünfzig, ein paar Seidenstrümpfe hundertzwanzig, ein Pfund Butter hundertdreißig, eine Flasche Cognac vierhundert, Whisky fünfhundert, ein Kilo Bohnenkaffee sechshundert. Die Preise ungefähr wie in München.

Da tritt ein hochgewachsener Mann in einem langen dunkelgrünen Lodenmantel und mit einem grauen Filzhut zu ihnen. In der schwarzen Kordel um den Filz steckt eine Fasanenfeder. Sein Gesicht ist faltenlos, glatt rasiert, und auf der Oberlippe sprießt ein gepflegtes Bärtchen. Die ganze Erscheinung erinnert Gropper an Willy Birgel auf Bayrisch. Im Gegensatz zu seinem vornehmen Aussehen schubst er den Händler, mit dem Gropper gerade spricht, ruppig beiseite und haucht ihm ins Ohr: »Nazi? SS?«

»Was haben Sie denn?«, fragt Gropper.

»Alles, was Sie wünschen.«

Mit seinen langen Fingern fährt er eilig über die Hornknöpfe seines Lodenmantels, öffnet ihn und zieht darunter den Reißverschluss seines Jankers hinunter.

An den Innenseiten kommen zahlreiche angenähte Taschen zum Vorschein, alle vom Inhalt stark ausgebeult. Einen ganzen Laden trägt er da mit sich herum.

»Totenkopfring? Orden und Abzeichen? Dokumente?«

»Was für Dokumente?«

»Morgen, zwei Uhr?«

Gropper ist neugierig, was der Mann zu bieten hat, lässt es wie in einer Lotterie darauf ankommen und verabredet sich für den nächsten Tag, obwohl er weiß, dass so ein Handel illegal ist. Irgendetwas wird er wohl mitbringen.

»Kommen Sie auf jeden Fall. Ich will die Sachen nicht bei mir haben, wenn ich festgenommen werde.« Abrupt dreht sich der Mann um und verschwindet in der Menge.

Gropper muss einigen Kippensammlern ausweichen, die tief gebückt das Pflaster absuchen, die gefundenen Kippen begutachten und sie in ihre Tüten stecken. Zehn Kippen können sie gegen eine Zigarette eintauschen.

Gegenüber vom Bahnhofplatz befindet sich immer noch die Post. Dort will er nun Luise anrufen. Doch die beiden Telefonhäuschen vor dem Gebäude sind verriegelt. Zettel kleben an den Glastüren: »Außer Betrieb« und »Out of service« steht darauf.

»Verdammter Mist«, flucht Gropper. Er geht in den Schalterraum. Hinten links befanden sich früher zwei weitere Telefonkabinen. Sie stehen auch jetzt noch da, aber davor haben sich zwei elend lange Schlangen von Wartenden gebildet. Pfeif drauf, sagt er sich, verlässt die Post und macht sich auf in den Ort. Dabei kommt er hinter dem Postamt am Kurhaus vorbei. Über dem Eingang mahnt ein großes Transparent: »No fraternization«. Darunter steht in großen Buchstaben: »Veronika Dankeschön«. Auch diese Danksagung kennt Gropper aus München, wo in Tanzlokalen ebenfalls vor der Geschlechtskrankheit *Veneral Disease*, kurz: V.D., gewarnt und mit »Veronika Dankeschön« gegrüßt wird. Doch die GIs lassen sich davon nicht abschrecken und fraternisieren mit den deutschen »Froileins«.

Hinter einer Grünanlage sieht er seine alte Schule. Sofort hat er wieder den Geruch von Bohnerwachs in der Nase, mit dem damals die Fußböden der Flure und Klassenzimmer eingerieben wurden, und denkt an die schmerzhaften Tatzen auf die innere Handfläche. Mit dem Ranzen auf dem Rücken, darin Tafel, Griffel, Fibel und außen an einer Schnur baumelnd der Schwamm, ging er oft mit Angst vor den Lehrern in diesen ungeliebten Bau. Nur vor einem Lehrer hatte er keine Angst, vor Lehrer Maier, der Schreiben und Singen unterrichtete. Zu ihm ging er immer gern. Er war ganz anders als die anderen Pauker, die die Schüler genüsslich drangsalierten. Er hatte für sie immer ein gutes Wort und lobte sie. Lehrer Maier mochte er.

Mit seinen Freunden Feigl, Kilian und Nafziger ging er jahrelang in dieselbe Klasse. Sie klebten ihren Bärendreck, die gekauten Lakritzkugeln, unter die Schulbank. Er ging auch zusammen mit Wilma in diese Schule. Doch am Eingang gabelten sich ihre Wege. Die Mädchen wurden in getrennten Klassen unterrichtet. In den Pausen waren sie auf dem Schulhof wieder beisammen und spielten Nachlaufen oder standen in Gruppen zusammen. Einmal bot er ihr sein Pausenbrot mit Wurst an. Als sie das sah, schüttelte sie sich und lehnte ab. Da erfuhr er, dass sie als Metzgerstochter keine Wurst mochte, sie sogar verabscheute. Für ihn unverständlich.

Aus Kindern wurden Jugendliche. Im Fremdenverkehrsamt an der Bahnhofstraße begegneten sie sich wieder: Wilma war mittlerweile achtzehn, zu einem schönen Mädchen herangewachsen und arbeitete in der Touristeninformation. Gropper war ein Jahr älter und Gelegenheitsarbeiter. Nach dem Tod seines Vaters musste er für die Familie Geld verdienen, für kurze Zeit auch in diesem Tourismusbüro. Er holte die neuen Veranstaltungsblätter ab, um sie in den Hotels auszulegen. Darin gab es Hinweise auf organisierte Wanderungen durch das Werdenfelser Land, auf Führungen in den Wetterstein und den Karwendel, auf Heimatabende, Lichtbildervorträge über den Geigenbau und die Lüftlmalerei. Er klebte Plakate für Kurkonzerte, Ausstellungen und Volkstanzabende in Originaltrachten. Gerne ließ er sich die neuen Werbebroschüren von Wilma in die Hand drücken. Oft besuchte er das Tourismusbüro nur, um sie zu sehen. Nach ihrem Dienstschluss gingen sie dann in eine Eisdiele oder in ein Café, wo sie sich schon sehr erwachsen fühlten. An Sonntagen spazierten sie an der Isar entlang und setzten sich ins Gras. Ihre vorsichtigen Berührungen elektrisierten beide. Sie verliebten sich, schwärmten von ihrer Zukunft, von einem Häuschen im Wald, und Wilma sprach sogar von Heirat und Kindern. Doch er heiratete schließlich eine andere Frau, und Wilma zog mit dem Verkehrsamt von der Bahnhofstraße um in das neue Rathaus in die Dammkarstraße.

Dorthin will er jetzt. Vielleicht arbeitet sie dort immer noch, auch nach so vielen Jahren. Im Rathaus hat er sie zuletzt getroffen, kurz bevor er Mittenwald verließ. Er war damals schon einige Jahre mit Luise verheiratet, trotzdem musste er Wilma zum Abschied noch einmal sehen. Diese letzte Begegnung aber war eisig. Sie beachtete ihn kaum, zischte ihm nur von der Seite zu:»Geh zurück zu deiner Frau.«

Gropper wagt sich kaum vorzustellen, wie sie reagieren wird, sollte er sie jetzt hier tatsächlich wiedersehen.

Als er von der Bahnhofstraße rechts in die Dammkarstraße einbiegt, sieht er schon von Weitem das Rathaus. Früher war es das »Haus der Nationalsozialisten« mit der Hakenkreuzfahne. Jetzt hat sich in einem Flügel des Gebäudes das »Military Government Detachment Mittenwald«, die Standortkommandantur, niedergelassen, und auf dem Dach weht das Sternenbanner. Vor dem Eingang steht die »Constabulary« mit ihren olivfarbenen, glänzend lackierten Helmen mit den doppelten weißen Rundstreifen und dem großen goldenen C darauf und mit akkuraten Bügelfalten in den Uniformhosen, die sich über ihre halbhohen Schnürstiefel bauschen. Sie sind die »Troopers«, die Sheriffs.

Gropper betritt den anderen Gebäudeflügel, in dem sich das Fremdenverkehrsamt mit der Touristeninformation befand und wo er Wilma zum letzten Mal sah. In dem großen Vorraum weist ein Pfeil nach rechts zum Bürgermeisteramt. Das befindet sich also immer noch hier. Der andere Pfeil zeigt nach links zur Einwohnermeldestelle. Kein Verkehrsamt, keine Wilma. Und das Einwohnermeldeamt ist heute, am Samstag, geschlossen. Erst am Montag kann er dort nach ihr fragen.

Ich muss sie finden, ich muss sie finden, denkt er. Ich muss zur Metzgerei ihres Vaters im »Haus Adler« neben der Kirche. Er marschiert also in Richtung Metzgerei Gschwandtner.

Auf dem Weg dorthin kommt er auf der Bahnhofstraße an kleinen Kramerläden vorbei, in denen früher Kurzwaren, Hosenträger, Petroleum, Schuhwichse, Essig und Öl verkauft wurden. Jetzt stehen in den Schaufenstern Coca-Cola-Flaschen, Milchpulver, Nescafé-Dosen, Corned-Beef- und Maisbüchsen.

Auf dem Bürgersteig drängen sich zermürbte Männer in Lumpen, die vollgepackte Leiterwägelchen hinter sich herziehen, und abgemagerte Frauen mit kleinen Kindern auf den Armen. Sie reden in fremden Sprachen und fremden Dialekten. Er weicht dem

Menschenknäuel aus, überquert die Straße und wäre dabei beinahe in frische, noch flüssige Kuhfladen getreten. Ihn überkommt ein beruhigendes und anheimelndes Gefühl: Immerhin gibt es noch Kühe.

Ein mit Heu hoch beladener Wagen rappelt vorbei, gezogen von zwei Pferden. Er atmet den würzigen, ihm so vertrauten Duft des Heus ein. Ein wenig sticht er in der Nase, sodass er fast niesen muss. Durch das Rattern verliert der Wagen immer wieder große Büschel, die neben die Kuhfladen fallen. Das Futter gesellt sich zum Mist.

Vor dem Gebäude der ehemaligen Raiffeisenbank, in das nun die Bar »Broadway« mit Fotos von Pin-up-Girls lockt, steht immer noch das lange Holzpodest. Hier stellten früher die Bauern und auch er mit seinem Vater die großen, silbern glänzenden Milchkannen für das Molkereiauto ab. Jetzt hocken bewaffnete GIs auf dem Abstellbrett, schauen auf die vorüberziehenden Menschen und die alten Autos und wundern sich, dass diese Klapperkisten überhaupt noch fahren. Gropper hingegen wundert sich über die vielen neuen, teuren Wagen, die durch Mittenwald rollen: Porsche, BMW, Mercedes. Auch amerikanische Luxusschlitten: Buick und Chrysler, chauffiert von vornehmen Herren und Damen, die ihre Gesichter hinter großen Sonnenbrillen verbergen. Sonderbar, grübelt er, so kurz nach dem Krieg dieser Luxus in all dem Elend.

Woher kommt dieser plötzliche Reichtum?

Auf dem letzten Stück der Bahnhofstraße kommt der Lingl Mucki auf ihn zu. Er erkennt ihn sofort wieder. Auch mit ihm ist er zur Schule gegangen, und als Gendarm musste er ihn wegen Holzdiebstahls festnehmen, das gab ein Jahr Gefängnis für Mucki.

Keine Handreichung von beiden, nur eine spöttische Feststellung von Mucki: »Na, auch wieder im Lande?«, wobei er seine alte Filzkappe herausfordernd nach hinten schiebt. »Wieder eifrig im Dienst, Herr Gendarm?«

Gropper hat keine Lust, mit ihm zu reden, und will weitergehen. Doch Mucki stellt sich ihm in den Weg. »Gut gelebt in der Schweiz?«

»Was dagegen?«

»Ja.«

Wieder will er weiter, doch Mucki sagt provozierend: »Wir haben hier den Kopf hinhalten müssen, aber du hast gekniffen, du Drückeberger.«

Gropper schiebt ihn beiseite und geht schnell davon. Kein schöner Empfang, während am Straßenrand hinter Holzzäunen Flieder und Goldregen blühen.

Der Lingl Mucki wird dafür sorgen, dass es bald alle wissen: Der Gendarm ist wieder da. Bestimmt ist er wieder hinter jemandem her. Halt's die Goschn, wenn er was fragt.

Durch das kurze Stück Hochstraße hindurch, dann steht er an der Ecke Ballenhausgasse vor dem »Haus Adler«, direkt neben der Kirche mit dem kunstvoll bemalten Kirchturm. Hier befand sich damals die Metzgerei von Wilmas Vater. Über dem Balkon ist noch die Lüftlmalerei »Bayer und Tiroler reichen sich die deutsche Bruderhand« zu sehen, aber das Geschäft gibt es nicht mehr. Wo früher auf der weißen Wand über dem Schaufenster in schöner barocker Schrift »Metzgerei und Wurstwaren« gemalt war, ist nun ein großes Blechschild angebracht: »Notquartier-Nachweis – Suchdienst des Bayerischen Roten Kreuzes – Vermisstenstelle«.

Seine Hoffnung auf ein Wiedersehen mit Wilma fällt zusammen wie ein Kartenhaus. Dennoch umfasst er die gusseiserne Klinke mit der Mähne des Löwenkopfes und drückt die alte geschnitzte Holztür auf. Der Raum quillt über vor Menschen. Jeder drängt sich zu den Tischen an der Wand, jeder will etwas wissen. Alle schreien durcheinander.

Gropper schaut sich um. Das war der Laden. Noch immer sind da die schönen roten Bodenfliesen und die blauen Kacheln an den Wänden. Als Jugendlicher war er oft unter dem Vorwand, Wurst kaufen zu wollen, in diese Metzgerei gegangen, um Wilma hinter dem Tresen zu sehen oder vielleicht sogar von ihr in ihrer weißen Rüschenschürze und mit einem Häubchen auf dem Kopf bedient zu werden. Doch jedes Mal traf er nur ihre Mutter oder ihren Vater an. »Die Wilma ist nicht da«, sagten sie, und weil sie ihm so sehr ihre frische Rot- und Zungenwurst empfahlen oder ein frisches Kotelett, kaufte er es gezwungenermaßen. Doch weil es nicht aus Wilmas Hand kam, schmeckte ihm dieses Fleischzeug zu Hause gar nicht.

Wilmas Vater konnte nicht verstehen, dass seine Tochter Fleisch und Wurst hasste, im Laden nicht bedienen und später auch nicht die Metzgerei übernehmen wollte. Immer wieder redete er auf sie ein, einen Mann zu heiraten, der seine Metzgerei weiterführen sollte. Sie aber hatte keine Lust, eine Metzgersfrau zu werden. Um sein Geschäft zu behalten, trat er 1933 in die NSDAP ein. Und das mit Erfolg. Die gesamte Mittenwalder SA und SS kaufte bei ihm ein. Er wurde reich. Doch jetzt gibt es die Metzgerei nicht mehr.

Wo ist Wilma? Trotz »Suchdienst« und »Vermisstenstelle« hat Gropper keine Lust, hier nach ihr zu fragen. Er muss andere Wege finden. Es bleiben ja noch das Einwohnermeldeamt und seine Schwester Theres.

Kaum ist er auf die Straße getreten, steht die Rohrmoserin vor ihm, früher die Leiterin der Frauenschaft unter dem damaligen Ortsgruppenleiter Sattler.

»Ja da schaug hea. Wen siech i denn da? Dea Gropper Martl. Bist privat hiea? Oder gar gschäftlich als Schandi?«

»Privat.«

»So, so«, zischt sie spitz. »Privat.«

Er sieht ihr an, dass sie ihm nicht glaubt.

»Jetz is ja de Luft wieda rein. Jetz traust di wieda hea.«

Um das Thema zu wechseln, fragt er sie: »Wo sind denn die Gschwandtner geblieben?«

Doch sie reagiert nicht und stichelt weiter: »Von dea Schweiz aus hast ja gmüatli zuaschaun kenna, wias bei uns zuaganga is. Da warst ja aufm sichan Terräng.«

Ihm reicht es, er geht davon, an der Kirche vorbei in die Ballenhausgasse hinein. Die Rohrmoserin sieht ihm noch eine Weile nach. Jetzt hat sie, wie schon zuvor der Lingl Mucki, etwas im Ort zu berichten: Der Gropper Martl ist wieder da. Der Schandi is dienstlich hier. Er muss was exkamuflieren. Nehmt's euch in Acht.

Hier in der Ballenhausgasse hat er gewohnt. Da hieß sie noch Judengasse, bis zur Pogromnacht 38. Das alte Haus sieht genauso aus wie damals. Nur etwas verfallener. Sie hatten drei Kammern im Erdgeschoss. Schön war die Zeit nicht. Noch immer glaubt er, den feuchten Schimmelgeruch in der Nase zu spüren. Das Plumpsklo befand sich hinten im Hof in einem Holzverschlag. Im Winter musste man mit den Pantoffeln durch den Schnee, und der Klodeckel war vereist. Wenn man sich mit dem nackten Hintern auf die Brille hockte, fror man beinahe fest.

1923, nachdem sie ihren Bauernhof an das Sägewerk Schmauß verkaufen mussten, ist er mit seinen Eltern und seiner Schwester Theres hierhergezogen. Seinem Vater blieb nach dem Verlust des Hofes nichts anderes übrig, als für Schmauß als Holzfäller zu arbeiten. Fünf Jahre darauf ist er auf der Walchenseeinsel Sassau tödlich verunglückt. Ein Baum hat ihn erschlagen, als er beim Niederkrachen noch die Säge vom Schmauß retten wollte. Damals hat ihm die Mutter seinen Lebenstraum verboten. So gerne wäre Gropper Förster geworden. Nun musste er ihr versprechen, nie in einen Wald zu gehen, da sonst auch ihn ein Baum erschlagen würde. Und er musste ihr versprechen, nie die Insel Sassau zu betreten, da sonst auch ihn die Nixe vom Walchensee holen würde. Seine Mutter wollte ihn nicht auch noch verlieren.

So wurde er als Achtzehnjähriger zunächst Gelegenheitsarbeiter, um für die Familie Geld verdienen. Er wurde mal hier, mal dort eingesetzt. Auch als Gerüstbauer für Lüftlmaler, wenn an einer Hausfassade ein altes Gemälde restauriert oder ein ganz neues Bild gemalt werden sollte.

1931 erlitt seine Mutter einen Herzinfarkt und wurde in das Mittenwalder Krankenhaus eingeliefert. Bei seinen Besuchen lernte er die Krankenschwester Luise Rappert kennen, eine Schweizerin. Die Mutter starb, und Gropper lebte nun allein mit seiner Schwester Theres in der Judengasse. Ein Jahr später heiratete er Luise, sie zog zu ihm und drängte ihn, sich bei der Polizei zu bewerben, um endlich einen anständigen Beruf zu haben. Kurz darauf heiratete seine Schwester den Platzmeister des Sägewerks und zog in dessen Haus neben dem Werk.

Gropper geht weiter. Er hat keine Lust, die alten Kammern wiederzusehen, in denen sie gehaust haben. Es interessiert ihn auch nicht zu erfahren, wer jetzt darin wohnt. Er will zu seiner früheren Gendarmeriestation am Untermarkt.

Als er dort ankommt, flattert auch hier die US-Flagge. Seine ehemalige Dienststelle ist jetzt das Quartier der amerikanischen Militärpolizei. Auch vor diesem Eingang sind die Männer der Constabulary postiert. Herrisch machen sie ihm klar, dass er hier nichts zu suchen hat. Die neue deutsche Landpolizei befindet sich jetzt am Obermarkt. Genau da, wo er hergekommen ist. Also wieder zurück.

Nach wenigen Schritten zerrt jemand an Groppers Trenchcoat. Korbi! Hüpfend und lachend steht er vor ihm und zupft ihn immer wieder am Ärmel. Gropper ist glücklich, ihn wiederzusehen. Er lebt also noch, damit hat er fast nicht mehr gerechnet. Denn während seiner Abwesenheit wurden 1940/41 im Verlauf der NS-Euthanasie auch mehrere behinderte Kinder aus Mittenwald nach Eglfing gebracht, um sie zu vergasen – auf Anordnung des damaligen Ortsgruppenleiters und Bürgermeisters Max Sattler. Wie hat Korbi es geschafft, der Vergasung zu entkommen? Der kleinwüchsige Korbi hüpft vor Freude, weil sein Freund wieder da ist. Fröhlich will er ihm tausend Dinge auf einmal erzählen. Es sprudelt nur so heraus aus seinem Mund, er überschlägt sich geradezu in wirrem Gerede. Dabei springt er von einem Bein auf das andere, als würde er einen Tanz aufführen, und lacht sein unheimliches, kehliges Lachen. Korbi ist der erste Mensch, der sich freut, dass Gropper wieder da ist.

Gropper kennt ihn noch aus seiner Zeit als Jugendlicher und natürlich als Gendarm. Sie hatten sich immer gut verstanden, denn er nahm Korbi ernst und hörte ihm zu, auch wenn dieser stammelnd angeblich Unsinn erzählte. Korbi sieht immer noch so aus wie früher: Sein kugelrunder Kopf leuchtet wie ein Vollmond. Da er fast kahl ist, wirkt sein Schädel noch runder. Ihm wächst auch kein Bart, obwohl er schon längst erwachsen ist.

»Des kommt von den Hormonstörungen«, haben die Mittenwalder gesagt. »De san bei eam ins Ghirn krochn. Deshalb is ea so deppert.«

Keiner weiß, wie alt er ist. Wegen seiner vollkommen glatten Gesichtshaut wirkt er alterslos. Er kann dreißig Jahre alt sein oder vierzig. Es kann auch niemand sagen, wann und wo er geboren wurde. Plötzlich tauchte er in Mittenwald auf. Es gab zwar viele Gerüchte, wer angeblich seine Eltern sind, aber keiner wusste es wirklich. Er hatte keinen festen Wohnsitz. Den ganzen Tag trieb er sich herum. Mal fand er für ein paar Tage Unterkunft beim Pfarrer, beim Lehrer Maier oder bei der Alpinen Rettungsstelle. Manchmal hauste er sogar in Heustadeln.

Der gutmütige, immer hilfsbereite Korbi kann sich nur durch Stammeln, Gesten, durch Laute und drastische Geräusche verständigen. Doch er hat ein phänomenales Gedächtnis. Korbi war immer schon körperlich sehr stark. So wurde er gelegentlich als Hilfsarbeiter eingesetzt. Dafür erhielt er freies Essen. Ansonsten ernährte er sich in den Wirtshäusern von den Resten auf den Tellern. Im Winter schenkte man ihm zerschlissene Handschuhe, die keiner mehr tragen wollte, und löchrige Socken. Korbi war für alles dankbar.

Seine Herkunft ist völlig unklar. Man sagt, den Namen »Korbi« habe er erhalten, weil er vor langer Zeit – keiner weiß, wann das war – als Säugling in einem Weidenkorb auf der Isar dahergeschwommen kam und in Mittenwald am Ufer strandete wie einst Moses am Ufer des Nils. Angeblich wollte man ihn »Moses« nennen. Aber weil man keinen Juden im Ort haben wollte, beließ man es bei »Korbi«. Andere behaupten, dass er eigentlich Korbinian heiße. Woher sie das nun wissen, können sie aber auch nicht sagen. Vielleicht ist seine Herkunft ja eine ganz andere. Vielleicht wurde er in Mittenwald geboren und von seinen Eltern ausgesetzt, weil sie den Behinderten loswerden wollten. Lehrer Maier hat, als Korbi etwa im Kindesalter war, vergeblich versucht, ihm das Lesen und Schreiben beizubringen. Dem Pfarrer gelang es mit größerem Erfolg, ihm die Zehn Gebote einzupauken.

Gropper muss weiter zur Landpolizei und verabschiedet sich von Korbi. Aber Korbi weicht nicht von seiner Seite, läuft neben ihm her, froh, dass er seinen Freund wiedergefunden hat.

In der Hochstraße deutet er hektisch auf ein rötlich verputztes Haus, an dessen Fassade die verblassende Lüftlmalerei »Maria mit dem Jesuskind auf der Flucht aus Ägypten« zu sehen ist. »Da, da, da«, stammelt Korbi und lallt etwas, was nach »Ma – Ma – Ma« klingt. Seine Mama hat dort aber nicht gewohnt. Nicht mal Korbi weiß, wer seine Mutter ist, und Gropper erinnert sich, dass in diesem Haus zu seiner Zeit der Ortsgruppenleiter und Bürgermeister Sattler wohnte. Als Gropper weitergehen will, hält ihn Korbi am Ärmel fest und deutet wieder auf das Haus.

»Was ist denn?«, fragt Gropper.

Korbi gurgelt etwas Unverständliches. Als Gropper weitergeht, kommt Korbi hinter ihm her und zieht an seinem Trenchcoat, als wollte er mit ihm zurück und in das Haus hineingehen.

»Das geht doch nicht, einfach so in das Haus hinein.«

Für Korbi aber ist das anscheinend kein Problem.

»Jetzt nicht«, sagt Gropper. »Später.«

Korbi blickt ihn verständnislos und enttäuscht an.

Vor dem neuen Revier der Landpolizei direkt neben dem Goethehaus macht Gropper ihm entschieden klar, dass er nun zu tun habe, und wieder nickt Korbi mit seinem strahlenden Vollmondgesicht begeistert.

Als sich Gropper abrupt dem Reviereingang zuwendet, rennt Korbi wie ein Verstoßener davon. Es tut Gropper leid, den armen Kerl so abgefertigt zu haben.

Gropper weiß, dass jetzt der alte Ferdinand Buchner Frühschicht hat. Er hat ihm sein Kommen telefonisch angekündigt. Den Buchner kennt er schon seit 1932, als er selbst noch nicht bei der Polizei war, Buchner aber schon als Gendarm in Mittenwald für Ordnung sorgte. In jenem Jahr wurde Gropper am Ortsausgang von den neuen Braunhemden zusammengeschlagen und ließ den Gendarm Buchner zur Hilfe herbeiholen. Bis dieser mit seinem Fahrrad ankam, waren die grölenden Braunhemden natürlich längst wieder weg. In den Jahren darauf machten sie dann gemeinsam Dienst: Gropper als Anwärter und Gendarm und Ferdinand Buchner als Dienststellenleiter.

Als sie sich nun wieder gegenüberstehen, ist ihnen, als hätten sie sich erst vergangene Woche zuletzt gesehen. Doch jetzt ist Buchner schlecht gelaunt. Das war er früher nie. Trotz seines Pensionswunsches ärgert er sich, dass man nicht ihm den Fall Nafziger übertragen hat. Er mag es nicht, wenn sich andere in seine Fälle einmischen. Am liebsten hätte er diese lokale Angelegenheit selbst erledigt. Er weiß wohl, dass das dienstrechtlich nicht geht, da er als Gendarm nicht ermitteln darf. Trotzdem findet er es nicht richtig, dass man ihm für diese Geschichte einen Auswärtigen vorsetzt. Auch wenn es sein früherer Kollege ist. Wer aus München kommt, ist nun mal ein Auswärtiger. Hinzu kommt noch: Der Gropper war weg aus Deutschland und kehrt nun als Kriminalkommissar zurück. Das wurmt Buchner.

»Hast du dich auf dem Weg verlaufen? Kennst dich nicht mehr aus in deinem Nest?«, begrüßt er Gropper grantig. »Seit bald einer Stunde warte ich auf dich.«

»Ist das alles, was du zu meiner Begrüßung sagst, nach so langer Zeit?«

Buchner reagiert darauf nicht, sondern kratzt sich an seiner dunklen Warze neben der Nase und grantelt weiter: »Das mag ich gar nicht, wenn die Leute zu spät kommen. Oder haben dich unterwegs die Amis festgenommen? Als Zugereisten aus der Schweiz?«, stichelt er. »Tät mich nicht wundern.«

»Ferdl, jetzt sehen wir uns nach sieben Jahren wieder, und du machst mir so einen Tanz«, sagt Gropper freundlich, um seinen alten Kollegen zu beruhigen.

Buchner besinnt sich und gibt als Grund für seine schlechte Laune an: »Ich bin hier ganz allein. Der eine Kollege ist beim Einsatz. In der Kreissparkasse haben sie in der Nacht eingebrochen. Wahrscheinlich wieder herumstreunende Polacken. Und der andere hat zu einer Messerstecherei müssen. Die üblichen Flüchtlingskämpfe. So geht das jeden Tag. Die zwei sind eigentlich zu jung dafür. Aber wir haben keine anderen.«

Immer noch missmutig führt er Gropper in ein Hinterzimmer, einen Lagerraum, der vollgepackt ist mit Kisten, Benzinkanistern, Öltonnen und Bergen von Säcken.

»Alles Hehlerware. Schmugglergut. Konfisziert in einer Woche. Wir haben für dich ein bisschen Platz freigemacht. Für deine Vernehmungen. Die Zeugen sind auch schon bestellt. Die Putzfrau vom Nafziger, der Zeitungsjunge und der Müllfahrer waren als Erste am Tatort.«

In einer Ecke sieht Gropper einen alten Holztisch und zwei Stühle. »Und die Schreibmaschine?«, fragt er.

»Gibt's nicht. Wir haben selbst nur ein einziges Klapperglump aus dem Krieg. Und die brauch ich selber. Unsere Befreier haben alle Schreibmaschinen beschlagnahmt. Wir könnten ja damit Hetzschriften tippen gegen die Sieger.«

»Wie soll ich arbeiten ohne Schreibmaschine?«

»Vielleicht hat der Bürgermeister noch eine. Frag den Sattler.«

»Unseren Max Sattler? Der ist wieder Bürgermeister?«

»Warum bist du so erstaunt?«

»Der war doch Ortsgruppenleiter!«

»Na und?«

»Bei den Nazis Ortsgruppenleiter und jetzt bei den Amis Bürgermeister.« Gropper schüttelt den Kopf.

»Warum nicht?« Buchner versteht nicht, warum Gropper so verblüfft ist. Das ist doch fast überall so. Auch ihn hat man nach Kriegsende gleich wieder übernommen, obwohl er in der Nazizeit hier Dienststellenleiter war. Die Amerikaner brauchten fähige Leute. Es musste weitergehen in Deutschland.

»Und woher hast du deine Schreibmaschine?«, fragt Gropper.

»Von Sattler.«

»Und von wem hat er sie?«

»Die Amis haben sie ihm aus ihrem beschlagnahmten Bestand gegen ein paar alte Ritterkreuze verschachert. Und wir haben sie vom Sattler für ein paar alte goldene Parteiabzeichen zurückgeholt. Da kannst du sehen, was das alte Glump noch wert ist.«

»Und wo ist das Telefon?«

»Wir haben nur eines. Auf meinem Schreibtisch. Die Amis wollen kontrollieren, mit wem wir telefonieren.«

»Das ist ja wie früher.«

»Mit dem Unterschied«, sagt Buchner grinsend, »dass wir befreit sind.« Es ist die erste fröhliche Regung in seinem Gesicht.

»Und wo ist meine Unterkunft? Doch nicht in diesem Lagerraum?«

»Du wohnst im ›Karwendelblick‹«, sagt Buchner wieder ernst. »Im Gries. Ganz in der Näh.«

Gropper kennt diese Privatpension. Sie gehört Nafzigers Mutter Marianne. Er freut sich, sie wiederzusehen. Bevor Anton zu den Gebirgsjägern ging, hat er ihn oft dort besucht.

»Das einzige Zimmer, das Sattler auftreiben konnte. Und auch nur mit Schwierigkeiten.«

»Wieso der Sattler?«

»Als Bürgermeister verfügt er über die Zimmervergabe. Und wir haben uns danach zu richten. Alles ist überfüllt. Eine Familie hat aus dem Zimmer rausmüssen für dich. Die Hotels sind belegt mit den Flüchtlingen. Und mit den Amis. Soll aber ein sehr schönes Zimmer sein.«

Luise anrufen!, erinnert sich Gropper plötzlich. Unterwegs war es nicht möglich, und jetzt hätte er es beinahe vergessen. Er bittet Buchner, seinen Apparat kurz benutzen zu dürfen.

»Aber nur, wenn du dienstlich mit ihr sprichst.« Buchner feixt und zeigt auf das Telefon in seinem Büro.

Es dauert eine Weile, bis sich Luise meldet, dann hört er ihre schlaftrunkene Stimme. Da fällt ihm ein, dass sie im Sanatorium Nachtdienst hatte. Kurz bevor er die Wohnung verließ, kam sie von der Arbeit zurück.

»Hab ich dich geweckt?«

»Ja«, hört er sie sagen.

»Entschuldige.«

»Ja«, sagt sie müde, als würde sie am Telefon einschlafen.

»Ich wollte dir nur sagen, dass alles in Ordnung ist.«

Schon will er auflegen, damit sie sich wieder schlafen legen kann, aber da fragt sie ihn, wie die Fahrt war und wie es in Mittenwald ist. Während er ihr kurz berichtet, beobachtet er, wie Buchner ein hellblaues Steingutfläschchen mit dem dunkelblauen Aufdruck »Pöschl Schmalzler« aus seiner Hosentasche holt, ein wenig von dem schwarzen Pulver auf seinen Handrücken streut, den Schnupftabak durch die Nase zieht und schließlich in sein blau-weiß kariertes Schnupftuch schnäuzt.

»Schlaf gut«, sagt Gropper, und während er hinzufügt: »Ich melde mich morgen«, sieht er weiter auf Buchner.

»Was schaust denn so?«

Gropper legt auf. »Einer der Täter hat auch so ein kariertes Schnupftuch für seinen Schmalzler benutzt.«

»Meinst du vielleicht, ich hab den Nafziger umgebracht? Bin ich der Mörder, den du suchst?«

»Ich sag ja nur, was im Protokoll steht.«

»Tausende benutzen so einen Fetzen.«

Als er hinausgeht, hört Gropper Buchner brummen: »Das fängt ja gut an. Protokoll, Protokoll. Aber was nicht drinsteht, was nicht drinsteht …«

Gropper dreht sich um und fragt durch die halb geöffnete Tür: »Was meinst du damit?«

»Wirst du schon noch erleben«, erwidert Buchner borstig.

Beinahe wäre Gropper über Korbi gestolpert, der vor dem Revier auf den Steinstufen sitzt.

»Ich kann dich jetzt nicht brauchen«, sagt er zu ihm, Korbi nickt fröhlich und tänzelt neben ihm her.

Gropper ärgert sich etwas über diese Anhänglichkeit, möchte Korbi aber nicht noch einmal verletzen. Es scheint, dass er ihn nun tatsächlich bis zu seiner Pension begleiten will.

Hinter der Kirche zieht Korbi ihn um eine Hausecke. Mit wilden Zuckungen und gurgelnden Lauten zerrt er umständlich sein schmutziges Schnupftuch aus der Hosentasche, wickelt es hektisch auseinander und hält Gropper den Inhalt hin: eine Goldmünze. Er sieht Korbi fragend an, ob er sie in die Hand nehmen darf. Freudig fordert dieser ihn dazu auf.

Gropper sieht sich um, ob sie nicht beobachtet werden, stellt seinen Koffer ab und pflückt das kostbare Stück aus dem verrotzten Tuch. Deutlich ist die Prägung »Deutsche Reichsbank Berlin 1943« zu erkennen. Wie viel sie wert ist, kann Gropper nicht annähernd schätzen. Sicher aber ein hübsches Sümmchen, davon ist er überzeugt.

»Woher hast du das?«

Korbi stammelt wirre Erklärungen, die Gropper nicht versteht. Wie kommt der Bursche an diese Goldmünze? Gropper hält sie wiegend in der Hand. Kursieren davon noch mehr bei den Mittenwaldern? Er muss an die vielen teuren Autos denken, die er gesehen hat. »Heb sie gut auf«, sagt er zu Korbi und will ihm die Münze zurückreichen. »Verlier sie nicht. Und lass sie dir nicht klauen.«

Doch Korbi wehrt ab. Er gibt Gropper zu verstehen, dass er sie ihm schenken will.

»Kommt gar nicht in Frage«, sagt Gropper. »Die Münze gehört dir.«

Korbi schüttelt seinen Ballonkopf und deutet auf Gropper. Er soll die Münze behalten. Ein Geschenk von Korbi. Wieder lehnt Gropper ab. So geht das ein paarmal hin und her, schließlich hält Korbi die Münze in seiner zusammengeballten Faust.

Auf dem Weg zur Pension kommen sie am Schlipferhaus vorbei. Die gesamte Fassade ist geschmückt mit Lüftlmalereien. Hier hatte er mitgeholfen, die Gerüste aufzubauen, als die alten Bilder restauriert werden mussten.

Gropper schaut zu den Malereien hinauf, zur Schmerzensmutter unter dem Kreuz und zu den Engeln, die sie auf kleinen Wolken umschweben. Ganz besonders angetan hat ihn damals der Höllensturz, die Szene, in der der Erzengel Michael mit seinem Schwert den Höllendrachen besiegt. Er schwebt über dem flammenden Höllenschlund, hält mit der einen Hand einen Palmzweig hoch zum

Auge Gottes und stößt mit der anderen Hand das teuflische Ungeheuer mit seinem Schwert hinunter in den Abgrund, in das Feuer. Dabei schlagen aus seinem Schwert Flammen und Blitze. So ein Schwert hätte Gropper jetzt auch gern bei seiner Aufdeckung der Täter.

Hopsend vor Begeisterung, zeigt Korbi immer wieder auf die Malerei und ahmt dabei ein wildes Schießen mit einem Gewehr nach, stößt sein unheimliches Lachen aus und weist erregt auf ihn und auf das Bild. Plötzlich rennt er weg. Etwas anderes scheint ihm mit einem Mal wichtiger zu sein als sein Vorhaben, Gropper weiter zu begleiten.

Ein paar Häuser weiter gibt es immer noch das kleine Antiquariat Eckstaller. Im Schaufenster sind wie schon damals die alten Bücher nicht übersichtlich mit Preisschildern ausgestellt, sondern direkt an der Scheibe in Türmen aufgestapelt. Alle Exemplare liegen kreuz und quer am Glas, sodass man nicht sehen kann, um welche Bücher es sich da handelt. Früher hat Gropper hier hin und wieder ein Buch kaufen wollen, doch es war unmöglich, in diesem vollgestopften, engen Chaosladen etwas Bestimmtes zu finden. Und wenn er den Antiquar fragte, der ebenso alt schien wie seine antiquarischen Bücher und ebenso aus dem Leim zu gehen drohte, ließ dieser sich nicht beim Lösen seines Kreuzworträtsels stören und schüttelte nur stumm den Kopf.

Kurz vor seiner Pension muss er wieder zu einer Lüftlmalerei hinaufschauen. Am Hornsteinerhaus packt Judith den Holofernes am Haar und schlägt ihm mit einem großen Schwert den Kopf ab. Mord allerorten. Hier durch Köpfen in einem Zelt, in Nafzigers Büro durch Kopfschuss. Ist Gropper jene Judith, die den Täter packt und erledigt?

Dann steht er vor seiner Unterkunft. Zwischen zwei Holzmasten vor der Pension »Karwendelblick« hat man Wäsche zum Trocknen aufgehängt. Schürzen, Handtücher, Röcke. Auch alte lange Unterhosen und zerschlissene Mieder, ehemals weiß, nun stark gedunkelt. Unter der Wäsche hocken halbnackte Kinder auf der Erde und bewerfen sich mit Sand.

Die Tür steht einen Spaltbreit offen. Gropper will sie weiter aufdrücken, schafft es aber nicht.

Er sucht den Klingelknopf, doch es ist keine Klingel vorhanden.

Nur ein Schild mit der Aufschrift »Pension Karwendelblick – Inhaberin: Marianne Nafziger«. Sie lebt also noch. Aber wie heruntergekommen ist ihre Pension!

Gropper muss die Tür gewaltsam aufdrücken und sich durch den Spalt hindurchquetschen. Fast wäre er dabei über einen umgekippten, räderlosen Kinderwagen gefallen, der hinter der Tür liegt. Die Eingangsdiele ist voller palavernder Männer und Frauen. Laut reden sie in verschiedenen Sprachen aufeinander ein. Er versteht keine davon und bleibt erst mal stehen. Niemand scheint ihn zu bemerken. Da schlängelt sich ein kleiner Mann in einem blauen Kittel durch die Menge. Er bleibt vor Gropper stehen und stellt sich vor, indem er artig seine Schirmmütze vom Kopf zieht. Eine Glatze voller Schuppen kommt zum Vorschein.

»Bittschön, Wondratschek.«

»Ich möchte Frau Nafziger sprechen.«

»Die gnädige Frau Nafziger ist heimgegangen.«

»Wo wohnt sie denn?«

»Gott, unser allmächtiger Herr, hat die Selige zu sich genommen.«

»Marianne ist gestorben?«

»Vor einem Jahr ist sie verschieden.«

Das stimmt Gropper traurig. »Ich bin angemeldet. Gropper«, sagt er.

Diensteifrig erklärt Wondratschek, er sei nun der Pensionswirt und zugleich der Hausmeister, und stülpt schnell seine Mütze wieder über den Schädel. Dabei rieselt Grind auf seine Schultern.

»Bittschön, wie lange bleibt der Herr?«, fragt er buckelnd. Dem Dialekt nach kommt er aus dem Sudetenland. Mit einem weiteren »Bittschön« drückt er Gropper den Schlüssel in die Hand. »Ganz oben, unterm Dach«, sagt er. »Die Tür ist offen. Bittschön, die Stiege.«

Gropper steckt den Schlüssel in seine Trenchcoat-Tasche. Dabei spürt er etwas Kleines, Hartes, Rundes. Er tastet das Ding ab und ahnt plötzlich, was das sein könnte. Ihm wird ganz heiß. Solange dieser Wondratschek um ihn herumwieselt, wagt er nicht, es aus der Tasche zu nehmen und sich zu vergewissern.

Wie ein Gnom huscht Wondratschek durch zwei Räume voran, über halb ausgepackte Konservenkartons hinweg, über Berge schmutziger Wäsche, über auf dem Boden schlafende Männer, Frauen und Kinder. Gropper muss sich Mühe geben, ihm zu folgen. Es geht durch die Küche hindurch, wo Frauen in Kopftüchern über zwei Gasflammen in Töpfen rühren, aus denen ein unangenehmer Dunst steigt. Vor einem Bretterverschlag buckelt Wondratschek:»Bittschön, die Stiege.«

Gropper steigt die steile Holztreppe hinauf, befühlt dabei immer wieder seitlich seine Manteltasche. Das kleine Ding ist noch da. Bei jedem Schritt knarrt die Treppe, als würde sie jeden Moment zusammenbrechen. Drei Etagen hoch bis zur Juchhe, dann steht er dicht unter dem schrägen Dach. Fast stößt er mit dem Kopf an die alten Balken. Er wuchtet seinen Koffer in die Mansardenkammer und will die Tür hinter sich abschließen. Der Schlüssel klemmt in dem schief eingebauten Schloss. Erst nachdem er es mehrmals versucht hat, schnappt das Schloss endlich zu.

Jetzt holt er seine Entdeckung aus der Tasche und muss sich zusammenreißen, um nicht zu glauben, er befände sich in einem der Grimm'schen Märchen. Er hält tatsächlich Korbis Goldmünze in der Hand. Dieser Hallodri hat sie ihm in die Manteltasche gesteckt, während sie nebeneinander hergingen. Und er hat es nicht bemerkt. Sobald er ihn wiedersieht, wird er ihm diesen Schatz zurückgeben.

Sorgfältig verstaut er die Münze in seiner Aktentasche und sieht sich in der kleinen Kammer um: ein Feldbett, darüber an der Wand ein schwarzes Kruzifix, ein wackeliger Holztisch, ein alter Stuhl, ein Schrank, dessen Tür sich immer wieder öffnet, sooft er sie zudrückt, ein altes, schmutziges Waschbecken. Gropper will sich die Hände waschen. Nur ein kaltes Rinnsal fließt aus dem Hahn. Keine Seife. Kein Handtuch. Er wischt sich seine nassen Hände am Hemd ab. Bei der Deckenlampe ist die Birne herausgeschraubt. Kein Licht.

Es gibt nur ein schräges Dachlukenfenster. Um hindurchschauen zu können, muss er auf den wackeligen Stuhl steigen und sich auf die Zehenspitzen stellen. Mit gerecktem Kopf kann er den weiten Himmel sehen und erkennt darunter gerade noch die Gipfelspitzen des Karwendel.

Wahrhaftig, Pension »Karwendelblick«!

Der Abort ist eine Etage tiefer auf dem Treppenabsatz. Kein Klopapier. Nur ein paar Seiten einer alten Ausgabe des »Hochland-Boten« liegen auf dem Beton.

Aus seinem Koffer holt Gropper seinen Tauchsieder, seine Tasse und Kaffeepulver. Eine Steckdose funktioniert nicht, die andere hat einen Wackelkontakt. Verärgert rührt er in seinem Kaffee und überlegt, ob es besser wäre, jeden Abend nach Hause zu fahren und am Morgen hierher zurück. Doch am Abend und am Morgen verkehren nur wenige Züge. Und jeden Tag zweimal dieses Gedränge in den überfüllten Waggons? Er beschließt, die wenigen Tage in dieser Bruchbude auszuhalten.

Seinen Koffer mit den Kleidern lässt er unausgepackt in einer Ecke stehen. Nur seine alte, abgewetzte Aktentasche mit den Unterlagen aus München nimmt er mit. Von außen klemmt er ganz oben zwischen Tür und Rahmen ein Streichholz und schließt ab. Sachte berührt er das Streichholz, um festzustellen, dass es nicht von selbst herunterfallen kann. Es sitzt fest.

3

Guat dengelt is halbert gmaaht.

Das also ist das »Crazy Horse«, denkt sich Gropper und hat Mühe, die alte Wirtschaft »Edelweiß« am Dekan-Karl-Platz, dem früheren Adolf-Hitler-Platz, Ecke Innsbrucker Straße wiederzuerkennen. Vor dem Krieg war das »Edelweiß« der Treffpunkt der Gebirgsjäger. Feigl, Kilian und Nafziger haben ihn oft eingeladen, hier doch mal einen gemütlichen Abend mit ihnen zu verbringen. Es sei immer so lustig bei ihnen im »Edelweiß«, lockten sie. »Du mit deinen blonden Haaren und blauen Augen bist bei uns herzlich willkommen. So ein echt deutsches Gesicht sehen wir immer gern.« Aber Gropper wollte nicht. Ihm war die ganze Gebirgsjägerei zuwider.

Jetzt sind die alten Fenster mit den Glasmalereien zugemauert, und anstelle des schönen holzgeschnitzten Eichenportals hat man eine graue Eisentür eingesetzt. Wo früher zu beiden Seiten des Eingangs in Schaukästen Speise- und Getränkekarten zum Eintreten einluden, ist nun nur die grau verputzte Betonwand zu sehen. Das Ganze sieht aus wie ein Bunker aus dem Krieg, und doch wurden die Veränderungen erst vor knapp einem Jahr vorgenommen. Wenn man nicht wüsste, was sich dahinter verbirgt, nie würde man da eintreten. Und manche treten gerade deshalb nicht ein, *weil* sie wissen, was sich dahinter verbirgt.

Neben dem Messingschild mit der Aufschrift »Geöffnet ab 20 Uhr« ist ein kleines Gitter in die Wand eingelassen, daneben ein goldener Knopf. Gropper drückt den goldenen Knopf. Lange tut sich nichts. Er drückt noch mal. Dann hört er durch das Gitter blechern jemanden fragen: »Wea da?«

»Kriminalpolizei München.«

Es folgt eine lange Pause. Schließlich kommt aus dem kleinen Lautsprecher ein schweres Atmen, dann ein Schnauben, ein gurgelndes Räuspern. Nach wieder einer Weile rumort im Schloss ein Schlüssel, die Eisentür öffnet sich, und vor ihm steht eine ältere Frau in einer ausgewaschenen Kittelschürze, die Haare mit einem Tuch hochgebunden. Sie wischt ihre Handflächen am Kittel ab und fährt sich anschließend mit dem Handrücken über die Stirn, wobei sie Seifenschaum auf ihrer Haut verteilt.

»Ja, was isn?« Ihre Stimme ist derb und heiser.

Gropper zeigt ihr seine Polizeimarke. »Ich komme wegen Nafziger.«

»Is des no net ois erledigt?«

»Kann ich reinkommen?«

»Wenn's sei muaß.«

Wieder wischt sie ihre Hände am Kittel ab und gibt ihm die feuchte Hand. »Jais, Fanny.«

Dann steht er in dem hell erleuchteten Lokal. Breite Ledersessel sind in einer Ecke zusammengeschoben, kleine Metalltischchen übereinandergestellt, schwere Teppiche liegen eingerollt am Boden.

Eine Seite des Raumes wird von einem langen Tresen eingenommen, dahinter befindet sich eine Spiegelwand, vor der die Reihen mit bunten Flaschen doppelt erscheinen.

»Rutschns net. Dea Bodn is no nass.«

Sie stellt zwei Eimer beiseite und schubst mit ihren Pantoffeln den Putzlappen weg. Dabei bemerkt Gropper den kreisrunden Spiegel im Boden, der als Tanzfläche dient.

»So sans, de Mannsleit«, sagt Fanny Jais, die seinen Blick bemerkt. »Wolln de Madel beim Danzn a no von untn sehng. Hamma früha net ghabt, des neimodische Zeig.«

Gropper nickt und bittet: »Kann ich nach oben ins Büro?«

»Bleibens lang? I hab nämli glei Feierabnd.« Sie geht voraus, ohne eine Antwort abzuwarten. Neben dem Tresen führt die Treppe zum ersten Stock. Oben angekommen, zeigt Gropper auf die Türen neben dem Büro, nummeriert von eins bis fünf.

»Sind das die Fremdenzimmer?«

»De hab i no saubagmacht, bevoa i den Nafziger gfundn hab.«

»Sie waren also in der Nacht belegt.«

»Ja freili. Aba net de ganze Nacht.«

»Sondern?«

»Meist nua stundnweis.«

»Nur stundenweise?«

»Ja freili. Was denn sonst?«

Gropper hat verstanden. Die Zimmer will er sich auch noch ansehen, zuerst aber muss er sich das Büro vornehmen.

Vor den Kreideumrissen von Nafzigers Körper auf dem Linoleum bleibt er stehen.

»Da hat ea gleng«, sagt Fanny mit einem Zittern in der Stimme. »Aufm Rückn. Aber nacha hat ea aufm Bauch gleng. Weil ihn de Leit umdraht ham, wias die Leich ogschaut ham.«

Er sieht sich genau an, wie Nafziger gelegen haben muss zwischen Schreibtisch und Aktenschrank. Er öffnet den zweitürigen Schrank: links die Fächer für die Ordner, von denen die Erkennungsdienstler eine Menge mitgenommen haben, und rechts eine Stange, an der auf Kleiderbügeln zwei Mäntel und zwei Jacken hängen. Dahinter steht in der Rückwand eine schmale Holztür offen. Gropper schiebt die Kleider beiseite und kontrolliert das Geheimfach. An einem Haken hängt das leere Zellstofffutteral für einen Karabiner, der Reißverschluss ist aufgezogen.

»Hatte der Nafziger einen Karabiner?«, fragt er die Putzfrau.

»Ja, aba den ham de Leit aus München mitgnomma. Des war sei Gebirgsjagergwehr.«

»Woher wissen Sie, dass er eine Waffe hatte?«

»Weil eas mia imma zoagt hat. Ea wa so stolz auf sei Gwehr.«

»Er wurde also mit seinem eigenen Karabiner erschossen?«

»Ja gwieß.«

»Warum sind Sie da so sicher?«

»Ea hat doch sei Gwehr in da Hand ghabt, wia i ean aufm Bodn gfunden hab.«

»Er hätte seinen Karabiner bei den Amerikanern abliefern müssen.«

»Na, dea net. Den hätt ea nia im Lebn heagem. Des wa sei Ein und Alles.«

»Hat er seine Waffe in dem Futteral aufbewahrt?«

»Na. De stand imma frei im Fach.«

»Immer griffbereit.«

»Freili, ea hat doch Feinde ghabt.«

»Den Spuren nach waren es vier Täter.«

»Des woaß i net.«

»Wissen Sie, ob Nafziger vor seiner Ermordung Besuch hatte?«

»O mei, massenhaft. Unten im Lokal und im Hinterzimmer.«

»Hinterzimmer?«

»Des zoag i Eana nachhea.«

»Und hier oben im Büro?«

»Massenhaft. Nach Mitternacht hat ea oft Gschäftsfreund mit raufgnomma ins Büro.«

»Auch in der Nacht vor seiner Ermordung?«

»Des woaß i net. Jednfois wa hia nach Mitternacht oft no vüi los. Bis in da Fruha. Da hams dann allerhand bsprochn und graucht, auch dicke Zigarrn. De Aschenbecher warn am Morgen imma voll. Hab i alle leern müssn. Hat fürchterlich gstunkn. Und gsoffa hams. Bier, Whisky, Schnaps. Ois. I hab dann in dea Fruha alle Flaschn wegräuma müssn. Ois voi Flaschn.«

»Hat er auch Enzian getrunken?«

»Na freili. A Flaschn Enzian hat imma da auf seim Schreibtisch gstandn.« Sie zeigt auf die Stelle.

»Hat er auch Schnupftabak genommen?«

»An Schmoizler? Na. Nia.«

»Sind Sie da sicher?«

»Ganz gwieß. Des hätt i gwusst.«

»Haben Sie an den Abenden davor die Gäste gesehen, die ihn hier im Büro besucht haben?«

»Na – nia. Um de Zeit schlaf i doch scho, zhaus.«

»Dann haben Sie auch nicht gesehen, ob da mal eine Frau mit dabei war?«

»Sag i doch. Nua oa Sach is mia aufgfalln.«

»Was?«

»Am Vormittag, bevoa ea umbracht worn is, da ham zwoa Männer klingelt, wia i des Lokal putzt hab.«

»Zwei Männer?«

»Ja. Des war so gegen zehne am Vormittag. De wolltn den Nafziger sprechn.«

»Wer waren die beiden Männer?«

»Kenn i net. I hab eana gsagt, des Lokal macht east am Abend um achte auf. Da is dea Nafziger wahrscheins da. Da sans wiada ganga.«

»Das war am Vormittag, bevor er erschossen wurde.«

»Sag i doch.«

»Haben Sie diese beiden vorher schon mal gesehen?«

»Gar net nia.«

»Wie sahen sie aus?«

»Normal. Ganz normal.«

»Versuchen Sie, die beiden zu beschreiben.«

»Dea oana wa groß und dea andere a bissl klein. Sonst kann i nix sagn.«

»Würden Sie sie wiedererkennen?«

»Ja. I glaub scho. Aba i mog denen net visavi stehn.«

Gropper tritt durch die Glastür hinaus auf den Balkon und sieht auf das Garagendach hinab. Es sind eindeutig vier Paar Schuhabdrücke in der Teerpappe zu erkennen. Das Dach liegt nicht tief. Ein Sprung vom Balkon war leicht möglich. Und ebenso einfach war es, vom Dach auf die Erde zu springen.

»Hätten die Täter auch durch die Bürotür fliehen können?«

»Freili. Aba de wusstn doch net, ob de Lucretia no untn is. Un wenn de durchs Lokal abghaut wärn, hätt man se doch auf dea Strass gsehng.«

»Wer ist Lucretia?«

»Na de Barfrau.«

»Diese Lucretia musste doch den Schuss gehört haben.«

»Freili. Aber damit se net ins Büro rein kann, ham de Täter von innen zugsperrt. Deshalb hab i ja in da Fruah erst aufsperrn müssn.«

»Wie kamen die Täter an den Büroschlüssel?«

»Den hat dea Nafziger imma von innen steckn lassn.«

»Wo ist dieser Schlüssel jetzt?«

»Den habn wahrscheins de Täter mitgnomma.«

»Vielleicht hat Lucretia die Täter gesehen, als sie durch die Bar zum Nafziger hinaufgingen. Möglicherweise hat sie sie sogar zu ihm hinaufgeschickt.«

»Des werd so gwesen sei.«

Diese Bardame muss sich Gropper als Erste vorknöpfen. Sie könnte die Täter gesehen haben.

»Wie heißt denn diese Lucretia mit Nachnamen?«

»Des woaß i net. I kenn se nua unter Lucretia.«

»Wissen Sie, wo sie wohnt?«

»Na bei dem CIC in dea Villa.«

»Dann zeigen Sie mir mal die Zimmer nebenan«, fordert Gropper sie auf.

Fanny Jais führt ihn in die fünf Fremdenzimmer. Alles sieht noch so aus, wie die Erkennungsdienstler es zurückgelassen haben. Die Plumeaus und Kopfkissen auf den Boden geworfen, die Bettbezüge weggerissen, die Matratzen umgedreht, die Getränkeflaschen aus den kleinen Kühlschränken auf den Boden gestellt, daneben die umgekippten Schubladen aus den Nachtkästchen.

»Entschuldigens, wia des ausschaut. So greisli. Aba i hab ja danach nix meha orührn dürfn«, beklagt sich Fanny Jais.

»Wer hat die Zimmer in der Nacht des Mordes benutzt?«

»Des woaß i net.«

»Wer könnte in den Zimmern gewesen sein? Was meinen Sie?«

»Damit hab i nix zu tun.«

»Waren alle Zimmer in der Nacht belegt?«

»Freili. I hab alle Bettn frisch beziehn müssn.«

»Ist Ihnen dabei irgendetwas aufgefallen? Haben Sie irgendetwas entdeckt?«

»Nix. Es war wia sonst imma, wenn de Gäst in den Bettn rumgflackt san.«

»Nichts Verdächtiges?«

»Nix. Koa Garnix.«

Gropper will auf das Garagendach, um sich die Schuhabdrücke anzusehen. Er lässt sich von Fanny eine Leiter bringen, stellt sie vor der Einfahrt auf und klettert auf das Dach. Wie der Erkennungsdienst erkennt auch Gropper eindeutig zwei Paar Nagelschuhe, ein Paar flache Sohlen und ein Paar mit spitzen Absätzen, eindeutig von einer Frau. Vier Täter also. Vom Dach aus sieht er hinter der Garage in der Erde die gleichen Abdrücke und, wie im Protokoll des ED beschrieben, zur Innsbrucker Straße hin die hohe hölzerne Umzäunung. Auch die will er sich ansehen und steigt die Leiter wieder hinab. An der Straßenseite sucht er die beiden lockeren Bretter und zwängt sich mit Mühe durch die Zaunlücke. Er steht vor den vier Schuhabdrücken und verfolgt sie zurück bis zur Rückwand der Garage, an der eine schwere Eisenplatte lehnt.

Wieder im Lokal, lässt er sich von der Putzfrau das Hinterzimmer zeigen.

Es ist ein kleiner, fensterloser Raum, gemütlich eingerichtet mit Sofa und mit braunem Leder überzogenen Polstersesseln, zwei knie-hohen Tischen aus massiver Eiche und einem großen Kühlschrank für die Getränke. Die Wände sind mit Gebirgspanoramen tapeziert.

»Da hams am Abend imma gsessn und irgendwas bsprochn. A da hab i immer in dea Fruha ois wegramma müssn.«

Gropper will noch einiges von Fanny Jais wissen. Im Lokal rückt sie neben ihren Putzeimern zwei Ledersessel zusammen und stellt eines der Tischchen dazwischen. Sie holt eine Flasche Bourbon, eine angebrochene Coca-Cola-Flasche, ein Glas und einen Aschenbecher hinter dem Tresen hervor und stellt alles klirrend auf die Glasplatte des Tisches.

Die Jais trinkt ihre Coca sofort aus der Flasche und rülpst. Gropper ist keinen Whisky gewohnt und zögert.

»Langans zua.«

Er gießt sich ein und nimmt vorsichtig einen Schluck. Es brennt am Gaumen. Er muss husten. Nachdem der leicht beißende Geschmack etwas nachgelassen hat, fragt er: »Wer hat da nebenan mit Nafziger gesessen?«

»Na, seine Gschäftsfreund.«

»Wer war das?«

»Des woaß i net. Amerikaner hoid und Leit von außerhalb.«

»Auch Mittenwalder?«

»De a, ab und zua.«

»Kannten Sie davon welche?«

»I war doch nia dabei. Da war i doch zhaus.«

»War Nafziger verheiratet?«

»Na, dea net. Nia. Hat aba jede Menge Weiba ghabt.«

Gropper nimmt noch einen Schluck. Der Alkohol wärmt ihn leicht von innen. Fanny Jais holt aus ihrer Kitteltasche eine Packung Chesterfield, nestelt mit ihren vom Putzwasser verschrumpelten Fingern eine Zigarette daraus und pafft.

»Was ist mit dieser Lucretia? Wie stand Nafziger zu ihr?«

»Moanans privat?«

Gropper nickt.

»Dea hat was ghabt mit iha. Des is gwieß. Dea hat ja mit jeda was ghabt. Aba Intims woaß i net.«

Sie setzt die Coca-Cola-Flasche an ihre Lippen, trinkt und wischt sich über den Mund. Auch Gropper nimmt noch ein Schlückchen Whisky und fragt: »Sind Sie verheiratet?«

Einen Moment schweigt Fanny Jais. Sie scheint zu überlegen, was sie ihm sagen soll. Dann steht sie plötzlich auf, holt sich vom Tresen ebenfalls ein Glas, gießt es fast randvoll mit Whisky, nimmt einen kräftigen Schluck, ohne wie er husten zu müssen, schaut auf ihre beiden Putzeimer und beginnt zu erzählen.

Auch ihr Mann ist bei den Gebirgsjägern gewesen. 1944 wurde er in Serbien von Partisanen erschossen. Fanny war plötzlich Witwe, musste Geld verdienen und bewarb sich in der Jäger-Kaserne als Putzfrau. Nafziger war gerade von der Front zurückgekommen und Kommandeur der Kaserne geworden. So hat sie ihn kennengelernt. In der Kaserne durften aber nur Zwangsarbeiterinnen aus Polen, aus der Tschechoslowakei und vom Balkan putzen. Darum stellte Nafziger sie für sein Privathaus an, das direkt neben der Jäger-Kaserne lag. Sie putzte gern für ihn, auch wenn es aus der Jauchegrube hinter seinem Haus immer schrecklich stank.

Nach Kriegsende wurde er als ehemaliger Kommandeur von den Amerikanern zwar verhaftet, aber schon nach wenigen Tagen wieder entlassen. Warum, weiß sie nicht. Er durfte in die obere Etage der Villa »Hohenlohe« einziehen, wo der amerikanische Geheimdienst sein Quartier hat, und nahm sie als Putzfrau für seine neue Wohnung mit. Sie genoss nun das Privileg, beim CIC ein und aus gehen zu dürfen. Das war für sie ein gewaltiger Karrieresprung und eine sehr gehobene Position in Mittenwald.

Nafziger eröffnete Ende Juni '45 seinen Amüsierclub »Crazy Horse«, und bald darauf stand mit einem Mal ein dicker Amischlitten vor seinem Lokal, ein himmelblauer Buick Super mit breiten Stoßstangen aus Chrom und mit Weißwandreifen.

»Woher hatte er das viele Geld für das Lokal und den Buick Super?«

»Da wiad vui tuschelt. Aba koana woaß nix Genaues net«, sagt Fanny Jais und nimmt noch einen großen Schluck Whisky. Gropper hat den Eindruck, dass sie es weiß, es aber nicht verraten will. Er bohrt weiter.

»Haben Sie eine Erklärung dafür?«

»Mei, gredt wiad vui.«

»Zum Beispiel?«

Sie schweigt. Nach einer Pause erzählt sie weiter.

Mit der Eröffnung seines Amüsierclubs übertrug Nafziger ihr

50

das Saubermachen hier. Das war für sie eine Herabstufung und kränkte sie sehr. Für seine »Beletage« in der CIC-Villa engagierte er eine junge Polin, die dreißig Jahre jünger war als Fanny. Und als Barfrau und quasi Geschäftsführerin seines neuen Etablissements nahm er sich eine junge Rumänin, die er im Ort aufgegabelt hat. Sie wohnte von da an mit ihm in seiner »Beletage« als seine Geliebte.

»Das ist dann wohl die Lucretia«, mutmaßt Gropper.

»Genau. Da hat ea dann zwoa Weiba ghabt. Überall de ausländischen Weibsbilda!«, schimpft Fanny Jais. »De nisten sich hia ei un bleim ewig. Mia Einheimische ham hia überhaupt nix meha zu sagn. Des sag i a jedem. Un jeda Mittenwalder gibt mia recht. Gott sei Dank hab i mit dem auftakelten Farbkastn Lucretia fast nix zu tun. I putz bis zum Mittag, un de feine Madame kommt erst am Abend, kurz voa des Lokal öffnet um achte.«

Unter Nafziger wurde der Amiclub bald zu einem berüchtigten Treffpunkt für alle, die es vorzogen, ihre Machenschaften im Hinterzimmer abzusprechen, erfährt Gropper. Man munkelt, es soll um Drogen, Schmuggel und Schwarzhandel im großen Ausmaß gehen. Das Geschäft blüht.

Zugleich sorgen im Barraum, in dem auf dem Spiegel getanzt wird, Animierdamen dafür, dass das Fünf-Zimmer-Bordell im Obergeschoss immer gut belegt ist. Hat Nafziger mit seinen Geschäftsfreunden ein profitables Geschäft ausgehandelt, werden seine Spezis mit einem Besuch der ersten Etage belohnt. Da der Geheimdienst Nafziger die Lizenz für dieses Etablissement erteilt hat, ist es quasi ein amerikanischer Betrieb mit CIC-Heiligenschein. So sind viele Gäste im Barraum und in der ersten Etage hochrangige Amerikaner.

Nun ist also auch noch das CIC im Spiel, denkt Gropper. Neben Schmugglern, Schwarzhändlern, Amerikanern und ehemaligen Wehrmachtssoldaten, die alle nicht wollen, dass ihre Geschäfte mit Nafziger auffliegen. Da steht mir was bevor.

Selbst wenn man die übelsten Geschichten über Nafziger hört, auf ihren Chef lässt Fanny nichts kommen. Denn seit Mai '45 hat er sie sehr großzügig mit US-Dollars bezahlt. Es ist zwar bei höchster Strafe verboten, dass Deutsche US-Dollars besitzen, doch Fanny hat dafür von Nafziger eine Sondererlaubnis erhalten, die ihm vom

CIC ausgestellt wurde. Damit konnte sie ihre Dollars in einer speziellen Wechselstube in Deutsche Mark umtauschen. Aber jetzt, mit dem Tod von Nafziger, ist das alles vorbei. Das ist für sie sehr schlimm, eine Katastrophe.

Noch kurz vor seiner Ermordung hat er sie nach dem Saubermachen zu einem Glas roten »Krimskoje« eingeladen und über seine Pläne gesprochen. Da sich sein Betrieb zu einem wahren Goldesel entwickelte, wollte er ein Kinderheim kaufen und daraus einen zweiten, noch größeren Club, ein »Dancing«, mit einem noch größeren Bordell machen. Er hat mit ihr gescherzt, ihr wieder seine obszönen Witze erzählt, die sie längst kannte, und ihr in seinem neuen Unternehmen sogar die Stelle der Hausmeisterin vorgeschlagen.

»Draus werd jetz nix«, sagt Fanny Jais traurig.

»Was macht jetzt diese Lucretia?«, fragt Gropper.

»De Lucretia«, sagt Fanny Jais, drückt ihre Zigarette in dem Aschenbecher aus und nimmt noch einen Schluck Whisky. »Des is a Aas.«

»Leitet sie jetzt das Lokal?«

»Freili. Drauf hat ses absehng, des Biest. Aba dann arbat i unta dea nimmer. Wahrscheins schmeißt se mi jetz sowieso raus.«

»Warum?«

»Weil i zvui woaß üba dea Gschicht.« Und nach einem weiteren Schluck fügt sie hinzu: »Des Luada hat den Nafziger umbracht.«

Gropper stutzt. Hat sie das einfach so aus Wut gegen die verhasste Rumänin gesagt, oder hat sie für ihre Behauptung einen Beweis, zumindest Indizien, mit denen sie jetzt nicht herausrückt? Er muss Fanny am Montag sowieso offiziell vernehmen, um ihre bisherigen Aussagen zu protokollieren. Dann wird er abklopfen, ob hinter ihrer Beschuldigung wirklich etwas steckt.

Jetzt aber muss er zu dieser CIC-Villa, zu Lucretia.

***

Die Villa »Hohenlohe« ist ein schöner Bau aus dem 19. Jahrhundert und liegt auf einer Anhöhe an der Kranzbergstraße. Von hier oben hat man einen herrlichen Blick über Mittenwald zum Karwendel hin. Hinter der Villa geht es zum Kranzberg hoch.

Wahrscheinlich wurde diese Residenz, halb Schloss, halb Kastell, einmal für einen bayerischen Industriellen erbaut. Vielleicht für einen Waffenfabrikanten oder einen Uniformhersteller im Krieg gegen Preußen. Oder für einen mächtigen Brauereibesitzer. Gropper hat sich nie darum gekümmert. Das ganze Gebäude ist aus den verschiedensten Stilen zusammengebacken: Barockfassade mit Rundbogenfenstern, kleine Renaissancebalkone, zwei kleine Türmchen in englischer Gotik mit Zinnen, eine Freitreppe, die an Ludwig II. denken lässt, sowie zwei antike Säulen zu beiden Seiten des Eichenportals im bayerischen Landhausstil. Der Bauherr wollte wohl zeigen, dass er sich in der Baukunst auskennt, und damit protzen.

Vor der Villa blüht ein großer Garten mit Zierbüschen, darin speit ein Schwan aus weißem Marmor in der Mitte eines kleinen Teiches einen Wasserstrahl. Das gesamte Anwesen, angestrahlt von der Mittagssonne, ist von einer gelblich getünchten Mauer umschlossen, auf der in Abständen fette, niedliche Gipsputten posieren. Und am gusseisernen Gartentor sind zwei bewaffnete Militärpolizisten postiert.

Als Gropper am Tor stehen bleibt, fordern sie ihn barsch auf weiterzugehen. Er will ihnen erklären, dass er zu Nafzigers Lucretia will. Sie verstehen ihn nicht. Nach einigem Hin und Her greifen sie zu ihrem Feldtelefon und melden etwas für Gropper Unverständliches.

»Wait«, sagen sie, und Gropper wartet. Bald kommt ein schlanker Offizier über den Kiesweg, wie alle CIC-Agenten in korrekt sitzender Uniform.

Im Schloss des gusseisernen Gartentors summt es, das Eisengitter springt automatisch auf, und der etwa fünfzigjährige Mann mit akkuratem Haarschnitt steht vor ihm. Die beiden Militärpolizisten salutieren zackig.

»What do you want?«, fragt der Uniformierte.

»Ich möchte eine Dame namens Lucretia sprechen.«

»Why?«, kommt es knapp zurück.

»In der Angelegenheit Anton Nafziger.«

»This is military area. Leave immediately.«

Gropper ärgert sich über die Zurechtweisung durch diesen CIC-Schnösel, der sich vor ihm so aufmandelt, unterdrückt aber seinen

Ärger und hält ihm seinen Dienstausweis hin. »Kriminalpolizei München.«

Der Offizier reißt ihm die Karte aus der Hand und betrachtet skeptisch Vorder- und Rückseite, als wäre das Dokument gefälscht. »What do you want?«, fragt er nochmals.

»Ich habe ein paar Fragen an Madame Lucretia im Fall Nafziger.«

Der CIC-Lackl will ihn abweisen. »Kriminalisten beantworten wir grundsätzlich keine Fragen«, sagt er nun plötzlich auf Deutsch, doch Gropper kontert: »Melden Sie mich Ihrem Vorgesetzten.«

Der Offizier zögert einen Moment, dann steckt er Groppers Ausweis in seine Brusttasche und bedeutet ihm mit einer herrischen Handbewegung mitzukommen.

Wieder ertönt der Summton, wieder springt das automatische Eisentor auf. Beim Durchgehen sieht Gropper sich kurz um: Da muss doch irgendwo eine Kamera stecken. Sicher hocken in der Villa Kontrolleure, die auf einem Bildschirm alles beobachten und das Knöpfchen drücken.

Wieder salutieren die beiden Militärpolizisten zackig, und der Uniformierte führt Gropper über einen Kiesweg, vorbei an violetten Fliederbüschen, üppigen Goldregenstauden und Fenstern, vor denen schwere Eisengitter angebracht sind. Sie gehen über alte Natursteinstufen hinauf zur Pforte der Villa. Auch das Eichenportal öffnet sich automatisch. Im großen holzgetäfelten Vestibül mit einer riesigen breiten Holztreppe hängt ein mächtiges gerahmtes Farbporträt von General Eisenhower.

»Wait«, verfügt der Offizier verächtlich und verschwindet mit Groppers Dienstausweis hinter einer Eichentür. Gropper besieht sich das Schild, das am dunklen Türrahmen angebracht ist: »Counter Intelligence Corps – CIC Detachment Mittenwald – Commanding Officer«.

Wahrscheinlich prüfen sie jetzt, ob mein Ausweis wirklich echt ist, vermutet Gropper. Vielleicht rufen sie im Münchner Polizeipräsidium an und fragen, ob es diesen Kommissar Gropper tatsächlich gibt.

Er wartet. Es gibt keine Sitzmöglichkeit in dieser pompösen Empfangshalle. Er wartet fünf Minuten. Er wartet zehn Minuten. Da hört er auf der wuchtigen Holztreppe Schritte. Stöckelschuhe.

Klappernde, spitze Absätze. Sofort denkt er an die Abdrücke auf der Teerpappe.

Langsam schreitet eine wie für einen Varietéauftritt aufgeschäumte Donna die Treppe herab, wie eine Herrin. Klack, klack, klack machen ihre hochhackigen Schuhe. Um ihren Kopf wallt eine ausladend hochtoupierte Löwenmähne mit zu stark blondierten Haaren, und ihren Körper umweht ein lila Seidenkleid.

Das also ist Lucretia.

Obwohl sie auf der drittletzten Stufe in weitem Abstand zu ihm stehen bleibt, kann er sehen, dass ihr Gesicht schon jetzt am Mittag grell geschminkt ist. Knallig schwarz glänzen ihre Lippen. Wie Stacheln stehen ihre künstlichen Wimpern ab. Der apricotfarbene Puder ist so dick auf ihrem Gesicht aufgetragen, dass Gropper befürchtet, er könnte herabrieseln, wenn sie ihre Miene verzieht. Fanny Jais unterstellt ihr, an dem Mord beteiligt zu sein. Gropper findet, dass es durchaus den Anschein hat, als wäre sie der Typ, der über Leichen geht. Aber da könnten sich beide auch täuschen. Wichtig wäre zu wissen: Was für ein Motiv hätte sie gehabt, ihren Chef und Geliebten zu beseitigen?

»Sie wollen?« Ihre Stimme mit dem rumänischen Akzent raspelt rau, brüchig. Wohl vom Alkohol und vom nächtlichen Dienst an der Bar oder sonst wo.

Gropper stellt sich vor. »Es geht um den Tod von Anton Nafziger. Dazu habe ich ein paar Fragen.«

Verärgert wendet sie sich ab.

»Moment«, stoppt sie Gropper.

Sie hält inne.

»Ich fordere Sie auf, am Montag um fünfzehn Uhr bei der Landpolizei zur Vernehmung zu erscheinen.«

Sie schüttelt ablehnend den Kopf.

»Um fünfzehn Uhr«, bestimmt Gropper.

Wieder verweigert sie stumm.

»Sie sind zur Aussage verpflichtet. Wenn Sie nicht erscheinen, werden wir Sie holen lassen.«

Brüsk dreht sie sich endgültig um und stampft wütend die Treppe hinauf. Gropper muss an Fannys verächtliche Bemerkung denken: »De Lucrezia, des is a Aas.«

Da tritt durch die Seitentür in der Holztäfelung, durch die er verschwunden war, der CIC-Offizier heraus. Auch hier ist also irgendwo eine Kamera, die alles filmt. Wortlos führt er Gropper über den Kiesweg zurück zum Gartentor zu den beiden Posten, gibt ihm dort seinen Ausweis zurück und wendet sich grußlos ab. Gropper bezweifelt, dass sie kommen wird.

4

A eignes Haus kriagt jeder amal.
Eins von vier Bretter und als Zugab an Schippl Erd.

Am Nachmittag ist Gropper unterwegs zu seiner Schwester Theres. Sie wohnt immer noch in ihrem Häuschen beim Sägewerk
Schmauß am Mühlbach. Hinter dem Bahnhof kürzt er den Weg ab,
geht über die Wiesen und kommt auf den Mühlenweg. Etwas entfernt sieht er die umgebauten Gebäude des Sägewerks, die einmal
der Bauernhof seiner Eltern waren. Auf diesem Hof hat er seine
Kindheit verbracht. Da steigen Erinnerungen in ihm auf. Im Sommer der warme Sand zwischen den nackten Zehen und an der Fuß-
sohle, wenn er barfuß über den Mühlenweg ging. Die Weichheit,
mit der sich seine Füße in die kleinen Kuhlen und an die leichten
Erhebungen des Weges schmiegten. Das war schön zu spüren.
Manchmal war der Sand sogar heiß. Aber das machte ihm nichts
aus. Doch wenn Strasser große Vertiefungen mit Kies auffüllte, das
mochte er gar nicht. Dann stachen die spitzen Steine in seine nackten Fußsohlen.

Normal gegangen ist er als Kind eigentlich nie. Er rannte immer. Allein oder in der Gruppe, mit seinen Freunden. Wenn er
dann über eine neue Kiesaufschüttung rannte, schlug er sich oft
die Kuppen seiner großen Zehen an den Steinen auf. Das tat dann
sehr weh, die Zehen bluteten stark, und er konnte nur noch hum-
peln. Später wurde es unter dem Nagel schwarz vom verkrusteten
Blut.

Er sieht sich als kleinen Jungen barfuß über die Wiese zum
Mühlbach laufen. Es ist früher Morgen, die Wiese ist noch nass
vom Tau, und in den Büschen zittern glitzernde Tautropfen in den
Spinnweben. In der Hand hält er ein Einweckglas, das er im Kel-
ler von der Stellage geholt hat. Er will darin aus dem Mühlbach
Kaulquappen fangen. Auf dem Rückweg zupft er Büschel von
Schafswolle vom Stacheldraht und steckt sie in die Tasche.

Jeden Tag musste er bei der Arbeit auf dem Hof helfen, den Stall
ausmisten, frisches Stroh aufschütten, den sieben Kühen und den
beiden Ochsen neues Heu hinzustreuen, während über ihm krei-

schend die Schwalben aus dem Kuhstall hinaus- und wieder hereinjagten.

Die Kühe hatten alle einen Namen: Lise, Braune, Milli – weil sie mehr Milch gab als die anderen – und Bunte, die ein braunes und ein blaues Auge hatte. Die anderen Namen weiß er nicht mehr. Die beiden Ochsen hießen Max und Moritz. Gern roch er den warmen Atem, der aus ihren breiten Nasenlöchern strömte und nach feuchtem Gras duftete. Er ekelte sich nicht vor dem gelben Rotz, der ihnen aus den Nasenlöchern lief und den sie sich mit ihren langen Zungen ableckten. Ein paarmal wollte er ihn mit Heu abwischen, doch da wehrten sie sich heftig. Es stach in ihren empfindlichen nassen Nasen. Dafür durfte er mit seinen Fingern den weißlichen Saft aus ihren Augenwinkeln wischen, in denen sich Fliegen und große graue Bremsen festgesaugt hatten. Das ließen sie sich gefallen.

Nachts schlich er manchmal heimlich in den Stall. Er mochte die dumpfe Wärme, das Schnauben und Prusten der Kühe, ihr Brummen im Schlaf. So leise er auch den Stall betrat, die Tiere hörten ihn doch jedes Mal, richteten sich auf und schüttelten ihre schweren Köpfe, dass ihre Ketten klirrten.

Im Sommer sah er immer auf der Weide nach, ob sich in der alten emaillierten Badewanne, die als Viehtränke diente, noch genügend Wasser befand. Gemächlich wiederkäuend lagen dort die Kühe in der Sonne und dösten. Gern hätte er sich auf ihre wuchtigen, warmen Bäuche gelegt, in denen es rumorte. Doch jedes Mal, wenn er sich ihnen näherte, standen sie auf und glotzten ihn an mit ihren schönen großen Augen, umrahmt von langen Wimpern.

Hin und wieder gab es am Sonntag »Auszogne«. Die runden Teignudeln brotzelten im Schmalz und hatten am Rand einen dicken Wulst, aber die Mitte war hauchdünn. Wenn sie dunkelbraun und knusprig waren, wurden sie aus der Pfanne genommen. Nachdem sie etwas abgekühlt waren, durfte er die frisch gebackenen, noch warmen Kirchl kosten. Nach zwei oder drei Schmalznudeln war er meist satt. Doch er verlangte mehr und ging damit aus der Küche. Vor dem Haus wartete schon sein Schäferhund Arko und wedelte mit dem Schwanz. Nachdem der Hund seine Portionen dieses Sonntagsgebäcks gierig gefressen hatte, kotzte er alles wieder aus. Groppers Mutter kam ihm auf die Schliche, und von da an durfte er die Auszognen nur noch in der Küche essen. Mit der Sense mähen, das war ihm verboten. Für ihn als Kind war das zu gefährlich. Dafür musste er das Heu wenden und zu langen Schwaden zusammenrechen. Und er musste beim Aufladen des Heus hoch oben auf dem Wagen stehen und es nach jeder Gabelladung barfuß niedertreten. Dabei zischten einmal die Spitzen der Forke ganz dicht an seinem Kopf vorbei. Massel gehabt.

An einen Unfall erinnert sich Gropper besonders. Beim Sprung über einige Bretter hinter dem Schafstall landete er mit der Ferse in einem rostigen Nagel. Noch meterweit schleppte er das kleine Brett hinter sich her. Am Anfang spürte er den Schmerz gar nicht. Erst als er den Nagel mit dem Brett aus seiner Ferse herauszog, brannte die Wunde wie Feuer. Als würde man ein brennendes Streichholz an die Haut halten.

Damals war Wilma dabei. Sie wurde käseweiß, als sie ihm half, das rostige Ding herauszuziehen, und er gellend aufschrie. Sie hatte ihn immer vor solchen idiotischen Sprüngen gewarnt. Doch er als Junge musste doch zeigen, was er konnte.

Sie kam oft zu ihm auf den Hof. Sie liebte die Schweine, die Schafe, die Kühe und die beiden Ochsen. Und er liebte ihre braunen Zöpfe und ihren roten Mund mit den schön geschwungenen Lippen. Sie war zehn oder elf Jahre, er ein Jahr älter.

Wenn sie kam, wusste er, dass bei ihrem Vater wieder Schlachttag war und die Bauern ihre Kälber und Schweine in Hängern heranfuhren. Es waren auch Kälber und Schweine von seinem Hof dabei. Wenn die brüllenden Tiere ausgeladen wurden, konnte sie es zu Hause nicht aushalten und rannte weg. Manchmal in den Wald oder zu ihm auf den Hof, wo sie die Tiere streichelte. Sie kehrte erst wieder zurück, wenn alles vorbei war.

Manchmal kam sie auch einfach nur, um bei ihm zu sein. Unter ihrem Kleid formten sich schon Ansätze ihrer Brüste. Gern schaute er heimlich darauf. Wenn er mit ihr auf den Feldern den Mist ausfuhr oder im Wald Prügelholz für den Ofen sammelte und dabei gespielt unabsichtlich über ihre Brust streifte, wurde ihm ganz heiß.

Sie half ihm, seinem Schäferhund Arko Zecken aus dem Fell

herauszuziehen. Dabei hielt sie den Hund fest und umschlang ihn mit beiden Armen, während er Arko mit den Fingernägeln die Zecken aus der Haut kniff. Er wünschte sich, dass Wilma auch ihn mal so fest umfassen würde wie den Hund. Am Ende hatte er nur blutige Fingerspitzen von den zerquetschten Zecken.

Auch Strasser kam oft zu ihnen. Wenn er in der Nähe Straßen ausbessern musste, machte er bei ihnen Brotzeit. Er legte seine alte Kordmütze auf den Küchentisch, holte aus seinem zerfransten Stoffbeutel seine Vesper und aß seine Wurst- und Käsebrote oder sein Geselchtes und trank seine Weiße aus der Flasche. Meistens hielt Groppers Mutter für ihn außerdem eine warme Suppe bereit oder ein paar Stücke vom selbst gebackenen Blechkuchen.

Durch einen Kopfschuss hatte Strasser als Dreiundzwanzigjähriger im Ersten Weltkrieg in Flandern sein linkes Auge verloren. Und da man ihm das Glasauge schief eingesetzt hatte, schielte er. So wusste man nie, wohin er nun schaute. Das irritierte.

Der Strasser hieß eigentlich Nepomuk Riedel. Weil er Straßenarbeiter war, nannten ihn alle einfach nur »Strasser«. Mit seiner Schubkarre zog er die Straßen entlang und füllte Schlaglöcher mit Sand oder Kies auf, befestigte weggebrochene Straßenränder, richtete umgefahrene Verkehrsschilder wieder auf und streute im Winter Split. Bei jedem Wetter war er unterwegs. Seine Haut sah aus wie gegerbtes Leder. Weil er immer unterwegs war und mit jedem Vorbeikommenden gern tratschte, wusste er alles, was in der Gegend geschah.

Gropper freute sich immer auf seinen Besuch. Da gab es jedes Mal spannende Geschichten zu hören über Gaunereien, Hochzeiten und Geburten. Dabei lachte Strasser kurz mit seiner rauen Stimme. Wenn er über Familienstreitigkeiten, Einbrüche, Diebstähle, Brandstiftungen und Beerdigungen berichtete, fügte er ernst und gedankenvoll hinzu: »Gschichten san des. Gschichten. Ja, so geht's.«

Auch später, als Gropper mit seinen Eltern und seiner Schwester nach dem Verlust des Hofes in die Judengasse umziehen musste, kam Strasser zur Brotzeit zu ihnen in ihre kleine Kammer. Als das Walchenseekraftwerk in Betrieb ging und sie zum ersten Mal elektrisches Licht hatten, sagte Strasser respektvoll: »Gschichten san des. Gschichten. Ja, so geht's.«

60

Als Groppers Vater starb und drei Jahre darauf die Mutter, sinnierte er trübsinnig: »Gschichten san des. Gschichten. Ja, so geht's.« Dem Gendarm Gropper gegenüber ließ er beim Vespern hin und wieder vertraulich durchblicken, wer diesen und jenen Ster Holz im Wald oder die Bretter vom Sägewerk Schmauß oder das Pferd von der Koppel gestohlen haben könnte. Seinen diskreten Hinweis schloss er stets mit der Bemerkung: »Gschichten san des. Gschichten. Ja, so geht's.«

Durch die Umbauten sind das Wohnhaus, die Ställe und die Remise des früheren Bauernhofes nicht mehr zu erkennen. Bis 1923 hat er hier gelebt. Dann kam die Inflation. Er war dreizehn. Von dem Erlös der Milch konnte sein Vater nicht mal mehr den Diesel für seinen Traktor bezahlen, den er brauchte, um die Milch an die Molkerei zu liefern. Wenn sie Schweine und Kälber an die Metzgerei Gschwandtner verkauften, war das Geld innerhalb eines Tages nichts mehr wert. Ihre Kartoffeln und ihr Obst nahm die Genossenschaft nicht mehr an, weil sich der Verkauf nicht mehr rentierte. Die Mittenwalder holten sich die Erdäpfel direkt vom Acker und schüttelten das Obst von den Bäumen. Oder es verfaulte als Fallobst am Boden.

Sie mussten ihre sieben Kühe und die beiden Ochsen an einen Viehhändler verkaufen und ihren Traktor an den Sägewerkbesitzer Schmauß. Sie erhielten dafür zwei Tüten voller großer, aber wertloser Scheine.

Bei einem seiner Besuche sagte Strasser wieder einmal: »Gschichten san des. Gschichten. Ja, so geht's.«

Da fuhr Groppers Vater wütend auf: »So geht's überhaupt net! Dea Staat derf uns ois nehma, un mia müaßn uns des gfalln lassn. A Räuberei is des an de kloane Leit. Mia saufn ab.«

Seine Eltern sagten zu den Hühnern: »Legt keine Eier mehr. Das lohnt sich nicht.« Aber die Hühner gackerten nur und legten trotzdem weiter ihre Eier.

Der Sägewerkbesitzer Schmauß spekulierte in günstigen Sachwerten und kaufte ihre Äcker und Wiesen, ihre Ställe und ihr Wohnhaus. Sie bekamen dafür einen Karton voller Geldscheine: alles Altpapier, alles Makulatur. Ihr Haus baute Schmauß in ein Chalet mit breit ausladendem Dach um und ließ sich darin nieder. Ihre Ställe wurden zu Lagerschuppen. Der Hof war weg, sie mussten ausziehen und fanden die kleine Parterrewohnung in der Judengasse neben der Kirche.

Das Sägewerk wurde im Laufe der Jahre immer größer. Am Mühlbach errichtete man eine neue Hebeanlage, um die angetrifteten Baumstämme aus dem Wasser zu holen. Man baute einen neuen Kran, um die Stämme auf das Förderband zu legen, eine zweite Schälanlage und ein neues Vollgatter mit Einzugswalzen und speziellen Sägeblättern.

Gropper riecht wieder den Duft der nassen Fichtenstämme, schnuppert den Geruch der frisch gesägten, gestapelten Bretter. Diesen feuchtharzigen Holzgeruch mochte er schon damals. Er kann den Schuppen sehen, hinter dem er sich heimlich mit Wilma getroffen hat, als sie neunzehn war und er zwanzig. Zwischen zwei Stapeln von Kanthölzern haben sie sich geküsst und über ihre Zukunft gesprochen. Da schaute plötzlich Korbis Vollmondgesicht um die Ecke und grinste feist. Da war es aus mit der zärtlichen Tändelei. Korbi ergriff die Flucht und sprang wie ein Ziegenbock quer über die Wiese, als Gropper auf ihn zuging, doch Wilma war verstört und wollte nun schnell nach Hause. Gropper verfluchte diesen Kerl. Er musste hinter ihnen hergeschlichen sein, ohne dass sie es bemerkt hatten. Zu einem zweiten Rendezvous hinter dem Schuppen kam es nicht mehr.

Ein Haus steht immer noch so da wie 1933: das Haus, in das seine Schwester Theres nach ihrer Hochzeit mit dem Platzmeister des Sägewerks eingezogen ist. Ein unscheinbares Häuschen mit einem Stockwerk und steilem Giebeldach. Die Fensterläden aus zusammengenagelten Brettern sehen noch genauso aus wie damals. Und Theres wohnt immer noch hier, wenn auch ohne ihren Mann. Er wurde 1940 an der Westfront als vermisst gemeldet.

Theres hat Gropper erzählt, sie würde jetzt als Dolmetscherin für die Amerikaner arbeiten und gut verdienen. Gleich nach seiner Rückkehr aus St. Gallen im Sommer vergangenen Jahres hat er sie angerufen. Auch später telefonierten sie oft miteinander, und gestern ließ er sie wissen, dass er nach Mittenwald kommen würde, um den Mordfall Nafziger aufzuklären.

Als er jetzt vor ihrem Häuschen eintrifft, steht ein BMW vor der Tür, ein älteres Modell aus den dreißiger Jahren. Der Wagen ist zweitürig, die Seitenwände rot, der vordere Kotflügel, die Kühlerhaube und das Dach schwarz. An der Kühlerfront hat er zwei schmale silberne Grills. Ein teures Auto.

Woher hat sie das Geld für so einen Wagen? Vorausgesetzt, es ist ihr Wagen.

Weit kommt er nicht mit seinen Überlegungen, denn schon steht Theres in der Tür und winkt ihn herein. Das erstaunt ihn. Früher ist sie immer freudig herausgelaufen und hat ihn vor dem Haus begrüßt. Nun soll er schnell hereinkommen.

Kaum steht er in der Diele, drückt sie die Haustür hinter ihm zu. »Es ist besser, man sieht dich nicht bei mir«, sagt sie.

»Warum denn nicht?«

»Ist nicht gut.«

»Versteh ich nicht.«

»Der Ort hat tausend Augen. Da wird schnell viel Unsinn gequatscht.«

Jetzt erst beginnen sie ihr Begrüßungsritual, so, wie sie es seit ihrer Jugend tun. Sie boxt kräftig gegen seine Schulter. »Na du narrischer Gockel, wie viel Hennen hast du heut schon aufghupft?«

Er gibt mit einem leichten Faustschlag an ihre Schulter zurück: »Na du spinnertes Huhn, wie viel Gockeln hast du heut schon aufhupfen lassen?«

Dann umarmen sie sich.

»Gut schaust aus, du Baazi.«

»Du auch, du Froscherl.« So nannte Gropper seine zwei Jahre jüngere Schwester immer scherzhaft, als sie noch ihren Hof am Mühlbach hatten.

»Schmeichler.« Sie stupst ihn mit der Faust am Oberarm an.

Mit ihren vierunddreißig Jahren sieht Theres wirklich gut aus. Früher trug sie ihre Haare zu einem Dutt hochgebunden. Da sah sie aus wie eine strenge Religionslehrerin. Nun fällt ihr das gewellte dunkelblonde Haar offen auf die Schultern. Das gibt ihr ein verführerisches Aussehen. Außerdem ist ihr Gesicht geschminkt, doch nur andeutungsweise: Sie hat leichten Lidschatten und ganz fein Wimperntusche aufgetragen, was ihre mandelförmigen Augen noch mehr betont. Dazu die Lippen nachgezogen, über ihre Wangen ein dezentes Rot hingehuscht und die Haut dünn mit Puder bestäubt. Das machte sie früher nie.

Wäre sie nicht seine Schwester, würde er sie eine begehrenswerte Frau nennen. Sicher gibt es viele Männer, die sie mit ihrem Reiz anstachelt und die sich zu einem Abenteuer mit ihr verlocken lassen würden. Ihr kokettes Aussehen steht jedoch ganz im Gegensatz zu ihrer jungenhaften Art, ihn mit ihren derben Bemerkungen anzuboxen. Dieses Verhalten stammt aus früheren Jahren. Als sie noch Kinder und Jugendliche waren, kletterte seine burschikose Schwester mit ihm über die Zäune, um eines ihrer Schafe zu befreien, das sich mit seinem Seil um einen Baum gewickelt hatte und nicht mehr loskam. Oder stand im klatschnassen Rock in der Isar und griff nach den Fischen. Oder kraxelte so hoch wie möglich auf Bäume, um auf den gefährlich wippenden Ästen Schiff im Sturm auf hoher See zu spielen. Schade, dass sie damals keine Pferde hatten. Sicher wäre sie schon als Kind wie wild über die Weide galoppiert. Ein echtes Landkind ist sie gewesen, gesund, lustig und so schrecklich katholisch. Und nun so damenhaft und voller Reize. Ihm fällt es schwer zu verstehen, dass nicht mehr die kleine, kecke Schwester vor ihm steht, sondern eine erwachsene, erotische Frau.

Wie immer lassen sie sich in der Küche nieder. Nicht im Wohnzimmer nebenan. Da führt man nur die Fremden hin. Im großen Radioapparat auf der Kommode läuft der Suchdienst des Deutschen Roten Kreuzes.»Gesucht wird … Zuletzt gesehen in … Zweckdienliche Angaben … München Infanteriestraße … Gesucht wird … Zuletzt gesehen in …« Theres schaltet aus.

Er sieht sich um. Früher standen hier ein Kohleofen mit eingebautem Wassergrantl, in dem das Wasser siedete, ein alter Küchenschrank mit einem Aufsatz, eine Holzbank und auf dem Fensterbrett ein Kästchen mit grünem Fliegengitter für Wurst und Käse. Jetzt gibt es stattdessen einen Elektroofen mit Kochplatten, einen elektrischen Wasserkocher, einen neuen Küchenschrank aus Resopal, einen Kühlschrank und eine neumodische Couchgarnitur.

Woher hat sie so viel Geld?, fragt sich Gropper.

Theres scheint in seinem Gesicht zu lesen.»Ich verdien doch. Hab oben im ersten Stock meine Logiergäste. Flüchtlingsbagage. Die Gemeinde zahlt dafür.«

»So viel wird das nicht sein.«

»Außerdem verdien ich als Dolmetscherin bei den Amis. Die zahlen nicht schlecht.«

»Ist der BMW draußen dein Wagen?«

»Natürlich. Den hab ich von den Amis. Willst du einen Cognac oder einen Whisky?«

»So teure Getränke.«

»Ach was, das krieg ich alles von den Amis geschenkt.«

»Auch den BMW?«

»Ja, auch den BMW.«

»So einfach geschenkt?«

Sie will ihm Whisky einschenken, doch er wehrt ab. Whisky hat er schon am Vormittag mit der Putzfrau im »Crazy Horse« getrunken. Er will lieber einen starken Kaffee, einen richtigen kräftigen Muckefuck.

Theres springt auf und geht zum Küchenschrank. Gropper denkt, dass sie nun wie früher die alte hölzerne Kaffeemühle rausholt, die Getreidekörner in den Metalltrichter schüttet, die Mühle zwischen ihre Knie klemmt und den Schwengel dreht, dass die Körner beim Mahlen krachen, als wären es Kaffeebohnen. Aber nein, sie holt eine Dose Nescafé aus dem Schrank, gibt einen Teelöffel davon in eine Tasse und gießt aus dem Elektrokocher heißes Wasser darauf.

Dann tischt sie auf: amerikanische Hühnersuppe aus der Dose, Corned-Beef, Pancakes mit Ananasmarmelade und ein Ami-Ale aus der Dose. Früher gab es bei ihr Leberknödelsuppe oder Griesnockerlsuppe und eine dicke Scheibe restlichen Schweinebraten vom Gschwandtner, schwarz geschlachtet, mit einer kräftigen Soße, in der geröstete Brotwürfel schwammen.

Nur eins ist geblieben: Sie stellt ein Stamperl Enzianschnaps auf den Tisch.

»Ich hab niemandem erzählt, dass du kommst«, sagt sie, während sie sich zuprosten. »Aber sicher haben dich schon einige Leute gesehen.«

»Ich hab den Lingl Mucki getroffen und die Rohrmoserin.«

»Dann wissen schon alle im Ort, dass du da bist.«

»Und natürlich unseren Korbi.«

Theres macht eine wegwerfende Handbewegung. »Dem Depp glaubt sowieso keiner.«

Nach einer Pause fragt Gropper: »Weißt du, wo Wilma wohnt?«

»Deine Wilma?«

Er nickt.

»Die hab ich schon lange nicht mehr gesehen.«

»Weißt du, wo sie wohnt?«

»Willst du sie wiedersehen?«

»Natürlich.«

»Warum denn?«

»Wenn ich schon hier bin.«

»Keine Ahnung, wo sie wohnt. Keine Ahnung. Vielleicht ist sie gar nicht mehr in Mittenwald.«

»Ich war bei ihrer früheren Arbeitsstelle und wo die Metzgerei damals war.«

Theres winkt ab. »Vergiss es.«

»Du warst doch auch mit ihr befreundet. Hat sie dir nicht gesagt, wo sie hingezogen ist?«

»Ich weiß es wirklich nicht. Das würde ich dir schon sagen, Brüderchen. Ich weiß doch, wie du noch an ihr hängst.«

»Und ihre Eltern?«

»Bis Kriegsende hatte er noch die Metzgerei. Bis dahin war auch sie noch hier. Aber gleich Anfang Mai voriges Jahr war der Laden geschlossen und die ganze Familie weg. Kein Wunder. Er war doch ein fetter Nazi. Hat über das Schaufenster ›Deutsche Metzgerei‹ gepinselt. Fehlte nur noch der Zusatz: ›Koteletts von rein arischen Schweinen‹.«

»Wohin könnte sie gezogen sein?«

Theres zuckt mit den Achseln.

»Hat sie geheiratet, während ich weg war?«

»Da war wohl ein Mann, mit dem ich sie öfters gesehen hab. Aber ob die was miteinander hatten – keine Ahnung.«

»Ich würde sie so gern wiedersehen.«

»Brüderchen, sei vernünftig. Die Sache mit euch ist aus. Schmink dir die Wilma ab. Ihr habt euch als Jugendliche geliebt, ja, war schön. Aber jetzt bist du verheiratet, und sie hat sicher einen Mann. Du wirst sie verschmerzen können. Also Ausäpfeamen.«

Wieder tritt eine Pause ein. Beide hängen ihren Gedanken nach. Sie schenkt ihm nochmals das Stamperl voll Enzianschnaps, er leert es mit einem Schluck.

Nach einem kurzen Hustenanfall fragt er: »Woher hatte der Nafziger das Geld für seinen Luxusschuppen? Der hat doch ein Vermögen gekostet. Wieso war er so reich, jetzt, in dieser Zeit?«

»Woher er das Geld für das Lokal hatte, das weiß ich nicht. Ich weiß nur, dass er mit der Bude wahnsinnig viel Geld machte.«

Sie führt ihn in den Keller. Am Ende der Holztreppe steht in einer Ecke ihr altes, verrostetes Fahrrad, die Reifen platt. Daneben hängen alte Uniformteile vom Reichsarbeitsdienst. »Von meinem Mann«, erklärt sie. »Die hängen seit 1940 da. Nach Kriegsende wollte ich die Jacke, die Hose und den Mantel eintauschen gegen Lebensmittel, aber dann erhielt ich von den Amis andere Verdienstmöglichkeiten.«

Sie schließt einen kleinen Raum auf. Im Winter lagerten hier früher auf Lattengittern Kartoffeln und Blaukrautköpfe und in Holzregalen eingemachte Marmeladengläser. Nun stehen in den Regalen Corned-Beef-Dosen, Packungen mit Mais, Nescafé und Weißbrot, Kartons mit Coca-Cola, Whisky, Cognac, Champagner, Bohnenkaffee und massenhaft Stangen von Zigaretten: Marlboro, Pall Mall, Camel.

»Das ist ja der reine PX-Laden«, sagt Gropper erstaunt.

Theres winkt ab. »Nur kleines Lager. Aber deshalb hab ich dich nicht runtergeführt.«

»Warum dann?«

»Oben werden wir abgehört.«

»Und hier unten nicht?«

»Noch nicht. Kann aber noch kommen.«

»Von wem abgehört?«

»Na von wem wohl?«

»Von den Amis?«

»Klar.«

»Du stehst also unter Kontrolle.«

Theres schweigt.

»Deshalb wolltest du nicht, dass man dich mit mir vor dem Haus sieht.«

Sie schweigt immer noch.

»Aber als Dolmetscherin hast du doch eine Vertrauensstellung.«

»Vertrauen ist gut, Kontrolle besser. – Wer hat das noch gesagt?«

»Schon mal gehört. Weiß nicht.«

Sie setzen sich auf einen der Stapel CARE-Pakete, die überall auf dem Betonboden aufgeschichtet stehen.

»Woher hast du all das Zeug?«

Theres reißt eine der Zigarettenstangen auf und zerrt eine Marlboro-Packung heraus. »Du auch?«, fragt sie und hält ihm die geöffnete Schachtel hin. Gropper schüttelt den Kopf. Sie fingert eine Marlboro heraus und zündet sie mit einem Feuerzeug an. »In München haben wir nicht einmal das Benzin zum Nachfüllen«, bemerkt Gropper.

»Gas«, sagt sie und nimmt einen Lungenzug. »Ist ein Gasfeuerzeug. Von den Amis.«

Sie zieht nochmals an der Zigarette und sagt dann ganz selbstverständlich: »Also, warum der Nafziger mit seiner Bude so wahnsinnig viel Geld verdient hat: Es ist im Ort allgemein bekannt, dass in seinem Amüsierclub gewaltig geschoben wurde und wohl auch weiter geschoben wird. Die Amis und die Schwarzhändler gehen da ein und aus. Die Amis dürfen ihre Geschäfte natürlich nicht auf dem Bahnhofplatz machen. Da hätten sie sofort das Militärgericht am Hals. Also treffen sie sich im ›Crazy Horse‹, im Hinterzimmer. In ihren PX-Läden kaufen sie massenhaft zu billigsten Preisen ein. Alles. Von Zigaretten über Schokolade bis hin zu Seidenstrümpfen. Sie verkaufen es an die Schwarzhändler, die das Zeug wahnsinnig teuer auf dem Bahnhofplatz verschachern. Oder sie tauschen ihre PX-Ware bei den deutschen ›Froileins‹ im ›Crazy Horse‹ gegen ein Schäferstündchen ein. Dafür gibt's im Obergeschoss Extrazimmer. Die Mädels sind ganz wild auf diesen Luxus und verhökern ihn ebenfalls auf dem Bahnhofplatz weiter. So geht das. Jeder weiß Bescheid, und die meisten machen mit.«

Gropper nickt. So etwas kennt er aus München.

»Aber nicht nur die Amis bieten in Nafzigers Hinterzimmer Ware an. Auch alte Nazis, Wehrmachtssoldaten und SS-Leute. Sie verkaufen ihre goldenen NS-Parteiabzeichen, Tapferkeitsauszeichnungen, Nahkampfspangen, Ritterkreuze, SS-Abzeichen, Ehrendolche, Totenkopfembleme, SS-Totenkopfringe und was weiß ich noch alles. Die Amis zahlen irrsinniges Geld dafür. Sind ganz narrisch auf diese Trophäen. Sie sind schließlich die Sieger. Müssen doch was mitbringen, wenn sie in die USA zurückkehren.« Theres schnaubt abfällig. »So manche Wehrmachtler, Gebirgsjäger und SS-Leute wollen ihre Auszeichnungen aber trotzdem behalten. Als Erinnerung für ihre Tapferkeit.«

»Und mit deinem kleinen Warenlager …«

»… verdiene ich ein bisschen nebenher«, ergänzt sie.

»Du verkaufst das Zeug an Schwarzhändler?«

»Nur an ausgesuchte Leute.«

»Und von wem hast du das alles?«

»Durch meine Dolmetscherarbeit bekomme ich von den Amis so einiges geschenkt.«

»Zum Beispiel auch einen BMW.«

Auf seine spitze Bemerkung geht sie nicht ein. Sie nickt nicht einmal, ist aber sichtlich verärgert.

Da sie hier unten nicht abgehört werden, will Gropper die Gelegenheit nutzen und prescht vor: »Wenn du so gute Beziehungen zu den Amerikanern hast, dann weißt du doch sicher, wer den Nafziger umgebracht hat.«

»Brüderchen, jetzt spinn mal nicht«, weist sie ihn patzig zurecht. Zum ersten Mal ist sie biestig zu ihm.

Gropper bohrt unbeirrt weiter. »Warum wurde er umgebracht?«

»Nix weiß ich«, wehrt sie ab. »Absolut nix.« Mürrisch zerdrückt sie ihre brennende Marlboro auf dem Betonboden und zündet sich eine neue an.

»Wer hat ihn umgebracht?«

»Ach, du fragst, du fragst.« An ihrer Stimme erkennt Gropper, wie lästig ihr seine Hartnäckigkeit ist, doch er lässt nicht locker.

»Wer könnte ihn ermordet haben?«

»Da gibt es viele.«

»Hast du eine Idee, wer es gewesen sein könnte?«

»Du ermittelst, nicht ich«, kontert sie hart.

»Aber du kennst die Leute hier.«

Da platzt sie heraus: »Meinst du, ich will so enden wie der Nafziger?« Und nach einer kurzen Pause fügt sie ängstlich hinzu: »Es haben sicher welche gesehen, dass du zu mir gekommen bist.«

»Du weißt es also und hast Angst, dass sie sich an dir rächen.«

»Auch du riskierst hier dein Leben«, sagt sie barsch. »Die sind viel mächtiger als du. Du wirst verlieren. Hör auf zu ermitteln! Gib's auf und fahr wieder nach Hause zu deiner Luise.«

Gropper springt auf. »Wer war's? Wer war's? Spuck's aus!«, schreit er sie an, doch sie schreit zurück: »Den Teufel werd ich tun!«

Nur als Kinder haben sie sich so angeschrien, wenn sie aufeinander zornig waren und sich sogar prügelten, bis ihre Eltern dazwischengingen und sie auseinanderrissen. Jetzt als Erwachsene bemühen sie sich, ihre Rage abzukühlen und wieder normal miteinander zu reden, möglichst geschwisterlich. Beide brauchen einige Zeit dazu. Nach ein paar schnaufenden Atemzügen schlägt Theres einen versöhnlichen Ton an.

»Reden wir von etwas anderem«, sagt sie betont ruhig und steht auf. »Gehen wir wieder nach oben.«

»Wo du über Harmloses reden kannst, was abgehört werden darf.«

»Gscheithaferl, du«, gibt sie zurück.

Oben in der Küche holt sie hinter einem Tellerstapel im Schrank ein Büchlein hervor und reicht es ihm. Es ist ein altes, abgegriffenes Exemplar in einem hellbraunen Pappeinband. »Sagen aus Bayern« ist der Titel. Er erinnert sich, die Mutter hat ihnen oft daraus vorgelesen, als sie Kinder waren.

»Ich hab es an mich genommen, als ich nach ihrem Tod ihre Sachen ausräumte«, sagt Theres. »Ich hatte ganz vergessen, dass es das noch gab. Schlag mal auf, die Seite mit dem Knick oben.«

Er schlägt die genannte Seite auf und liest: »Die Nixe vom Walchensee«.

»Ich dachte, das könnte dich interessieren.«

Gropper lächelt. Er muss daran denken, wie es ihn und Theres jedes Mal gruselte, wenn ihre Mutter diese Sage vorlas. Trotzdem wollten sie sie immer wieder hören.

Es war einmal ein König, der musste aus seinem Reich fliehen, weil ihm ein anderer König seine Krone und seinen Schatz rauben wollte. So raffte der König all sein Gold in eisernen Kisten zusammen und floh damit in das Gebirge bis zum Walchensee. Hier versteckte er sein Gold auf den Höhen rund um den See. Einen Teil aber wollte er auf einer Insel des Sees verstecken, die dicht bewachsen war mit Fichten, Tannen, Buchen und giftigen Eiben. Diese Insel hieß Sassau.

Als nun der König die Insel betrat, fand er dort eine gänzlich weiße Nixe vor, halb im Wasser, halb auf dem Ufer zwischen dem Schilf liegend. Sie war die Herrin der Insel. Sie sprach zum König:»Ich werde deinen Schatz bewahren und jeden, der meine Insel betritt, zu mir in die Tiefe meines Sees hinabziehen, auf dass er nie wieder auftauche.«

Der König war damit einverstanden und überließ ihr seinen Schatz. *Kaum aber hatte er die Insel verlassen, da kamen die bösen Zwerge heran, die tief in den unterirdischen Gängen und Höhlen des Kesselberges und des Herzogstandes hausten und lüstern danach waren, das gleißende Gold zu rauben. Die weiße Nixe wollte sie tief hinunter auf den Grund ziehen, doch die flinken Zwerge entwichen ihr und retteten sich auf das gegenüberliegende Seeufer, das darum ›Zwergern‹ geheißen wird. Doch wenn man sich heute mit dem Boot der Insel nähert, hört man über dem Wasser noch immer die Nixe in einem hellen silbernen Ton folgende Weise singen:*

Begehrst du das Gold, tauch ich auf aus dem See, hol dich hinab in die murmelnden Wogen.

In meinen Armen, so weiß wie der Schnee, ist dein Goldtraum des Lebens verflogen.

Begehrst du das Gold, so komm mit dem Kahn. Ich still auf dem Grund dein Verlangen.

Dann bist du mein, vorbei ist dein Wahn. Ich werd dich auf immer umfangen.

Auch jetzt gruselt es ihn wieder. Irritiert legt er das Büchlein beiseite.

»So ein Schmarrn«, sagt Theres. »Die Nixe gibt's gar nicht. Ein bisschen gesponnen hat sie immer schon, unsere Mutter. Übrigens, gleich nach Kriegsende hat der Bürgermeister die Insel abgesperrt und zum Naturschutzgebiet erklärt. Seitdem ist das Betreten streng verboten.«

★★★

Auf dem St.-Nikolaus-Friedhof an der Schöttlkarstraße liegen ihre Eltern begraben. Die Gräber auf dem Friedhof sind akkurat in Reih und Glied angelegt. Und jedes muss penibel in Ordnung gehalten werden. Darauf achten die Mittenwalder sehr. Wenn da auch nur ein paar Büschel Unkraut aus der Erde sprießen, gibt es bissiges Gerede. Gezwungenermaßen gibt jeder Hinterbliebene ein Vorbild für mustergültige Grabpflege ab. So sehen alle Gräber gleich aus, öde und seelenlos, aber korrekt.

Wohin man auch sieht: Mit der Schnur exakt ausgerichtete Reihen von Grabsteinen, Grabplatten, massive Holzkreuze, vereinzelt auch Kruzifixe mit einem Giebeldächlein. Auch auf dem Grab ihrer Eltern steht ein solches Kruzifix mit einem aus Holz geschnitzten Christus. Unter den ans Kreuz genagelten Füßen der Christusfigur ist eine kleine Tafel angebracht: »Alois Gropper 1885–1928 – Walburga Gropper 1889–1931«, steht da.

Gropper hasst diese Kreuzigungsbilder. Schon in der Schule hat er sie gehasst, diese Marterpfähle, die in jedem Klassenzimmer hinter dem Lehrerpult an der Wand hängen. Immer wenn er hinsah, musste er an die wahnsinnigen Schmerzen eines Menschen denken, wenn man ihm zolldicke Zimmermannsnägel durch die Hände und Füße hämmert. Es schüttelte ihn schon bei dem Gedanken daran. Warum hielten die Lehrer und Pfarrer Kindern diese Folter vor Augen? Fanden sie Vergnügen an der Qual anderer? Warum hatte die Kirche ausgerechnet das Kreuz als Symbol des Glaubens gewählt? Sie hätte sich doch auch zum Beispiel für ein Bild mit dem Wunder der Brotvermehrung entscheiden können. Das wäre ihm viel sympathischer gewesen.

»Wie konnte er nur so blöd sein und noch die idiotische Säge wegziehen, bevor der Baum darauf kracht? Die Säge vom Schmauß hat er gerettet, aber sein Leben verloren«, sagt Theres, während sie die verwelkten Osterglocken aus dem Einweckglas nimmt, das auf dem Grab ihrer Eltern steht. »Wundert mich, dass sie das Glas noch nicht geklaut haben. Die klauen heutzutage alles, was nicht niet- und nagelfest ist.«

Sie schüttet das faulige Wasser aus, geht zum nahen Wassertrog, füllt das Glas wieder und stellt den großen violetten Fliederzweig hinein, den sie auf dem Weg hierher am Straßenrand von einem Busch abgebrochen hat.

»Sogar den Kupferhahn am Wassertrog haben sie mal abgeschraubt. Da floss dann das Wasser die ganze Nacht. Zuerst verschwand meine kleine Eisenlaterne, die ich für die Kerze hingestellt hab, damit sie der Wind nicht ausbläst. Also hab ich die Kerze so hingestellt, aber gleich darauf hat man auch die geklaut. Die verkaufen sie auf dem Schwarzmarkt. Kerzen kann ja heute jeder brauchen. Jetzt stell ich gar keine Kerzen mehr hin.« Theres sieht über die Gräber. »Da drüben haben sie von einem Grabkreuz den

Christus abgeschraubt.« Sie zeigt auf eine Grabstelle zwei Reihen vor ihnen. »Eine wertvolle Oberammergauer Schnitzarbeit. Auf dem Schwarzmarkt bringt die 'ne Menge. Und daneben haben sie den Bronze-Christus gestohlen. Für Altmetall bekommt man ja viel Geld. Sie haben einfach das Holzkreuz oben und unten durchgesägt. An einem anderen Grab haben sie die Namensschilder vom Grabstein gebrochen. Die waren aus Kupfer. Auch das lässt sich gut verkaufen. Ein Glück, dass unser Holz-Christus und die Tafel mit den Namen nicht so wertvoll sind.«

Gropper muss wieder daran denken, wie seine Mutter ihm nach dem Begräbnis des Vaters verboten hat, Förster zu werden und je die Insel Sassau zu betreten. »Sonst wirst auch du von einem Baum erschlagen. Dann holt auch dich die Nixe«, prophezeite sie. Sogar noch an ihrem Sterbebett musste er ihr schwören, ihren Letzten Willen zu erfüllen. Geschichten von gestern, sagt er sich. Bayerische Sagen, na und?

Theres bemerkt, dass er so versonnen vor dem Grab steht, und stößt ihn mit dem Ellbogen an. »Weißt du noch, wie bei der Beerdigung unserer Mutter plötzlich auch Wilma am Grab auftauchte?«

Daran kann er sich tatsächlich noch gut erinnern. Als der Sarg nach unten in die Grube gelassen wurde und er, Theres, Luise und die Wohnungsnachbarn von der Judengasse jeder ein Schäufelchen Erde oder einen Blumenstrauß auf den Sarg warfen, war plötzlich Wilma da. Sie warf gelbe Rosen zu seiner Mutter hinab und wollte sich neben ihn stellen. Da sah sie, wie Luise zum Trost den Arm um ihn legte. Wilma wirkte sehr verstört. Zum ersten Mal sah sie diese Frau an seiner Seite. Später, als die Beerdigung zu Ende war und er etwas abseits stand, fragte Wilma ihn: »Wer ist die Frau? Du hast mir gar nichts von deiner neuen Frau erzählt.« Dabei hatte sie nicht nur wegen seiner verstorbenen Mutter Tränen in den Augen. Ehe Gropper antworten konnte, eilte sie davon. Gleich darauf kam Luise zu ihm und fragte ihrerseits: »Wer war das?«

Gropper kannte Luise damals erst seit wenigen Wochen. Und natürlich hatte er ihr nichts über seine Jugendliebe Wilma erzählt.

Bevor sie wieder gehen, tauchen sie den kleinen Birkenwedel in das Weihwasserschälchen mit dem Regenwasser und sprengen ein paar Tropfen auf das Grab. Um die verwelkten Osterglocken mit den angefaulten Stängeln in die Kompostkiste zu werfen, müssen sie zu einer entlegenen Ecke an der Friedhofsmauer. Theres deutet ein Stück voraus: »Da ist der Depp wieder. Der Ballonkopf.«

An einem an der Mauer gelegenen Grab schrubbt der alte Friedhofsgärtner wütend den Stein, neben dem eine Bierflasche steht, und schimpft: »Du faula Hund. Hundertmal hab i dia gsagt, du sollst den Stein sauba machn. Nix hast gmacht! Zu nix taugst du, zu nix! Un mei Biea wird warm!«

Korbi steht grinsend daneben und rührt sich nicht. Jetzt kann Gropper ihm unmöglich seine Goldmünze zurückgeben. Das nächste Mal, nimmt er sich vor, wenn er allein mit ihm ist.

»Dann rech wenigstens des Laub aufm Kiesweg zamm!«

Freudig eilt Korbi zum Werkzeughäuschen, um einen Rechen zu holen. Der Alte richtet sich auf. Sein borstiger Schnäuzer steht noch genauso strubblig unter seiner Nase wie früher.

»Ja da schaug, wen seh i denn da?«, ruft er erfreut. »Unser alter Schandi!« Er schiebt seine Schirmmütze zurück, wischt sich seine mit Moos verschmierten Hände an der Schürze ab und schüttelt Gropper herzlich die Hand. »Hams n'Vadda und d'Muadda bsuacht, gell. Wia geht's Eana denn? Wohnans jetz wieda bei uns?«

Gropper kann sich noch gut an den Alten erinnern. Bei der Beerdigung seiner Mutter war er einer der Sargträger.

Der Friedhofsgärtner greift nach seiner Bierflasche neben dem Grabstein, nimmt einen kräftigen Schluck und wischt sich mit dem Handrücken den Mund ab. »Alle Stein macht dea Depp sauba. Aba den ums Vareckn net. Gegn den hat ea was.«

»Unbekannt« ist in den simplen Bruchstein eingemeißelt. Sonst nichts. Kein Geburtsdatum, kein Sterbedatum.

»Warum steht da kein Name?«, fragt Gropper.

»Den hams aus dea Odlgruam vom Nafziger rauszong«, sagt der Alte. »Koana woaß, wer dea war.«

Gropper wird hellhörig. »Aus Nafzigers Jauchegrube?«

»Ja freili. A Unfall. Des passiert scho a moi.«

»Wann war das?«

»Im Sommer vorigs Jahr. Aba wann ea wirkli gschtorm is, des woaß koana.«

»Hat man nicht herausgefunden, wer dieser Unbekannte ist?«, will Gropper wissen.

»Nix net. Ea hat a nix hintalassn. Zua Beerdigung warn nur dea Pfarrer, de Sargträga, de Schaufler un i da. Dea Pfarrer hat a paar Wort gsagt, dann is zuagschütt worn. Un dea Hiasl war a da. Dea is ja überall, wos was zum Schaun gibt.« Dabei deutet er auf Korbi, der gerade mit einem großen Rechen zurückkommt. Der Alte schüttelt sich. »Beim Niederlassn in de Gruam is dea Sarg weggrutscht und dea Deckl aufgsprunga – so als wollt ea wieda rauskomma.« Wieder nimmt er einen Schluck aus seiner Bierflasche. »So vui Mittenwalder hab i unter de Erd bringn müssn, seit Se weg warn«, sinniert er. »Fast jedn Tag an andern. Und bald muaß i ofanga, de Gruam fürn Nafziger schaufeln, den armen Kerl. Sovui i ghört hab, kommt er ja demnächst aus Minga zruck. Dass se den erschossn ham, is a Schand. Aba es lafft ja so vüi Gschwerl rum. Da wunderts mi net.« Mit seiner Bierflasche weist er auf die andere Ecke des Friedhofs. »Da soll der Nafziger liegn, wann er zruck is aus Minga. Grad nebn dea Nafzigerin, seina Mudda.«

»Wann ist sie gestorben?«, fragt Gropper.

»Des wa so im Mai vorigs Jahr. Kurz nach dem, den s' aus dea Odlgruam zong ham.«

»Woran ist sie gestorben?«

»Aus Bekümmernis. Nua Bekümmernis.«

»Warum?«

»Weil ia die Amis die Pengsion weggnomma ham. Für die ganze Bagasch ausm Osten.« Er bewegt den Kopf nach links, obwohl da gar nicht Osten ist. »Ja, so schnell geht's. Da lebst a bissl dahin, machst a paar Sachn, un scho is d'Zeit um. I hab mia mei Gruam a scho ausgsuacht. Da hintn unta dea Buchn da.«

Eifrig kratzt Korbi mit seinem Rechen das Laub auf dem Weg zusammen. Aber kaum hat er ein Häufchen zusammengekehrt, fährt ein kräftiger Windstoß darüber und verweht das Laub wieder. Korbi lacht dröhnend und verstreut den Rest mit seinem Rechen absichtlich in alle Richtungen.

»Kruzifix!«, flucht der Alte. »Was sollma denn mit soam Siach ofanga?«

Gropper geht dieser Unbekannte aus Nafzigers Jauchegrube nicht aus dem Kopf. In dem kleinen Verwaltungshäuschen beim Friedhofsausgang will er Näheres über ihn erfahren. Theres geht schon voraus zu ihrem BMW, den sie hinter dem Ausgangstor geparkt hat.

»Ach der«, sagt die Angestellte, schleppt einen Folianten heran und wischt den Staub von ihrer grauen Bluse. »An den erinnere ich mich noch genau. Der hat nämlich nicht gut gerochen. Die Amerikaner haben uns den einfach hier vor die Verwaltung gelegt. In einem Plastiksack. Mit Verlaub, gestunken hat er. Nach Jauche. Wie die Pest. Wir haben die Leiche von einem Bestattungsinstitut abholen lassen. Aber auch danach hat es hier vor der Tür noch tagelang ... na ja, Sie wissen schon. Das vergisst man nicht.«

Sie schlägt die großen, linierten Seiten auf. Mit feiner Tintenschrift sind dort penibel sauber alle Bestattungen auf dem St.-Nikolaus-Friedhof eingetragen. Sie sucht den Monat Mai und fährt mit ihren alten, faltigen Fingern von oben nach unten über die Zeilen mit den Eintragungen.

»Da: 17. Mai voriges Jahr. Abteilung 7, Reihe 20, Stelle 11. ›Unbekannt‹. Wahrscheinlich ein Unfall. Jedenfalls ein Fremder. Keiner vom Ort. Das weiß ich deshalb noch so genau, weil zu seiner Beerdigung kein Familienangehöriger kam. Fand ich merkwürdig.«

Gropper fragt nach dem beauftragten Bestattungsinstitut. Dort müssten doch Unterlagen über diesen Toten vorhanden sein.

»Den Betrieb gibt's nicht mehr. Der ist aus Mittenwald verschwunden.«

Er fragt, wo sonst noch Dokumente über den Unbekannten zu finden sein könnten.

»Vielleicht hat der Bürgermeister etwas in seinen Akten.« Sie sieht ihn streng an. »Warum wollen Sie das denn wissen?«

Gropper weicht ihrer Frage aus. »Es kommt doch nicht oft vor, dass auf einem Grabstein ›Unbekannt‹ steht.«

Die Angestellte winkt ab.

»Ach, da hätten Sie mal kurz nach dem Krieg hier sein müssen. Da gab es ständig Tote, und keiner wusste, wer sie waren. Die sind dann in einem Sammelgrab bestattet worden.« Damit schlägt sie den Folianten zu.

»Und?«, fragt Theres, als er in ihren roten BMW steigt.

»Nichts.«

»Hätt ich dir gleich sagen können. Niemand kannte diesen Mann.«

»Du hast von dem Unfall gewusst?«

»Hab davon gehört.«

»Du hast mir darüber nichts gesagt.«

»Ach Brüderchen, es gab so viele Unfälle, während du weg warst.« Sie dreht den Zündschlüssel und startet. »Außerdem hat das nichts mit deinem Fall Nafziger zu tun. Liegt doch schon ein Jahr zurück.«

»Ist aber doch merkwürdig, dass man diesen Unbekannten gerade in der Jauchegrube vom Nafziger gefunden hat.«

»Na und? Er hätte auch in eine andere Grube fallen können.«

»Aber warum gerade in die vom Nafziger?«

»Da steckt nichts weiter dahinter.«

»Vielleicht gibt es doch einen Zusammenhang.«

»Nach so langer Zeit wirst du über den sowieso nichts mehr erfahren. Unbekannt bleibt unbekannt.«

Gropper beschließt, das Thema zu wechseln. »Einen schönen Wagen hast du«, lobt er ihren BMW, während sie in den Ort hineinfahren.

Theres grinst.

Wieder muss Gropper an den Unbekannten denken. »Warum will Korbi gerade diesen Grabstein nicht putzen?«, fragt er nachdenklich.

»Nicht wichtig, was der Depp macht oder nicht macht. Der weiß doch selbst nicht, was er tut.«

Das glaubt Gropper nicht. Er ist überzeugt, dass Korbi das genau weiß. Beim nächsten Treffen wird er ihn danach fragen. Irgendwas wird er sicher aus ihm herausbekommen. Und am Montag wird er sich beim Bürgermeister nach dem Unbekannten erkundigen.

***

Die Neonschrift »Crazy Horse« leuchtet orangerot in der Abenddämmerung. Von dem bunkerartigen Bau sind im Halbdunkel nur die Umrisse zu erkennen. Fremd und unheimlich, fast drohend ragt der graue Klotz zwischen den alten, anmutigen Häusern hervor.

Gropper drückt wie schon am Vormittag den goldenen Klingelknopf, und mit einem Krächzen öffnet sich die Eisentür. Laute Musik schlägt ihm entgegen. Etwas Amerikanisches. Gropper hat dieses Musikstück schon oft in München gehört, wenn er mit seinen Kollegen in den Amilokalen die Ausweise von augenscheinlich Minderjährigen kontrollierte. Im Lokal ist es dämmrig. Er kann kaum etwas erkennen. Violett leuchten die weißen Hemden und Blusen im Raum. Gropper bekommt kaum Luft. Dichter Zigarettenqualm und ein schwerer, süßlicher Duft nehmen ihm den Atem. Er muss hüsteln. Auch dieses süßliche Zeug kennt er von seinen Drogenrazzien in München. Langsam gewöhnen sich seine Augen an das Zwielicht. Nun kann er uniformierte Amerikaner erkennen, die in den breiten Ledersesseln halb liegend Mädchen eng umschlungen auf ihrem Schoß halten. Von den Wänden lächeln Pin-up-Girls. Hinter dem Tresen sieht er Lucretia hantieren. Auf der Tanzfläche bewegen sich langsam und eng aneinandergeschmiegt die Paare. Die jungen Frauen umarmen die Männer, die Männer drücken ihre Hände auf die Hintern der Frauen und pressen sie an sich. Gropper glaubt, einige der Frauen zu kennen, doch er kann sich auch irren. Ab und an verschwindet ein Paar eilig durch die Tür neben dem Tresen. Erster Stock, Zimmer 1 bis 5, erinnert er sich.

Zwischen einem Zeitungsständer, in dem »Tiger Club« und »Stars and Stripes« ausgelegt sind, und der dröhnenden Musikbox mit ihren bonbonfarben aufblitzenden Lichtern findet Gropper einen freien Stuhl und setzt sich. Da kommt Lucretia von der Bar auf ihn zugestürmt. Wild geschminkt und mit wie am Vormittag hochtoupiertem Haar baut sich die bunte Takelage vor ihm auf. »Raus!«, befiehlt sie wütend.

Gropper lässt sich nicht beirren und bestellt ein Bier.

»Raus«, wiederholt sie barsch.

»Ich bin ein Gast wie die anderen auch.«

»Du nicht.«

Ehe er etwas erwidern kann, gibt sie ein Zeichen in den Raum, und schon steht ein großer, kräftiger Mann mit einer Schlägervisage drohend vor ihm und faucht ihn an: »Schleich di, aba fix!«

Gropper lässt es darauf ankommen und bleibt sitzen. Da packt ihn der Kerl rabiat am Arm und zieht ihn hoch. Gropper kann gerade noch seine Aktentasche mit dem wertvollen Inhalt an sich reißen. Der Ganove packt ihn so brutal, dass ihn der Griff durch die Jacke hindurch schmerzt. Er will die harte Hand abschütteln, doch sie umklammert seinen Arm noch fester, wie eine Zange. »Keine Faxen jetzt. Verschwind!« Der Kerl zerrt ihn zwischen den Gästen hindurch zur Tür. Draußen stößt er ihn so heftig in den Rücken, dass Gropper vornüberstolpert. Hinter ihm schlägt die Eisentür zu.

Als er in die Pension »Karwendelblick« zurückkehrt, ist die Tür zu seinem Zimmer verschlossen, aber das Streichholz liegt auf dem Boden. Jemand war in diesem Raum, hat während seiner Abwesenheit herumgeschnüffelt. Heute hat er seine wichtigen Unterlagen noch in seiner Aktentasche mit sich herumgetragen, doch das ist ihm lästig. Morgen will er sie bei Buchner verwahren. In seinem Pensionszimmer wären sie sofort verschwunden. Denn nun ist klar: Er wird bespitzelt. Er muss mit Wondratschek reden.

Den Herrn »Bittschön« findet er im Keller, in der Waschküche. Der Raum ist voller Dampf. Wäscheberge liegen auf dem Betonboden. Wondratschek steht über einen großen, brodelnden Waschkessel gebeugt, rührt mit einer Latte im Kessel herum und wischt sich den Schweiß von der Glatze. Dann kniet er nieder, um mit der Hand Kohlen in die Feuerung zu werfen.

Gropper spricht ihn an. Erschrocken fährt Wondratschek hoch. Er ist völlig verschwitzt. »Ja, bittschön, was ist?«

Gropper hält ihm das Streichholz hin.

»Bittschön, wünschen Sie Zündler?«

»Jemand war in meinem Zimmer, während ich weg war.«

»Bittschön, ich war's nicht.«

»Wer kann das gewesen sein?«

»Was weiß ich?«

»Wer hat noch einen Schlüssel?«

»Nur Sie haben den Schlüssel.«

»Und Sie haben sicher einen zweiten.«

»Nix. Gibt nur einen Schlüssel, für Sie.«

Gropper lässt das nicht gelten. »Was schnüffeln Sie bei mir herum? Was suchen Sie?«

Weggeblasen ist die Freundlichkeit des Herrn »Bittschön«. Empört faucht er Gropper an: »Sie Lümmel! Sie deitscher Flegel!«

»Dieses Streichholz habe ich in den Türrahmen geklemmt und die Tür verschlossen. Als ich zurückkam, lag es auf dem Boden.«
»Eine Frechheit, Sie Deitscher, Sie!«, prustet Wondratschek aufgebracht. »Das ist mir noch nie passiert. Mit eich Deitschen hat man immer Ärger!« Er reißt Gropper das Streichholz aus der Hand, zerbricht es zornig und wirft es auf den Boden. Es fällt neben einen leeren, zusammengeknüllten Wäschesack. Gropper will nach dem zerbrochenen Hölzchen greifen, da liest er auf dem Zellstoff das Wort »Reichsbank«. Er hebt den Sack hoch, faltet ihn auseinander und erkennt deutlich den Aufdruck »Deutsche Reichsbank Berlin«.

Heute Vormittag Korbi und seine Reichsbank-Goldmünze, die er mir in die Tasche gesteckt hat, denkt er verwundert, und nun dieser Sack. Gropper starrt den Pensionswirt an. »Wie kommt dieser Sack hierher?«

»Jetzt aber Sense!«, schreit Wondratschek außer sich. »Los, raus, das ist meine Waschküch!«

»Den Sack nehme ich mit.«

»Der gehört mir! Ist mein Sack«, geifert Wondratschek wie ein kleiner Giftzwerg und will ihn ihm entreißen.

»Ich kann Sie verhaften lassen und vernehmen«, droht Gropper verärgert. »Dann müssen Sie aussagen, wie Sie an diesen Sack gekommen sind.«

Wondratschek hält eine Sekunde inne, als würde er überlegen, dann flötet er in seinem gewohnten devoten Ton: »Aber bittschön, Herr Kriminal, doch nicht so. Wir können doch friedlich sein. Ich hab mit dem dummen Sack nix zu tun. Er war schon da, als die Madame Nafziger noch hier war. Er hat ihr gehört. Die Selige hat ihn zurückgelassen. Machen S' keine Geschichten jetz.«

Plötzlich funkeln seine Augen wieder böse. »Hat man davon, wenn man freindlich ist und ein schenes Zimmer vermietet.«

Gropper steckt den Zellstoffsack ein und geht. Herr »Bittschön« ruft ihm wütend nach: »Deitsche Polizei im Haus! Imma drufftrata, imma tippla, koa Dohejm. Nie wieder deitsche Polizei! Hat man von seiner Guttmitigkeit«

★★★

Ein Mann drückt Gropper ein Päckchen in die Hand und eine Adresse, wo er dieses Päckchen abgeben soll. Den Ort, wohin er dieses Päckchen bringen soll, hat er noch nie gehört, auch der Empfänger ist ihm völlig unbekannt. Dazu gibt ihm der Mann eine Landkarte, damit er den Weg zu der Adresse findet. Auf der Landkarte ist alles genau eingezeichnet: gelbe Wege, rote Straßen, blaue Bäche und Flüsse mit Brücken und ein See, grüne Wiesen, Wälder und Hügel und schwarze Ortschaften und frei stehende Häuser. Quer über die Landkarte verläuft orange schraffiert eine breite Zickzacklinie. Diese Linie, so weist er ihn mahnend an, darf er auf keinen Fall überschreiten. Diese Linie ist eine Grenze. Eine gefährliche Grenze. Wenn er sie irrtümlich überschreitet, geschieht etwas Unwiderrufliches. Also Vorsicht. Höchste Gefahr! Er darf sich nicht verlaufen, sich nicht im Weg irren. Zwar befindet sich der Empfänger des Päckchens diesseits der Grenze, dennoch ist höchste Vorsicht geboten.

Gropper geht los. In der einen Hand das Päckchen, in der anderen Hand die Karte, so geht er in die darauf abgebildete Landschaft hinein. Er vergleicht das, was er vor sich sieht, mit den Angaben auf der Karte. Er sieht einen Fluss und eine Brücke und findet beides eingezeichnet. Er sieht eine Windmühle und findet auch diese Einzeichnung auf der Karte. Nun weiß er genau, wo er sich befindet. Es kann also nichts passieren, er kann sich nicht verirren.

Dann nähert er sich links einem See und rechts bewaldeten Hügeln. Nun ist er irritiert: Auf der Karte sind sie seitenverkehrt eingetragen, rechts der See und links die Hügel. Er dreht die Karte um. Nun stimmt überhaupt nichts mehr. Er hatte sie richtig gehalten. Aber warum stimmen die Einzeichnungen auf der Karte nicht mit der Wirklichkeit überein?

Er geht eine kurze Strecke. Die gefährliche, orange schraffierte Linie ist noch weit entfernt, sie liegt hinter einem Fluss, den er noch lange nicht erreicht hat. Doch nach ein paar Metern befindet sich der Fluss plötzlich dicht vor ihm. Erschrocken bleibt er stehen. Wo ist nun die gefährliche Grenze? Es hat sich alles verschoben. Er weiß nun gar nicht mehr, woran er sich halten soll. Eben war noch alles klar und deutlich, nun ist alles völlig unsicher.

Ängstlich geht Gropper einige Schritte, da verschieben sich die Einzeichnungen auf der Karte aufs Neue. Die Grenze ist nun plötzlich ganz nah. Er wagt sich nicht mehr weiter. Er hat Angst, sie ungewollt zu überschreiten. Oder hat er sie schon überschritten, und jeden Augenblick kann etwas Schreckliches, Unwiderrufliches geschehen? Er dreht die Karte hin und her, findet aber keine Anhaltspunkte mehr. Wo ist jetzt der See? Wo sind die bewaldeten Hügel? Wo der eingetragene Fluss mit der Brücke? Lähmende Angst packt ihn, Schweiß tritt auf seine Stirn. Wohin darf er sich noch bewegen? In welche Richtung? Hat man ihn in eine Falle gelockt? Warum? Immer noch hält er das Päckchen in der Hand, liest den Namen des unbekannten Empfängers in dem unbekannten Ort. Aber wo ist dieser Ort auf dieser Karte?

Man hat ihm eine falsche Karte gegeben. Es kann nicht anders sein. Er muss zurück, die richtige Karte holen. Wer hat ihm eigentlich diesen Auftrag erteilt? Er kannte die Person nicht. Und auf dem Päckchen steht kein Absender. Nur die Anschrift. Wenn er nun zurückkehrt, weiß er gar nicht, an wen er sich wenden soll. Soll er das Päckchen öffnen? Vielleicht befindet sich etwas darin, was ihm weiterhilft. Und wenn in dem Päckchen gar nichts enthalten ist? Wenn es leer ist? Jemand, den Gropper nicht kennt, schickt ihn zu jemandem, den er ebenfalls nicht kennt, um dort ein leeres Päckchen abzugeben. Was soll das bedeuten? Das hat doch keinen Sinn!

Er versucht sich zu erinnern, aus welcher Richtung er kam. Es gibt vage Anhaltspunkte. Auf einem erdigen Weg geht er ein paar Meter in die Richtung, aus der er vermutlich kam. Also weg von der Grenze. Nach drei, vier Schritten packt ihn jemand von hinten an der Schulter. Dieser Jemand steht dicht hinter ihm. Gropper erstarrt, er wagt nicht, sich umzudrehen. Da hört er eine Stimme, die er noch nie zuvor gehört hat, dröhnend sagen: »Du hast die Grenze überschritten.«

Es reißt ihn aus dem Schlaf. Er hat geträumt. Nass geschwitzt liegt er da. Gropper braucht eine Weile, um zur Besinnung zu kommen, um sich bewusst zu werden, wo er sich befindet. Er schleudert sein Bettzeug zur Seite und tastet auf dem Nachtkästchen nach der Lampe, drückt das Knöpfchen. Kein Licht. Da fällt ihm ein, dass sich in der Nachttischlampe keine Glühbirne befindet. Er

tastet nach seiner Taschenlampe, die er sich zurechtgelegt hat. Endlich kann er sie greifen, knipst sie an und leuchtet das Zimmer ab.
Keine verwirrte Landschaft, keine falsche Karte und kein Päckchen auf der Bettdecke. Nur seine schäbige Dachkammer. Teils ist
er erleichtert, teils voller Angst. Was war das für ein Traum? Wieso träumt er so etwas? Noch lange liegt er wach, aufgewühlt und
verschwitzt.

5

Alls muaß sei Maß haben: kurze Predigt und lange Bratwürst.

Der alte Pfarrer Berghammer steht noch immer vor dem Altar zwischen den beiden hohen hellen Fenstern und feiert das Hochamt wie schon vor über fünfundzwanzig Jahren. Und wie schon vor über fünfundzwanzig Jahren legt sich der Weihrauchduft um Groppers Kehle und Hirn, sodass ihm ein wenig übel wird. In der Kirche ist es auch noch genauso kalt wie damals. Schon immer hat er bei den Sonntagsmessen gefroren. Sogar in den heißen Sommern. Manchmal, im Winter, konnte man sogar den weißen Atem der Betenden sehen. Als würden ihre Seelen aus den Mündern entweichen.

Eigentlich ist er aus reiner Sentimentalität hierhergekommen. Es ist Sonntag, die Zeit des Hochamtes, und die Glocken von St. Peter und Paul haben so feierlich gerufen, da musste er herkommen, in diese Kirche, die er so gut kennt. Immer noch schwelgt, schwebt und schwappt alles über vor barocker Pracht, leuchten die mächtigen Freskomalereien von den Wänden und Decken, prunkt der vergoldete Stuck, fliegen die Engelchen aus Gips über die ernsten Heiligenfiguren, die mit großen Gesten mahnen. Auch St. Rochus am linken Seitenaltar hat immer noch sein Gewand hochgerafft und zeigt auf seine klaffende, blutende Wunde am Oberschenkel. Gropper hat sich schon als Kind gefragt, was das für eine Wunde ist. Wer hat den Heiligen am Bein so schwer verletzt? Und warum? Seine Eltern wussten es nicht, und den Pfarrer Berghammer wollte er nicht fragen. Er hätte bestimmt eine schlimme Legende erfunden, einen Kampf mit dem Teufel, und ihn gewarnt:»Pass auf, dass nicht auch du mit dem Teufel kämpfen musst.«

Als junger Bub hat er in dieser Pfarrkirche als Ministrant gedient. Aber nicht lange. Der Pfarrer Berghammer schickte ihn bald wieder nach Hause. Zu oft machte er etwas falsch. Entweder erhob er sich von den kalten Marmorstufen zu früh oder zu spät, klingelte mit seinem Glöckchen bei der Wandlung an den falschen Stellen oder trug die Heilige Schrift auf ihrem Holzständer falsch von der einen zur anderen Altarseite, wobei ihm beim Niederknien vor der Altarmitte einmal beinahe die dicke Bibel von dem schrägen Holzgestell gerutscht wäre. Diesen Schreck spürt er heute noch. Da war's dann vorbei. Nach der Messe sagte Berghammer in der Sakristei zu ihm, er müsse am nächsten Sonntag nicht mehr kommen. Darüber war Gropper froh. Von dem Weihrauch, den er in dem Fässchen an der silbernen Kette schwingen musste, war ihm sowieso beinahe jedes Mal schlecht geworden, sodass er sich nach draußen an die frische Luft sehnte.

Er betrachtet die dunklen, in die Wände eingebauten Beichtstühle. Darin kniete er als Kind und als Jugendlicher auf dem schmalen und verdammt harten Brett und vertraute Berghammer flüsternd Dinge an, die diesen überhaupt nichts angingen. Ihm war immer ganz elend dabei zumute, aber er tat es dennoch. Vor der heiligen Kommunion musste man beichten, um rein und unschuldig und würdig zu sein für den Empfang der heiligen Hostie, für die Speisung. Er war damals ja so katholisch. Heute ärgert er sich darüber. Hinter dem Gitter aus den gekreuzten dünnen Holzstreifen war es vollkommen dunkel. Dennoch konnte er dicht am Gitter Berghammers Ohr erkennen. Als wäre es ganz begierig darauf, seine lässlichen und schweren Sünden, sogar seine Todsünden zu erfahren. Alles hat er natürlich nicht gestanden. Vor allem nicht das, was Berghammer mit seiner Stola nun wirklich nichts anging. Das behielt er für sich. Dann aber hat er in einer katholischen Gefühlswallung doch gebeichtet, dass er sich befleckt habe. Kaum ausgesprochen, bereute er sein Geständnis.

»Du hast dich selbst mit der Hand befleckt?«, wollte das dunkle Ohr hinter dem Gitter genauer wissen. Auch das noch!

Als Buße sollte er zehn Ave-Maria beten. Mit rotem Kopf verließ er den Beichtstuhl und rannte aus der Kirche, ohne die Gebete gesprochen zu haben. Davor hatte Berghammer sie im Religionsunterricht gewarnt: Wenn man die Bußgebete nach einer Beichte nicht spricht, wird man dafür bestraft, durch eine Krankheit, ein Unglück oder sonst etwas. Doch als er damals diese Buße nicht befolgte, geschah gar nichts. Er wurde nicht krank, und es geschah auch kein Unglück. Das machte ihn stutzig. Da kam sein Glaube schon damals ganz schön ins Wanken.

Was ihn besonders interessierte: Was beichteten die alten Frauen und jungen Mädchen, die hinter den zugezogenen Vorhängen knieten und flüsterten? Welche Geheimnisse verrieten sie dem neugierigen Berghammer? Das hätte er gern gewusst.

Auch heute ist das schwarze Gestühl bis auf die letzte Reihe gefüllt, immer noch streng nach Geschlechtern getrennt: Auf der linken Seite sitzen die Frauen und Mädchen, auf der rechten Seite die Männer, Burschen und Buben. Die Orgel dröhnt, und die Gläubigen leiern eintönig ihre Litaneien herunter, die wie Geräuschwogen durch das Kirchenschiff schwappen.

Gropper steht ganz hinten unter der Empore und sucht die Bänke vor ihm systematisch nach Bekannten ab. Vielleicht entdeckt er sogar Wilma irgendwo – wenn sie überhaupt noch hier wohnt. Doch an den Rücken und Hinterköpfen kann er niemanden erkennen.

Wieder wird ihm durch den Weihrauch leicht schwindelig. Wieder braucht er frische Luft. Er wartet nicht das »Ite, missa est« ab, sondern geht vor dem Schlusssegen.

Nur wenige Schritte von der Kirche entfernt hält Petrus in einem Freskogemälde am Neunerhaus einen goldenen Schlüssel in der Hand.

Hätte ich nur diesen goldenen Schlüssel, um alle meine Probleme zu lösen, wünscht sich Gropper.

Die Lüftlmalerei gegenüber lädt ihn zum Essen ein. Über der Gaststätte »Alpenglühen« bietet ein Mädchen einem Jungen einen Teller mit leckeren Speisen an, während dieser aus einer Terrine genüsslich Suppe löffelt.

Plötzlich hat Gropper Lust auf eine kräftige Suppe mit Leberknödeln oder Griesnockerln. So wie sie seine Mutter gemacht hat. Wie eine Fata Morgana sieht er einen frischen, dampfenden Schweinebraten vom Gschwandtner vor sich und einen warmen, knusprigen Apfelstrudel mit Rosinen und Zimt, der Teig ganz dünn ausgewalkt, daneben auf dem Teller Vanillesoße. Kurz entschlossen öffnet er die Tür der Gaststätte und tritt ein.

Die Gaststube ist erfüllt von stickiger Luft. Zigaretten- und Pfeifenrauch haben nach Jahrzehnten den niedrigen Plafond dunkel gefärbt. Obwohl draußen hell die Sonne scheint, dringt kaum Licht in die Wirtsstube, sodass die Lampen sogar am Mittag brennen. Fliegenfänger hängen von ihrem Gestänge bis fast auf die Tische herab.

Die leicht gedrehten Klebestreifen sind schwarz von Fliegen, viele zappeln noch. Über jedem Tisch hängt so eine gelbliche Spirale, an der Massen von Fliegen kleben und mit ihren dünnen Beinchen strampeln. Auf ihrem Bauernhof hatten sie auch diese süßlichen Fallen über dem Tisch hängen. Wenn sie schwarz waren und keine Fliege mehr darauf Platz hatte, warfen sie das ekelige Zeug in den Ofen. Da schoss dann eine Stichflamme hoch und zischte.

In einer Ecke der Wirtsstube hängt ein Kruzifix. Von den ans Holz genagelten Füßen der Christusfigur baumelt ein verdorrter Blumenkranz herab. Gleich daneben befindet sich an der Wand ein großes helles Rechteck. Gropper kann sich vorstellen, dass dort bis vor einem Jahr ein großes Hitler-Bild gehangen hat.

Schon jetzt, am frühen Mittag, ist die Gaststube fast voll besetzt. Er nimmt am einzigen freien Tisch Platz und sieht sich um. Kein Bekannter hier. Die Gäste sitzen über ihre Teller gebeugt und löffeln und gabeln und schneiden ihr Fleisch, suzeln ihre Weißwürste aus, fieseln die Knochen vom Brathendl ab. Gruppen von Männern hocken über ihren Bierseideln oder spielen Karten. Es dauert lange, bis eine Bedienung kommt.

Da trifft ihn ein Bierdeckel am Hinterkopf und fällt zu Boden. Gropper dreht sich um und sieht, wie ihm etwas entfernt an einem Tisch ein paar Männer den Rücken zukehren und die Köpfe zusammenstecken. Ihre Schultern bewegen sich leicht, als würden sie kichern. Er klaubt den Untersetzer vom Boden unter seinem Stuhl auf. »Brauerei Mittenwald« steht darauf. Auf der Rückseite der braunen Pappe ist eine Felsenschlucht mit einem Holzsteg abgebildet, daneben tief unten ein reißender Bach. »Besuchen Sie die Leutasch-Klamm in Mittenwald«, empfiehlt eine Schrift.

»De Lift varottn. Un d'Hotels voll ausländische Bagage. De kostn nua«, hört er jemanden an einem der gegenüberliegenden Tische jammern. »Ois mia de Nazis hattn, da wa Betrieb. Des wa a Gschäft! Oa Lift aufm Hausberg, a andra aufm Kranzberg un a dritta am Luttensee. Aba jetz nix meha. Scheißkapitulation.«

Nach langer Zeit kommt endlich eine Bedienung. Die korpulente Frau mit Semmelknödelgesicht baut sich vor Gropper auf und fragt: »Was wolln S'?«

»Ich hätte gern eine Karte.«

»Hama net.«

Schnoddrig nennt sie zwei Gerichte. Gropper bestellt die Leberknödelsuppe und den Sauerbraten, dazu ein Bier. Die Bedienung wendet sich wortlos ab, und Gropper holt sich vom Zeitungsständer den »Hochland-Boten«. Da steht ein Gast auf und nimmt ihm die Zeitung aus der Hand. »De mecht i«, sagt er, kehrt zu seinem Platz zurück, legt die Zeitung auf seinen Stuhl und setzt sich darauf.

Ein paar Einheimische lassen sich demonstrativ an Groppers Tisch nieder, obwohl eben ein Tisch frei geworden ist. Sie drängen sich dicht an ihn heran. »Zvui Fremde hia. Da miaßma moi auframa«, brümmelt einer von ihnen, doch so deutlich, dass Gropper es hören kann.

Das Bier kommt erstaunlich schnell. Die Bedienung knallt das Glas vor ihn auf die geschmirgelte Holzplatte.

Drei andere Männer kommen hinzu und rücken die Stühle so eng zusammen, dass er fast keinen Platz mehr hat. Dabei stößt einer der Männer Groppers volles Glas um, und das Bier fließt über den Tisch. Die Absicht war deutlich.

»Passiert scho mal«, höhnt der Mann.

»Reserl! Bring an Fetzn«, schreit ein anderer zum Schanktisch. »Mia ham hia an Saubär.«

Die Bedienung kommt mit einem Lappen und wischt mürrisch die Tischplatte ab. »Passen S' nächste Mal bessa auf«, weist sie Gropper zurecht. Die Männer lachen hämisch.

»Jetz kummt dea scho wieda«, hört Gropper seinen Nebenmann sagen und schaut zum Eingang. Da steht Korbi. Er setzt sich beim Abstelltisch für das schmutzige Geschirr in eine Ecke, direkt neben die Mülleimer. Kaum hat er Platz genommen, stellt ihm die Bedienung einen Teller mit Essensresten hin. Gierig stürzt sich Korbi darauf. Als er fertig ist, schubst sie ihm einen zweiten Teller hin. »Aba nacha schleichst di«, sagt sie dazu.

Gropper will warten, bis Korbi mit dem Essen fertig ist und wieder geht. Dann will er ihm draußen die Golzmünze zurückgeben und ihn fragen, warum er den Grabstein des Unbekannten nicht putzen will.

Wieder schlingt Korbi die Essensreste hinunter.

Die Gäste an Groppers Tisch murmeln: »Den hat der Esl im Galopp verlorn.« – »A Schand für unsern Ort, der Schmarotzer.« –

»Dass der Idiot immer noch lebt. Den hams wohl vagessn zu vagasn.«

Da hält es Gropper in der Gaststube nicht mehr aus. Er steht auf und schiebt seinen Stuhl absichtlich laut zur Seite. In dem Moment kommt die Bedienung mit der Leberknödelsuppe und dem Sauerbraten. »Ja was is jetz des?«, fragt sie verärgert. Wortlos wirft Gropper das Geld für das verschüttete Bier auf den Tisch und geht.

»Jetz samma wieda unta uns«, kommt es zufrieden von einer der zusammengeduckt dahockenden Gestalten an Groppers Tisch. »Jetz is de Luft wieda rein.«

Als Gropper draußen im Sonnenschein steht, atmet er tief durch. Er sieht auf die Uhr. Es ist eins. Um zwei ist er mit dem Lodenmann auf dem Bahnhofplatz verabredet. Davor will er im Bahnhof Luise anrufen. Heute hat sie frei. Das kommt nicht oft vor bei ihrem Schichtdienst.

Luise meldet sich gut gelaunt.

»Schönen Sonntag«, wünscht er ihr.

»Dir auch. Kommst du voran?«, fragt sie, obwohl sie weiß, dass er am Telefon darüber nicht reden darf.

Gropper druckst herum und erzählt ihr lieber von seinem Besuch bei Theres und von seiner Pension. Doch als er da stockt, will sie wissen, ob er wirklich gut untergebracht und ob dort alles in Ordnung ist.

»Fünf-Sterne-Suite, doch ohne Sterne und Suite. Wenn ich mir den Hals verrenke, kann ich durch die Dachluke wenigstens die Sterne am Himmel sehen«, sagt er. Da weiß sie schon Bescheid und berichtet ihm von ihrer Arbeit im Lungensanatorium, von ihren dahinsiechenden Patienten aus dem KZ Dachau und davon, dass man in der Würm einen Blindgänger gefunden und entschärft hat. Sie berichtet sehr ausführlich und breitet in einem nachgespielten Dialog genau vor ihm aus, wer was wörtlich gesagt hat und was sie darauf antwortete. Gropper vergisst solche Einzelheiten. Luise aber nie. Noch nach Wochen und Monaten erinnert sie sich an jedes Detail ihrer Unterhaltungen. Schon oft hat er von ihr zu hören bekommen: »Aber ich habe dir doch schon voriges Jahr gesagt, dass …«

Diese enorme Erinnerungsfähigkeit hat Gropper staunend auch bei anderen Frauen festgestellt. Mit ihrem exakten Gedächtnis wäre Luise sicher eine gute Kommissarin geworden, die nichts vergisst und alle Aussagen von anderen ständig im Kopf hat. Gropper muss sich bei seinen Ermittlungen jedes Mal in seinem Büchlein Notizen machen.

Um Punkt zwei steht er kaum auf dem Bahnhofplatz, da eilt auch schon der Mann auf ihn zu, dieses Mal in einem anthrazitfarbenen Lodenmantel und einem schwarzen Trachtenhut. Vornehm, vornehm, denkt Gropper. Aus einer seiner Innentaschen zieht der Trachtenmann verstohlen eine Papiertüte hervor und holt daraus sorgfältig geplättete NS-Mitgliedskarten, Zuzugsbescheinigungen, verfallene Benzingutscheine, eine Kfz-Zulassung und einen Ausweis mit Lichtbild hervor. Gropper wendet die Zulassung und den Ausweis hin und her und überlegt, ob er beides kaufen soll. Aber warum? Was soll er damit anfangen?

»Woher haben Sie das?«, fragt er unschlüssig.

Der Händler grinst. »Machen Sie schnell, sonst fallen wir auf«, drängt er und sieht sich ängstlich um. »Ja oder nein?«

Ohne zu wissen, warum, sagt Gropper: »Ja. Wie viel?«

»Hundert.«

Gropper erschrickt. »Hundert Mark?«

»Nicht so laut.«

Verstohlen drückt Gropper dem Gauner die Scheine in die Hand. Er ist davon überzeugt, dass ihn der Schurke mächtig übers Ohr gehauen hat. So viel Geld für nichts, denkt Gropper reumütig und steckt die Dokumente ein.

»Wenn Sie noch anderes wünschen – Nazi, SS, alles vorhanden.« Und schon ist der vornehme Trachtenträger wieder verschwunden.

Gropper geht die wenigen Meter zum Güterbahnhof und sieht sich hinter einem Schuppen seinen Kauf genauer an.

Auf der Zulassung ist ein BMW 327, Baujahr 1937, mit Berliner Kennzeichen eingetragen. Zweitürig. Seitenwände rot, vordere Kotflügel, Kühlerhaube, Dach schwarz. Mit zwei schmalen silbernen Grills an der Kühlerfront. Zugelassen 1938 in Berlin. Der Ausweis ist ausgestellt auf den Namen Heinrich Krüger, geboren am

3.3.1908 in Berlin. Das Lichtbild, ein übliches Passfoto, zeigt ein ehrliches, anständiges Gesicht. Der Haarschnitt ist kurz und korrekt, wie man es von Preußen gewohnt ist. Dem Foto nach könnte dieser Heinrich Krüger ein Bankangestellter gewesen sein oder ein höherer Beamter. Wie kommen seine Papiere nach Mittenwald? Vielleicht hat er hier Urlaub gemacht, wie viele Berliner, und ist vom Einmarsch der Amerikaner überrascht worden. Lebt er noch? Jedenfalls ist oder war er kein armer Krauter, sonst hätte er sich nicht so einen BMW leisten können.

Gropper ärgert sich, dass er die beiden Papierwische gekauft hat. Was soll er nun damit?

Hundert Mark rausgeschmissen für nichts.

Da fällt ihm ein, dass ein BMW wie dieser, zumindest ein sehr ähnlicher, nun seiner Schwester gehört.

Er überquert wie schon gestern die Wiesen hinter dem Bahnhof. Im Sägewerk wird heute jedoch nicht gearbeitet. Keine Gefahr also, von alten Bekannten angesprochen zu werden.

Schon aus einiger Entfernung sieht er den BMW vor dem Haus stehen. Damit Theres nicht sehen kann, dass er ihren Wagen kontrolliert, nähert er sich dem Häuschen von der Seite. Er holt die Zulassung hervor und vergleicht sie mit dem Wagen seiner Schwester: ein BMW 327, Baujahr 1937, zweitürig. Seitenwände rot, vordere Kotflügel, Kühlerhaube und Dach schwarz. An der Kühlerfront zwei schmale silberne Grills. Nur das Kennzeichen hat nun eine Garmisch-Partenkirchener Nummer. Ansonsten ist es genau das gleiche Modell wie der BMW von Heinrich Krüger. Zufall? Wahrscheinlich. Es gibt ja eine Menge BMWs dieser Bauart. Und doch ist es ein sehr merkwürdiger Zufall, findet Gropper. Warum schenken die Amerikaner ihr überhaupt so ein teures Auto? Und woher haben die Amis diesen Wagen? Hat ihn Theres gestern womöglich mit Krügers Wagen zum Friedhof gefahren? Auf dem es dieses Grab mit der Aufschrift »Unbekannt« gibt. Hatte man im Mai vergangenen Jahres dann vielleicht den früheren Besitzer des BMW aus Nafzigers Jauchegrube gezogen? Aber warum steht dann nicht »Krüger« auf dem Grabstein? Und warum ist der Name auch in der Bestattungsliste der Friedhofsverwaltung nicht eingetragen?

Zumindest die Frage, warum ihr die Amerikaner den BMW geschenkt haben, und eventuell, wie die Amis an diesen Wagen gekommen sind, könnte ihm Theres beantworten. Aber er will sie jetzt nicht überfallen und auskundschaften. Zuerst will er in den nächsten Tagen mehr über diesen Heinrich Krüger erfahren.

***

Seltsames Geraschel in der Nacht. Gropper schreckt aus dem Schlaf hoch. Da ist etwas in seinem Zimmer. Benommen will er Licht machen, tastet nach der Nachttischlampe und drückt den Schalter. Kein Licht. Da fällt ihm ein, dass er schon gestern vergessen hat, dass die Glühbirne fehlt. Hastig greift er im Dunkeln nach seiner Taschenlampe, richtet sich auf und leuchtet den Raum ab. Als der Lichtstrahl die Tür erfasst, wird sie in dieser Sekunde von außen zugezogen. Da ist er mit einem Schlag hellwach.

Er springt aus dem Bett, stolpert zur Tür, reißt sie auf, leuchtet durch den Gang. Niemand zu sehen. Im Schlafanzug geht er bis zur Treppe, leuchtet hinab. Nichts zu hören, nichts zu sehen.

Für einen Moment überlegt er, ob er das Geraschel und das Zuziehen der Tür nicht geträumt hat. Doch als er in das Zimmer zurückkehrt, sieht er, dass die Schublade der Kommode halb herausgezogen ist. Was suchte dieser Kerl? Oder war es eine Frau? Jedenfalls eine sehr flinke Person. So schnell und so geräuschlos, wie sie weg war.

Aber wie ist dieser Mensch überhaupt hereingekommen? Gropper hatte die Tür abgeschlossen und den Schlüssel an den Nagel neben dem Türrahmen gehängt. Er ärgert sich, dass er den Schlüssel nicht im Schloss stecken gelassen hat.

Gestern das Herumschnüffeln, während er weg war, und jetzt dieses Eindringen, während er im Zimmer schlief. Was steckt dahinter? Und wie soll das weitergehen? Er muss raus aus diesem Loch! Er muss in eine andere Pension.

In der Schublade fehlt nichts. Er hat darin nur ein paar Toilettensachen verstaut, Rasierzeug, Handtuch, Zahnputzkram, Niveacreme. Auch im Schrank fehlt nichts.

Als er sich wieder ins Bett legt, entdeckt er, dass auch die Schublade des Nachttisches halb geöffnet ist. Es hat also jemand, während er schlief, direkt neben seinem Bett gestanden! Gropper rieselt es kalt über den Rücken. Man hätte ihn im Schlaf erschlagen können.

Auch aus der Nachttischschublade ist nichts verschwunden. Die neueste Quick, die er vor seiner Abreise im Gautinger Bahnhof gekauft hatte, und das Fahrplanheft für die Züge zwischen München und Mittenwald liegen noch da. Seine Armbanduhr legt er auf Reisen auch nachts grundsätzlich nicht ab. Und alle wichtigen Dokumente hat er in seiner schmalen Aktentasche verstaut. Die hat er unter sein Kopfkissen gelegt. Morgen wird er seine Tasche mit den Unterlagen bei Buchner deponieren.

Da fällt ihm siedend heiß die andere Schublade in der Kommode ein, die er abgeschlossen hat. Er holt seine Aktentasche unter dem Kopfkissen hervor, nimmt daraus den Schlüssel für diese Schublade und schließt sie auf. Der Zellstoffsack mit dem Aufdruck»Deutsche Reichsbank Berlin« ist verschwunden! Die Schublade war verschlossen, und trotzdem ist der Sack weg. Wie ist das möglich? Ihm wird unheimlich zumute.

In seinem Kopf fahren die Gedanken Karussell: die Goldmünze in Korbis Hand, das Grab mit dem Unbekannten, den man aus Nafzigers Jauchegrube gezogen hat, das Durchsuchen seines Zimmers während seiner Abwesenheit, der Sack mit dem Aufdruck »Deutsche Reichsbank Berlin« in der Waschküche der verstorbenen Mutter von Nafziger, der rote BMW von Theres, der so aussieht wie der von Krüger, und jetzt die durchwühlten Schubladen, während er schlief. Dazu eine verschlossene Schublade geöffnet und geleert.

Was steckt dahinter?

6

Fragn ko ma ois, aber kriagn tuat ma nix.

»Unverschämtheit! Jeden Tag Beschwerde«, empört sich Wondratschek, als sich Gropper am nächsten Morgen über den geheimnisvollen nächtlichen Besuch beklagt. Voller Entrüstung wippt er dabei mit den Füßen auf und nieder und fuchtelt mit den Armen
in der Luft herum. »Keiner bei Ihnen im Zimmer nachts! Kein
Mensch!« Dabei überschlägt sich seine Stimme wie bei einem aufgeregt kollernden Truthahn. »Eine Frechheit, mir unterstellen, ich
in Ihren Schublad kramen!«

»Aber niemand hat einen Schlüssel für das Zimmer und die
Kommode. Nur Sie«, wirft ihm Gropper vor.

Das schäumt Wondratschek noch mehr auf, er brüllt und tobt:
»So einen Flegel nie erlebt! Ich, ich … in seinem Zimmer, nachts!«
Wondratschek schnappt nach Luft wie ein Fisch auf dem Trocke-
nen. Kein »Bittschön« mehr, aus ist es mit seiner devoten Freund-
lichkeit. In seiner Rage schwillt er knallrot an, als würde er jeden
Augenblick platzen.

Soll es ihn doch in Stücke reißen, wünscht Gropper, dreht sich
um und geht.

Wondratschek sackt zusammen, sinkt auf die Knie, hält beide
Hände vors Gesicht und weint und jammert: »Imma drufftrata, imma tippla, koa Dohejm.«

★★★

Vor dem Rathaus, vor dem Gebäudeflügel des Bürgermeisteram-
tes, steht ein protziger himmelblauer Buick Super. Genau so einen
hat doch auch Nafziger gehabt, das stand im Bericht des Erkennungsdienstes. Als Gropper vorgestern das »Crazy Horse« aufsuch-
te, hat er Nafzigers Buick nirgends gesehen. Nun aber steht ein
solcher Wagen vor dem Bürgermeisteramt.

Aus seiner Aktentasche holt er die Beschreibung und die Fotos
vom Erkennungsdienst und vergleicht sie mit der Karosse, die vor
ihm steht. Es ist tatsächlich Nafzigers Wagen. Sogar das Kennzei-

chen ist dasselbe. Wahrscheinlich fährt nun Lucretia seinen Buick und hat jetzt etwas im Rathaus zu erledigen. Etwa in Angelegenheiten seines Todes oder seiner Beerdigung. Oder vielleicht gehört der Wagen nun Sattler, und er parkt ihn hier vor seinem Amt?

In der Halle ist schon am Montagvormittag viel Gerenne und Geschrei. Jeder hat irgendeinen Zettel in der Hand, ein Formular, persönliche Dokumente oder amtliche Schreiben. Gropper geht nach links zum Einwohnermeldeamt. Es ist geöffnet. Das Herz schlägt ihm bis zum Hals. Er fragt nach Wilma Gschwandtner. Die ältere Frau, die aussieht, als wäre sie von der Heilsarmee, blättert in riesigen Karteikästen: keine Eintragung unter diesem Namen. Vielleicht hat sie in den vergangenen Jahren geheiratet und heißt nun ganz anders. Auch ihre Eltern sind nicht registriert. Nicht einmal ein Wegzug ist eingetragen.

Gropper hat das Gefühl, hinter einem Phantom herzujagen. Gib's auf, sagt er sich. Lass gut sein. Vorbei ist vorbei. Sie ist nur eine Jugendliebe, das war einmal. Und trotzdem will er wissen, was aus ihr geworden ist. Wie es ihr geht. Aber wenn er sie tatsächlich ausfindig macht, was dann? Soll er sie dann besuchen und feststellen, dass sie verheiratet ist und vielleicht zwei Kinder hat? Soll er mit ansehen, wie glücklich sie mit ihrem Mann und ihren Kindern ist? Vielleicht schickt sie ihn weg: Geh, ich will dich nicht mehr sehen. Ich liebe dich nicht mehr. Das ist vorbei. Lass mich in Ruhe. So wird sie ihn wegschicken. Wie einen kleinen Jungen, der nach seinem verlorenen bunten Ball sucht. Und trotzdem will er sie wiedersehen.

Gropper geht nach rechts zum Bürgermeisteramt, zu Max Sattler. Ihn kennt er noch aus der Zeit vor 1939, als Sattler Ortsgruppenleiter war. Damals unterstand dem Mann alles. Und Sattler war ein scharfer Hund. Er prüfte die Mitglieder aller Vereine auf Parteilinie. Ob Trachtengruppe, Heimatmusikkreis, Jodlerzirkel, Geigenbaugilde, alle kämmte er durch. Er kontrollierte, wer bei Versammlungen fehlte, zählte genau, wer wie viel an Parteispenden einzahlte. Da hatte er viel zu tun. Besonders 1936, während der Olympiade. Durch seine Spitzel ließ er die fremden Besucher auf regierungskritische Äußerungen hin observieren, auch die Ausländer. Genau hat er überwachen lassen, wer im Ort was über seine Nazis sagte, und die Denunzianten belohnt. Da wurden so manche plötzlich nach Dachau abgeholt und blieben für immer verschwunden. An den Ortseingängen ließ er Schilder aufstellen: »Juden sind hier unerwünscht.« Sein fieberhafter Eifer war allgemein bekannt und wurde vom Kreisleiter mit Auszeichnungen belohnt.

Und ausgerechnet der Max Sattler ist in Mittenwald nun wieder Bürgermeister.

»Sie haben Glück«, sagt die junge Vorzimmerdame mit braunem Lockenhaar bis zu ihren Schultern. »Der Herr Bürgermeister ist noch da. Er muss aber gleich weg.« Sie telefoniert in das Nebenzimmer. Dabei sieht Gropper ihre langen, violett lackierten Fingernägel. »Ja, schön«, sagt sie in den Hörer und legt auf. »Herr Sattler lässt bitten«, fügt sie an Gropper gewandt hinzu.

Schwungvoll erhebt sie sich von ihrem Drehstuhl, zieht ihre weiße Rüschenbluse zur Hüfte herab, wobei ihr spitzer Busen noch deutlicher hervortritt, und zupft ihren kurzen schwarzen Rock zurecht. Sie stöckelt zur Tür ihres Chefs, klopft an den nussbaumfarbenen Türrahmen und öffnet die schwarze Polstertür. »Der Herr Oberkommissar Gropper vom Polizeipräsidium München.«

»Nicht Ober-«, korrigiert Gropper schnell, »nur Kommissar.«

Die Adrette lächelt verlegen. Innen glaubt Gropper, ein Grunzen zu hören. Sie tritt zur Seite und macht ihm den Weg ins Allerheiligste frei. Dabei muss er dicht an ihr vorbei und riecht den süßlichen Duft ihres Parfums. Wieder lächelt sie ihn an, dann ist die Polstertür hinter ihm auch schon wieder geschlossen.

Im teuer eingerichteten Büro sieht Gropper auf zwei breiten Schreibtischen vier Schreibmaschinen stehen, alte, hohe Modelle von Adler und Mercedes. Max Sattler, ein kleiner Dicker Mitte fünfzig, legt seine Zigarre in den klobigen Ascher aus Glas, wuchtet sich aus seinem Ledersessel und breitet einladend die Arme aus. »Willkommen in Mittenwald, mein Lieber!«, tönt er.

Wie ein Gummiball kommt er auf Gropper zugehüpft. Sein runder Kopf mit den listigen Augen schwitzt so sehr, dass seine kurzen Haare am Hinterkopf kleben. Überschwänglich reicht er Gropper seine weiche, verschwitzte Hand. »Wie schön, dich nach so langer Zeit wiederzusehen! Wie war's denn in der Schweiz?« Er wartet Groppers Antwort nicht ab, sondern fügt schnell hinzu: »Hier war es schrecklich. Die Nazis, grauenhaft!« Dabei wischt er sich mit einem Taschentuch den Schweiß aus dem Nacken.

Sattler hat immer schon geschwitzt. Gropper kennt ihn nicht anders. Schon als Gropper Gendarm wurde, glänzte das fette Gesicht des NSDAP-Funktionärs im Schweiß und vor Begeisterung für die neue Zeit.

»Die Nazis, grauenhaft!«, wiederholt er und betont: »Du hast ja nur den Anfang erlebt. Gott sei Dank ist jetzt alles vorbei«, setzt er hinzu.

Gropper nickt und betrachtet die Geigen aller Größen, die an den Wänden hängen. Mit ausholender Geste weist Sattler darauf und erklärt: »Hab ich alle geschenkt bekommen. Ich kann zwar nicht Geige spielen, bin auch völlig unmusikalisch, muss sie aber als Bürgermeister natürlich alle aufhängen. Ich muss doch zeigen, dass wir als Stadt des Geigenbaus weltberühmt sind. Aber jetzt setz dich erst mal. Möchtest du einen Cognac?«

Gropper lehnt ab. »Ich bin im Dienst.«

»Quatsch. Ich auch.« Schon drückt Sattler auf eine große vergoldete Klingelhaube auf seinem Schreibtisch. Die Polstertür öffnet sich, und die hübsche Fee erscheint. »Schatzi, bring uns den Cognac.«

Bevor Gropper etwas einwenden kann, stehen zwei große, gefüllte Schwenker auf der Glasplatte des Nussbaumtisches, und mit einem Husch verschwindet die Erscheinung wieder.

Sattler grinst schmalzig und hebt den Schwenker. Dabei bemerkt Gropper an einem seiner Weißwurstfinger einen protzigen Ring, der sehr teuer aussieht. Sie stoßen an, die Gläser klingen hell wie Glöckchen, und Sattler trinkt mit einem Zug sein Glas fast leer.

»Ich muss gleich weg. Draußen steht schon mein Wagen bereit. Aber Zeit für einen Schluck mit dir hab ich immer.«

»Dann ist der Buick vor der Tür dein Wagen?«

»Natürlich.«

»Natürlich«, wiederholt Gropper.

»Den hab ich von den Amis geschenkt bekommen. Als Anerkennung für meine Dienste.«

Als Ortsgruppenleiter, hat Gropper schon auf den Lippen, verkneift sich aber die Bemerkung. »Vorige Woche geschenkt bekommen?«, fragt er stattdessen.

»Freilich.«

»Davor hat ihn der Nafziger gefahren«, sagt Gropper. »Bis zu seiner Ermordung.«

Sattler hat plötzlich einen fuchtigen Blick. »Ist das ein Vorwurf?«

»Nur eine Feststellung.«

»Zerstöre nicht unsere Freundschaft mit so giftigen Bemerkungen. Da kann ich sehr ungemütlich werden«, droht Sattler.

»Beruhig dich wieder, Max. Ist bloß eine Berufskrankheit.«

»Der Wagen musste doch wieder in pflegende Hände«, gibt Sattler zu bedenken. »So ein teures Stück kann doch nicht herrenlos herumstehen.«

»Was waren das denn für Verdienste?«, fragt Gropper.

»Ich habe Mittenwald vor der Zerstörung bewahrt. Weißt du das nicht?«

Gropper schüttelt den Kopf.

»Aber das weiß doch jeder!«

»Ich nicht.«

»Natürlich. Du warst ja im rettenden Ausland.« Jetzt kommt Sattler so richtig in Fahrt: »Das ging ja schon in Ettal los, wo ich geboren bin. Bei Kämpfen zwischen unseren Gebirgsjägern und den Amerikanern wurden Ende April '45 mein Geburtsort und das Kloster stark beschädigt. *Mein* Kloster Ettal, wo ich in die Schule gegangen bin! Dabei kamen sieben unserer Gebirgsjäger ums Leben. Schrecklich. Als gläubigen Christenmenschen hat mich das tief getroffen. Das durfte mit meinem geliebten Mittenwald nicht passieren! Die Lazarette hier, die Einheimischen, die schönen Häuser mussten gerettet werden. Und vor allem sollte es keine toten Gebirgsjäger mehr geben. Ich musste unbedingt erreichen, dass Mittenwald nicht in Schutt und Asche gelegt wird. Also übergab ich den Ort kampflos. Unter größter Gefahr für mein Leben! Ohne Zögern bin ich den amerikanischen Sherman-Panzern entgegengegangen. Zusammen mit dem Pfarrer Berghammer und dem Hauptlehrer Maier.«

Mein alter Lehrer Karl Maier lebt also noch, denkt Gropper und beschließt, ihn so schnell wie möglich zu besuchen.

»Mit einem weißen Bettlaken bin ich auf die Panzer zumarschiert«, rühmt sich Sattler. »Am 1. Mai '45, als die Panzer aus Garmisch kamen. Geschneit hat es wie wild, und saukalt war es an diesem 1. Mai. Aber das hat mir nichts ausgemacht. Ich war ja immer noch Ortsgruppenleiter! Zwei Stunden hab ich mit der Besatzung des Führungspanzers verhandelt. Schließlich sicherten die Amerikaner mir zu, Mittenwald zu verschonen. Das lag allein an meiner geschickten Verhandlungstaktik«, lobt sich Sattler. »Wir drei stiegen auf den Führungspanzer und rollten mit den Amerikanern in Mittenwald ein. Die Leute jubelten! Ich war natürlich der Held des Tages. Schon am nächsten Tag haben mich die Amis als Bürgermeister eingesetzt. Ortsgruppenleiter hin oder her, das spielte keine Rolle mehr. Und nun haben sie mir den Buick überlassen.«

»Du musst mir auch was überlassen«, setzt Gropper an.

Sattler sieht ihn mit seinen dunklen Knopfaugen erstaunt an. »Was denn?«

»Eine Schreibmaschine.«

»Ich hab keine Schreibmaschine, die ich dir geben kann«, sagt Sattler knapp und wischt sich mit der flachen Hand den Schweiß vom Kopf.

»Und was ist mit denen da?« Gropper deutet auf die vier Schreibmaschinen auf den beiden Tischen.

»Die benötigen wir selbst.«

»Hast du keine mehr in deinem Depot?«

Wieder trifft ihn Sattlers dunkler Blick. »Was soll das heißen, im Depot? Bin ich ein Schwarzhändler?«

»Es könnte doch sein —«

»Gar nichts kann sein«, unterbricht ihn Sattler resolut. »Warum hast du dir keine aus München mitgebracht?«

Für Gropper ist damit das Thema erledigt. »Was ist das übrigens für ein merkwürdiges Grab auf dem Friedhof?«, fragt er. »Auf dem Grabstein steht ›Unbekannt‹.«

»Wieso, was soll damit sein?«

»Was weißt du darüber?«

»Nichts, gar nichts weiß ich darüber.«

»Hast du Unterlagen darüber?«

»Natürlich nicht. Für Todesfälle ist die Polizei zuständig, nicht der Bürgermeister. Müsstest du eigentlich wissen.«

»Im Mai '45 gab es noch keine deutsche Polizei.«

»Eben. Nur die Militärpolizei der Amis. Und die haben sich einen Dreck um diesen Unbekannten geschert.«

»Aber es muss doch irgendwo Unterlagen über ihn geben.«

»Ich muss jetzt los. Hast mich schon lange genug aufgehalten. Außerdem gehst du mir auf die Nerven mit deiner Fragerei.«

»Diesen Unbekannten hat man aus Nafzigers Jauchegrube herausgeholt.«

»Ach ja? Da weißt du als Schweiz-Heimkehrer mehr als ich.«

»Stimmt das denn nicht?«

Sattler rutscht auf seinem breiten Ledersessel hin und her.

»Also, wie war das mit der Jauchegrube?«, beharrt Gropper.

»Ich weiß nichts«, poltert Sattler. »Frag doch den Nafziger!«

»Der ist tot.«

»Gott sei Dank, dieser Judas!«

»Wieso Judas?«

»Das erzählt man sich eben so«, murmelt Sattler kaum verständlich, weil er sich mit der Hand über sein verschwitztes Gesicht fährt.

»Warst du mit Nafziger befreundet?«

»Natürlich. Aber erst ab '44, als er von der Front zurückkam und Kasernen-Kommandeur wurde. Da haben wir gut zusammengearbeitet. War doch mein Amt als Ortsgruppenleiter.«

»Und auch nach '45.«

»Was ›nach '45‹?«

»Befreundet.«

»Natürlich. Als er sein Lokal etablierte, musste ich mich doch auch darum kümmern, als Bürgermeister.«

»Wer hat Nafziger umgebracht?« Gropper sieht ihm direkt in die Augen, als er das fragt. Um seinem Blick auszuweichen, dreht Sattler den Kopf leicht zur Seite.

»Wurde er denn umgebracht?«, fragt er, um der Frage zu entschlüpfen. »Hat er sich nicht selbst erschossen?«

»Red keinen Unsinn, Max!«, braust Gropper auf. »Wer war's? Wer?«

Sattlers Gesicht schwillt rot an, zugleich muss er sich schnäuzen. Hastig holt er ein Tempotaschentuch hervor, wischt sich damit über das nasse Gesicht, schnäuzt in das zerrissene Papier und wirft die Fetzen auf den Boden.

»Wer?«, bläst Gropper in die Glut. »Wer?«

Sattler schnappt nach Luft. »Frag das CIC«, presst er hervor. »Oder die Lucretia vom ›Horse‹. Frag die Putzfrau, frag die Schwarzhändler. Frag ganz Mittenwald! Aber nicht mich. Es ist sowieso eine Schande, dass ihr die Leiche so schnell abgeholt habt nach München. Experten der Volksgesundheit haben festgestellt, dass so ein Körper sieben Mark zwanzig wert ist. Allein das Fett würde zur Herstellung von sieben Stück Seife reichen. Aus dem enthaltenen Eisen könnte man einen mittelgroßen Nagel schmieden. Der Zucker reicht für sechs Faschingskrapfen. Und mit dem Kalk könnte man einen Kükenstall weißen. Aus dem Phosphor lassen sich zweitausendzweihundert Zündholzköpfe herstellen. Stell dir das mal vor! Mit dem Schwefel könnte man sogar einem Hund die Flöhe vertreiben. Und mit dem Kalium einen Schuss aus einer Kinderkanone abfeuern. So ein Volksvermögen darf doch nicht verloren gehen! Der tote Nafziger hätte noch was hergeben können. Aber wenn er zu uns zurückkommt, dürfen wir ihn nicht mehr verwerten. Das ist ja heute nicht mehr erlaubt.« Sattler hat sich in Rage geredet und muss mit einem neuen Papiertaschentuch sein Gesicht und seinen Nacken abwischen.

Gropper kennt diese Berechnungen. Als Gendarm musste er hin und wieder an Sattlers Parteisitzungen teilnehmen, wo solche Kalkulationen verkündet wurden. Er greift in seine Aktentasche, holt den Ausweis von Heinrich Krüger hervor und zeigt Sattler das Foto. »Kennst du den?«

»Hat das was mit deiner Ermittlung Nafziger zu tun?«

»Das weiß ich noch nicht.«

»Dann frag auch nicht.«

»Kennst du den Mann?«, bohrt Gropper.

»Schluss mit der Fragerei. Ich bin nicht bei dir im Verhör!«

Gropper wundert sich, dass Sattler bei diesem Foto so in Wallung gerät. Er geht auf wie eine Dampfnudel. Sein Gesicht wird wild, als würde er gleich aus seinem Ledersessel springen und eine Rauferei anfangen. Tatsächlich schnellt er, wie von einer Stahlfeder abgeschossen, hoch.

»Ich muss jetzt weg«, sagt er schroff, doch dann wechselt er plötzlich den Ton. »Martin, ich will keinen Krieg mit dir«, säuselt der rutschige Fisch. »Wir sind doch alte Freunde. Alte Spezis sozusagen. Und das wollen wir bleiben. Zum gegenseitigen Nutzen.«

Dieses Friedensangebot überrascht Gropper. Ein windiger Schlawiner, denkt er. Ein gerissener Hund.

Sattler wird immer freundlicher:»Wohin musst du? Soll ich dich ein Stück mitnehmen?«

Gropper muss zum Revier, zu Buchner.

»Gut, komm mit. Ich bring dich hin.«

Beim Hinausgehen gibt Sattler seinem»Schatzi« noch ein paar Anweisungen; sie lächelt und sieht ihren Chef verliebt an. Als sie an der Constabulary vorbeigehen, salutieren die Männer, und Sattler grüßt lässig zurück. Vor seinem himmelblauen Buick angekommen, macht er mit dem Kopf eine abschätzige Bewegung in Richtung der beiden Amerikaner und sagt:»Jetzt sind mir keine Bayern mehr, sondern ein Detätschment. Aber die Sauhund haun wir wieder raus.«

Sattler wuchtet seine schwere Aktentasche auf den Nebensitz seines Buicks, und Gropper muss auf dem breiten, weichen Rücksitz aus anthrazitfarbenem Velours Platz nehmen. In so einer Luxuskutsche hat er noch nie gesessen. Der Wagen fährt leise, kaum hörbar, und schwingt federnd in den Kurven. Sattler ist anzusehen, wie es ihm gefällt, Gropper zu chauffieren. Stolz und Dünkel stehen in seinem glänzenden Gesicht. Während der Fahrt durch die Bahnhofstraße zeigt er auf die mageren, ärmlich gekleideten Menschen, die zu beiden Seiten die Straße entlangeilen, vollgepackte Kinderwagen schieben, schwere Rucksäcke schleppen. Darunter auch viele alte Menschen, ausgezehrt und müde.

»Die müssen wir alle durchfüttern. Flüchtlinge, Kommunisten, Juden. Diese Bande. Eine Zumutung ist das. Sollen sie doch wieder dahin gehen, wo sie hergekommen sind. Die passen einfach nicht hierher, in unsere friedliche Heimat. Mittenwald war einmal ein begehrter internationaler Ferienort und muss es wieder werden. So schnell wie möglich. Von den Touristen haben wir gelebt. Aber die hier fressen uns die Haare vom Kopf. Die müssen weg.«

Schon beim Einsteigen hat Gropper unter der samtenen Fußmatte etwas Hartes gespürt. Er bückt sich, um nachzusehen, was das ist.

Sattler schaut in den Rückspiegel.»Hast was verloren?«

»Mein Taschentuch ist mir runtergefallen«, behauptet Gropper. Er ist erschrocken, dass Sattler ihn so genau im Auge behält.

»Hol's hoch und steck's ein. Ich mag so was nicht in meinem Wagen.«

Der Wagen nimmt eine Kurve rechts, dann eine Kurve links. Gropper schwankt auf seinem Sitz hin und her und muss mehrmals nach dem harten Ding unter der weichen Matte greifen. Endlich hat er es in den Fingern. Es ist klein und rund. Obwohl Sattler rasant fährt, schaut er immer wieder in den Rückspiegel.

»Hast du endlich deinen Schnäuzlappen?«

»Alles in Ordnung«, sagt Gropper und steckt das runde Ding ein.

»Na, Gott sei Dank.« Sattler ist erleichtert.

Vor dem Revier stoppt er so abrupt, dass die Bremsen quietschen und der Wagen wie eine Wippe erst nach vorn und dann nach hinten schaukelt. Sattler sieht in den Rückspiegel und ruft lachend: »Da schaust, was? Ist doch ein schönes Gefühl, so ein Kahn!«

Kahn. Für Gropper ein Stichwort. »Warum hast du die Insel Sassau abgesperrt und zum Naturschutzgebiet erklärt?«, will er wissen.

Diese Frage trifft Sattler völlig unvorbereitet. Eisig blickt er Gropper ins Gesicht. »Das geht dich einen Dreck an.« Nachdem Gropper ausgestiegen ist, fügt er scharf hinzu: »Ich bin gespannt, wie weit du kommst, du Kriminaler.« Dann fährt er weiter.

Gropper greift in seine Hosentasche und holt das kleine runde Ding hervor. Er traut seinen Augen nicht. In der Hand hält er eine Goldmünze. Er muss mehrmals hinschauen, doch die Prägung »Deutsche Reichsbank Berlin« ist deutlich lesbar. Es ist tatsächlich so eine Goldmünze, wie Korbi sie ihm in die Tasche gesteckt hat.

Wie kommt dieses Goldstück in Sattlers Buick?

★★★

»Das ist normal«, sagt Buchner in aller Seelenruhe und kratzt sich an seiner dunklen Warze neben der Nase.

Gropper kann es nicht fassen. »Dass man während meiner Abwesenheit mein Zimmer durchsucht, dass man nachts bei mir eindringt, während ich schlafe, und in meinen Schubladen herumwühlt – das nennst du normal?«

»Vieles ist hier normal. Auch dass unsere Räume verwanzt sind.

Die ganze Dienststelle. Von den Amerikanern. Daran musst du dich gewöhnen.«

Gropper muss an Theres denken. Auch sie wird abgehört.

»Wenn du nachher im Nebenzimmer deine Vernehmungen machst, denk daran: Feind hört mit«, erklärt Buchner und hält wie ein Lauscher seine Hand ans Ohr.

»Wer hört mit?«

»Das CIC.«

»Wissen das auch die Leute, die ich vernehme?«

»Nicht alle, aber die meisten.«

»Dann werden sie nichts sagen.«

»So ist es.«

»Das ist doch unmöglich! Wie soll ich denn da ermitteln?«

»Gar nicht.«

»Du spinnst wohl!«

»Musst halt woanders deine Leut befragen. Bei denen zu Haus oder auf einer Wiese.«

»Oder in meinem Drecksloch.«

»Gerade da wirst du abgehört.«

Gropper hat genug. »Ich muss da raus.«

»Es gibt kein anderes Zimmer«, sagt Buchner ruhig und kratzt sich wieder an seiner Warze. »Außerdem darf ich dir kein anderes zuweisen.«

»Warum nicht?«

»Hab's dir schon gesagt: Entscheidung vom Sattler. Und der hat auf Befehl der Amerikaner gehandelt.«

»Dann haben mich also die Amis in dieses Loch gesteckt.«

»So ist es.«

»Vielleicht sogar das CIC?«

»Kann schon sein.«

»In was für einem Land leben wir denn hier?«, platzt Gropper heraus.

»In einem besetzten Land.«

»In einem Detätschment«, gibt Gropper Sattlers Worte wieder.

»Du sagst es.«

Gropper zeigt ihm den Ausweis mit dem Foto von Krüger.

»Kennst du den?«

»Nie gesehen.«

»Heinrich Krüger heißt er.«

»Nie gehört.«

Das alte schwarze Bakelittelefon klingelt. Buchner hebt ab.

»Landpolizei Mittenwald. Buchner.«

Gropper kann aus dem Hörer eine aufgebrachte Stimme hören.
Buchner wendet sich von ihm ab und sagt: »Geht in Ordnung, Herr
Bürgermeister. – Natürlich. Wie besprochen. – Selbstverständlich,
Herr Bürgermeister. Machen wir. – Auf Wiederhören.« Er legt
auf.

»Was wollte er?«, fragt Gropper.

»Hat nichts mit deiner Sache zu tun.«

Gropper glaubt ihm nicht.

Buchner windet sich, er will nichts sagen. »Martin, du bringst
mich in einen Riesenschlamassel«, behauptet er.

»Warum?«

»Das sind interne Angelegenheiten.«

»Ich dachte, du bist per Du mit dem Sattler?«

»Nicht in amtlichen Sachen. Da muss ich ihn siezen.«

»Und das war jetzt eine amtliche Sache in einer internen Angelegenheit?«

Buchner schweigt trotzig.

»Was weißt du über den Toten in Nafzigers Jauchegrube?«, will
Gropper wissen, um sein Schweigen aufzubrechen. Doch Buchner
schweigt weiter. »Oder hat dir eben der Bürgermeister Anweisung
gegeben, darüber nichts zu sagen?«

»Der ist da ganz einfach reingefallen«, wiegelt Buchner ab.

»Oder reingefallen worden.«

»Die Geschichte geht dich nichts an. Die hat nichts mit dem
Mord an Nafziger zu tun.«

»Aber der Mann lag in seiner Jauchegrube.«

»Die Geschichte geht dich nichts an, hab ich gesagt.«

»Wer hat ihn herausgeholt?«

»Unser Fäkaldienst.«

»Wer konkret?«

»Frag den Müllfahrer, wenn er zur Vernehmung kommt.«

»Gab es eine Untersuchung?«

»Die Amerikaner haben sich nicht darum gekümmert. Und uns
als deutsche Polizei gab es damals noch nicht.«

»Jetzt liegt diese Jaucheleiche in einem Grab unter einem Stein mit der Aufschrift ›Unbekannt‹.«

»Woher weißt du das?«

»Hat man mir in der Friedhofsverwaltung gesagt.«

»Lass mich da raus.«

»Über den Mann muss es doch irgendwelche Unterlagen geben. Irgendetwas. Das Beerdigungsinstitut gibt es nicht mehr, die Friedhofsverwaltung hat nichts, der Sattler angeblich auch nicht. Und du weißt auch nichts.«

»Herrgott«, braust Buchner auf. »Es war kurz nach Kriegsende, da ging es drunter und drüber! Da ist viel verbrannt worden. Und nach einem Jahr kommst du und verlangst amtliche Unterlagen. Weltfremd ist das!«

Gropper antwortet nicht. Er sieht Buchner nur aus zusammengekniffenen Augen an.

»Diese Geschichte gehört nicht zu deinen Ermittlungen. Hab ich dir schon mal gesagt.«

»Warum hat der Sattler das Betreten von Sassau verboten?«

»Was soll das nun wieder?«

»Warum? Hat der Sattler dir Anweisung gegeben, nichts über die Absperrung der Insel zu verraten?«

»Das geht dich gar nichts an.«

Gropper muss sich zusammennehmen, um nicht zu explodieren. Zuerst der Bürgermeister mit seiner Behauptung, von nichts zu wissen, und nun sein alter Kollege Ferdinand mit seiner bockigen Haltung. Das stinkt nach Absprache. Was wollen sie vertuschen?

»Ferdl, warum willst du mir nicht helfen? Wir sind doch alte Kollegen. Wir haben früher so gut zusammengearbeitet. Du willst doch auch, dass die Täter gefasst werden.«

Buchner rutscht auf seinem Stuhl hin und her. »Ja schon, ja auch.«

»Also dann überwinde dich. Spuck's aus.«

»Ich hab dir meine Schreibmaschine hingestellt«, sagt Buchner plötzlich. »Die einzige, die wir haben. Sie ist zwar alt, aber sie tut's noch ganz gut. Mit der wirst du es schon schaffen.« Er steht auf. »Komm, ich zeig dir was«, sagt er und bedeutet Gropper, ihm zu folgen. »Hinten im Hof. Komm.«

Er führt ihn vorbei an überquellenden Mülltonnen, rostigen Fahrrädern und Kartons voller alter Akten.

»Was sind denn das für Akten?« Gropper will einige der Ordner aufschlagen.

»Lass das. Nur altes Zeug. Muss alles weg.«

»Ist da nichts über diesen ›Unbekannten‹ dabei?«

»Nur Makulatur. Nichts wert. Nun komm schon.« Gropper muss sich Mühe geben, mit Buchner Schritt zu halten. Dann stehen sie vor einem alten braunen DKW. Voller Stolz zeigt Buchner auf das Auto. »Baujahr 37. Vorkriegsware. Reichsklasse. Zweisitzer, zwei Türen, Zweitakter. Aber drei Gänge! Mit Krückstockhebel. Achtzehn PS. DKW: ›Des-Knaben-Wunsch‹, ›Dampf-Kraft-Wagen‹, ›Das-Kleine-Wunder‹. Ist mein Auto. Ich leih es dir, solang du hier bist. Damit du ermitteln kannst.«

Gropper kommt aus dem Staunen nicht heraus. Dieser überraschende Gesinnungswandel von Buchner, wie ist das möglich? Erst stellt er ihm seine einzige Schreibmaschine zur Verfügung und nun sogar sein Auto. Warum das so plötzlich?

»Du kannst doch nicht mit dem Fahrrad herumfahren«, erklärt Buchner. »Da nimmt dich doch keiner ernst, Herr Kriminalkommissar. Ich kann das Fahrrad nehmen. Als längst überfälliger Pensionär hab ich dadurch keinen Karriereschaden mehr.« Er klopft mit der flachen Hand auf das Blechdach seines DKW, als würde er einem Pferd auf den Hals klatschen. »Achtzig km/h«, lobt er. »Aber so schnell darfst du nicht durch den Ort fahren. Auch wenn du von der Kripo bist.« Dabei lacht er sogar. So kann Buchner also auch sein. Ein Pfundskerl.

Bevor am Nachmittag die ersten Zeugen zur Vernehmung kommen, untersucht Gropper die Lampe an seinem Schreibtisch. Er schraubt die Glühbirne heraus und findet tatsächlich neben der Fassung eine winzige Abhörwanze. Mit der Büroschere knipst er das feine Kabel durch.

Dann klettert er auf den Schreibtisch und schraubt aus der Deckenlampe die Birne heraus. Auch hier findet er neben der Fassung so ein kleines schwarzes Ding. Gerade als er das dünne Kabel durchtrennt, kommt Buchner herein.

»Jessas, was machst du denn da?«, fragt er entsetzt.

»Ich sorge für einen abhörsicheren Raum.« Gropper dreht in aller Ruhe die Glühbirne wieder ein und springt vom Tisch.

»Bist du wahnsinnig? Ich bekomme einen Mordsärger mit den Amis! Die Wanzen sind US-Eigentum.«

»Und dieser Raum ist Landpolizei-Eigentum.«

»Ich komm noch in Teufels Küche wegen dir.«

»Wo sind denn die restlichen Gemeinheiten versteckt?«

»Will ich gar nicht wissen.«

»Aber ich. Sind sie auch in den Lichtschaltern? Oder irgendwo in den Wänden?«

»Willst du auch die Schalter auseinandernehmen?«

»Würd ich gern.«

»Oder die Wände aufreißen?«

»Dazu hab ich jetzt keine Zeit.«

»Da geb ich dir meine Schreibmaschine und mein Auto, und zum Dank bringst du hier alles durcheinander. Das mag ich gar nicht.« Mürrisch wirft Buchner ihm einen kleinen Stapel Papier neben die Schreibmaschine. »Wirst das Papier sowieso nicht brauchen, weil die Leute nichts sagen. Außerdem ist das Farbband vertrocknet. Da kann man die Schrift sowieso kaum lesen.«

Na servus, denkt Gropper. Das sind ja schöne Aussichten.

»Übrigens, ehe ich's vergesse«, fügt Buchner grantelnd hinzu, »Nafzigers Bardame, diese Lucretia, hat angerufen. Sie kommt nicht. Hätte mich auch gewundert.« Er geht hinaus und überlässt Gropper wieder sich selbst.

Wie von Buchner bestellt, erscheint pünktlich um zwei als Erster der Zeitungsjunge Pentenrieder vom »Hochland-Boten«.

Gropper spannt einen Bogen Papier in die Schreibmaschine. Schon beim Drehen der Walze muss er feststellen, dass sie nichts taugt. Sie greift nicht, hält das Papier viel zu locker, der Schlitten wackelt hin und her.

Er wendet sich Pentenrieder zu. Der Zeitungsausträger gesteht, dass er zusammen mit dem Müllfahrer den Leichnam umgedreht hat, während Fanny Jais zur Polizei lief.

Gropper versucht, diese Aussage in die wackelige Maschine zu tippen, doch dabei verklemmen sich die verbogenen Hebel der Lettern. Er muss sie auseinanderziehen und zurückdrücken. Schon nach wenigen Worten verklemmen sie sich wieder zu einem Klumpen. Also lässt er die Tipperei ganz sein und notiert Pentenrieders Aussage auf dem Papier, das ihm Buchner hingeworfen hat. Viel muss er nicht schreiben, denn sein Zeuge berichtet nichts anderes als das, was die Erkennungsdienstler bei der Spurensicherung bereits festgestellt haben und was Fanny Jais ihm erzählt hat.

Als Nächstes lässt er den dicklichen, schnauzbärtigen Müll- und Fäkalfahrer Sonnleitner hereinkommen, der draußen bei Buchner gewartet hat. Auch seine Aussage kann nichts Neues zur Ermittlung Nafziger beitragen. Auf Groppers Nachfrage stellt sich aber heraus, dass Sonnleitner selbst in der Grube vom Nafziger beim routinemäßigen Leeren der Jauchegruben den unbekannten Toten gefunden hat.

»Wann war das?«

»Am 15. Mai 1945 in der Odlgrube von Nafzigers altem Haus bei der Kaserne. Da, wo er früher gewohnt hat, bevor er umgezogen ist in die Villa vom amerikanischen Geheimdienst.«

»Wie kam der Mann in die Jauche von Nafziger?«

»Wahrscheins ein Unfall. Die Bretter beim Nafziger waren immer schon morsch. Ich hab ihn oft darauf hingewiesen, dass da mal ein Unglück passieren kann. Aber dem Nafziger war das wurscht.«

»Wie haben Sie den Mann entdeckt?«

»Wir haben da so einen dicken Schlauch, mit dem wir die Scheiße in unseren Kessel saugen. Auf einmal stockte die Maschine. Ist noch nie zuvor passiert. Da hab ich abgeschaltet und den Schlauch herausgezogen. Und nicht nur den Schlauch, es steckte nämlich ein Bein im Rüssel. War ganz schön grauslich. Hab ich noch nie erlebt. Ich hab noch mehr an dem Schlauch gezogen, da kam der Mann zum Vorschein. Der hat richtig in der dicken Scheiße gesteckt. Ich hätt beinah kotzen müssen.« Er wischt sich über die Stirn. »Haben Sie einen Schnaps? Sonst fall ich jetzt vom Stuhl.«

Mit weichen Knien steht Gropper auf und geht nach nebenan zu Buchner. »Ich brauch einen Schnaps für meinen Zeugen. Sonst müssen wir die Sanitäter holen.«

Wortlos greift Buchner in ein Fach seines Schreibtisches und holt eine Flasche Enzian und ein Stamperl hervor.

»Gib mir auch eines für mich. Hab's nötig.«

Sonnleitner und Gropper schlucken ex. Dann erzählt der Fäkalfahrer weiter. »Zuerst wollt ich den Nafziger aus seiner Villa holen. War ja schließlich seine Odlgrube. Aber er wollte nicht kommen. ›Das geht mich nichts an‹, sagte er. ›Das ist die Scheiße der Flüchtlinge.‹ In seinem alten Haus wohnten nämlich schon seit ein paar Tagen alle möglichen Flüchtlinge. Da hab ich die Amerikaner geholt. Unsere Gendarmerie gab's ja zu der Zeit noch nicht. Die Amis kamen auch und haben sich die Sache angesehen. Haben aber die Scheißleiche nicht angefasst, sondern andere Männer geholt. Die haben dann den Mann mit Stangen und Brettern herausgeholt. Von dem hat man nichts mehr erkennen können, Gesicht und so. Anzug sowieso nicht. War kein Mensch mehr, was die da rausgezogen haben. Ich hab das nicht mehr sehen können und bin weggefahren. Mir war ganz elend den ganzen Tag, und hab einen Schnaps nach dem anderen gesoffen.«

Sonnleitner schenkt sich noch zwei Gläser ein und stürzt sie hinunter. »Kann ich jetzt gehen?«

Schwankend geht er hinaus. Auch Gropper kippt noch einen Enzian und stützt den Kopf in seine Hände. Es schüttelt ihn, als er daran denkt, wie dieser Mann ausgesehen haben mag.

Leise klopft es an die Tür, und schüchtern tritt Fanny Jais ein. »Grüaß Good, Hea Kommissär.«

Gropper sieht auf die Uhr. »Pünktlich auf die Minute.«

»Jamei, des bin i so a Lebn lang gwohnt.«

Er erkennt sie fast nicht wieder, so schön hat sie sich gemacht zur Vernehmung. Sie trägt ein weites rosafarbenes Kleid und um die Schultern ein langes dunkles Halstuch mit kleinen Röschen und langen Fransen. Ihre Haare hat sie nach hinten zu einem Dutt zusammengebunden.

Ängstlich bleibt sie im Zimmer stehen, umklammert mit den Händen ihre alte, bunt bestickte Gobelinhandtasche und setzt sich erst, als Gropper ihr den Stuhl anbietet.

»Herzklopfn hab i, Hea Kommissär.«

»Sie brauchen nicht aufgeregt zu sein«, sagt er beruhigend.

Sie öffnet den Schnappverschluss ihrer Handtasche, holt ein zartes weißes Tüchlein hervor und wischt sich damit die Nase. Zerknüllt hält sie das Taschentuch in der Faust.

»I wa nämlich noch niea auf soner Befragung aufm Revier.«

Wieder wischt sie sich kurz die Nase.

»Wie geht's denn mit Ihrer Arbeit?«

»Bis jetz putz i weita. Auch obn de Zimma. De san ja jetz wieda in Betrieb. Vorerst is ja die Lucretia no meine Chefin. Aba i glaub net, dass i bleiben kann. De wead mi rausschmeißn. De mog me nähmli net.«

»Sie hatten bei unserem Gespräch am Samstag angedeutet, dass die Lucretia vielleicht den Nafziger umgebracht hat.«

»Da hab i scho vui zvui gsagt. Des sag i net wieda.«

»Warum nicht?«

»Weil i Angst hab, dass se mia was otuat.«

»Was sollte sie Ihnen antun?«

»Wenn des rauskommt, dass i des gsagt hab, schmeißt se mi glei raus un no Schlimmres.«

»Das kommt nicht raus.« Er zeigt nach oben zur Lampe und macht mit seinem rechten Zeige- und Mittelfinger die Bewegung einer Schere. Fanny versteht und grinst.

»Deafn Se des denn?«

»Nein.« Gropper grinst ebenfalls.

»Se Schlawiner, Se«, lobt sie ihn bewundernd.

»Also was ist mit der Lucretia?«

Fanny zögert einen Augenblick, dann überwindet sie sich. »Wahrscheins wollt se sich des Geld unter den Nagel reißen.«

»Was für Geld?«

»Sein ganzes Vermögen. Alles, was er zur Seite gschafft hat. Des hat ea vasteckt.«

»Wo?«

»In seim Kella. Da gibt's a kloane abgschlossne Kamma.« Sie beugt sich zu Gropper hinüber und flüstert geheimnisvoll: »Wahrscheins is da a Goid drin. Vui Goid.«

»Was für Gold?«

Sie zuckt mit den Schultern. »I hab so was ghört. Aba dazu hat nua ea den Schlüssel ghabt.«

»Und den hat jetzt die Lucretia.«

»Freili. Alles hat sie. Nur sein Buick, den ham die Amis gleich nach seim Tod beschlagnahmt.«

»Warum?«

»Des woaß i net.«

»Wo befindet sich diese Kammer im Keller?«

»Unta dea Garasch. Unterm Hors. I hab nia da runter dürfn.«
»Aber Lucretia durfte in den Keller.«
»Freili. Weil doch im Kella oi de Flaschn füa de Getränke san.
Aba nia hat se in de Kamma mit dem Goid dürfn.«
»Jetzt kann sie, weil sie den Schlüssel dafür hat.«
»Sag i doch.«
Gropper überlegt, ob er diesen geheimnisvollen Raum aufbre-
chen lassen könnte. Dafür bräuchte er von einem Richter einen
Durchsuchungsbefehl.
»I bin sicha, des Luada hat den Nafziger umgbracht«, flüstert Fan-
ny Jais.
»Sie allein?«
»Warum net?«
»Aber es sind vier Paar Schuhabdrücke auf dem Garagendach.
Drei Paar stammen von Männern.«
»Dann hat ses mit dene zamma gmacht.«
»Wer könnten diese Männer gewesen sein?«
»Koa Ahnung net.«
»Könnten zwei davon die beiden Männer gewesen sein, die am
Vormittag kamen, als Sie das Lokal putzten, und den Nafziger spre-
chen wollten?«
»Des wär möglich.«
»Würden Sie die beiden wiedererkennen?«
»Gwieß. Aba i mecht net voa dena stehng.«
Nebenan hört Gropper Buchner schimpfen, heftig unterbrochen
von einer Frauenstimme, die ihm bekannt vorkommt.
Er zeigt Fanny den Ausweis mit dem Foto von Krüger. »Kennen
Sie den?«
Der Lärm draußen wird immer lauter. Fanny Jais fährt zusam-
men und zischt: »Des Aas is draußn.« Nur kurz schaut sie auf das
Foto und schüttelt den Kopf. »Na. Kenn i net.«
Gropper hat den Eindruck, dass sie das Gesicht auf dem Foto sehr
wohl kennt und nur deshalb verneint, weil sie Angst hat, dass das
»Aas« plötzlich hereinplatzt. Und tatsächlich wird im selben Au-
genblick die Tür aufgerissen, und wie eine Furie stürmt in einem
knallroten Kleid die Lucretia herein. Buchner setzt ihr nach, will
sie festhalten, sie zurückziehen. Doch zu spät, sie steht bereits vor
Fanny Jais. Schnell steckt Gropper den Ausweis ein.

»Die raus«, schreit Lucretia und zeigt auf Fanny. »Sie lügt!«
Erschrocken springt Fanny hoch. Buchner versucht, Lucretia aus
dem Raum zu drängen, doch sie schüttelt ihn ab. Da geht Gropper
dazwischen. »Lass nur. Ich mach das schon.«
Buchner verlässt schnaubend das Zimmer, dreht sich aber noch
mal kurz um und schreit Lucretia »Ami-Schicksn!« ins Gesicht.
Die weiß im Moment nicht, auf wen sie sich in ihrer Empörung zu-
erst stürzen soll: auf Buchner, auf Fanny oder auf Gropper.
Gropper herrscht Lucretia an: »Sie warten draußen, bis Sie dran
sind.«
»Putzfrau sagt falsch«, keift Lucretia. »Alles falsch.«
Völlig verdattert starrt Fanny sie an und zittert am ganzen Kör-
per, während Lucretia weiter tobt.
»Alles Lüge! Sie weg«, verlangt sie.
»Sie haben hier gar nichts zu bestimmen«, donnert Gropper.
Buchner schaut durch den Türspalt herein.
Lucretia bäumt sich auf wie ein Pferd, das mit den Vorderhufen
in die Luft schlägt. Man glaubt fast, ein prustendes Wiehern zu hören, als sie schreit: »Ich vom CIC! Wenn ich will, CIC alle verhaften!«
»Ich scheiß auf Ihr CIC!«, brüllt Gropper. »Sie haben sich hier
anständig zu benehmen!« Er entschuldigt sich bei Fanny, die immer noch verstört und wie gelähmt neben ihrem Stuhl steht. Sachte führt er sie hinaus. »Ich melde mich bei Ihnen.«
»I hab so a Angst, dass se mi jetz rausschmeißt, des Luada«, flüstert sie ihm zu. »Se is ja jetz de Chefin.«
Als Gropper in den Raum zurückkehrt, hat sich Lucretia bereits
auf dem Stuhl vor dem Tisch niedergelassen. Bei seiner Begegnung
mit ihr in der Villa hatte sie wild abstehende, strohblond gefärbte
Haare. Nun trägt sie eine Perücke mit kurzem kastanienbraunem,
leicht rötlichem Haar. Ihre grelle Schminke macht ihr Gesicht we-
sentlich älter, obwohl sie damit sicher das Gegenteil erreichen will.
Anscheinend muss sie die Wirkung der anstrengenden Nächte
übertünchen. Gropper denkt an Fannys Bezeichnung »Farbkas-
ten«.
Hektisch hat sich Lucretia eine Zigarette angezündet und stößt
nun ihren Rauch in die Luft. Er stellt ihr als Aschenbecher eine
leere Nescafé-Dose hin, die sie beiseiteschubst.

»Sie haben sich also doch entschlossen auszusagen«, sagt Gropper und setzt sich ebenfalls.

»Vom Chef befohlen.«

»Wer ist Ihr Chef?«

»CIC.«

»Das CIC ist also Ihr Chef.«

»Hör nicht gut?«

Gropper überlegt, ob er auf diese Frechheit reagieren soll, und legt sich ein neues Blatt für seine Notizen zurecht.

»Ich kenne Wahrheit. Sonst keiner.«

»Dann wollen wir mal sehen«, sagt Gropper mit unterdrückter Wut über ihr Benehmen.

»Machen schnell. Nicht viel Zeit.«

»Sie befehlen hier gar nichts, verstanden?«

»Los, fragen.«

»Welche Gäste waren in jener Nacht in den fünf Fremdenzimmern?«

»Weiß nicht.«

»Aber es waren doch alle Zimmer belegt.«

»Weiß nicht.«

»Die Putzfrau hat bestätigt, dass alle Zimmer benutzt worden sind.«

»Putzfrau Lügenmaul.«

»Führen Sie nicht Buch über die Vermietung?«

»Keine Vermietung.«

»Was dann?«

»Nur so.«

»Tragen Sie das nicht in ein Buch ein?«

»Nix Buch.«

»Dann vermieten Sie schwarz.«

»Nix schwarz. Privat.«

»Aber Sie kennen doch die Gäste, die mit den Damen nach oben gehen.«

»Nicht mein Geschäft.«

»Sondern?«

»Geschäft von Anton.«

»Warum ließen Sie mich am Samstag aus dem Lokal werfen?«

»Befehl.«

»Von wem?«
»Privat.«
»Ein privater Befehl?«
»Schwerhörig?«
Gropper fragt ruhig weiter: »Von wem haben Sie diesen privaten Befehl bekommen?«
»Sag nicht.«
»Wer hat Nafziger erschossen?«
»Anton selbst erschossen.«
Er ignoriert diesen Unsinn. »Wie kamen die Täter in Nafzigers Büro?«
»Keine Täter.«
Gropper versucht, sie hereinzulegen. »Sie haben drei Männer in sein Büro hinaufgeschickt.«
»Nicht drei, nur zwei.«
»Aha, also zwei.«
»Ja.«
»Wer waren diese beiden Männer?«
»Keine Männer gesehen.«
»Aber Sie sagten doch eben, Sie haben zwei Männer in sein Büro hinaufgeschickt.«
»Hab nicht sagt. Du Phantasie.«
Gropper muss sich schwer zusammennehmen, ruhig zu bleiben. Sie verqualmt eine Marlboro nach der anderen, schnippt die Asche auf den Boden und wirft die Kippen hinterher.
»Woher hatte Nafziger das viele Geld, um das Lokal zu errichten?«
»Weiß nicht«, blafft sie patzig.
»Aber er muss doch plötzlich sehr reich gewesen sein.«
»Chef immer arm. Sehr arm. Nix Gold.«
Er stutzt. Warum sagt sie »Gold«? Meint sie nur Geld oder wirklich Gold?
»Was für Gold?«
Schnell begreift Lucretia, dass sie sich verplappert hat. Unter ihrer Schminke wird sie fahl.
Gropper muss an Korbis Goldmünze denken, an die Goldmünze in Sattlers Buick und an Fannys Vermutung. Er setzt nach: »Was für Gold ist im Keller des Lokals versteckt?«

»Gehört Anton.«

»Also doch Gold.«

»Nur Anton Schlüssel für Kammer.«

»Den Schlüssel haben aber jetzt Sie.«

»Du auch Lügenmaul!«

Gropper überhört ihre Dreistigkeit und treibt sie in die Enge.

»Was für Gold ist in der Kammer unter der Garage versteckt?«

»Keine Garage! Kein Keller! Keine Kammer unter Horse!«

»Keine Kammer? Aber Sie sagten doch eben, nur Nafziger hatte den Schlüssel für diese Kammer.«

Voller Wut starrt sie Gropper an. Ihre Augen blitzen zornig, als würden sie Gift sprühen. Sie zerknüllt ihre leere Zigarettenschachtel, schleudert sie auf den Boden und holt fahrig eine neue Packung aus ihrem knallroten Kleid. Gropper spürt, wie sie die Fassung verliert. Er nutzt ihre Verwirrung.

»Woher hatte Nafziger das Gold?«

Sie schafft es nicht, die neue Marlboro anzuzünden. Ihre Hände mit den langen, dunkelrot lackierten Fingernägeln zittern. Immer wieder bricht ihr das Streichholz ab, und als es endlich brennt, pustet sie es durch ihr aufgebrachtes Schnauben wieder aus.

Gropper beobachtet das mit Genugtuung. Schließlich sieht er den Augenblick gekommen, ihr ins Gesicht zu sagen: »Sie haben mitgeholfen, Nafziger zu erschießen.«

Lucretias Widerstand scheint gebrochen. »Hat mir nicht sein Schlüssel gegeben«, rechtfertigt sie sich.

»Damit wollten Sie an sein Gold kommen.«

»Die Männer haben geschossen.«

»Sie sagten doch, Nafziger habe sich selbst erschossen.«

»Nein, die Männer.«

»Und wer waren die beiden Männer?«

»Fragen Sie Anton.«

»Der ist tot.«

»Ja. Gut so.«

»Warum ist das gut?«

Lucretia schweigt verbissen.

»Warum ist das gut, dass Nafziger tot ist?«

Sie verliert die Nerven und schreit hysterisch: »Weil Schlüssel jetzt ich!«

»Danke, das reicht«, sagt Gropper lächelnd und lehnt sich zurück.

»Was reicht?«, fährt sie ihn erbost an.

»Sie haben ausgesagt, dass Nafziger im Keller eine Kammer mit Gold hatte. Und dass es gut ist, dass Nafziger tot ist, weil Sie jetzt den Schlüssel haben. Das ist quasi ein Geständnis.«

Lucretia wird kalkweiß unter ihrer Schminke. Sie springt auf, schmettert auch ihre neue, aufgerissene Zigarettenpackung auf den Boden, schreit »In Hölle, Satan!« und stürmt zur Tür hinaus. Buchner, der in dem Moment hereinkommen will, rennt sie fast um.

»Was hat sie gesagt, das Draculaweib?«, fragt er.

»Höchst Interessantes. Wir haben sie. Anstiftung zum Mord, vielleicht sogar Beihilfe. Du musst sie festnehmen. U-Haft. Besorg dir vom Garmischer Richter den Haftbefehl. Dringender Tatverdacht.«

Buchner verzieht das Gesicht. Er scheint sich zu winden.

»Fluchtgefahr besteht nach meiner Meinung nicht«, räumt Gropper ein. »In ihrem Keller liegt Gold. Das will sie doch nicht anderen überlassen.«

***

Ein Donnerschlag reißt Gropper aus dem Schlaf. Zuerst glaubt er, diesen mächtigen Krach nur geträumt zu haben. Aber dann hört er Regen auf sein Dachfenster prasseln. Da fällt ihm ein: Er hat die Luke offen gelassen. Jetzt ist er hellwach und springt aus dem Bett. Prompt steht er mit seinen nackten Füßen im Wasser und wäre beinahe ausgerutscht. Verflucht noch mal! Im Dunkeln tastet er auf dem Nachttisch nach seiner Taschenlampe, findet sie aber nicht.

»Kruzifixherrgottsakrament!«

Da schenkt ihm der Herrgott auf seinen Fluch hin tatsächlich eine himmlische Erleuchtung: einen Blitz. Für den Bruchteil einer Sekunde ist seine Dachkammer von grellweißem Licht erfüllt. Zeit genug, um auf dem Nachtkasten seine Taschenlampe zu entdecken. Sofort ist es wieder stockfinster im Raum, und neuer Donner kracht durch die Luft, so schmetternd, dass er glaubt, den Schlag auf seinem Körper zu spüren. Der Blitz muss ganz in der Nähe eingeschlagen sein. Der Regen knallt wie Kiesel auf das Fenster, gepeitscht von mächtigen Sturmböen. Im Schein seiner Taschenlampe kann Gropper sehen, wie das Wasser über das Sims an der Wand hinunter auf den Boden strömt. Die Bretter sind völlig überschwemmt. Er muss durch das Wasser patschen, um einen Stuhl heranzuholen. Erst vom Stuhl aus kann er die Dachluke schließen. Kaum hat er den Fenstergriff in der Hand, zischt ein neuer Blitz herab, gespalten in zerstreute, zuckende Fasern. Im blendend weißen Licht sind kurz die Gewitterwolken und die Spitzen des Karwendel zu sehen. Gleich darauf ist wieder alles schwarz, und ein krachender Donnerschlag lässt die Luft erzittern. Nur mit Mühe kann er das Dachfenster gegen den Sturm zudrücken. Trotzdem rinnt immer noch Regen durch. Ihm bleibt nichts anderes übrig, als das Fenster mit seinen beiden Handtüchern abzudichten. Sofort sind sie pitschnass.

Dann ist das Haus plötzlich voller Geschrei und Gerenne. Im Schein seiner Taschenlampe stolpert Gropper zur Tür und öffnet sie. In den beiden Etagen unter ihm laufen die Bewohner aufgeregt schreiend umher. Im Treppenhaus leuchten Taschenlampen. Die Sicherungen hat es herausgehauen. Alle rufen nach Wondratschek.

Gropper geht zurück in sein Zimmer. Das Wasser auf dem Boden lässt er stehen. Er hat keine Putzlappen, um es aufzuwischen.

Pfeif drauf, ist nicht meine Bude, grollt er. Soll es doch durchlaufen in das Zimmer unter mir.

Am Betttuch trocknet er seine Füße ab und legt sich nieder. Draußen schlagen weiter die Sturmböen gegen das Fenster und klatscht der Regen auf das Glas. Er sieht die Blitze an der Decke und an den Wänden aufflackern und wartet auf den nachfolgenden Donner. Er zählt die Sekunden dazwischen. Oft kommt er nicht mal bis eins. Dann bis zwei, bis drei, bis vier. Als Kinder haben sie auch so gezählt, er und Theres. Und je weiter sie mit dem Zählen kamen, umso weiter hatte sich das Gewitter entfernt, und sie atmeten erleichtert auf.

Er erinnert sich an ein heftiges Gewitter, das er einmal als Kind in Mittenwald erlebt hat. Da schlug der Blitz ganz nah von ihm in einen hölzernen Telegrafenmast ein. Er hörte nur ein ohrenbetäubendes Zischen, so scharf und so laut, als wäre eine Rakete dicht an seinem Ohr vorbeigesaust. Gleißendes Licht blendete ihn, und zugleich knallte der harte Donner. Der Mast sank nieder und riss die Drähte mit sich herab. Nach diesem Schreck sah er sich im Regen die Reste des Mastes an. Sie waren völlig verkohlt. Als er sie anfasste, zerfielen sie in seiner Hand zu schwarzer Schmiere. Er hat in seiner Kindheit noch ein anderes, noch viel gewaltigeres Gewitter erlebt. Auf einer weiten Wiese wendeten seine Eltern, Theres und er das Heu. In der Ferne sahen sie die dunklen Wolken heranziehen. Die sind noch weit weg, dachten sie. Doch der Wind wurde plötzlich kräftiger, und die schwarzen Wolkenberge kamen so schnell näher, dass sie alles liegen ließen und zu einem nahen Heustadl rannten. Kaum hatten sie ihn erreicht, blitzte und krachte es ringsumher und schüttete wie aus Kübeln. Der Stadl bot aber außen keinen Schutz, und die Einfahrt war verriegelt. Mit den Füßen versuchten sie, einige Wandbretter einzutreten. Doch die waren zu dick. Da kletterten sie über einen neben dem Stadl stehenden Leiterwagen in eine Öffnung und ließen sich drinnen auf die trockenen Heuhaufen fallen. Nun waren sie zwar im Trocknen, aber wie kamen sie wieder heraus? Das Tor ließ sich auch von innen nicht öffnen. Wenn jetzt der Blitz in diesen Stadl einschlägt, dachten sie erschrocken, das Heu Feuer fängt und der Holzstadl abbrennt … Sie säßen da drin fest und kämen nicht mehr raus! Es war ja schon oft passiert, dass solche Stadl durch Blitzeinschlag abbrannten. Jeder von ihnen dachte daran, aber keiner sprach es aus. Draußen blitzte und krachte es in einem fort. Manchmal etwas entfernt, manchmal aber erschreckend nah. Ihn, Theres und auch seine Eltern schüttelte es vor Angst. Seine Mutter bekreuzigte sich immer wieder und murmelte ein Vaterunser nach dem anderen. Erst später zu Hause am Küchentisch gaben sie zu, was für eine Angst sie gehabt hatten, und gestanden sich ein, dass es verflucht leichtsinnig gewesen war, in eine solche Falle zu flüchten.

»Der Herrgott hat uns beschützt«, tröstete sich seine Mutter.

»Blödsinn«, konterte sein Vater. »Wir habn einfach Massel ghabt.«

Nach und nach entfernt sich das Gewitter, und man hört nur noch entferntes Grollen. Gropper kann trotzdem nicht einschlafen. Immer wieder muss er an die bevorstehende Festnahme von Lucretia denken. Es fuchst ihn, dass er als Kommissar sie nicht festnehmen darf. Dazu ist nur der ortsansässige Polizist Buchner berechtigt, und das auch nur mit einem Haftbefehl des Garmischer

Richters. Aber so wie Buchner das Gesicht verzogen hat, kann er sich jetzt schon ausmalen, was der alte Gendarm alles vorschieben wird, um sich vor der Verhaftung zu drücken. Sicher fürchtet er den Ärger mit dem CIC.

Morgen wird er sehen, ob sich Buchner den Haftbefehl aus Garmisch beschafft hat.

7

Der Tod legt se net schlafn.

Als Gropper am nächsten Morgen die Wachstube betritt, ist kein Buchner da. Anwesend sind nur die beiden jungen und noch völlig unerfahrenen Anwärter Sebastian Senger und Axel Bergmoser. »Wo ist Buchner?«
»Der hat sich dienstfrei genommen«, sagt Senger.
»Wir haben mit ihm die Schicht getauscht«, ergänzt Bergmoser. Gerade jetzt ist Buchner nicht da, wenn Lucretia verhaftet werden soll. Das ärgert Gropper. Für ihn steht fest: Buchner kneift. So ein Feigling. Hat Buchner tatsächlich Angst vor dem CIC? Oder vor Nafzigers gerissenen Geschäftsfreunden, die ihre Machenschaften jetzt mit Lucretia auskaspern? Fürchtet er, sie könnten sich an ihm rächen, weil er Handschellen um die zarten Handgelenke ihrer rumänischen Prinzessin legt?

Während Gropper hin und her überlegt, erzählen ihm Senger und Bergmoser von dem Unwetter in der vergangenen Nacht. Sie berichten über entwurzelte Bäume, über davongeflogene Dachplatten und eingestürzte Baugerüste. Sie erzählen, dass es im Gebirge ganz wild zugegangen ist, dass in der Leutaschklamm die Hölle los ist und die Leutasch und die Isar immer noch tosen und schäumen. Jeder weiß mehr als der andere, sie fallen sich gegenseitig ins Wort und übertreffen sich wie bei einem Wettbewerb mit ihren Hiobsbotschaften. Am Schluss sagen sie: »Nebenan sitzt ein Mann, der hat eine Leich gefunden.«
»Ein Opfer des Unwetters?«, fragt Gropper.
»Das wissen wir nicht. Wir wollten erst Sie kommen lassen.«
»Warum habt ihr mir das nicht gleich gesagt?«
»Jamei, wenn die Leich sowieso schon tot ist, pressiert's doch nicht mehr so.«
Schon in der Frühe eine Leiche, denkt Gropper. Er hat noch nicht einmal richtig gefrühstückt. Er geht in den Nebenraum. Am Tisch sitzt ein Mann, das Gesicht in die Hände gestützt. Seine verfilzte Schirmmütze liegt auf dem Tisch. Als Gropper näher tritt, schaut er verstört auf.

Es ist ein alter Mann mit einem buschigen Schnauzbart und kräftigen Augenbrauen. Sein Gesicht hat etwas Zotteliges, gekleidet ist er in eine abgerissene Schreinerkluft. Seine Beine stecken in hohen Gummistiefeln. Neben ihm liegt Angelzeug auf dem Boden.

Gropper setzt sich zu ihm. »Sie haben eine Leiche gefunden?«

Der Alte nickt. »Eigentlich war's in der Früh schlecht zum Angeln nach dem Gewitter. Ich hab mir lang überlegt, ob ich rausfahr«, stammelt er. »Aber dann bin ich doch los. War schlecht. Der See war noch ganz aufgewühlt.«

»Welcher See?«, fragt Gropper.

»Der Walchensee.«

»Sie wissen, dass die Amerikaner das Angeln verboten haben. Auch im Walchensee.«

»Mir wurscht«, sagt der Alte. »Da bin ich dann hinübergerudert auf die Insel.«

»Warum zur Insel?«

»Weil ich da meine Ruh hab und mich kein Ami erwischen kann.«

»Der Bürgermeister hat das Betreten von Sassau verboten. Naturschutzgebiet.«

»Der Sattler kann mich mal. Außerdem hätt ich dann nicht die Leich gefunden.« Er sagt das so, als müsste der Herr Kommissar ihm dafür dankbar sein, dass er verbotenerweise angeln wollte und dabei für ihn die Leiche entdeckt hat.

»Und weiter?«

»Schon beim Hinüberrudern hab ich drüben viele Möwen gesehen. Sie kreisten über dem Schilf, stürzten hinein, flogen wieder hoch und stürzten wieder in das Schilf. Und das mit einem Gekreische, da wusste ich: Da liegt ein dicker Fisch, von dem sie fressen. Den schau ich mir mal an. Drüben angekommen, ging ich zu der Stelle. Wie ich so am Wasser entlangging, sah ich schon, dass der Sturm in der Nacht allerhand altes Zeugs angeschwemmt hat. Alles mögliche alte Gelumpe. Und dann hab ich sie da liegen sehen, die Leich. Halb noch im Wasser, halb auf dem Kies. Grausam hat sie ausgesehen. Angefressen von den Möwen und auch sonst grauslich zugerichtet. Ich hab schon so manches Angeschwommene gesehen, aber so was noch nie. Ich hab gar nicht hinschauen können. Da bin ich gleich zurück zum Bootshaus gerudert und mit meinem Motorrad hierhergefahren.«

Sofort fahren beide zur Insel. Der Alte mit seinem alten NSU-Motorrad voraus, Gropper mit Buchners DKW hinterher. Auf der Landstraße zersägen Arbeiter umgestürzte Bäume und räumen die zerteilten Stämme und Äste weg. Überall liegt Kleinholz herum. Man winkt sie an den Hindernissen vorbei, langsam umfahren sie die Stellen.

Sie kommen durch Krün und Wallgau. Vor Einsiedl biegen sie rechts ab auf die hubbelige Piste, die am südlichen Ufer des Walchensees entlangführt. Gropper immer hinter dem Motorrad her. Diese Uferstrecke war immer schon schwierig und gefährlich. Regelmäßig wird sie von Unwettern, Sturzbächen aus dem Altacher Gebirge und Erdrutschen verwüstet, sodass sie sich an manchen Stellen gefährlich zum See hin neigt. Die linke Straßenseite bricht an mehreren Stellen direkt zum Wasser hin ab, Befestigungen sind nicht angebracht. Nun, nach dem Gewitter, ist die Piste noch stärker verwüstet als sonst und fast nicht mehr befahrbar. Vorsichtig steuern sie ihre Fahrzeuge so weit wie möglich nach rechts, um nicht links in den See hinabzurutschen. Nur sehr langsam dürfen sie die Abschrägungen überqueren. Trotzdem glitschen Motorrad und Pkw manchmal zum See hin weg und kommen nur mühsam wieder in die Spur.

Bei Niedernach biegen sie nach links ab zum östlichen Ufer. Auch hier kommen sie nur sehr langsam voran. Die Fahrbahn ist nun ein Feldweg. Der alte Mann kann den großen Schlaglöchern auf seinem Motorrad wendig ausweichen, Gropper aber muss mit seinem Wagen vorsichtig durch sie hindurch, um keinen Achsenbruch zu riskieren. Nur im Schritttempo kann er dem Motorrad folgen.

Da sieht er kurz vor dem Bootshaus beim Steineck den alten Strasser arbeiten. Dass es den noch gibt! Nach sieben Jahren sieht er ihn wieder, hier in dieser verlassenen Gegend.

Strasser sieht von seiner Schubkarre auf, als Gropper neben ihm anhält. »Ja, was is des? Da schaugst, der Martl!« Er zieht seine alte Kordmütze vom Kopf und kommt auf ihn zu.

Gropper steigt aus, und sie schütteln sich kräftig die Hände. Strassers Hand ist rau, schwielig und hart.

»Bist wieda da«, freut er sich. »Wo warst denn de ganze Zeit?« Gropper berichtet kurz über seine Zeit in der Schweiz. Strasser nickt verständnisvoll und lässt wieder seinen Spruch los: »Gschichten san des. Gschichten. Ja, so geht's. Und was machst jetz?« Als er hört, dass Gropper nun bei der Kripo in München ist, kommentiert er respektvoll: »Gschichten san des. Gschichten. Ja, so geht's. So a gscheiter Kopf wia du bin i nia woarn.«

Dann erzählt Strasser, dass er nun im Dorf Walchensee wohnt und hier sein Revier hat und dass er eine Sauarbeit hat mit diesen hundsverreckten Straßen.

»Und wohin fahrst jetz?«, fragt er.

Gropper nennt nicht den wahren Grund seiner Fahrt. Er sagt nur, dass er zur Sassau rübermuss.

Als Strasser das Wort Sassau hört, bleibt ihm vor Schreck der Mund offen stehen. »Da is de weiße Nixe«, stammelt er entsetzt.

»De holt jedn, dea ihare Insl betritt.«

»Glaubst du an solche Märchen?«

»I scho. Denk an dein Vadda.«

»Das war ein Unglück.«

»Den hat de weiße Nixe gholt. Des is gwieß.«

Strasser sagt das mit solcher Ernsthaftigkeit, dass Gropper einen Moment nachdenklich wird. Da sieht er den Motorradfahrer auf ihn warten.

»Ich muss jetzt weiter.«

»Pass nua auf, dass di net a de Nixe holt«, ermahnt ihn Strasser voller Sorge.

Im Bootshaus am Steineck sind zwei alte Kähne aufgebockt. Mit ihnen holten die Fischer während des Krieges und davor die Saiblinge, Zander und Renken aus dem See und verkauften sie in Einsiedl und Walchensee. Am Bootssteg ist ein großes Schild befestigt: »Betreten der Insel streng verboten. Naturschutzgebiet. – Der Bürgermeister.«

Sie ziehen einen der beiden Kähne ins Wasser und rudern hinüber zur dicht bewachsenen Insel. Der See ist schwarz. Die Wassermassen sind noch aufgewühlt vom Gewitter und Sturm.

Gropper spürt ein unangenehmes Herzklopfen. Er muss an die Nixe denken, die nach der Legende auf der Insel den Schatz des

Königs bewacht. Er muss an den Tod seines Vaters denken, der nichts mit diesem sagenhaften Schatz zu tun hatte. Und nun liegt wieder eine Leiche auf der Insel. Hat sie etwas mit dem geheimnisvollen Gold jenes Königs zu tun? Gibt es dieses Gold vielleicht doch? Vergraben unter den giftigen Eiben, unter dem dichten Weißdorngestrüpp und dem blühenden Ginster?

Gropper schaut auf die Wellen, die der Alte mit den Rudern schlägt, und hört in Gedanken die silberne Stimme der Nixe.

Begehrst du das Gold, tauch ich auf aus dem See, hol dich hinab in die murmelnden Wogen. Dann bist du mein, vorbei ist dein Wahn. Ich werd dich auf immer umfangen.

Kräftig führt der Alte die Ruder durch das Wasser, schnell nähert sich der Kahn der Insel.

An einer flachen Uferstelle legen sie an, springen vom Bug auf den Kies, ziehen das Boot an Land und binden es an einer dicken aus dem Boden herausragenden Baumwurzel fest.

Gropper bleibt kurz stehen. In seinem Kopf dröhnt eine dunkle Glocke. Wieder erinnert er sich, wie er am Grab seines Vaters und am Sterbebett seiner Mutter fest versprechen musste, nie diese Insel zu betreten. »Bei meiner Seel«, hatte sie gehaucht. »Sonst holt die weiße Nixe auch dich.« Um ihr diesen Letzten Willen zu erfüllen, hatte er es ihr in die Hand versprochen. Was sollte er auch je auf dieser Insel?

Und nun steht er doch zwischen Schilf und Gestrüpp auf Sassau. Ein paar Sekunden lang zweifelt er sogar daran, dass er lebendig wieder von dieser Insel wegkommt. Der Alte sieht ihn zögern und drängt, durch die Wildnis, durch Gebüsch und Gestrüpp, einen Pfad zu der Fundstelle zu schlagen.

Nixe, so ein Unsinn, sagt sich Gropper und schiebt seine Versprechen beiseite. Trotzdem ist ihm mulmig zumute.

»Da hinten liegt sie«, sagt sein Begleiter. Sie treten aus dem Gestrüpp heraus und sehen am Ufer einen gräulich weißen formlosen Körper liegen. Der Alte zieht seine Schirmmütze vom Kopf und bleibt stehen. Gropper nähert sich langsam der unheimlichen Gestalt. Vor ihm, halb im Wasser, liegt die nackte, stark verweste Leiche.

Wieder denkt er an die Beschwörung seiner Mutter: »Geh nie auf diese Insel.« Mit einem Mal scheinen ihm ihre Ängste nicht mehr so blödsinnig. Die Gestalt liegt auf dem Rücken, umspült von den sanften Wellen des Sees. Vielleicht ein Kind oder eine kleine Frau. Der verfaulte Körper ist eine graue wachsartige, seifenähnliche Masse. Aufgedunsen und schwammig. Die fauligen Gase haben die Leiche aufgebläht. Sie stinkt. Die Haut ist aufgequollen und sieht aus, als würde sie sich leicht abziehen lassen. Große Flächen sind mit Algen bedeckt, bunt und zottlig. Durchsetzt mit Stofffasern. Das waren einmal ihre Kleider. Sie muss schon sehr lange im Wasser liegen. Es fehlen eine Hand und ein Fuß. Abgefallen durch Fäulnis und Tierfraß. Die Kopfhaare sind ausgefallen, der Schädel völlig kahl. Das Gesicht ist nicht mehr zu erkennen. Es besteht nur noch aus einer verfaulten, stinkenden Masse, die sich bewegt. Unzählige weiße Maden wimmeln auf der Oberfläche. Sie kriechen aus den Augenhöhlen, aus der Nase, aus dem Mund, aus den Ohren. Der Leib ist angefressen von Fischen, Krebsen, Ratten, Möwen. Abgefressen sind die Nase, die Ohren und die Lippen. Augäpfel gibt es nicht mehr.

Abgestoßen von Ekel und zugleich angezogen von Neugier, beugt sich Gropper trotz des widerlichen Gestanks über das, was früher mal ein Mensch war. Er fragt sich, ob der Tod durch Ertrinken oder bereits an Land eingetreten ist. Da entdeckt er auf dem kahlen Schädel ein großes Loch, aus dem Würmer kriechen. Wurde diese Person erschlagen und dann in den See geworfen?

Das Einzige, was an dem zersetzten Leib noch erhalten ist, ist ein dünnes, geschwärztes Kettchen um den Hals mit einem kleinen verrosteten Kreuz daran. Dieses Halskettchen kommt ihm bekannt vor. Es erinnert ihn an jemanden. Er weiß nur nicht, an wen. Da sieht er plötzlich ein Bild vor sich, das eines kleinen Mädchens, das ihm stolz ein aus Kastanien und Streichhölzern gebasteltes Männchen zeigt. Rosi. Sie hat als Kind ein Kettchen mit so einem kleinen Kreuz getragen. Damals war sie sechs Jahre alt und ging in die erste Klasse der Dorfschule in Walchensee. Das war vor sieben Jahren.

Mit einem Schlag ist Gropper sich sicher: Das ist Rosi, die

Tochter seines Freundes Feigl, der mit seiner Frau Kreszenz im Forsthaus Einsiedl wohnt, ganz nah von hier. Nun liegt Rosis verwester Körper vor ihm. Dreizehn wäre sie dieses Jahr geworden. Als er das Kettchen anfasst, zerbricht es. Er steckt es zusammen mit dem kleinen Kreuz in seine Jackentasche.

Nun muss er zu den Feigls und ihnen die schreckliche Nachricht überbringen. Das Wiedersehen mit seinem alten Schulfreund hätte er gern unter anderen Voraussetzungen erlebt. Dass er die ganze Zeit bis zu den Knöcheln im Wasser gestanden hat, bemerkt Gropper erst jetzt.

Er richtet sich auf und schlurft mit den Schuhen voller Wasser zurück zu dem alten Mann, der immer noch seine Schirmmütze in den Händen hält.

»Kannten Sie sie?«, fragt der Alte mit belegter Stimme.

Gropper nickt und bittet ihn, nach Walchensee zum Krankenhaus zu fahren. Die Sanitäter müssen mit einem Wagen kommen und Rosis Leiche abholen. Sie sollen sich im Forsthaus Einsiedl melden. Dort wartet er auf sie.

Sie setzen über den See und machen das Boot fest. Als der Alte mit seinem Motorrad abgefahren ist, fällt Gropper ein, dass er ihn gar nicht nach seinem Namen und seiner Adresse gefragt hat.

Kreszenz kocht gerade Marmelade ein. Die ersten Erdbeeren aus ihrem Garten. Sie dreht sich um, macht große Augen, lässt den Holzlöffel in einem der Töpfe stecken und wischt ihre klebrigen Finger an der Kittelschürze ab. »Der Martin! Was machst du denn hier?«

Schnell nimmt sie die Töpfe vom Feuer, legt die Eisenringe über die Flammen und schüttelt ihm mit ihren immer noch klebrigen Fingern die Hand.

»Setz dich. Schön, dass du uns besuchst. Der Xaver ist im Wald.«

Als Gropper sich an den Tisch setzt, schiebt sie das Hackbrett mit dem Fleischmesser beiseite und wischt die Stelle mit ihrer Küchenschürze sauber. Er ist erleichtert, dass er mit Kreszenz allein ist. Er will die schreckliche Nachricht so lang wie möglich hinausschieben. Sie setzt sich auf der Eckbank ihm gegenüber und wischt immer wieder ihre Hände an der Schürze ab.

Sie ist erschreckend gealtert, seit er sie das letzte Mal sah. Ihr

Gesicht ist ausgemergelt. Ihre Haare, die sie nach hinten zu einem Zopf zusammengebunden hat, sind grau geworden, ihr Körper mager und eingeschrumpft. Wie lebensprall war sie früher! Voller Vitalität. Und nun so eingefallen. Er bringt es nicht fertig, dieser geschwächten Frau zu sagen, dass ihre Rosi tot ist. Obwohl sie es sicher längst ahnt. Er bringt es nicht übers Herz. Vorerst nicht. Er sieht sich um. In der Küche ist alles unverändert. Vor den beiden kleinen Fenstern steht immer noch die alte Holzbank mit den ausgefransten Seegraspolstern, daneben der Schrank. Im Aufsatz hinter den Glastürchen das Geschirr, davor der Brotkasten, daneben die alte Küchenwaage. Im Herd prasseln die Scheite, im Grantl summt das siedende Wasser, und um den Herd herum blinkt die Messingstange, an der die Küchentücher zum Trocknen baumeln. Über dem Herd hängen die Töpfe, Pfannen und die Bratreine. Die alte Pendeluhr neben dem Bild von Papst Pius XII. tickt gemächlich.

Doch etwas ist anders: Im Herrgottswinkel ist an das Kruzifix ein Foto von Rosi gesteckt, eine Aufnahme, die sie mit ihrer silbern verzierten Kommunionskerze in der Hand zeigt.

Als Kreszenz bemerkt, dass er das Bild anschaut, sagt sie mit tonloser Stimme: »Sie ist schon über ein Jahr weg. Ich denk halt immer noch, dass sie irgendwann wiederkommt.«

Neben dem Herrgottswinkel bemerkt Gropper an der Wand ein großes Rechteck, etwas heller als die Wand daneben. Hier hing früher das Hitler-Bild.

Nach langem Schweigen fragt Kreszenz: »Magst 'n Kaffee?«

Er nickt. Sie holt ein Haferl und eine Bahlsenkeksdose aus dem Küchenkasten, löffelt aus der Blechdose braunes Pulver in das Haferl, öffnet den Zinkdeckel des Wassergrantls, gießt mit einem Schöpfer heißes Wasser auf das Pulver, verrührt es und stellt ihm das Haferl auf den Tisch.

»Malzkaffee. Wir habn nichts anders.«

Gropper erinnert sich an seinen letzten Besuch hier, als Gendarm, im Frühjahr '39. Xaver war da schon bei den Gebirgsjägern, führte aber sein Amt als Oberförster weiter, das er 1933 von seinem Vater übernommen hatte, weil dieser wegen »politischer Unzuverlässigkeit« entlassen worden war. In seinem Forst waren damals wieder einmal ein paar Ster Langholz verschwunden. Im nassen Waldboden erkannte man noch die Reifenspuren eines Kleintransporters. Aber vom Dieb keine Spur. Irgendwie hatte Gropper damals den Verdacht, dass nicht ein Fremder, sondern Xaver selbst das Holz hatte verschwinden lassen, um an den Schadensersatz ranzukommen. Auffallend war nämlich, dass die Abdrücke dem Profil der Reifen entsprachen, die Xaver an seinem Waldfahrzeug hatte. Andererseits stand auch ein Mitarbeiter des Sägewerks Schmauß in Verdacht. Der hatte an seinem Schlepper dasselbe Reifenprofil. Und der konnte das Langholz gut gebrauchen. Vielleicht war es zwischen den beiden aber auch eine abgemachte Sache. Jedenfalls wurden die wiederholten Diebstähle nie aufgedeckt.

Damals, im Frühjahr '39, saß noch die kleine Rosi mit ihnen am Küchentisch. Sie war gerade in die erste Klasse gekommen und malte das Alphabet in ihr buntes Schreibheft.

»Wie geht's dir?«, fragt Kreszenz. »Was hast du gmacht, als du weg warst? Wie geht's Luise?«

Er erzählt über die Zeit in St. Gallen, wo Luise in einem Hospital als Krankenschwester arbeitete und er als Krankenwagenfahrer, weil für ihn als Ausländer keine andere Arbeit möglich war. Er erzählt, dass sie nach Kriegsende nach Gauting zurückkehrten, Luise dort in einem Lungensanatorium eine Anstellung fand und er nun bei der Kriminalpolizei in München als Kommissar arbeitet.

Plötzlich sieht Kreszenz ihm direkt ins Gesicht. »Bist du deshalb hier? Wegen Rosi?«

Jetzt ist es unausweichlich.

Gropper greift in seine Tasche und legt das kleine verrostete Kreuz an dem geschwärzten Kettchen vor sie auf den Tisch. Kreszenz erstarrt, wird totenblass. Es dauert eine Weile, bis sie sich wieder bewegen kann. Sie will danach greifen, stockt aber in ihrer Bewegung, will den Namen ihrer Tochter herausschreien, schafft aber nur »Ro...«. Das Wort bricht ihr auseinander.

»Gehört das Rosi?«, fragt Gropper leise.

Langsam, ganz langsam und vorsichtig nimmt sie das Kettchen mit dem Kreuz in die Hand und streicht mit den Fingern darüber.

Nun wagt Gropper den Satz: »Wir haben sie gefunden. Am Ufer auf Sassau. Angeschwemmt.«

Die Kreszenz fällt in sich zusammen. Mit einem Schlag ist sie noch älter geworden. Wie leblos sitzt sie da. Ihre Arme gleiten vom

Tisch herab, hängen neben ihr, als würden sie nicht mehr zu ihr gehören. Gropper hat Angst, dass sie vom Stuhl kippt, und macht sich bereit, sie aufzufangen.

Doch sie hockt weiter da, ein Häufchen Elend. Sie wimmert, würgt ein zerhacktes Schluchzen heraus, schleudert plötzlich den Kopf hoch, reißt ihn in den Nacken und stößt einen gellenden Schrei aus. Sie heult auf wie ein Tier, so herzzerreißend, dass es Gropper schaudert. Es wirft sie auf dem Stuhl hin und her. Sie schreit, brüllt heiser: »Du verfluchter Herrgott! Du Dreckskerl im Himmel! Hast mir meine Rosi gnommen! Warum? Gib mir meine Rosi wieder! Du musst mir meine Rosi wiedergebn, du verfluchter Hund!«

Gropper hat Angst um sie, befürchtet, sie könnte aufspringen, nach dem scharfen Fleischmesser auf dem Tisch greifen und sich die Gurgel durchschneiden. Aber sie bleibt sitzen, stützt ihr Gesicht in ihre knochigen Hände und weint stöhnend, stoßweise. Es ist ein trockenes, schmerzhaftes Weinen.

Langsam verebbt ihr Schluchzen. Sie schaut wieder auf das Kettchen mit dem Kreuz, nimmt es in ihre Hand, ballt sie zur Faust und presst darin den Rest ihrer Rosi so fest zusammen, dass ihre Knöchel weiß werden.

»Jetzt wartet nur noch der Sarg auf mich. Ich möcht nebn der Rosi begrabn werdn«, sagt sie bitter.

Dann ist es still in der Küche. Nur das gemächliche Ticken der alten Penduluhr ist zu hören.

Nach langer Zeit erhebt sich Kreszenz mühsam und schlurft zum Wandkalender neben der Uhr. Auf dem »Juni«-Blatt steht in großen Buchstaben:

Geh aus, mein Herz, und suche Freud
In dieser lieben Sommerzeit
An Deines Gottes Gaben.
Schau an der schönen Gärten Zier
Und siehe, wie sie Dir
Sich ausgeschmücket haben.

Sie reißt das Blatt mit einem Ruck herab, zerknüllt es und wirft es auf den Boden.

Zwei Männer in Rot-Kreuz-Jacken treten in die Küche. »Wir kommen vom Krankenhaus Walchensee«, sagt der eine. »Wir suchen den Kommissar Gropper.«

Gropper steht auf und zeigt seinen Ausweis. Kreszenz fängt an zu schreien: »Nicht meine Rosi abholn!« Sie stürzt sich auf einen der Männer, umklammert ihn verzweifelt. »Lasst mir meine Rosi!« Der Fahrer befreit sich sachte aus ihrer Umklammerung und übergibt sie Gropper, der sie in den Arm nimmt und über ihr graues Haar streicht. »Ich komm wieder«, sagt er leise.

Dann geht er mit den beiden Männern hinaus. Mit seinem DKW fährt er am südlichen Ufer des Sees auf der gefährlichen Piste langsam voraus, gefolgt vom Leichenwagen, der auf den Abschrägungen Mühe hat, die Spur zu halten. An der Ostseite des Sees, kurz vor dem Bootshaus, ist Strasser immer noch damit beschäftigt, den holprigen Feldweg auszubessern. Als der schwarze Wagen an ihm vorbeifährt, zieht er seine Mütze vom Kopf und bekreuzigt sich.

Beim Bootshaus angekommen, holen die Männer einen kleinen grob gezimmerten Holzsarg aus ihrem Wagen und laden ihn in den Kahn. Gropper rudert sie hinüber zur Insel.

Die beiden Rot-Kreuz-Männer ziehen sich weiße Gummihandschuhe an, heben Rosis Leichnam auf ein Plastiktuch, vorsichtig darauf achtend, dass nicht ein Arm oder ein Bein vom Körper abfällt, wickeln ihn ein und legen ihn in den Holzsarg. Dann rudert Gropper die Männer mit dem Sarg zurück zum Bootshaus. Der Sarg wird in den Wagen gehoben. Vom Krankenhaus Walchensee soll Rosis Leiche nach München zur Obduktion gebracht werden.

Auf der Rückfahrt zieht Strasser wieder seine Mütze vom Kopf, bekreuzigt sich, lässt den Leichenwagen vorbeifahren und stellt sich dann mitten auf den Feldweg, direkt vor den DKW.

Gropper hält an und steigt aus.

»Habts iha de Rosi gfundn?«, fragt Strasser aufgeregt.

»Woher weißt du das?«

»Weils doch scho seit oam Jahr verschwundn is. I woaß a, wea's war.«

Gropper glaubt, nicht richtig gehört zu haben, doch Strasser nickt eifrig.

»Wer?«

»So genau woaß i's net, aba i woaß trotzdem. I hab's gsehng. Is aba scho a Jahr hea.«

»Was hast du gesehen?«

Strasser rückt seine alte Kordmütze zurecht, zeigt auf das Bootshaus und berichtet, was er damals, am 29. April des vergangenen Jahres, erlebt hat.

Es war ein Sonntag, erinnert er sich, er hat aber trotzdem gearbeitet, weil man für die nächsten Tage sehr schlechtes Wetter und einen Temperatursturz mit Schnee vorausgesagt hatte. Damit es nicht noch schlimmer würde mit der Straße, wollte er vorher noch ein paar Schäden ausbessern und füllte ganz in der Nähe des Bootshauses auf dem Feldweg Kies auf, als er seine Beobachtung machte. Um neuen Kies in seine Schubkarre zu schaufeln, schob er seine Karre zum Kieskasten, der sich etwas abseits vom Feldweg in einem Gebüsch befand. Gerade wollte er den Schlüssel für den Kastenriegel hinter dem Depot hervorholen, da kam schnell, viel zu schnell ein BMW vorbeigefahren. Strasser stutzte, denn so schnell hatte er hier noch nie ein Auto fahren sehen. Auf dem Rücksitz schlug ein Kind mit den Fäusten gegen die Scheiben. Strasser duckte sich hinter seinem Kieskasten nieder, um nicht gesehen zu werden.

Der BMW hielt vor dem Bootshaus. Ein großer Mann in einer Uniform stieg aus und zerrte das Kind aus dem Auto. Es war die kleine Rosi. Er hat die Rosi sofort erkannt. Er kannte sie ja schon seit ihrer Geburt '33. Die Rosi wehrte sich heftig, schlug um sich und schrie fürchterlich. Doch der Mann zog sie in das Bootshaus, und dann war es still. Strasser wagte nicht, aus seinem Versteck hervorzukommen. Er hatte Angst vor dem Mann. Er war zu feige, das gesteht er Gropper nun voller Reue ein.

Bald darauf schleifte der Mann einen schweren Sack zum Kahn, warf den Sack hinein und ruderte damit auf den See hinaus. Weit draußen warf er ihn dann ins Wasser. Und das am helllichten Tag! Der Sack ist sofort versunken.

Als der Mann in der Uniform zurückkehrte, holte er aus seinem Kofferraum einen Armvoll Kleider, ging damit ins Bootshaus und kam nach einer Weile in Zivil wieder heraus. Er hatte sich umgezogen. Dann schraubte er von seinem BMW die Kennzeichen ab, brachte neue an und warf die alten Schilder in hohem Bogen in den See. Aus seinem Kofferraum nahm er einen Benzinkanister, holte seine Uniform aus dem Bootshaus und trug sie und den Kanister hinter das Bootshaus. Gleich darauf stieg eine schwarze Rauchwolke auf. Als der Rauch verschwunden war, fuhr der Mann in Richtung Einsiedl davon. Auch als der BMW schon längst nicht mehr zu sehen war, zitterte Strasser noch am ganzen Leib. Verängstigt ging er hinter das Bootshaus. Es war nicht alles verbrannt. Er konnte die verkohlten Reste einer SS-Uniform mit SS-Runen erkennen und den Totenschädel mit den gekreuzten Knochen auf der halb verbrannten Mütze.

»De Rosi hat genauso lang glebt, wia des Tausendjährige Reich dauert hat: zwölf Jahr«, fügt Strasser hinzu und senkt traurig den Kopf. »Ja, so geht's.«

»Was war das denn für ein BMW?«

»Mei, des woaß i nimma.«

»Ist dir an diesem Wagen etwas aufgefallen?«

»Aufgfoin is mia, dass i so a Auto hia no nia gesehng hab.«

»Was war denn so Besonderes daran?«

»Dea hat so a Farb ghabt. I glaub so was mit Rot.«

In Gropper keimt ein Verdacht auf. Er holt Krügers Kfz-Papiere heraus und zeigt sie Strasser.

»War das so ein BMW? Rot mit schwarzem Dach?«

Strasser denkt angestrengt nach. »Ja«, sagt er schließlich. »I glaub scho. I bin mia fast gwieß.«

Gropper überlegt einen Moment, dann zeigt er Strasser Krügers Ausweis. »Könnte das der SS-Mann gewesen sein?«

Strasser nimmt den Ausweis in die Hand und schaut auf das Foto, dann nickt er. »Ja, der war's.«

»Bist du sicher?«

»Ganz gwieß.«

»Hast du sein Gesicht gesehen?«

»Freili. Ganz genau.«

Strasser kann seinen Blick immer noch nicht vom Foto lösen. »Ja, so hat ea ausgschaut. Des is gwieß.« Mit zitternder Hand gibt er Gropper den Ausweis zurück. »Wea is denn diesa Krüger?«

»Das weiß ich noch nicht.«

»Un warum hat ea de Rosi umbracht?«

»Auch das weiß ich noch nicht. Hast du damals der Polizei gemeldet, was du gesehen hast?«

»Na, nia net.«

»Warum nicht?«

»I hab mi net traut. Aus Angst voa de Nazis. Sonst wär i no erschossn woan, wenn i den SS-Lackl verratn hätt.«

»Aber es gibt doch keine Nazis mehr.«

»Des sagst du. Des woaß i anders.«

»Keiner hätte dich erschossen, wenn du das gemeldet hättest.«

»Die laufn doch no überall rum. De ham mi scho mal verhaft un eigsperrt. Des vergieß i net.«

»Warum haben sie dich eingesperrt?«

»Weil i net richti grüaßt hab im Drittn Reich. Eigsperrt, weil i anstatt ›Heil Hitler‹ gsagt hab: ›Drei Liter‹. Nua so zum Spaß. Aber de Deppen warn ja so was von ohne Humor. De ham ja koan Spaß vastandn.« Er schüttelt erbost den Kopf. »Gschichten san des. Gschichten. Ja, so geht's.«

»Und den Feigels hast du auch nicht gesagt, dass du gesehen hast, wie die Rosi umgebracht worden ist?«

»Na, nia net.«

»Warum nicht?«

»I hab mi net traut. I wollt denen des net antun.«

Das kann Gropper gut verstehen.

Mit einem Mal hören sie Schüsse im Wald, ganz in ihrer Nähe. Gropper schreckt zusammen.

»Net schlimm. De schiaßn bloß wiada Wildsauen«, erklärt Strasser. »Selbstversorga.«

»Wer schießt da?«

»Leit von dea Gegend.«

»Es haben doch alle ihre Waffen abliefern müssen.«

Strasser lacht kurz und trocken: »Koana hat was abgebn. Alle hams iha Zeig bhaltn.«

Als Gropper weiter in Richtung Einsiedl fährt, überlegt er hin und her. Eigentlich müsste er jetzt zurück zu Kreszenz und einfach nur bei ihr sein. Vielleicht muss sie sich aussprechen, reden. Er könnte ihr zuhören. Das täte ihr sicher gut. Vielleicht aber will sie jetzt allein sein. Will keinen um sich haben. Oder Xaver ist inzwischen aus dem Wald zurückgekehrt. Dann wäre ihr Mann bei ihr und könnte sie trösten. Auch Xaver hat er seit acht Jahren nicht mehr gesehen. Wer weiß, wie sie nach all den Jahren zueinander stehen. Es könnte sein, dass sie sich inzwischen entfremdet haben. Da würde er als quasi Fremder die beiden in ihrer Trauer nur stören. Von all dem abgesehen, muss Gropper jetzt erst mal für ein paar Stunden allein sein. Er muss das Karussell in seinem Kopf, das sich seit seiner Ankunft immer schneller und schneller dreht, abbremsen, zum Stillstand bringen. Er muss zur Ruhe kommen, den Kopf durchlüften, seine Gedanken sortieren. Das gelingt ihm am besten, wenn er sich an einen ruhigen Ort zurückzieht, wo er seine Grübeleien abstreifen kann. Einen Ort, an dem er etwas ganz anderes sieht und seine Blicke ziellos schweifen lassen kann. So entschließt er sich, an die Isar zu fahren.

Nachdem er die ehemalige Kaserne passiert hat, biegt er vor Mittenwald in einen Feldweg ein, der direkt zum Fluss führt. Er lässt den Wagen stehen und geht die wenigen Meter zum flachen Ufer. Überall auf dem angeschwemmten weißen Kiesgeröll liegen verrottete Baumstämme und dicke Äste, die frühere Hochwasser angespült haben. Von einem der Äste fliegt ein Fischreiher hoch. Er lässt sich auf einem großen, von der Sonne gewärmten Stein nieder und schaut auf die Isar. Das schnell fließende Wasser glänzt im Sonnenlicht und schäumt, wo es auf kleine Felsinseln trifft.

Gropper muss an die Holzflößer denken, die hier früher mit ihren langen Stangen und Haken geschickt die sperrigen Flöße um die Hindernisse bugsierten. Da hat er oft am Ufer gestanden und bewundernd zugeschaut, wenn die schwimmenden Baumstämme zum Sägewerk Schmauß getriftet wurden.

Das Wasser sprudelt, quirlt und wirbelt, weiß und grün und auch grau. Die Stille am Ufer tut ihm gut. Er spürt, wie er zur Ruhe kommt. Und trotzdem muss er immer wieder an Rosi denken, wie sie da am Ufer lag, bedeckt mit wimmelnden Maden. Wie Blitzlichter tauchen immer wieder diese ekelhaften Bilder auf. Es schüttelt ihn.

Plötzlich kann er nicht mehr ruhig sitzen. Er muss sich bewegen. Er muss etwas tun.

Gropper geht zurück zum Wagen. Obwohl er außer einem kleinen Frühstück in einer Bäckerei heute noch nichts gegessen hat, hat er keinen Hunger. Trotzdem, er muss eine Kleinigkeit zu sich nehmen.

Im Ort hält er an einer Wirtschaft an, vor der man im Freien einfache Gartentische und Stühle aufgestellt hat. Er bestellt eine Steirische Kürbissuppe und zwei Brezen, dazu ein helles Bier. Die etwa dreißigjährige Kellnerin sieht ihn etwas merkwürdig an, nickt und geht.

Als sie ihm seine Bestellung bringt, blickt sie ihm ins Gesicht. »Sind Sie der Gropper Martin?«

»Sie kennen mich?«, fragt er erstaunt.

»Kennen Sie mich denn nicht mehr?«

Gropper bedauert. Er kann sich nicht an diese hübsche dunkelhaarige Frau erinnern.

»Das wundert mich nicht. Ist ja schon lange her. Aber ich hab Sie sofort wiedererkannt.«

»Wo haben wir uns denn getroffen?«

»Im Fremdenverkehrsamt, lange vor dem Krieg, als Sie immer die Prospekte zum Verteilen abgeholt haben. Sie waren damals mit Wilma Gschwandtner befreundet. Wir haben zusammen in der Touristeninformation gearbeitet.«

Jetzt schrillen bei ihm alle Glocken.

»Sie kennen Wilma?«

»Natürlich. Wir haben auch nach dem Krieg wieder zusammen gearbeitet. Hier im ›Beisel‹ als Kellnerin. Bis zum Sommer vergangenes Jahr. Dann war sie weg.«

»Sie wohnt also noch in Mittenwald?« Gropper hat Mühe, seine Aufregung zu unterdrücken.

»Ich hab sie in der vergangenen Woche am Unter Markt gesehen.«

Gropper bietet ihr den Platz auf dem Gartenstuhl neben ihm an. »Ich darf mich im Dienst nicht setzen.«

»Was sagte sie?«, fragt er.

»Wir haben nicht miteinander gesprochen. Sie war auf der anderen Straßenseite. Haben Sie sie denn noch nicht besucht?«

»Ich weiß nicht, wo sie wohnt. Haben Sie ihre Adresse?«

»Nein, die hab ich auch nicht. Keine Ahnung.«

Da wird sie von anderen Gästen gerufen.

»Ich muss weitermachen. Wenn Sie sie sehen, grüßen Sie sie von ihrer alten Kollegin.« Sie eilt zu den Gästen hinüber und nimmt deren Bestellung auf.

Wilma ist also doch hier, hämmert es in Groppers Kopf. Und Theres behauptete, sie sei weg. Dabei muss sie doch wissen, dass Wilma noch in Mittenwald ist. Sie ist schließlich auch mit ihr befreundet. Warum sagt sie mir nicht die Wahrheit?, grübelt Gropper, während er seine erkaltete Kürbissuppe löffelt.

8

»Ihr Alpenleit, nehmts eich in acht, daß ihr nicht Hokuspokus macht;
denn nach dieser kurzen Zeit folgt eine lange Ewigkeit.«
Schriftzug unter einer alten Lüftlmalerei.

Am nächsten Morgen kommt Gropper auf dem Weg von seiner
Pension zum Revier wieder am Antiquariat Eckstaller vorbei.
Diesmal wagt er es, die dunkle Bücherhöhle zu betreten. Immer
noch bimmelt beim Eintreten das Ziegenglöckchen, das von der
oberen Türkante angestoßen wird. Um die Ladentür hinter sich
schließen zu können, muss sich Gropper an einen Bücherturm drücken, der weit über seinen Kopf hinaufragt und hinter ihm beängs-
tigend schwankt. Vor ihm ist zu beiden Seiten nur ein Fußbreit
Platz. In dieser Bücherschlucht kann er sich nur vorsichtig vorwärts-
bewegen, um die Stapel nicht einstürzen zu lassen. Dabei muss er
über Stöße vom »Völkischen Beobachter« und »Stürmer« steigen.
In dem Kabuff riecht es muffig nach altem Staub. Es ist wohl jahrelang nicht mehr gelüftet worden.

Ganz hinten am Ende des Ganges hockt Eckstaller an seinem
Schreibtisch. Dass es ein Schreibtisch ist, kann man nicht sehen,
nur ahnen. Das Möbelstück ist ummauert und völlig zugedeckt
von aufgeschichteten Folianten, brüchigen Ledereinbänden, Zeit-
schriften und Sammelausgaben in Pappeschubern. Er schaut nicht
auf, nachdem sich Gropper zu ihm durchgezwängt hat, sondern
kritzelt weiter in langen Listen, radiert aus, schreibt Neues darüber,
radiert wieder und überschreibt abermals die verschmierten Zeilen. Er bemerkt gar nicht, dass ein Kunde vor ihm steht. Erst als
Gropper ihn anspricht, schaut er geistesabwesend kurz auf und
wendet sich gleich darauf wieder seiner Liste zu, auf der er weiter
in den Zeilen herumkrakelt.

Gropper ist froh, dass Eckstaller ihn nicht wiedererkennt. Er
hat keine Lust, auch ihm zu erklären, wo er in den vergangenen
Jahren war, und tappt lieber über eine Art Hühnersteige zum oberen Stockwerk hoch. Auch dieses Treppchen ist zu beiden Seiten
vollgepackt mit Büchern. Er hat ein wenig Angst, dass die dünnen

Bretter nicht auch noch ihn tragen können und das gesamte Lattengestänge mit ihm unter der Papierlast zusammenbrechen könnte.

Schon auf halber Treppenhöhe kann er in den vollgestopften oberen Raum sehen. Unmöglich auch hier, irgendetwas Bestimmtes zu finden. Behutsam tastet er sich auf den knarrenden Brettern rückwärts wieder hinab. Unten angekommen steht unerwartet Eckstaller neben ihm und hält einen Stapel von Hitlers »Mein Kampf« in der Hand, weiß offenbar nicht, wo er ihn ablegen kann. »Der letzte Rest«, brabbelt er vor sich hin. »Der letzte Rest.«

»Hatten Sie noch mehr davon?«, fragt Gropper.

»Massen. Massen«, nuschelt Eckstaller. »Haben alles die Amis gekauft. Die sind ganz wild drauf. ›Buks of Fuhrer? Buks of Fuhrer?‹« Ratlos sieht er sich um und packt Hitlers »Kampf« schließlich auf den Boden, neben den Spirituskocher, auf dem über einer Flamme ein Haferl Wasser kocht. Als Gropper sich bückt, um ein Exemplar anzusehen, kreischt Eckstaller: »Schmeißen Sie nicht den Brenner um! Sonst ist mein Laden ein Aschenhaufen.«

Erschrocken über seinen plötzlichen Ausbruch fragt Gropper: »Was haben Sie denn sonst noch von dieser Art?«

»Weiß ich nicht«, brummelt er. »Ich lese keine Bücher.«

»Als Antiquar lesen Sie keine Bücher?«

»Ich hab nie eines gelesen.«

»Dann wissen Sie gar nicht, was Sie hier haben?«

»Keinen Schimmer, was da alles dabei ist.« Eckstaller kann nicht verstehen, dass sich Gropper darüber wundert.

Auch im Keller liegen die Bücher auf dem Betonboden hoch aufgestapelt, sodass Gropper den Kopf schief halten muss, um die Titel auf den Buchrücken lesen zu können. Er entdeckt Joseph Goebbels' »Michael. Ein deutsches Schicksal in Tagebuchblättern«, Guntram Hertls »Die Mittenwalder Jager – Erlebnisse, Kämpfe, Auszeichnungen« und von anderen Autoren »Unser schönes Mittenwald – Ein Bildband«, »Glück im Werdenfelser Land. Liebesroman« und »Olympiade 1936«.

In einem der Stapel fällt ihm ein Buch in einem gelblichen Pappeumschlag auf, das schief herausragt. Behutsam rüttelt er den Band heraus, während er mit der anderen Hand die Aufschichtung vor dem Einsturz sichert. Nun kann er den Titel lesen:»Unser Kampf –

Gebirgsjäger im Einsatz. Ein Erlebnisbericht von Oberst Anton Nafziger, Kommandeur der Jägerkaserne Mittenwald«.
Gropper schlägt die erste Seite auf. Von einem Foto lacht ihm Nafziger entgegen, die Schirmmütze keck auf den Kopf gesetzt. Wer ihn nicht kannte, könnte beim Betrachten des fröhlichen, optimistischen Gesichtes auf dem Foto denken: ein lebensfroher, gewinnender, sympathischer Kerl.
Erschienen ist das Buch 1944 im Heimat-Verlag Mittenwald. Neben dem Foto ist, auf zwei Seiten verteilt, Nafzigers Berufsweg abgedruckt.

Anton Nafziger, Oberst.
Geboren 1910 in Mittenwald.
1937, aus ärmlicher Familie stammend, als Freiwilliger Eintritt bei den Gebirgsjägern. Beginn seiner Soldatenlaufbahn in der 6. Kp. des II. Batl. im Geb.-Jäg.-Rgt. 98.
1938 Einmarsch in Österreich und im Sudetenland.
1939 Einmarsch in Polen als Unteroffizier, Oberjäger und Zugführer. Teilnahme an der »Sturmfahrt auf Lemberg«.
1940 Teilnahme am Frankreichfeldzug als Leutnant und Führer der 6. Kompanie. Für seinen Kampfeinsatz und seine Tapferkeit ausgezeichnet mit dem Ritterkreuz des Eisernen Kreuzes.
1941 Balkanfeldzug. Einsatz in Jugoslawien. Beförderung zum Oberleutnant.
Juni 1941 Einmarsch in Russland.
1942 Teilnahme an der Kesselschlacht bei Charkow und an den Kämpfen im Kaukasus.
1943 Kdr. des I. Batl. Geb.-Jäg.-Rgt. 98. Ausgezeichnet mit dem Deutschen Kreuz in Gold.
Als Hauptmann Einsätze in Jugoslawien: Bandenkämpfe in Serbien, Bosnien, Montenegro und Albanien. Ausgezeichnet mit der Nahkampfspange in Gold.
September 1943 Sondereinsatz in Kefalonia, Griechenland. Ausgezeichnet mit Eichenlaub zum Ritterkreuz des Eisernen Kreuzes.
1944 Rückkehr in die Heimat. Berufung zum Kommandeur der Gebirgsjäger-Kaserne Mittenwald mit dem Auftrag, gegen die heranrückende Rote Armee und die Alliierten eine Front aufzubauen.

Das also war Nafziger. Gropper weiß, dass Mittenwalder Gebirgs-jäger auf der griechischen Insel Kefalonia fünftausend italienische Kriegsgefangene erschossen haben. Sondereinsatz. Massenerschie-ßungen. Und dafür wird der Lachende so hoch ausgezeichnet. Er blättert weiter und entdeckt im Kapitel »Kämpfe im Kauka-sus« zwei bekannte Namen in Nafzigers Erlebnisberichten: Xaver Feigl und Jörg Kilian.

Beim Kluchor-Pass spürten wir ein Russennest auf. Meine Kompanie hatte sich in der Morgendämmerung geschickt über einen Bergrücken her-angeschlichen, und so konnten wir die Russen im Schlaf überraschen. So-fort bestrichen wir sie mit schwerem MG-Feuer und Granatwerfern. Die Russen ergriffen in Unterhosen die Flucht, Lt. Feigl und andere meiner Kompanie setzten ihnen nach und erledigten sie von hinten, während ich, Lt. Kilian und andere Kameraden die restlichen Russen in ihren Zelten niedermachten, bevor sie zu ihren Waffen greifen konnten.

Über die »Bandenkämpfe in Serbien« steht da: *Die Partisanen-banden waren besonders heimtückisch und unsoldatisch. Aus dem Hin-terhalt überfielen sie uns bei Nacht und Nebel.*

Dass sie aber ihrerseits die Russen heimtückisch und unsoldatisch überfielen und massakrierten, das fand Nafziger wohl normal, denkt Gropper.

Doch mehrmals ist es uns besonders durch die Tapferkeit von Lt. Feigl und Lt. Kilian gelungen, Einheiten dieser scheinbar harmlosen Hirten und Bauern restlos auszuschalten. Sie hatten in einem Dorf bei Belgrad Unterschlupf gesucht, worauf wir, voran Lt. Feigl und Lt. Kilian, alle Bewohner des Dorfes zusammen mit den Partisanen liquidierten.

Gropper erstarrt, als er das liest. Seine drei Schulkameraden knal-len beim Kluchor-Pass Russen ab und liquidieren bei Belgrad Par-tisanen und Partisanenverdächtige. Was ist aus ihnen geworden? Oder muss er fragen, was man aus ihnen gemacht hat? Nein, es muss heißen: Was haben sie aus sich machen lassen?

Er kann diese beiden Bilder nicht zusammenbringen. Da sind einerseits seine früheren Freunde und andererseits diese Russen- und Partisanenliquidierer. Zugegeben, zu Nafziger und Kilian hat-te er schon früh ein distanziertes Verhältnis. Aber mit Feigl war er bis 1933 freundschaftlich verbunden. Allein schon wegen ihrer ge-meinsamen Liebe zum Wald und ihrer beider Wunsch, Förster zu werden. Nun erfährt er von seinen Kriegsverbrechen.

Im Kapitel »Kefalonia« liest Gropper verstört: *Die Tage vom 21.–24.9.1943 waren ganz besondere Tage für uns. Nach dem Tod von Mussolini waren die Italiener von uns abgefallen und nun unsere Feinde. Auf der griechischen Insel Kefalonia machten wir eine Menge italienische Kriegsgefangene. Da gab es den Befehl, so viele dieser Kriegsgefangenen wie möglich zu erschießen, was wir dann auch taten. Mit unseren MGs haben wir an die fünftausend Italiener sonderbehandelt. Bei dieser Säuberung haben sich auch Oblt. Feigl und Oblt. Kilian besonders verdienstvoll hervorgetan und erhielten dafür höchste Auszeichnungen.*

Das also sind seine alten Schulfreunde. Dabei waren Feigl und Kilian damals eigentlich gar keine überzeugten Nationalsozialisten. Die NS-Ideologie interessierte sie nicht. Sie waren wie die meisten Gebirgsjäger auf die verlockende Naziwerbung hereingefallen. »Jager« zu sein bedeutete für die jungen Menschen die Liebe zum Gebirge, zur Natur, zur Heimat. Klettern, Skifahren, Abenteuer. Raus aus der dörflichen Enge, weg von den Eltern, in ferne, fremde Länder reisen, in die sie sonst nie gekommen wären. Echte Männer sein, zünftige Naturburschen. Und viele Weiber kennenlernen. Doch was trieben sie an der Front? Ein Massaker nach dem anderen. Wie hatten sie sich so schnell umkrempeln lassen? Vom Naturburschen zum Massenmörder. Das geht Gropper nicht in den Kopf. Nach dem, was er nun über Feigl und Kilian weiß, hat er keine Lust, sie wiederzusehen, um alte Jugenderlebnisse aufzufrischen. Mit Massenmördern will er nichts zu tun haben.

»Was machen Sie denn da unten so lang?«, blökt Eckstaller vom Treppenansatz herab.

Gropper schlägt das Buch zu, steigt die Treppe hoch und fragt den Antiquar nach dem Preis seiner Entdeckung.

»Zwei Mark.«

Gropper zahlt, steckt seinen Fund ein und tritt hinaus in den Sonnenschein.

Als Gropper im Revier eintrifft, ist Buchner da.

»Was ist mit dem Haftbefehl für die Lucretia?«, fragt Gropper als Erstes.

»Wird schon noch.«

»Mensch, Ferdl, es besteht dringender Tatverdacht.«

»Die läuft nicht weg.«

Für Gropper wird immer deutlicher: Buchner kneift.

»Ich ruf den Richter an«, sagt er und will zum Telefon greifen.

»Das ist meine Sache«, wehrt Buchner ab.

»Dann mach's auch.«

»Vorgestern war er nicht mehr zu erreichen, gestern hatte ich dienstfrei, und jetzt ist es noch zu früh.«

»Versuch's trotzdem.«

Mit gequältem Gesicht wählt Buchner die Nummer des Garmischer Amtsgerichts. Gropper kann das lange Tuten hören. Nach einer Weile legt Buchner auf.

»Sag ich doch. Zu früh.«

»Da muss immer jemand da sein.«

»Ist aber nicht.« Er klingt erleichtert.

»Ferdl, vor was hast du Angst? Vor dieser Bissgurn? Vor dem CIC? Oder was ist da sonst noch?«

»Bist blöd? Ich hab doch keine Angst.«

Gropper versteht ihn nicht. Da hat er nun eine Tatverdächtige, und Buchner zögert, sie festzunehmen. Was steckt dahinter?

»Ich versuchs nachher noch mal«, sagt Buchner und fügt schnell hinzu: »Was war das denn für eine Leiche, von der mir Senger und Bergmoser erzählt haben?«

Als Gropper ihm von dem grausamen Fund auf Sassau erzählt, merkt Buchner nur kurz an: »Die Rosi kenn ich nicht und die Feigels nur flüchtig. Da hast also jetzt einen neuen Fall am Hals.«

***

Kreszenz ist ihm dankbar, dass er nun noch einmal gekommen ist. Ihre verweinten Augen sind trüb. Langsam schlurft sie vom Herd zum Tisch, ihre Füße schleifen über den Boden.

»Setz dich.« Sie deutet auf die Eckbank und sackt auf den Stuhl ihm gegenüber. Hohl starrt sie vor sich hin. Alles in ihr ist wie abgestorben. Dann sagt sie leise: »Dass der Herrgott so grausam ist.«

Gropper fühlt, wie sie ihren Schmerz verbeißt.

»Als der Xaver aus dem Wald zurückkam, seine Stiefel auszog und mich weinend am Tisch sitzn sah, da wusst er Bescheid. Deshalb fragte er auch nicht, was los ist. Dabei hab ich die Frage von ihm so sehnlich erwartet. Aber er blieb stumm. Und als ich ihm ins

Gesicht sah und erklärte: ›Die Rosi ist tot‹, sagte er kein Wort. Ich hab so gewünscht, dass er mich umarmt. Aber nichts. Er tat so, als hätt er schon immer gewusst, dass die Rosi nicht mehr lebt. Seine Stummheit hat mir noch zusätzlich das Herz zerrissn. Ich konnt es in der Küche nicht mehr aushalten, bin vors Haus und hab auf die Rückkehr des Leichenwagns gewartet. Wie er sich dann näherte, bin ich ihm entgegengerannt, wollt den schwarzn Wagn anhalten, hab meine Arme ausgebreitet. ›Meine Rosi! Lasst mir meine Rosi!‹, hab ich geschrien. Aber der Wagn ist an mir vorbeigefahrn. Ich bin hinterhergerannt und hab geschrien: ›Meine Rosi! Nehmts mir nicht meine Rosi weg!‹, bis der Wagn hinter einer Kurve verschwundn ist. Gewimmert hab ich und gefleht: ›Rosi, komm zurück.‹ Hab mich auf die Straß geworfn, mit den Fäusten auf den Kies geschlagn. Der Xaver blieb in der Küche hockn. Als ich zurückkam, blieb er immer noch stumm und verstockt, biss die Zähne zusammen, dass sie knirschten, schluckte, ging hinaus zum Schuppen und hackte Holz, obwohl wir schon so viel Holz vorrätig habn. Aber er hackte und hackte.«

Gropper fühlt, dass es ihr guttut, sich den Schmerz von der Seele zu reden, während die Tränen über ihr bleiches Gesicht rinnen.

»Wo ist er jetzt?«

»In seinem Schuppen. Hackt wieder Holz. Bin froh, dass er weg ist.«

Gropper muss an das denken, was er über Feigl in Nafzigers Buch gelesen hat. Es passt ihm gar nicht, ihn wiederzusehen. Aber um mehr über Rosis Ermordung zu erfahren, muss er wohl oder übel mit ihm reden.

»Wann hast du Rosi zuletzt gesehen?«, fragt Gropper.

Kreszenz lässt den Kopf sinken und starrt wieder auf die Tischplatte. Nach langer Zeit bringt sie stockend hervor: »Am 29. April. Vorigs Jahr. Ein Sonntag. Da ist es plötzlich kalt geworden. Als Rosi den Männern das Essen raufgebracht hat zum Steinriegel.«

»Wieso Essen zum Steinriegel?«

»Das muss dir der Xaver sagn, wenn er kommt. Damit will ich nichts zu tun habn. Aber nachdem sie da rauf ist, ist sie nicht wiedergekommn.« Mit der Küchenschürze wischt sie sich die Tränen aus dem Gesicht. »An dem Tag hab ich meine Rosi das letzte Mal gesehn. Den ganzn Abend hab ich auf sie gewartet. Wo bleibt die

Rosi? Wo bleibt die Rosi? Es ist dunkel wordn. Ich hab die Nachbarn gefragt: ›Habt ihr die Rosi gesehn?‹ Keiner hat sie gesehn. Die ganze Nacht hab ich auf sie gewartet. Kein Aug hab ich zugetan. Die ganze Nacht hab ich nicht geschlafn. Am nächstn Tag bin ich sofort nach Mittenwald rein. Da waren die Amerikaner schon in Garmisch. Ein Nachbar hat mich mit seinem Auto zur Gendarmerie gefahrn. Ich wollt eine Vermisstenanzeige aufgebn. Aber da war nur Chaos. Der Buchner hat schon alles zusammengepackt, wollte abhaun vor den Amis. Hat alle Akten verbrannt im Hof. In einem riesign Feuer. ›Vermisstenanzeige?‹, hat er gefragt und gelacht. ›Die Amis stehn vor Mittenwald, und da willst du eine Vermisstenanzeige aufgebn? Hast wohl 'n Kuckuck! Wir müssn weg. Morgen sind die Amis hier. Kannst bei denen deine Vermisstenanzeige aufgebn.‹ Da bin ich zum Sattler, dem Ortsgruppenleiter. Auch der war gerade daran, seine Akten zu verbrennen. Auch er hat mich weggeschickt. Ich also wieder zurück. Da hör ich im Radio: Der Hitler ist tot. Herrgottsakra, hab ich mir denkt, endlich ist das Misthakel weg. Aber meine Rosi war immer noch weg.«

Mit der Hand wischt sie auf dem blauen Wachstuch hin und her. Völlig mechanisch und ohne Sinn, immer wieder hin und her. Gropper wagt nicht, seine Hand auf ihre zu legen.

»Am nächstn Tag bin ich wieder nach Mittenwald. Zu den Amerikanern. Mit dem Radl, zwanzig Kilometer. Autos habn ja nimmer fahrn dürfn, das habn die Amis ja verboten. Da hat's mit einem Mal geschneit wie verrückt. Am 1. Mai! Und saukalt war's plötzlich. Dicker Schnee auf blühendn Obstbäumn, und ich mit dem Radl unterwegs nach Mittenwald. Da kamen mir schon die Wehrmachtssoldatn entgegen und die SS. Alle auf der Flucht. Die wolltn mir mein Radl wegnehmn. Es mir aus der Hand reißn. Ich hab nur noch zurückgeschlagn. Und Flüchtlinge! Massenweis. Ich bin gar nicht vorankommn auf der Straß, jeder wollt mein Radl haben. Als ich endlich in Mittenwald ankam, wehte schon die Amifahne auf dem Dach der Gendarmerie. Die habn aber nicht verstandn, was ich wollt. ›Go home‹, habn sie gesagt. ›Go home.‹ Da war wieder nix mit der Vermisstenanzeige. Am Tag drauf haben die Amis hier in der Kuchl den Xaver und den Kilian verhaft und wegbracht.«

Kreszenz sieht Gropper mit unendlich traurigen Augen an.

»Immer wieder hab ich hier in Einsiedl die Leute gefragt. Aber keiner hat meine Rosi gesehn. Die Gebirgsjager wollt ich auch fragn. Aber mit einem Schlag warn sie alle weg. Auch der Doktor ist nicht mehr gekommn. Der war bis zu dem Tag, als Rosi verschwundn ist, fast jedn Tag da. Aber dann war auch er plötzlich weg.«

»Ein Arzt hat euch besucht? War denn jemand krank?«

»Kein Arzt. SS. Obersturmbannführer Dr. Friedrich Berger. War ein hohes Tier in Berlin. Früher war er mit seiner nettn Frau und den liebn Kindern oft im Urlaub hier. In den dreißiger Jahrn und auch Anfang der Vierziger. Da hat die Familie immer bei uns im Forsthaus logiert. Wir hattn doch damals Fremdenzimmer, um was dazuzuverdien. Der Berger ist oft mit seiner Familie über den See gerudert, hinüber zur Insel Sassau. Sie hatten auch ein schönes Auto. Einen BMW.«

Gropper hat noch das Erlebnis von Strasser im Ohr: der BMW beim Bootshaus. Der Mord an Rosi. Das Verbrennen der SS-Uniform. Der Austausch der Kennzeichen. Gropper beginnt, etwas zu ahnen.

»Der Herr Doktor war immer gern bei uns. War auch immer großzügig beim Bezahln. Ich hab mich nie getraut, ihn mit Namen anzuredn. Immer nur Herr Doktor. Gefreut hab ich mich, ihn wiederzusehn, wie er Ende April plötzlich wieder da war.«

»Warum war er Ende April plötzlich wieder da? Doch wohl nicht, um Urlaub zu machen?«, fragt Gropper misstrauisch.

»Mit dieser Geschicht will ich nichts zu tun habn. Das muss dir der Xaver sagn. Wenn er es sagt.«

Nun zeigt Gropper Kreszenz Krügers Ausweis. »Hast du den Mann schon mal gesehen?«

Sie betrachtet das Foto. »Das ist er ja, das ist unser Doktor!«

»Bist du sicher, dass der auf dem Foto dein Dr. Berger ist?«

»Freilich. Ich kenn ihn doch.«

Gropper ist bestürzt. Er hat es geahnt, aber einen Moment lang ist er doch sprachlos. Da hat ihm Strasser gestern bestätigt, dass der Mann auf dem Passfoto Rosi umgebracht hat, und nun bezeugt Kreszenz, dass dieser Mann ihr Dr. Berger ist. Dieser ach so gute Bekannte der Familie Feigl, der oft in ihrem Forsthaus seinen Urlaub verbrachte, hat also ihre Tochter ermordet. Immer noch stumm, wendet Gropper den offenbar gefälschten Ausweis hin und her. Es ist der Ausweis von Dr. Friedrich Berger, ausgestellt auf den Namen Heinrich Krüger. Warum Berger ihn fälschen ließ, kann er sich denken. Doch wie kam er auf den Schwarzmarkt? Und wo ist Berger jetzt? Mit welchem Ausweis?

Zögernd fragt Kreszenz:»Weißt du, wer meine Rosi umgebracht hat?«

Er zeigt auf das Passbild.»Der da.«

»Der Berger? Unser Doktor?«

»Dr. Friedrich Berger. Der war's.«

Die Kreszenz erstarrt. Lange Zeit bleibt sie bewegungslos sitzen. Sie scheint das Foto mit ihrem Blick zu durchbohren. Dann presst sie mit zittriger Stimme hervor:»Wo ist er jetzt?«

»Das weiß ich nicht. Aber ich krieg's raus.« Nun zittert auch Groppers Stimme.

»Den musst du mir überlassn«, fordert Kreszenz.»Den schlag ich tot. Mit meinen eigenen Händen.«

Da tritt Feigl durch die Tür. Von seiner hünenhaften, eckigen Gestalt erkennt Gropper im ersten Moment nur die Umrisse.

Sofort sieht er in ihm den Gebirgsjäger bei seinen Sondereinsätzen am Kluchor-Pass, bei Belgrad und auf der Insel Kefalonia. Er zwingt sich, das alles beiseitezuschieben. Jetzt geht es um Rosi.

Als Feigl ihn bei Kreszenz sitzen sieht, bleibt er abrupt stehen.

Feigls hagerer, grobknochiger Körper hat etwas Bedrohliches. Schon früher war sein Gesicht vom Wetter gegerbt, doch nun sieht seine Haut aus wie raue Baumrinde, seine Stirn wie ein Schindeldach und sein Kinn wie ein Scheit Holz. Alles ist so kantig in seinem Gesicht. Seine Lippen presst er zu einem Strich zusammen, seine eckigen Kiefer mahlen, und seine blauen wässrigen Augen funkeln scharf wie Kristall. Breitbeinig steht er da wie eine aus splittrigem Eichenholz geschnitzte Figur. Insgesamt sieht er älter aus, als er mit seinen fünfunddreißig Jahren tatsächlich ist. Er trägt seine alte Uniformjacke, doch nun ohne Schulterklappen. Und von seiner grünen Schirmmütze hat er das Edelweiß abgetrennt.

Gropper steht auf und will ihm zur Begrüßung die Hand reichen, doch Feigl steckt seine Fäuste in die Hosentaschen. Gropper spürt seine Feindseligkeit fast körperlich. Er kann die Abweisung nicht verstehen. Sie waren doch früher gute Freunde.

Ohne Gruß fährt Feigl Gropper an: »Was willst du hier? Das hat doch einen Grund.«

»Der Doktor hat die Rosi umbracht«, schreit die Kreszenz erregt. »Das ist der Grund.«

Feigl reagiert nicht. Langsam setzt sich Gropper wieder.

»Der Doktor hat die Rosi umbracht«, schreit sie nun noch lauter. »Hörst nicht? Der Berger, der Doktor! Unsere Rosi!« Sie weint.

»So, so, der Berger also, dieses Schwein«, sagt Feigl tonlos und bleibt immer noch stehen. »Also doch.«

»Hast du das vermutet?«, fragt Gropper erstaunt.

»Von Anfang an. Und der Jörg auch.«

»Der Kilian?«

»Wir haben gestern noch darüber g'redt.«

»Ihr trefft euch also noch.«

»Ist das verboten?«

»Und die anderen Kameraden von damals, seht ihr die auch noch?«

»Wann denn? Bin doch schon vor der Kapitulation verhaft wordn. Am 2. Mai. Zusamm mit dem Jörg. Und jetzt erst wieder rauskommn. Zusamm mit dem Jörg.«

»Wo rausgekommen?«

»Aus dem Lager. Drunten in der früheren Edelweiß-Kasern. Internierungslager. Ein ganzes Jahr lang! Freiheitsberaubung ist das.«

»Warum hat man euch interniert?«

»Weil wir mit Tapferkeitsauszeichnungen von der Front zurückkommen sind. Mit Nahkampfspangen, Ritterkreuzn. Das sind unsere Verdienste. Darauf sind wir stolz«, brüstet sich Feigl. »Aber den Drecksamis hat das nicht passt.«

Mit dem Fuß zieht er einen Stuhl heran, lässt sich etwas entfernt von Gropper darauf nieder und schlägt seine Mütze auf den Tisch. Seine braunen dichten Haare stehen ihm strubblig vom Kopf. Er knallt seine Feldflasche mit dem grauen Filzbezug auf die Tischplatte mit dem blauen Wachstuch und legt seine Pranken daneben.

»Und du Emigrant, was kannst du vorweisen?«, provoziert er Gropper.

»Red nicht so daher, Xaver«, versucht Kreszenz, ihren Mann zu beruhigen. »Beim Martl ist das was anders.«

»Gar nix ist«, sagt Feigl rau und stiert auf das Wachstuch.

»Was hat denn der Berger hier gemacht?«, fragt Gropper in die Stille hinein.

»Hast wieder gequatscht?«, faucht Feigl seine Frau an.

»Gar nichts hab ich«, sagt die. »Aber es wird Zeit, dass du redest.«

Feigl schweigt verbissen. In ihm kocht es. Gropper kann sehen, wie sein Körper vibriert.

Da platzt es aus Kreszenz heraus: »Euer Scheißnazigold! Im Auftrag des Führers!«, schreit sie wütend. Ihr Ausbruch kommt so explosionsartig, dass Gropper erschrickt.

»Halts Maul!«, bellt Feigl sie an.

Doch sie lässt sich den Mund nicht verbieten. »Euer verfluchtes Nazigold hat mir meine Rosi genommn. Hat meine Rosi umbracht!«

Feigl blickt sie drohend an. »Die Goschn hältst jetzt, oder …«

»Was oder?«, belfert Kreszenz.

Feigl schweigt verbockt.

»Was ist mit dem Steinriegel?«, will Gropper wissen.

Erneut braust Feigl auf. »Hast wieder dein Sabber nicht halten können«, schreit er Kreszenz an. Und Kreszenz schreit zurück: »Nun red schon, du Hackstock, du!«

Gropper versucht, die Ruhe zu bewahren, und setzt nach: »Was ist mit dem Steinriegel?«

»Geht dich einen Dreck an.« Mit einem Ruck stößt Feigl seinen Stuhl nach hinten, dass er beinahe umkippt, wuchtet sich hoch, reißt seine Mütze und seine Feldflasche an sich und stampft aus der Küche. Mit Wucht schlägt er die Tür hinter sich zu.

»Weil ihr Mannsbilder zu feig seid, 's Maul aufzumachn«, schreit Kreszenz ihm nach. Dann ist es still im Raum.

»So war er doch früher nie«, sagt Gropper nach einer Weile.

»Mit ihm ist kein Redn mehr. Seit das Nazigold kam und seit meine Rosi verschwundn ist, seitdem ist er wie verbockt. Früher hat er mich nie so angeschrien. Früher war er ein lieber Kerl. Angfangen hat seine Veränderung schon, als er aus dem Krieg zurückkam. Weiß Gott, was die da getrieben habn, er und die ganze Jagerbande. Und seit er aus dem Lager zurück ist, sagt er gar nichts mehr.«

»Ich geh mal raus und rede mit ihm«, entschließt sich Gropper. Kreszenz nickt nur müde.

Vor dem Schuppen hackt Feigl Holz. Er achtet gar nicht auf Gropper, als dieser sich ihm nähert, und hackt weiter. Die ganze Außenwand des Schuppens ist bedeckt mit Scheiten. Gropper setzt sich auf eine Reihe aufgeschichteter Scheite und schaut ihm zu, wie er von einem großen Haufen die dicken Baumscheiben auf den Hackklotz stellt, kurz prüft, ob sie nicht wackeln, und dann mit der rechten Hand das Beil aus Kopfhöhe kräftig und zielsicher niedersausen lässt, indem er es am Ende des Griffes locker hält, und mit einem Schlag die Scheibe krachend halbiert, dass die beiden Teile auseinanderfliegen. Er schaut ihm zu, wie er gelenkig die eine Hälfte aufhebt, sie wieder auf den Hackstock stellt und mit zwei Fingern der linken Hand leicht festhält, während er mit dem Beil erneut locker aus kurzer Höhe zuschlägt und die linke Hand erst wegzieht, kurz bevor die Schneide das Holz krachend trifft. Wieder springen die gespaltenen Hölzer nach beiden Seiten auseinander. Feigl hebt die andere Hälfte auf und wiederholt das Ganze. So geht es Schlag auf Schlag, bis sich auf beiden Seiten des Hackstockes große Haufen mit Scheiten gebildet haben. Das Holzspalten geht so geschmeidig vor sich, dass Gropper den Eindruck hat, Feigls Bewegungen würden zu einem einzigen fließenden Ablauf verschmelzen. Man sieht, dass Feigl immer schon mit Holz zu tun hatte.

»Ich habe lange kein Beil mehr in der Hand gehabt«, sagt Gropper mit Bewunderung in der Stimme.

»Wundert mich nicht«, erwidert Feigl knapp, ohne seine Arbeit zu unterbrechen.

»Bei uns damals auf dem Hof durfte ich kein Beil in die Hand nehmen.«

»Wär auch schiefgegangen«, stellt Feigl trocken fest, während er weiter die Scheiben lässig, aber kraftvoll spaltet.

»Was ist das für ein Holz?«

»Buche.«

»Ist hart.«

»Bei mir nicht.«

»Erinnerst du dich noch daran, wie wir beide mit deinem Vater durch Buchenwälder gegangen sind? Wir waren noch Kinder, und dein Vater war damals Oberförster. Er hat uns jeden Baum erklärt und Geschichten über sie erzählt. Wir waren so begeistert über den Wald, dass wir beide unbedingt auch Förster werden wollten. Du bist ja dann auch wirklich einer geworden.«

»Ist lange her«, sinniert Feigl und hackt weiter Holz.

»Du sorgst für den Winter vor.«

»Ich verkauf's.«

»Wenn's nicht gestohlen wird, wie damals deine Ster Holz im Wald.«

»Mir hat keiner nachweisen können, dass ich's war. Auch du nicht.«

»Tut mir leid. Ich musste damals nachforschen, als Gendarm. Jetzt bin ich wegen Rosi bei euch.«

Da lässt Feigl das Beil sinken. Gequält sieht er Gropper an. Tränen quellen aus seinen hellen wässrigen Augen.

»Die Kreszenz hat mir so oft ins Lager geschriebn: ›Die Rosi ist immer noch verschwundn. Die Rosi ist immer noch verschwundn.‹ Da hab ich schon einen Verdacht ghabt.« Er schweigt einen Moment, doch dann fügt er hinzu: »Der Barras hat uns hart gmacht. Im Krieg hab ich viele Tote gsehn. Die haben mir nichts ausgmacht. Waren ja Feinde. Aber jetzt, wo's das eigne Mädel trifft ... Ich konnt den Leichnwagn nicht sehn. Ich konnt's nicht ertragn, dass da meine Rosi drinliegt.«

»Xaver, mein herzliches Beileid.« Gropper steht von dem Holzstapel auf, geht auf ihn zu und streckt ihm die Hand hin. Feigl will ihm seine reichen, da merkt er, dass er noch das Beil in den Fingern hat, lässt es fallen und drückt Gropper die Hand. Sie ist schwielig und rau. Tränen laufen über sein zerklüftetes Gesicht. Er zieht die Nase hoch.

»Es ist schad um das Mädl. Bitterschad.« Seine Stimme klingt brüchig. »Manchmal denk ich, vielleicht bin ich schuld an ihrm Tod. Seit sie verschwunden ist, geht das in meinm Kopf herum.« Er zieht ein blau-weiß kariertes Taschentuch mit großen dunklen Flecken aus seiner Hosentasche und wischt sich damit die Tränen aus dem Gesicht. So ein blau-weiß kariertes Taschentuch mit großen Schnupftabakflecken hatte der Erkennungsdienst im Gebüsch neben Nafzigers Garage gefunden. Gropper muss daran denken, wie Buchner bei seiner Ankunft Schnupftabak nahm, sich in ein blau-weiß kariertes Taschentuch schnäuzte und spöttelte: »Tausende benutzen so einen Fetzen.«

Feigl stößt ein tiefes Stöhnen aus, als wollte er seinen Körper von einem quälenden Schmerz befreien. »Es hat alles kein Sinn mehr. Die Rosi ist tot.« Jetzt taut er auf, denkt Gropper. Jetzt ist er weich geworden. Das will er ausnutzen. »Was hat keinen Sinn mehr?« Feigl stöhnt erneut und stößt das Beil mit dem Fuß beiseite.

»Xaver, wie war das mit dem Nazigold und mit dem Tod von Rosi? Sag's mir«, ermutigt Gropper ihn. »Das ist kein polizeiliches Verhör. Du kannst mir die Wahrheit sagen.«

»Ich hab noch nie glogn«, murmelt Feigl leise.

»Dann erzähl.«

»Alles hat mit dem Telefonanruf bei mir angfangn. Es war am 22. April '45. Am Abend. Nafziger rief aus seiner Kasern in Mittenwald an. Er sagte mir, dass bei ihm im Hof fünf Lastwagn aus Berlin stehn, die morgen früh zu mir zum Forsthaus kommn. Im Auftrag des Führers. Ich soll mich bereithaltn. Ich war ganz erschrockn und sagte immer nur: ›Ich steh bereit. Ich steh bereit, Heil Hitler!‹ Ich hatt keine Ahnung, was das für Lastwagn waren und was sie heranschafften. Am nächstn Tag in der Herrgottsfrüh kamn die fünf Lkws von der Wehrmacht an. Da warn die Amerikaner schon in Landsberg, in Schongau und im Ammertal. Mit den Lastwagn kamn auch der Nafziger Anton, der Kilian Jörg und der SS-Obersturmbannführer Berger aus Berlin. Der Nafziger und der Berger befahln mir, die Ladung vorübergehend in mein beidn Schuppn da zu deponiern. Mir blieb nichts anders übrig, als einzuwillign. Ich fragte den Berger, was denn in den Kistn und Säckn drin ist. Der antwortete: ›Das geht dich nichts an. Das wird hier nur zwischengelagert.‹ – ›Das geht mich schon was an‹, hab ich gsagt. ›Weil das meine Schuppn sind.‹ Da nahm mich der Nafziger beiseit und erklärt mir, um was es ging. In den Säckn und Kistn war ein Teil der Reichsbankreservn. Goldbarrn, Goldmünzn, Devisn aus ganz Europa, auch US-Dollars. Mir ist ganz schlecht wordn. Das ganze Zeug ist unter der Aufsicht von SS-Obersturmbannführer Berger von der Deutschen Reichsbank Berlin hierher zum Walchensee bracht wordn, damit es nicht der Iwan schnappt, wenn er in Berlin einmarschiert. Mit dem ganzen Vermögn wollte man den Krieg gegn die Russn weiterführn, zusammen mit den Alliiertn, und das neue Vierte Reich finanziern.« Er macht eine Pause.

Gropper sagt nichts.

»Das Vierte Reich«, murmelt Feigl abfällig. »Wir haben noch nicht mal das Dritte gschafft.« Dabei lässt er sich auf seinem Hackstock nieder. »Der Berger hat dem Nafziger Anton befohln, die bestn Verstecke für diese Millionen im Gebirg über dem Walchensee zu bestimmn. Dafür war der Nafziger der beste Mann. Als Kasernen-Kommandeur hatten er und sein Vorgänger 1944 auf dem Steinriegel ein Übungsgebiet für ihre Jager eingrichtet, das Areal zum militärischen Sperrgebiet erklärt und Schilder aufgstellt. ›Betreten strengstens verboten! Es wird scharf geschossen‹ stand drauf. Auf dem Steinriegel kannte er sich also aus. Günstig war das Gelände auch deshalb, weil da für die Übungen schon Schützngräbn anglegt warn. Konnte man als Verstecke gut brauchn. Es gab auch kleine Bunker und Hüttn als Depots für Munition, Ausrüstung und Verpflegung. Da warn auch noch jede Menge Waffn und Munition einglagert. Für den Endkampf gegn die Amerikaner oder mit den Amis gegn die Russn, die schon in Österreich standn. Ich hab zugsehn, wie alles in meine beidn Schuppn gebracht wurde, und hab gezählt: zweiundfünfzig Kistn mit Goldbarrn, dreihundertfünfundsechzig Säck mit Goldbarrn. In jedm Sack zwei Goldbarrn. Jeder Barrn dreizehn Kilo. Also jeder Sack sechsundzwanzig Kilo. Nur in den Säckn allein siebenhundertdreißig Barrn. Dazu sechs Kistn mit Goldmünzn und sechsundneunzig Säck mit ausländischn Banknotn. Das Ganze hat ein Wert von fünfzehn Million Dollar ghabt, hat mir der Nafziger gsagt.«

Gropper pfeift durch die Zähne. Fünfzehn Millionen Dollar. So eine Summe kann er sich gar nicht vorstellen.

»Die Kreszenz hat heftig protestiert gegn die Zwischenlagerung auf unserm Grundstück. Hat mit mir gestrittn, dass ich das zulass. Mir war es peinlich, dass sie sich in Gegenwart des Obersturmbannführers so wütend gegn einen Befehl vom Adolf wehrte. Es half nichts, die Jager luden die Kistn und Säcke von den Lastwagn und schlepptn sie in die Schuppn. Penibl kontrolliert vom Berger, der auf langn Listn genau notiert hat, wie viel deponiert wordn ist.

Als alles in die Schuppn verstaut war, ließ der Berger sie mit dickn Schlössern absperrn und von unsern Jagern bewachn. Am End hat die Kreszenz für sie kocht, ihnen Suppn bracht, Würst und Brot. Noch am selbn Tag ist der Nafziger mit dem Berger, dem Kilian und mir zum Steinriegel rauf, um uns die vorhandnen Grubn zu zeign und die Stelln, wo neue Versteck graben werdn musstn. Noch in der Nacht hat der Nafziger den Jagern befohln, neue Grubn auszuhebn. Denen hat er gsagt: ›Zur Anlage von Waffenlagern für die Verteidigung gegen die heranrückenden Amerikaner.‹ Na ja, wir habn das ja besser gwusst. Drei Tag und drei Nächt lang wurdn die neuen Verstecke hergrichtet und die vorhandnen Depots präpariert. Jede Grube drei mal drei Meter und zwei Meter tief. Seitlich mit Holz verschalt und am Grund und auf der Abdeckung mit Teerpappe ausgelegt. Insgesamt zwölf Verstecke. Alles unter der Aufsicht vom SS-Obersturmbannführer Berger. Dann trafn von der Mittenwalder Kasern auf Lastautos Mulis im Forsthaus ein, unsre Gepäckschlepper im Krieg. Die warn besonders trainiert für schwere Lastn im Gebirg. Die Maulesel hat man auf den Rückn und an den Seitn mit den Kistn und Säckn beladn. Drei weitere Nächt lang schlepptn die Viecher das Gold und das Geld zum Steinriegel rauf. Jedes Tier musst in jeder Nacht mehrere Tourn machen. Bis zum 29. April. Um keine fremden Augenzeugn zu habn, ordnete der Nafziger für die drei Nächt Luftalarm an. Das hieß Ausgangssperre und Verdunkelung. Der Nafziger, der Kilian und ich haben die zwölf Verstecke mit Erde, Laub und Zweign tarnt, und der Berger befahl uns, alles zu bewachn. Da warn die amerikanischen Panzer und Infanterie schon auf Oberammergau vorgstoßn. Wir zogen uns als Holzfäller und Waldarbeiter an und haustn in einer kleinen Hütte, ausstaffiert mit Mulideckn, Ferngläsern und einm klein Kofferradio. Der Berger hat uns streng kontrolliert. Auch die Rosi war an dem Tag bei uns oben und hat uns Essn und Proviant bracht. Das passte dem Berger gar nicht, dass die Rosi die Verstecke kannte. Sicher weil er meinte, sie könnt herumerzähln, wo sich die Grubn befindn. Wir hattn ihr aber strikt verbotn, andern die Versteck zu verratn. Nie hätte sie davon was erzählt. Aber der Berger hat ihr misstraut. Das hab ich ihm gleich angesehn.«

»Woran hast du das gemerkt?«

»Weil er so rumgenörgelt hat, als sie zu uns raufgkommn ist mit dem Essen.«

»Wie ging's dann weiter?«

»An dem Tag hat es schlimm gregnet, und es wurd saukalt da oben aufm Steinriegel. Unsre Kleider warn patschnass. Wir frorn und batn die Rosi, uns trockne und wärmre Kleider zu bringn. Das hat sie versprochn und ging runter. Gleich drauf ist auch der Berger vom Steinriegel runter zu seinem BMW, der weiter unten gstandn ist, weil er ja mit dem Auto nicht ganz hochkam. Seitdem war die Rosi verschwundn.«

»Es könnte also sein«, überlegt Gropper, »dass Berger der Rosi nach ist, sie eingeholt und in seinen Wagen genommen hat. Unter dem Vorwand, sie runter zum Forsthaus zu fahren.«

»So könnt's gwesen sein.«

»Er fuhr sie aber nicht zu Kreszenz, sondern zum Bootshaus.«

»Und da hat er dann das Madl umbracht?«

Gropper nickt, und Feigl senkt verbittert den Blick. Beide schweigen eine ganze Weile.

Wieder wischt sich Feigl mit seinem aufgerauten Handrücken Tränen aus den Augen. Stockend erzählt er weiter: »Wir drei habn auf sie gwart, dass sie zurückkommt mit den neuen Kleidern. Aber sie kam nicht, auch nicht am nächstn Tag. Was ist los mit ihr?, habn wir uns gfragt. Warum kommt sie nicht? Da hörtn wir in unserm klein Kofferradio, dass der Adolf tot ist. Wir habn darüber disputiert, wem denn jetzt, wenn der Adolf tot ist, all das Gold gehört, das wir bewachn. Gehört das jetzt uns? Heiß ist es uns bei diesm Gedankn trotz der Kälte wordn und bei den Aussichtn, die wir jetzt mit diesem Riesnvermögn hattn. Gleich drauf hörtn wir im Radio, dass die Amerikaner in Garmisch einmarschiert sind. Da habn wir uns nicht traut, selbst zum Forsthaus runterzugehn, um endlich neue Kleider zu holn. Wir hattn Angst, dass wir unterwegs von den Amis gschnappt werdn könntn. Außerdem wolltn wir das Gold nicht unbewacht lassn. Auch am nächstn Tag, am 1. Mai, kam die Rosi nicht. Da wurd uns schon mulmig. Mit ihrn zwölf Jahrn war sie immer so zuverlässig, so gwissenhaft. Immer konnt man sich auf sie verlassn. Und nun blieb sie schon zwei Tag weg. Auch der Berger kam nicht wieder. Irgendwas musst passiert sein. Die Batterien in unserm kleinen Radio wurdn immer schwächer, aber trotzdem konntn wir noch hörn, dass am Vormittag die Amerikaner in Mittenwald einzogn. So nah warn sie schon. Was wird denn jetzt aus unserm Gold?, fragtn wir uns. Wohin solln wir es schaffen, wenn es überall von Kampftruppen nur so wimmelt? Wir konntn nur ausharrn. Dann begann es auch noch zu schneien, ganz dicht. Und ein eisiger Wind wehte dazu. Sakrisch kalt war's auf dem Steinriegel. Noch ein Tag habn wir es in der Hütte ausghaltn. Unsre nassn Kleider begann zu vereisen. Gebibbert habn wir am ganzn Leib. Und nichts mehr zu essn. Da schlug der Nafziger vor, dass er obn bleibn will als Wache, und wir beidn andern solltn runtergehn zum Forsthaus und neues Zeug holn. Der Nafziger war immer noch Kommandeur und hatte Befehlsgewalt. Da musstn ich und der Kilian runter zur Kreszenz und zur Rosi. Die Kreszenz war aber allein in der Kuchl und schrie uns gleich an: ›Wo ist die Rosi? Wo ist das Mädl? Seit drei Tag ist sie verschwundn!‹ – ›Warum ist sie nicht kommn?‹, wollt ich wissen. ›Wir habn auf sie gwart. Wir müssn gleich wieder rauf.‹ Wir holtn neue Kleider aus dem Kastn, und sie jammerte: ›Zweimal war ich in Mittenwald und wollt eine Vermisstenanzeige aufgebn.‹ Da standn plötzlich zwei amerikanische Militärpolizistn in der Kuchl. Die Kreszenz stürzte auf sie: ›Ihr habts meine Rosi verhaftet! Gebts mir meine Rosi wieder!‹ Aber die Amerikaner wusstn gar nicht, was sie wollt, sie warn da, um den Kilian und mich zu verhaften. Wir sind denunziert wordn, das war klar. Aber von wem? Die Militärpolizistn nahmn uns fest, stießn uns draußn in ein Jeep und fuhrn mit uns davon, bewacht von einem drittn Amerikaner mit einer MP.«

»Wohin haben sie euch gebracht?

»Zuerst in die Kaserne am Luttensee, später dann in das Internierungslager.«

»Und der Nafziger?«

»Am Tag nach unserer Festnahme, am 3. Mai, haben sie auch den Nafziger gschnappt. Eine Militärpatrouille hat ihn auf der Straße verhaft, als er nun selbst zum Forsthaus runterging, weil wir nicht zurückkommn sind. Ein Jahr lang habn mich die Drecksamis einsperrt. Und den Kilian auch«, schnaubt Feigl zornig. »Denunziert hat uns einer. Wenn ich den erwisch, den schlag ich tot.«

Feigl hebt sein Beil hoch und droht damit. »Mit diesem Beil erschlag ich ihn! Uns anständige Bayern haben sie eingsperrt, nur weil wir bei den Jagern waren, als einfache Gebirgsschützn. Das ist doch kein Verbrechen.«

Wieder muss Gropper daran denken, was er über Feigl in Nafzigers Buch gelesen hat: Kluchor-Pass, Belgrad, Kefalonia. Das ist doch kein Verbrechen, echot es in seinem Kopf.

»Und was die größte Sauerei ist«, ereifert sich Feigl weiter, »den Nafziger habn sie schon nach zwei Tag wieder freilassn. Obwohl er in Mittenwald Kommandeur war. Der hätt doch viel länger brummn müssn als wir!«

»Warum wurde Nafziger so schnell freigelassen?«, will Gropper wissen.

»Keine Ahnung.«

»Es muss doch einen Grund gehabt haben.«

»Wenn ich das wüsst.«

»Wann bist du entlassen worden?«

»Jetzt grad erst. Am 31. Mai. Vor fünf Tag.«

»Das war am Freitag.«

»Zusammen mit dem Jörg.«

»Schön, dass ihr endlich nach Hause konntet.«

»Nix war schön! Gleich nach unsrer Entlassung sind der Jörg und ich rauf auf den Steinriegel, da warn alle Grubn leer. Alles weg! So was Verfluchtes! Von dem Haufn Nazigold war nichts mehr da. Ein anderer hat das alles vor uns eingsackt.«

»Wer?«

»Ich kann mir schon denkn, wer's war.«

»Wer?«, fragt Gropper nochmals.

»Zerst habn wir gdacht, der Berger hat alles ausgeräumt. Außer dem Nafziger, dem Kilian und mir hat ja nur er gwusst, wo die Grubn warn. Aber dann fiel uns ein, dass ja der Nafziger schon nach zwei Tagen wieder frei war und bestimmt vor dem Berger auf den Steinriegel rauf ist.«

»Du meinst also, der Nafziger hat die Gruben geleert.«

»So denk ich mir das.«

»Hätten ja auch andere sein können.«

»Wer denn?«

»Vielleicht doch der Berger.«

»Der hätte diese Menge nicht wegtransportieren können. War doch Fahrverbot für Autos.«

»Oder die Amerikaner.«

»Die haben von dem Gold doch gar nichts gwusst. Der Nafziger war's. Wir sind also runter zu ihm, wollten ihn zur Rede stelln. Sind zu seinem Häusl bei der Kasern. Da hat man uns gsagt, dass er dort nicht mehr lebt.«

»Wer?«

»Weiß nicht, wer das war. Fremde. Man hat uns zu seinem neuen Lokal gschickt, zu seinem Amüsierclub. Wir warn ganz baff, dass er so was hatte, wie vorn Kopf gschlagn. Da hat uns die Barfrau gsagt, dass der Nafziger vor zwei Tagen erschossn wordn ist. Als wir in seim Luxusschuppen standn, da war uns klar: Der konnte das teure Ding nur mit dem Gold vom Steinriegel hingstellt habn.«

»Wer könnte den Nafziger erschossen haben?«, fragt Gropper.

Feigl steht von seinem Hackstock auf und schwingt sein Beil hin und her. »Ich kann mir schon denken, wer's war.«

»Wer?«

»Der Berger.«

»Warum der Berger?«

»Aus Rache, weil der Nafziger vor ihm die Gruben ausgräumt hat.«

»Warum jetzt erst, nach einem Jahr?«

»Keine Ahnung. Vielleicht haben die Amis ihn auch in irgendein Lager gesteckt und grad erst wieder freiglassen.« Nach einer Weile bekräftigt Feigl grimmig: »Der Berger war's. Zerst meine Rosi, dann den Nafziger.«

»Wo finde ich ihn?«

»Der ist sicher über alle Berge. Haben wir ja hier genug davon.«

Feigl will sich wieder daranmachen, weiter Holz zu hacken.

Sie verabschieden sich und reichen sich die Hand. Gropper geht noch mal zurück ins Haus, um Kreszenz Auf Wiedersehen zu sagen. Anschließend fährt er mit seinem DKW nach Mittenwald zu Kilian. Vielleicht kann der ihm noch mehr über Berger sagen.

Er erkennt Kilians Häuschen in der Klotzstraße hinter der Kirche sofort wieder. An der Straßenfront hängt über den beiden Fenstern je ein Rehbockgeweih und über der Holztür ein ganz besonders großes Hirschgeweih. Seit Gropper sich erinnern kann, begrüßen diese Jagdtrophäen die Besucher, sie wurden von Kilians Vater angebracht, der ein passionierter Jäger war. Auch diese Begeisterung seines Vaters für die Jägerei hat Jörg dazu bewogen, den Gebirgsschützen beizutreten.

Die Fensterläden aus grün gestrichenen Brettern sind nach beiden Seiten aufgeklappt und mit kleinen gusseisernen Gemsenköpfen festgeklemmt. Früher, als Jörgs Eltern noch hier wohnten, standen auf den Fenstersimsen große Blumenkästen mit herabhängenden roten Geranien. Jetzt sind da keine Blumenkästen, keine Geranien, nur verrostete Simse.

Gropper zieht den Metallgriff neben der Haustür, der Eisendraht rappelt in der Führung, und über der Tür bimmelt schrill die Glocke. So eine Glocke benutzten früher die Bauern, die Eiermänner und Kartoffelverkäufer, wenn sie mit ihren Handkarren durch die Gassen zogen und ausriefen: »Frische Eier«, »Neue Kartoffeln!«

Nach einer Weile öffnet ein uniformierter schwarzer GI die Tür. »Hello«, sagt er freundlich.

Gropper möchte Jörg Kilian sprechen. Der Soldat grinst breit, seine weißen Zähne funkeln in seinem dunklen Gesicht. »Mister Jörg is not at home.«

»Wann kommt er wieder?«

Der GI zuckt mit den Schultern. »Later«, sagt er und grinst wieder. »Later.«

Gropper bedankt sich und geht. Er will später wiederkommen und die Zeit bis dahin nutzen, um in der Bahnhofswirtschaft Luise anzurufen.

Als Gropper die Wirtschaft betritt, sieht er vor dem einzigen Fernsprecher in einer Nische der Gaststätte eine Menge Leute stehen, die alle telefonieren wollen. Er überlegt, ob er so lange warten soll, reiht sich aber schließlich ein. Es geht und geht nicht voran, immer wieder schaut er auf die Uhr. Am Ende lässt er den Anruf sein und geht zurück zu Kilians Haus.

Wieder zieht er den Glockengriff. Dieses Mal öffnet ihm ein anderer schwarzer GI. Noch immer ist Kilian nicht zu Hause.

Oder lässt er sich verleugnen?, überlegt Gropper. Will er ihn nicht sehen? Vielleicht kneift er vor einem Treffen.

9

Solang g'orgelt wird, is de Kirch net aus.

Als Gropper am Vormittag des nächsten Tages zum dritten Mal den Glockengriff zieht, hat er Glück. Endlich steht Kilian vor ihm. Er ist von Groppers Besuch nicht überrascht, zögert aber, ihn eintreten zu lassen.

Das letzte Mal haben sie sich vor dem Gebirgsjäger-Lokal »Edelweiß« am damaligen Adolf-Hitler-Platz gesehen. Das war 1939. Gropper stand kurz vor seiner Abreise in die Schweiz und Kilian kurz vor der Einberufung an die Front nach Polen. Er erinnert sich noch genau an diese Begegnung. Kilian wollte ihn mal wieder überreden, doch endlich mit in dieses Lokal zu kommen. Die Kameraden darin würden ihm sicher gut gefallen. Gropper schüttelte nur den Kopf, und Kilian ließ die Lokaltür hinter sich zufallen.

Kilian ist immer noch ein kleines, schmales Bürschlein, wie früher. Obwohl er ein Jahr älter ist als Gropper, hat er immer noch dieses weiche Gesicht mit den kindlichen Augen. Unverändert auch sein sorgfältig gezogener Poposcheitel, der sein Haar in zwei Hälften teilt. Er trägt ein kragenloses blau kariertes Baumwollhemd, einen gestrickten Janker mit Hirschhornknöpfen und Kniebundhosen. Als Gropper die rechte Hand ausstreckt, um ihn zu begrüßen, reicht Kilian ihm die linke. Sie ist ganz weich, wie eine Kinderhand.

Erst jetzt erkennt Gropper, dass das rechte Ärmeltuch seines Jankers leer ist und schlaff in seiner Hosentasche steckt. Er hat den rechten Arm verloren.

»Den hab ich in Serbien glassn. Habn die Scheißpartisan als Beute mitgnomm«, kommentiert Kilian flapsig. »Jetzt bin ich ein Amputierter.«

»Kann ich reinkommen?«

»Wenn's sein muss.«

Kilian geht voran und führt ihn in die Wohnstube. Gropper kann sich noch an die niedrige Holzdecke mit den dunklen eingelegten Kassetten erinnern. Als Schulbub war er oft hier, um mit Kilian

Hausaufgaben zu machen oder ihn zum Bolzen auf dem Sportplatz abzuholen. Auch das alte, in der Mitte durchgehockte Kanapee mit den bunten Stoffzotteln an den Seiten erkennt er wieder, und unverändert hängen darüber an der Wand die vielen Geweihe in allen Größen. Die mochte Gropper schon damals nicht.

Verdruckst steht Kilian in seiner eigenen Wohnstube, als sei er hier fremd. Schon als Bub war er so verklemmt. Er war der Kleinste von allen, galt als Schwächling, als Feigling, und wurde nie ernst genommen. Um sich dagegen zu wehren, fing er oft ganz plötzlich und scheinbar grundlos auf dem Schulhof Prügeleien an. Dabei wurde er am Ende meistens schrecklich zusammengehauen. Das wiederum fachte seinen Jähzorn an. Dann schlug er bei der nächsten Gelegenheit wieder zu, immer von hinten. Mehr und mehr mieden ihn die Klassenkameraden und gingen ihm aus dem Weg. Das wurmte den kleinen Jörg noch mehr, und er sann auf Rache.

Auch jetzt hat er Gropper gegenüber diese Haltung zwischen Unbeholfenheit und unterdrückter Aggressivität. Er weiß nicht, wie er sich ihm gegenüber verhalten soll, und schweigt. Um das Schweigen zu brechen, fragt Gropper: »Wie geht es dir?«

»Und du?«, fragt Kilian zurück.

Das war schon immer seine Methode, um auf Fragen nicht antworten zu müssen. Er stellt einfach eine Gegenfrage. Das hat Gropper schon damals gefuchst.

Wieder schweigen beide. Gropper sieht sich in der Wohnstube um. »Ist alles noch so wie früher«, sagt er, um ein Gespräch in Gang zu bringen.

»Net alles«, erwidert Kilian knapp. Und schon schweigt er wieder.

Was hat er nur?, fragt sich Gropper. Passt es ihm nicht, dass ich zu ihm gekommen bin? Dann soll er es doch gleich sagen.

Er schaut zum Herrgottswinkel mit dem armseligen hölzernen Kruzifix. Wie bei den Feigls befindet sich daneben ein heller rechteckiger Fleck an der Wand, wo ab 1933 das große farbige Hitler-Bild hing. Unter dem Kruzifix sind auf einer Kommode zwei eingerahmte Porträtfotos mit Trauerflor und zwei Todesanzeigen aufgestellt. Gropper tritt näher heran und erkennt auf den Fotos Kilians Brüder: Sepp und Rudolf. »Mein Beileid«, sagt er betroffen.

»Sind net alt wordn, der Peps und der Rudi«, kommt es langsam von Kilian. »Mir hat's nur den Arm weggehaun.«

Gropper liest die erste Todesanzeige.

Ein edles Herz hat aufgehört zu schlagen. –
Im Kampf gegen den Bolschewismus fand am 12.7.1942
getreu dem Fahneneid bei den schweren Kämpfen um Charkow
Josef Kilian, Obergefreiter im Gebirgsregiment 98,
Inhaber des E.K. II und des Inf. Sturmabzeichens,
im Alter von dreißig Jahren den Heldentod für Führer und Vaterland. –
Das Heiligste, das Beste, Dein Leben gabst Du fürs Vaterland.

Den Sepp hat er gut gekannt. Mit dem kleinen Rudolf im Schlepptau trieb er gern seine Scherze mit dem großen Bruder und den Schulfreunden, die dieser mit nach Hause brachte. Gropper erinnert sich an einen Nachmittag, an dem die beiden ihnen in einem Gebüsch auflauerten, um sie zu erschrecken. Ihre Gesichter hatten sie mit Kohlen geschwärzt und einen Blecheimer aus der Waschküche gemopst, in den sie hineinjaulten und -krächzten, dass es ihm und Kilian für einen Moment tatsächlich kalt den Rücken hinunterlief. Gropper lächelt traurig und liest die zweite Anzeige.

Zur frommen Erinnerung im Gebete
an unseren lieben, unvergesslichen Sohn und Bruder Rudolf Kilian,
Oberjäger in einem Geb.-Jäg.-Rgt., Inhab. des E.K. II,
welcher am 28.3.1943 im 28. Lebensjahr für unser Vaterland
fern der Heimat im Osten getreu seinem Fahneneid
den Heldentod starb. –
Süßes Herz Maria, sei meine Rettung!

»Drei Messn hab ich für sie lesn lassn«, erklärt Kilian. »Aber Krieg ist eben Krieg. Mich hätt's genauso treffn könn wie den Peps und den Rudi.«

Über den beiden Porträtfotos mit dem Trauerflor und den Todesanzeigen hängt direkt neben dem Kruzifix links und rechts je ein eingerahmter Text an der Wand. Eine Siegerurkunde bescheinigt in fetter Frakturschrift: *Bei den Wettkämpfen im Handgranatenwerfen 1. Sieger mit 61,00 m. 1941 Lt. Jörg Kilian.* Daneben prangt der Stempel mit dem Reichsadler und dem Hakenkreuz. Auf der anderen Seite des Kruzifix hängt in holzschnittartiger Schrift das rundherum mit lustigen Zeichnungen versehene »Jagerlied der 98er«.

Ja wir 98er Jager, wir san eisern,
wir halten zam in Freud und Leid.
Wir wissen unsre Feinde zu meistern
und kommen stets zur rechten Zeit.
Bei den Maderln in der Heimat
sind wir allzeit gern gesehn.
Und das Edelweiß am Hut
und die Herzen voller Mut.
Ja wir san Jagersleut,
die ham a Schneid!

Kilian scheint es zu genießen, dass Gropper diesen Text liest. »Ist mein Lieblingslied«, sagt er stolz. »Ja, Nagelschuh und Lodn. Das warn wir.«

Gropper spürt, dass er nun zum Reden aufgelegt ist. »Wie war's im Krieg?«, fragt er, und gleich legt Kilian los.

»Saugut. Oberjäger. Gebirgsjägeroffizier. Weiße Querstreifn auf den Schulterklappn. Edelweiß am Ärml und an der Mütz. Gebirgs-flak und MG. Dann Scharfschütze. Schießn, schießn! Und immer treffn. Baff! Und Skifahrn. Großartig.«

»Es war also eine schöne Zeit.«

»Und wie. Durch den Krieg hab ich die Welt kennenglernt. Fremde Länder. Kaukasus. Vom Kluchor-Pass runter nach Su-chum zum Schwarzn Meer. Tscherkessk. Der Kuban. Ohne Krieg wär ich da nie hingekommn. Das war schon was Schöns. Tapferkeits-auszeichnungn, Nahkampfspangn, Ritterkreuz zum Eisern Kreuz. Aber meine Auszeichnungn verkauf ich net auf dem Schwarzmarkt wie die andern. Die Amis sind ganz wild danach. Die geb ich net her. Das sind meine Verdienst vom Krieg.« Im selben Atemzug fügt er hinzu: »Mir habns ein paar Neger einquartiert, während ich im Lager war. Neger! Ich hab gar net gwusst, dass wir gegn Afrika Krieg gführt habn.«

»Bei den amerikanischen Soldaten gibt es eben auch viele Ne-ger.«

»Sind aber liebe Neger. Hätt ich gar net denkt.«

»Warum nicht?«

Kilian übergeht die Frage. »Und gscheit sind sie auch. Habn sogar auf der Universität studiert. Hätt ich gar net denkt.«

»Wie geht's dir?«, erkundigt sich Gropper noch einmal.

»Ein Jahr war ich eingsperrt«, beklagt sich Kilian. »Wenn ich den Kerl erwisch, der mich hinghängt hat, den bring ich um. Den Sauhund schlag ich tot. Ein Jahr für nichts! Der Nafziger war schon nach zwei Tag schon wieder draußn. Wie ist das möglich? Das ist doch nicht mit rechtn Dingn zugangn! Nicht nur der Nafziger ist so schnell wieder entlassn wordn. Auch andre Internierte, die unter Sattler hohe Funktion ghabt hattn. Warum sind die so schnell freiglassn wordn und net wir, der Feigl und ich? Sogar mein Hirschfänger habn sie mir abgnomm.«

»Der Besitz von Stichwaffen ist verboten«, versucht Gropper zu erklären.

»Papperlapapp! Hirschfänger ist bei uns Tradition. Wir lassn uns doch die Tradition net wegnehm! Und von den Amis schon gar net.«

Sein Hirschfänger, das war sein ganzer Stolz. Schon als Schulbub besaß Jörg ein einfaches, aber sehr scharfes Messer, das er in einem Lederfutteral seitlich am Gürtel trug. Um sich vor den Schulkameraden wichtig zu machen, schleuderte er es im Schulhof zum Schrecken und zur Bewunderung der Umstehenden manchmal in den Stamm eines Kastanienbaumes, wo es sirrend und vibrierend stecken blieb. Voller Triumph zog er dann sein Messer heraus und warf es wieder und wieder in den Stamm, bis Hauptlehrer Maier kam, ihn streng verwarnte, ihm die gefährliche Waffe abnahm und sie ihm erst wieder nach dem Unterrichtsschluss zurückgab. Das war für den kleinen Jörg eine tiefe Kränkung.

»Mein Fernglas habn die Amis auch beschlagnahmt. Eine Frechheit. Und meine Jagdflinte! So was gab's bei den Nazis net. Scheißsieger.«

»Die Flinte wirst du vorerst nicht wiederbekommen.«

Kilian schaut verärgert, doch nach einer Pause gesteht er ein: »Was soll ich auch mit einer Flinte? Kann doch mit dem linkn Arm net schießn.« Er blickt zu Boden. »Wenn ich jetzt nimmer schießn kann, bin ich kein richtiger Kerl mehr. Das ist für mich kein Lebn.«

Im selben Atemzug fragt er plötzlich:»Warum bist du eigentlich hier? Wegn Nafziger?«

Gropper bestätigt seine Vermutung und erklärt, dass ihn die Münchner Kripo geschickt habe.

»So, so«, bemerkt Kilian abschätzig.»Dann bist du also jetzt Spion.«

»Kommissar«, korrigiert Gropper.

»Das ist dasselbe.«

Gropper lässt es dabei.

»Das habn wir gern«, giftet Kilian.»Abhaun in die Schweiz, während wir hier den Kopf hinhaltn müssn. Wärn beinah verreckt an der Front. Und jetzt, wo alls vorbei ist, kommst du daher und schnüffelst herum.«

Gropper überhört auch diese bissige Bemerkung. Er lässt sich nicht provozieren und schlägt einen versöhnlich Ton an:»Jörg, es ist ein Mord geschehen, und den muss ich aufklären. Das verstehst du doch. Ich muss herausfinden, wer den Nafziger erschossen hat.«

»Da kann ich dir gar nichts sagn. Bin ja erst vor zwei Tag aus dem Lager gekommn.«

»Wie war das, als du aus dem Lager kamst?«

Kilian erzählt ihm die gleiche Geschichte, die Gropper gestern von Feigl gehört hat, und endet mit dem Satz:»Am End habn wir erfahren, dass er schon seit zwei Tagen mausetot ist, der Hund, der verreckte.«

»Was meinst du, wer könnte ihn erschossen haben?«

Kilian sieht Gropper direkt ins Gesicht.»Da gibt's nur einen.«

»Wen?«

»Den Berger.«

»Warum der Berger?«

»Weil ihm der Nafziger das Gold weggeschnappt hat.«

»Und wo ist der Berger jetzt?«

»Das möchte ich auch gern wissen.«

Beim Abschied ist Kilian auffallend freundlich zu Gropper. So hat er ihn selten erlebt.

Als Gropper wieder vor Kilians Haus steht, ist er ratlos. Berger also soll den Nafziger umgebracht haben. So behaupten es Feigl und Kilian. Möglich wär's, er hat ja wegen des Goldes auch schon die kleine Rosi auf dem Gewissen. Aber da gibt es diese vier Schuhabdrücke auf dem Garagendach. Demnach wäre Berger nur Mittäter, einer von vieren. Es könnte wie vermutet Lucretia mit dabei gewesen sein. Vielleicht gehörte auch ein Amerikaner, der Nafziger aus geschäftlichen Gründen loswerden wollte, zu dem Quartett. Wo aber ist Berger jetzt? Fragen, Fragen und überall Nebel. Mehr und mehr hat Gropper das Gefühl, als stünde er nicht auf festem Boden. Er muss an seinen Traum denken. Er irrt in einer fremden Landschaft umher, die sich ständig ändert, in der Hand eine Karte, auf der sich die Einzeichnungen ebenfalls fortlaufend verschieben. Wie immer er die Karte dreht, stets zeigt sie andere Wege an. Und das Päckchen, das er einer unbekannten Person in einem unbekannten Ort abgeben soll, ist womöglich leer. Wie in einem Labyrinth irrt er umher. Wo ist der Ausweg? Außerdem gibt es in dem Traum diese gefährliche Grenze, die er auf keinen Fall überschreiten darf und die auf der Karte immer ihre Lage ändert. Was ist das überhaupt für eine Grenze?

Wieder kommen ihm Theres' Worte in den Sinn, als er sie am Samstag besuchte: »Du riskierst hier dein Leben. Die sind viel mächtiger als du. Du wirst verlieren. Hör auf zu ermitteln. Gib's auf und fahr wieder nach Hause.«

Er wird nicht aufgeben und nicht ohne Ermittlungsergebnis nach Hause fahren. Kommt gar nicht in Frage. Morgen will er zur Lagerverwaltung und sich Feigls und Kilians Entlassungstermin vom 31. Mai bestätigen lassen. Nur damit er überhaupt etwas Konkretes in der Hand hat. Dann müssen sie zur Befragung kommen, damit er ihre Aussagen zu den Ereignissen auf dem Steinriegel protokollieren kann. So kann er den Mord an Rosi abschließen und einen Beleg für die Verbindung zwischen Berger und Nafziger vorweisen. Damit wäre er schon ein Stück weiter.

Groppers Magen knurrt. Er will eine Kleinigkeit essen. In einer Konditorei am Bahnhofplatz hat er die Wahl zwischen Apfelstrudel und Zwetschgendatschi. Am liebsten würde er beides bestellen. »Du bist ein ganz Süßer«, sagt Luise immer, wenn sie ihm die Marmelade auf den Frühstückstisch stellt. Sie kennt ihn eben gut. Gropper sieht, wie am Nachbartisch Gäste Apfelstrudel serviert bekommen. So bestellt auch er Apfelstrudel.

»Ganz frisch gemacht«, sagt die Bedienung, und bald darauf hat er vor sich auf dem Teller einen warmen Strudel mit hauchdünnem, knusprigem Teig, eingebackenen Rosinen und Vanillesoße. Genau so, wie ihn Luise macht und früher auch seine Mutter. Dazu trinkt er eine Tasse starken, duftenden Kaffee. Woher haben die wohl die Kaffeebohnen?, sinniert er.

Als er die Konditorei verlässt und den Bahnhofplatz überquert, muss er wieder zwischen den Gruppen von Schwarzhändlern und Käufern hindurch, die sich den Anschein von Teilnahmslosigkeit und Langeweile geben. Da kommt der Mann im Lodenmantel auf ihn zu, von dem er Bergers gefälschten Ausweis gekauft hat.

»Habe neue Dokumente. Interessiert?«

Gropper ist interessiert. Er hat ja schon bei seinem ersten Kauf einen dicken Fisch an Land gezogen.

»Was haben Sie denn?«

Der Händler öffnet seinen Mantel ein Stück und zieht aus einer der Innentaschen eine prall gefüllte Tüte. Er fingert einige Papiere heraus, während er sie mit dem Mantel abdeckt. Schnell bietet er Gropper seine Dokumente an: einen SS-Ausweis, einen Arierausweis, einen Entlassungsschein aus einem sowjetischen Kriegsgefangenenlager, eine Hitler-Postkarte, einen abgetrennten Judenstern. Jedes Mal winkt Gropper ab. Dann holt der Mann einen gefalteten Papierbogen hervor.

»Fünfhundert Mark.«

Gropper wird blass. »Fünfhundert Mark?«

»Dann nicht.« Der Mann will das Dokument wieder einstecken.

»Was ist das denn? Bevor ich es kaufe, muss ich es sehen.«

»Aber schnell.« Der Händler faltet das Papier auseinander und hält es fest in der Hand, während er sich verstohlen nach allen Seiten umsieht.

Gropper sieht einen englischen Text und will den Inhalt übersetzen, doch das dauert dem Mann zu lang. Er drängt zum sofortigen Kauf: Ja oder Nein. In der Eile sieht Gropper nur den Verfasser des Schreibens, das CIC Commanding Officer Detachment Mittenwald, und den Adressaten: Anton Nafziger. In der Mitte des Textes kann er beim Überfliegen der Zeilen lesen: »several Million Dollars in gold bars, gold coins and currency«.

Spontan entscheidet er sich zum Kauf. Dieses Dokument muss

er haben. Aber fünfhundert Mark? So viel Geld! So eine Summe hat er natürlich nicht bei sich.

Er überlegt. Auch das dauert dem Händler zu lang. In Groppers Jackentasche klimpern die beiden Goldmünzen, die eine von Korbi und die andere, die er unter der Fußmatte von Sattlers Buick fand. Die will er aber behalten.

Der Händler zeigt auf Groppers Schweizer Armbanduhr, die ihm sein Schwiegervater in St. Gallen geschenkt hat.

»Kommt gar nicht in Frage«, wehrt Gropper ab.

Der Händler zeigt auf Groppers Ehering.

»Den erst recht nicht!«

Gropper muss sich entscheiden. Schweren Herzens drückt er dem Lodenmantelmann eine seiner beiden Goldmünzen in die Hand. Der Schwarzhändler betrachtet sie verstohlen und grinst, als wäre es auf diesem Platz üblich, mit so einer Währung zu handeln. Schnell wechselt auch das Dokument den Besitzer, und schon ist der Schwarzhändler wieder in der Menge verschwunden. Es müssen irgendwelche Spitzel in der Nähe sein.

Wie schon beim Kauf der Kfz-Papiere und des Ausweises geht Gropper in Richtung Güterbahnhof, setzt sich hinter einem Schuppen auf eine Eisenstufe der Laderampe und betrachtet, was er da so teuer erstanden hat. Sein Englisch reicht aus, um den Text zu übersetzen, der mit *Certificate* überschrieben ist.

Mr. Anton Nafziger hat der Armee der Vereinigten Staaten einen großen Dienst erwiesen, indem er den amerikanischen Geheimdienst CIC, Detachement Mittenwald, auf den Gebirgszug Steinriegel führte und ihm dort aus mehreren Gruben Goldbarren, Goldmünzen und Devisen ausländischer Währungen übergab, die dort von unbekannten Deutschen für unbekannte Zwecke versteckt worden waren. Der geschätzte Wert dieses Schatzes, den Mr. Nafziger der US-Armee völlig freiwillig und ohne Zwang übergab, beträgt mehrere Millionen US-Dollar.

Für diesen besonderen geleisteten Dienst bestätigt das CIC Mittenwald Mr. Anton Nafziger, während der Zeit des Nationalsozialismus niemals eine führende Position ausgeübt zu haben. Mr. Anton Nafziger wird demzufolge in die Kategorie 5 als »Unbelastet« und in Kategorie A als »Geeignet für leitende Positionen« eingestuft. Folglich wird der derzeit noch internierte Mr. Anton Nafziger unverzüglich aus der Haft entlassen.

Mr. Anton Nafziger wird hinsichtlich seines zukünftigen Berufes jegliches Entgegenkommen des CIC gewährt, wie auch alle mögliche hilfreiche Unterstützung. Ebenso werden alle erforderlichen Lizenzen zur Ausübung desselbigen erteilt.

gez. Humphrey Thompson
CIC Detachment Mittenwald
Commanding Officer
5. Mai 1945.

Groppers Hände zittern, während er dies liest. Sein Gehirn dreht sich wie in einer Wäscheschleuder. Ich glaub, ich spinne, denkt er nach dem ersten Durchlesen. Aber da steht es schwarz auf weiß. Um sich zu vergewissern, dass er wirklich nicht spinnt, liest er das Dokument langsam ein zweites und drittes Mal.

Nafziger hat den Amerikanern also verraten, wo sie das Gold vergraben hatten. Dafür wurde er schon nach zwei Tagen aus dem Lager freigelassen.

Doch mit welchem Vermögen hat er sein »Crazy Horse« errichtet? Es gibt nur eine Möglichkeit: Am 2. Mai, dem Tag vor seiner Verhaftung, hat Nafziger Feigl und Kilian befohlen, zum Forsthaus hinabzugehen, um neue Kleidung und Proviant zu holen, während er allein auf dem Steinriegel blieb. In der Zeit ihrer Abwesenheit muss er aus den zwölf Gruben eine Menge für sich herausgeholt und woanders vergraben haben. Nur so kann sich Gropper Nafzigers plötzlichen Reichtum erklären. Nach seiner Freilassung hat er den für sich beiseitegeschafften Teil des Goldes dann benutzt, um den Amüsierclub zu eröffnen, in dem seine neuen Freunde, die amerikanischen Besatzer, nun ein und aus gingen. Und den Rest seines Nazigoldes versteckte er im Keller unter der Garage.

Wer sich mischt unter d'Klei, den fressen d'Säu.

Am folgenden Tag fährt Gropper zuerst zur Lagerverwaltung, um sich Feigls und Kilians Entlassungstermin bestätigen zu lassen. Die ehemalige Edelweiß-Kaserne liegt weit außerhalb, nördlich vom Ort. Er fährt an der Isar entlang und sieht, wie die Amerikaner im Fluss ihre Panzer waschen. Sie spritzen sie mit Schläuchen ab, dass die Erdklumpen von den Ketten fliegen. Die GIs, darunter viele Schwarze, lachen, albern herum und spritzen sich auch gegenseitig ihre nackten Oberkörper nass. Sie freuen sich, dass der Krieg vorbei ist und sie noch leben.

Er kommt an Kartoffeläckern vorbei und auch an den Tabakfeldern, auf denen die Mittenwalder Männer etwas zum Rauchen angebaut haben. An der Gabelung mit dem Kruzifix, wo die eine Straße nach Garmisch und die andere zur ehemaligen Kaserne führt, hat er plötzlich wieder ein Erlebnis vor Augen, das hier im Sommer '32 geschah, an einem ebenso sonnigen Tag wie heute. Gropper hält an und steigt aus dem Wagen.

Damals kam er mit dem Oberförster Ludwig Feigl, dem Vater seines Freundes Xaver, aus dem Forst der Gröbl-Alm. Xavers Vater hatte ihm einige Fichten gezeigt, die unrettbar vom Borkenkäfer befallen waren und demnächst gefällt werden mussten.

Dabei hatte er ihm einiges über Borkenkäfer erzählt, zum Beispiel dass es »Buchdrucker« gibt und »Kupferstecher«, was Gropper sehr komisch fand. Er hatte Rinden von befallenen Fichten gelöst und ihm die Brutgänge der Borkenkäfer gezeigt. Die Brutbilder hatten ausgesehen wie das Gerippe von Laub oder wie sonderbare Schriftzeichen. Gropper glaubte damals, es wäre eine Geheimschrift, rätselhafte Botschaften der Borkenkäfer.

Oberförster Feigl hatte Lockfallen aufgestellt, schmale Kästen mit duftenden Schlitzen. Die Borkenkäfer werden davon angelockt und fallen durch die Öffnungen hinein. Schwupp. All das hatte Gropper fasziniert und ihn in seinem Wunsch bekräftigt, später auch Förster zu werden wie Xavers Vater.

Als sie nach ihrem Waldspaziergang in den Ort zurückkehrten, kam ihnen an dieser Straßengabelung mit dem Kruzifix eine Gruppe junger Burschen entgegen. Sie trugen diese neuen braunen Hemden mit dem Lederriemen quer über der Brust. Weil ihnen diese Rabauken wegen mehrerer Wirtshausschlägereien mit Andersdenkenden bekannt waren, wollten sie ihnen ausweichen. Doch prompt versperrten die fünf Lackl ihnen breitbeinig den Weg, während ein sechster noch an den Pfahl des Kruzifixes brunzte, das Wasser abschüttelte, seine Apparatur in die Hose stopfte und sein Hosentürl zuknöpfte. Herausfordernd stellten die Burschen sich vor ihnen auf und zeigten provozierend ihre neuen Parteiabzeichen an den Hemden.

Ihr Anführer war der Lechner Matthias, der Schreinergeselle vom Ort. Er riss den Arm hoch und krähte: »Heil Hitler!« Im selben Moment stießen auch die anderen ihre gestreckten Arme in die Luft und brüllten: »Heil Hitler!« Der Lechner und seine Braunhemden erwarteten nun auch vom Oberförster und von ihm diesen neuen Gruß, doch Feigl sagte nur ruhig: »Grüaß Good«, und ließ seine Hände in seinem Lodenmantel stecken.

Da schob Lechner seine braune Kappe nach hinten und trat noch näher an Feigl heran.

»Hias, mach koane Gschichten jetz«, sagte der beschwichtigend. »Lass uns durch.«

Doch Lechner rührte sich nicht und starrte dem Oberförster giftig ins Gesicht. »Woaßt du net, dass ma jetz mit dem neun deutschn Gruaß grüaßn muaß?«

»Von dia lass i mia koane Vorschriftn net machn, von dia scho glei ganet«, gab Ludwig Feigl zurück.

Auch Lechners Freunde traten nun näher; immer enger zogen die Braunhemden den Kreis um Feigl und ihn. »Also los jetz, was is?«, forderte Lechner barsch.

Ludwig Feigl wies auf das Wegkreuz mit dem gekreuzigten Christus. »Solang dea da droben hängt, sag i ›Grüaß Good‹. Und selbst wenn eier Fihrer mal so dahängt am Kreiz, sag i imma no net eier ›Heil Hitler‹. Dassas wisst!«

Damit wollte er die Gruppe beiseiteschieben und mit Gropper weitergehen. Aber nun brach der Zorn der Bande los. Sie fielen über sie her und schlugen auf sie ein. Sosehr sie sich auch wehrten, es half nichts, die Bengel waren in der Überzahl. Sogar als sie schon auf dem Kies lagen, traten sie noch mit ihren Stiefeln auf sie ein. Sie bluteten aus der Nase und aus den aufgeschlagenen Lippen. Die neuen braunen Herren ließen sie liegen und zogen grölend davon. Gropper raffte sich auf, humpelte zum nahe gelegenen Gasthaus Mühlhauser und rief von dort die Gendarmerie in Mittenwald an, um Buchner zu Hilfe zu holen. Schon damals war der dort Gendarm.

Der Mühlhauser-Wirt wischte immer wieder seinen Schanktisch ab und schüttelte nur den Kopf.»So weit sama scho komma. De Saulackl, de dreckatn. Mitm Wogscheitl müasst ma denen oans übazihan.«

Gropper humpelte zurück zu Feigl, der immer noch blutend auf dem Kies lag. Erst viel später traf Buchner auf seinem Fahrrad an der Wegkreuzung ein. Und noch später wurde Feigl mit einem Krankenwagen in das Mittenwalder Krankenhaus gebracht.

Am nächsten Tag stand im Kreisblatt, der Oberförster Ludwig Feigl und der junge Tagelöhner Martin Gropper hätten den Führer der SA-Gruppe Mittenwald, Matthias Lechner, beleidigt und niedergeschlagen. Die Ortsgruppe Mittenwald werde gegen die beiden angemessene Strafmaßnahmen einleiten. Und tatsächlich traf den Oberförster Feigl ein Jahr später eine Strafmaßnahme, doch aus einem anderen Grund. Er hatte seinen Sohn Xaver, der freiwillig in die NSDAP eingetreten war, ohne dessen Wissen aus der Mitgliederliste streichen lassen. Dafür entzog man ihm sein Amt und setzte den parteitreuen jungen Xaver als neuen Förster ein. Das Verfahren gegen Gropper indes wurde eingestellt, weil er ein Jahr später Parteimitglied wurde, um sich für den Polizeidienst zu bewerben.

Buchner unternahm nichts gegen die braunen Schläger. Er war verheiratet, Vater von zwei Kindern und wollte seine Existenz nicht aufs Spiel setzen. Um keine Scherereien zu haben, schwieg er.

Die Stelle, an der das geschehen ist, sieht noch genauso aus wie damals. Das Marterl mit dem Gekreuzigten steht immer noch da. Nur ist inzwischen mehr Moos über das kleine Dacherl gewachsen.

Gropper fährt weiter und erreicht nach einer Weile die hohen weißen Umfassungsmauern des Internierungslagers. Direkt nach Kriegsende hatten die Amerikaner in der Kaserne die von ihnen

befreiten ausländischen Kriegsgefangenen provisorisch untergebracht, ebenso Häftlinge aus den KZs, auch aus Dachau. Anschließend quartierten sie Flüchtlinge aus dem Osten ein. Jetzt sind in
den Gebäuden ehemalige Wehrmachtsangehörige gefangen. Hier
wird von den Amerikanern durchgesiebt, geprüft, kontrolliert und
verhört, wer sich während der Nazizeit auf welche Weise schuldig
gemacht hat. Das allermeiste aber kann nicht geklärt werden. Es
fehlen die nötigen Unterlagen. Es fehlen Beweise. Oft wissen die
Amerikaner gar nicht, wen sie vor sich haben. Sie sind auf die Ei-
genauskünfte der Befragten angewiesen. Die sind natürlich immer
Unschuldslämmer. Und wenn die Amerikaner tatsächlich Ausweise vorliegen haben, sind diese oft gefälscht. Ein Ausmisten dieses
Augiasstalles ist unmöglich.

Aus einem alten Buch mit griechischen Sagen, in dem er als
Kind gern las, weiß Gropper, dass Herakles es nur durch eine List
schaffte, den Stall des Augias auszumisten: Er ließ einen Fluss durch
den Rinderstall strömen. Doch ein amerikanischer Herakles könnte diese Tonnen von Nazimist auch dann nicht ausräumen, wenn
er die Isar umleiten und das Internierungslager fluten ließe.

Ganz in der Nähe der Umfassungsmauer befindet sich das Häuschen, in dem Nafziger als Kasernen-Kommandeur gewohnt hat.
Gropper hält an und dreht das Seitenfenster seines DKWs herab. Er
erinnert sich daran, wie er hier seinen Schul- und Jugendfreund
Anton besuchte. Die gelblich getünchten Mauern, die hölzernen
Fensterläden, die Spalierlatten an den Wänden, der spitze Giebel –
alles sieht noch so aus wie früher. Sogar das Hirschgeweih hängt
noch über dem Hauseingang. Früher hatte er den Eindruck, das
Haus sei riesengroß. Nun ist es ein einfaches kleines Häuschen.

Das hat Gropper schon öfters erlebt. Als Kind und Jugendlicher
erschienen ihm die Häuser so groß, die Wege so lang, die Wiesen
so weit, die Berge so unerreichbar groß, die Tage so endlos, besonders im Sommer, und sogar der Himmel so unglaublich hoch. Jetzt
ist alles viel kleiner, als er es in Erinnerung hat, wie geschrumpft.
Die Häuser und die Wiesen sind kleiner, die Wege und die Tage
kürzer, und der Himmel scheint ihm manchmal auf den Kopf zu
fallen, besonders bei Regen.

Obwohl das Häuschen nach außen hin unverändert scheint, ist
es ihm nun fremd.

Gepäckkarren und Kinderwagen stehen vor dem Eingang, Kinder rennen um das Haus herum, eine Gruppe von Männern steht palavernd am Staketenzaun, aus dem die meisten Latten herausgebrochen sind. Ständig gehen Menschen in zusammengeflickten Kleidern aus und ein und rufen sich etwas in einer Sprache zu, die Gropper nicht versteht. Er fragt sich, wie sie alle in den wenigen kleinen Zimmern Platz haben können. Das Häuschen scheint vollgestopft mit diesen fremden Menschen.

Zwischen zwei Telefonmasten befestigt jemand hinter Bettlaken die Wäsche. Als die Person hervortritt, sieht Gropper: Es ist Fanny Jais. Wie bei ihrem ersten Treffen trägt sie ihre ausgewaschene Kittelschürze und hat die Haare mit einem Tuch hochgebunden. Er erinnert sich, dass Fanny ihm bei dieser ersten Begegnung erzählt hat, Nafziger habe ihr nach seinem Umzug in die Villa in seinem alten Häuschen eine Wohnung überlassen. Gropper geht auf sie zu.

»Sans scho wieda da?«, empfängt sie ihn unerwartet harsch. »Gebens denn ga koa Ruha net?«

Erst als er sie fragt, wie es ihr geht, mildert sie ihren brüsken Ton. »Des Luada, des mistige, hat mi entlassn. Hab i Eana doch glei gsagt.«

»Von was leben Sie denn jetzt?«

»I putz des Haus da. I hab mei Lebn lang nua putzt.«

»Ich muss Sie etwas fragen.«

»Scho wieda? I denk, es is ois voabei.«

Gropper zeigt ihr wie schon am Montag das Passfoto von Berger. »Kennen Sie den?«

»Gwieß kenn i den.«

»Als ich Ihnen das Foto bei der Vernehmung zeigte, sagten Sie, diesen Mann hätten Sie noch nie gesehen.«

»Weil i da Angst hat, es passiert mia was, wenn i de Gschicht verrat. Es laufn ja no vüi oide Nazis rum. Un außadem is da grad de Bissgurrn Lucretia reinplatzt.«

»Sie haben also diesen Mann schon mal gesehen.«

»Zwoa Moi sogar.«

»Dieser Mann ist ein gewisser Dr. Berger.«

»Aba da steht doch Krüger.«

»Weil der Ausweis gefälscht ist.«

»Na so was! Gibt's des a?«

»Aber das Foto ist echt.«

»Ja, den Mann auf dem Foto hab i gsehng.«

»Wann?«

»Im vergangenen Jahr '45. Zerst Anfang Mai un dann am 9. Mai. Des woaß i noch genau.«

»Wo finde ich diesen Mann?«

»Den finden S' nimma.«

»Warum nicht?«

»Weil er tot is.«

Gropper ist verblüfft. »Der Berger ist tot?«

»Un wia dea tot is!«

»Warum wissen Sie das?«

»Weil ichs gsehng hab. Des vagess i nia«, sagt Fanny.

»Was haben Sie gesehen?«

»Des kann i Eana hia net sagn.

Gropper sieht sich um. »Wo können wir reden?«

»Nach obn zu mia ko i Se net führn. Da schauts greisli aus.«

Sie gehen zu einem ausladenden violett blühenden Fliederbusch, der etwas abseits neben einem Kaninchenstall steht. In den engen Boxen hoppeln die Karnickel hin und her.

»Des ham de Flüchtling baut«, erklärt Fanny. »Damit se was aufm Tella ham. De Rammler sorgn fleißi füa neie Bratn.« Sie lassen sich auf einer umgedrehten Schubkarre nieder, und Fanny beginnt zu erzählen. »Des war so: I hab da no füa den Nafziger hia in seim Haus putzt, weil er da no hia gwohnt hat, bevoa ea in de Villa einzogn is. In den erstn Tagn im Mai vorigs Jahr kam der Mann da auf dem Foto hiahea, hat gsagt, ea mecht den Nafziger sprechn. ›Wea san Se denn?‹, hab i gfragt. – ›Krüger‹, hat ea geantwortet. ›Ein alter Freund von Nafziger. Ein Kamerad.‹ Ea hat seha hochdeitsch gredt. Seha vornehm. A ziemlicha Pinkel. Auf jedn Fall a Auswärtiga.« Dabei macht sie eine wegwerfende Handbewegung. »›Was wolln S' denn von eam?‹, hab i wissen wolln. – ›Das muss ich ihm persönlich sagen.‹ – ›Dea Nafziger is net da‹, hab i gsagt. ›Dea is gestern verhaft worn.‹ Da is ea wieda ganga. A paar Tag drauf is ea aba wieda kemma. Des wa genau am 9. Mai. Des woaß i no genau. Mitm Auto is a kemma. Mitm BMW. ›Sans scho wieda da?‹, hab ich gsagt. Er hat gnickt und gefragt, ob i Neuigkeiten von seinem alten Freund Nafziger hab un ob es ihm gut geht. Dann hat er wissn wolln, wann er denn wieder entlassn wird. ›Dea is scho da‹, hab i gsagt. ›Wie, schon da?‹, hat ea gstottat. – ›Den hams schon voa viea Tag entlassn.‹ Da wa ea auf oi Moi ganz baff un ziemlich gdätscht. Ea hat fast koa Wort rausbracht un hat mi nua ogstarrt. ›Warum so plötzlich entlassen?‹, wollt ea wissn. Ea hat's net glaubn meng. ›Woaß i a net‹, hab i gsagt un dass er ihn selber fragn kann, dea Nafziger sei da, aber nur noch heut. Des war grad dea Tag, bevoa mia zum CIC in die Villa ›Hohenlohe‹ umzogn san, wo dea Nafziger beim amerikanischn Geheimdienst wohn durft. Gleich drauf san de Flüchtlinge ins Haus eizogn. Am nächsten Tag, am 10. Mai, warn mia scho in dea Villa. ›Wo ist er jetzt?‹, hat dea Kamarad wissen wolln, also hab ich ihn hinters Haus gschickt. Dea Nafziger hat da grad de oidn morschen Bretta üba dea Odlgruam austauscht. De warn scho ganz brüchig. Voa unserm Auszug hat ea no de Odlgruam mit neien Brettan guat abdeckn müaßn, damit se sicha is füa de Flüchtlinge, de eizieahn, bsonders füa de Kinder. I wa natürli neigierig, was da jetz passiert, un bin eam nachgschlichn, hab mi an dea Hauseckn vasteckt und ois genau gsehng.«

Während Fanny erzählt, kommen Kinder mit großen Grasbüscheln heran. Fröhlich und lachend stopfen sie das Grünzeug in den Maschendraht der Käfige. Sofort hoppeln die Hasen heran, zupfen das Futter aus dem Gitter heraus und knabbern mit schnellen Bissen. Die Kinder freuen sich über die lustigen Tierchen, plappern aufgeregt und zeigen auf dieses und jenes Karnickel. Jedes der Kinder scheint einen Lieblingshasen zu haben.

»Veaschwinds, ia Bankertn«, fährt Fanny Jais die Kinder an. Sie hören nicht auf sie und jauchzen über die possierlichen Hoppelknubbel. Erst als Fanny noch mal barsch befiehlt: »Weg mit eich!«, ziehen sie erschrocken davon.

»Dea Nafziger wa total erschrockn, als ea den Mann, also den Berger, voa eam siecht«, erzählt Fanny weiter. »Un dea Berger hat glei ogfanga zu schrein: ›Wieso bist du frei? Warum bist du nicht im Lager? Man hat dich doch verhaftet, und jetzt läufst du frei herum. Unmöglich! Ich war auf dem Steinriegel. Alle Gruben sind leer. Warum sind alle zwölf Gruben leer?‹« Sie schüttelt den Kopf. »I hab natürli net gwusst, was des is mit dem Steinriegl, aba i hab ois ganz deitli ghört. Dea Berger hat ja laut gnua gschrien. Un i hab a ghört, was dea Nafziger zruckgschrien hat: ›Und du? Warum bist du nicht im Lager? Dich hätte man doch auch längst verhaften müssen! Sicher warst du es, der uns denunziert hat! Du hast den Feigl, den Kilian und mich bei den Amerikanern angeschwärzt, damit du an die Gruben kannst!‹ Wia zwoa wilde Truthähn sans aufananda losganga. Ham se ogschrien un sich gschubst. Dea Berger ganz fuchti: ›Warum bist du Sau frei? Warum sind die Gruben leer? Wo ist das Gold?‹ Da bin i stutzig woan.« Sie lehnt sich ein wenig zu Gropper vor und raunt ihm zu: »Jetzt konnt i mia a denkn, mit was dea Nafziger sein ›Crazy Horse‹ zahlt hat.«

»Wie ging es dann weiter?«, fragt Gropper gespannt.

»Imma narrischa san de zwoa aufananda los, un da hat der Nafziger den Berger in de Odlgruam einegstoßn. Des hab i mit eignen Augn gesehng. Un dazua hat der Nafziger gschrien: ›Da hast du deine Gruam! Sogar gefüllt!‹« Sie zeigt mit dem Finger vor sich auf den Boden, während sie das ruft, so, wie Nafziger auf die Jauche gezeigt haben muss. »A Schrei vom Berger, un weg wa ea. Dea Odl is üba seim Kopf zammgschlagn. Staad was. Nix meha. Erstickt an dea Scheiße. Mi hat's am ganzn Körpa gschüttelt.«

Wieder kommen die Kinder zu den Käfigen und stopfen neues Gras in die Gittermaschen. Wieder freuen sie sich, wie die Tiere sich über das Futter hermachen und das Gras hurtig zernagen.

»Hauts ab«, fährt Fanny die Kinder an. »Aba fix!«

Die Kinder sind ganz in ihr Vergnügen über die niedlichen Pelzknäuel vertieft und schauen ihnen beim Fressen zu.

»Schleichts eich, hab i gsagt«, schimpft Fanny und macht mit dem Arm eine scheuchende Bewegung. Das verstehen die Kinder, schauen verängstigt und gehen schließlich davon. Doch nur bis zur nahe gelegenen Wiese, wo sie neues Gras ausrupfen.

»Und dann?«, fordert Gropper Fanny Jais auf weiterzuerzählen.

»Dea Nafziger hat nix meha gsagt. Ea hat nua no schwere Bretta über die Grube glegt. Ois wär nix gwesn. Des hab i ois gsehng. I schwör's bei unserm Himmevatter. I bin schnell zrückgrennt ins Haus un hab so gtan, als hätt i nix gsehng. Vom Fenster aus hab i beobachten können, wia dea Nafziger in den BMW vom Berger eingstiegn is und ihn weggfahrn hat. Wohin, woaß i net. Erst a ganze Zeit danach is er zfuß zruckkomma.«

»War das ein roter BMW?«

»Ja, aber nicht ganz, oben das Dach, das war schwarz.«

Nun kann sich Gropper die Vorgeschichte der Kfz-Papiere und des Ausweises, die er auf dem Schwarzmarkt gekauft hat, zusammenreimen. Als Nafziger nach Bergers Ermordung dessen BMW irgendwo als »herrenlos« abstellte, nahm er seine Papiere aus dem Handschuhfach des Wagens und versteckte sie in seinem Büro. Dort wurden sie von den Leichengaffern aus einer Schublade gestohlen und auf dem Schwarzmarkt verkauft. Ebenso wurde beim Durchwühlen der Schubladen wohl auch das »Certificate« des CIC gestohlen und, da es in Englisch verfasst war, ohne den brisanten Inhalt zu verstehen, gleichfalls auf dem Schwarzmarkt verkauft.

»Nafziger hat also am 9. Mai vergangenen Jahres den Berger in die Jauchegrube gestoßen«, will Gropper noch mal von Fanny bestätigt haben.

»Genau. I habs heit no vor Augn.«

Gropper muss erkennen, dass Feigl und Kilian unrecht hatten, als sie behaupteten, dass Berger Nafziger umgebracht hat. Als Nafziger starb, war der Obersturmbannführer schon seit einem Jahr tot.

»Sind Sie denn nicht zur Militärpolizei gegangen und haben denen erzählt, was Sie gesehen haben?«, will Gropper wissen.

»Um Gotts willn net!«

»Warum nicht? Der Nafziger hat doch einen Menschen umgebracht.«

»Na, des konnt i net.«

»Sie hätten ihn anzeigen müssen.«

»Des scho glei gar net. I wa doch no in sein Dienstn. I hab doch no putzt füa eam. Un er wollt mi doch mitnehma in de Villa! Da konnt i mein Chef doch net ozoagn. Da hab i 's Mei ghaltn. Dea wär ja sonst ins Gfängnis kemma. Un des wollt i net, dann hät i ja bei eam nimma putzn könna. Aba jetz is er ja tot. Da is es eh wurscht, dass i Eana des erzählt hab. Dea Nafziger hat bis zum Schluss net gwusst, dass i gesehng hab, dass ea den Berger in de Gruam gstoßn hat.«

»Wie ging's dann weiter?«

»Nix Besonders. Paar Tag drauf hat der Fäkalfahrer den Berger in dea Grum gfunden un ihn rausgholt. Er hat ja net wissen kenna, wea des war. Un drauf is dea Berger geerdigt worn aufm Gottes-acker mitm Grabstein ›Unbekannt‹. Hat ja koana net gwusst, wea des is. Un i hab nix gsagt.« Sie sieht Gropper forschend ins Gesicht.

»Aba sagns, wohea ham Se jetz des Foto von dem Berger?«

»Geheimnis.«

»I kann mias scho denkn. Da hoff i nua, dass Se net zvui dafüa zahlt ham.«

»Kann ich die Grube mal sehen?«

Fanny führt Gropper hinter das Haus. Schon als er um die Ecke biegt, umhüllt ihn eine Wolke aus Gestank, vermischt mit stechendem Ammoniakdunst.

In seiner Kindheit war er Jauchegestank gewohnt. Sie hatten hinter ihrem Haus selbst eine solche Grube, die regelmäßig geleert wurde. Dabei mussten sie alle Fenster und Türen schließen, sonst wäre der ekelhafte Gestank tagelang in ihren Stuben hängen geblieben und auch durch Lüften nicht hinausgeweht worden.

Der Kuhdung und der dampfende Misthaufen auf dem Hof rochen anders, nicht so beißend, nicht so aggressiv. Oft genug hat er mitgeholfen, den Stallmist auf ihre Felder zu fahren. In der frischen Luft roch man ihn kaum.

Aber dieser Pestgestank hier schlägt ihm direkt ins Gehirn, dass er davon Kopfschmerzen bekommt. Die Jauchegrube vor ihm ist nur mit dünnen, brüchigen Brettern zugedeckt, die lose kreuz und quer darüberliegen. Auch hier rennen Kinder um das Haus, spielen Nachlaufen, springen lachend über die lockere Abdeckung. Fanny befiehlt ihnen, das zu unterlassen, es sei zu gefährlich. Doch sie verstehen sie nicht und rennen weiter.

Als Gropper eines der Bretter anhebt, schlägt ihm der ätzende Gestank massiv entgegen und nimmt ihm den Atem. Er würgt. Fast muss er sich übergeben. Seine Augen tränen. Die Grube ist bis zum Rand mit bräunlich schwarzer Scheiße gefüllt. Nichts wie weg aus dieser Gestankwolke.

»Hat Eana des jetz was gnützt, was i Eana erzählt hab?«, fragt Fanny zum Schluss.

»Eine ganze Menge.« Dankend schüttelt er ihre Hand.

Als Gropper in Richtung Lager wegfährt, schaut sie ihm noch lange nach.

Mit den Worten »No admittance« weisen die Wachen Gropper am Lagertor zurück. Er zeigt ihnen seine Legimitation als Kriminalkommissar, doch sie wiederholen nur: »No admittance.« Er will ihnen klarmachen, dass er dienstlich zur Lagerwaltung muss. Es hilft nichts, sie lassen ihn nicht rein. Nur mit einer »Special permission« darf er das Gelände betreten. Gropper überlegt, wer ihm diese Sondererlaubnis ausstellen könnte. Vielleicht Buchner, vielleicht Sattler oder gar Theres? Bevor er dieses Papier nicht hat, braucht er gar nicht wieder hier auftauchen. Heute kann er da aber sicher nichts mehr ausrichten. Dazu ist das kommende Wochenende Pfingsten. Das Lagerbüro ist also erst wieder am Dienstag geöffnet. Gropper verflucht diese Warterei. Er kommt und kommt nicht voran.

Da fällt ihm ein: Er war noch gar nicht auf diesem Steinriegel, von dem dauernd die Rede ist. Wie sehen denn die Anlagen da oben eigentlich aus? Das will er sich morgen ansehen, in aller Frühe.

11

Wenn ma alle Weg wissat, ging ma net in der Irr.

Kurz vor Einsiedl biegt Gropper mit Buchners DKW bei schönstem Sommerwetter rechts in den Forstweg ein, der zum Steinriegel hinaufführt. Nur wenige Meter hinter der Abbiegung steht auf zwei Pfählen ein großes Blechschild, durchlöchert von mehreren Schüssen.

Halt!
Militärisches Sperrgebiet.
Betreten strengstens verboten.
Es wird ohne Warnung scharf geschossen.
Der Kommandeur der Jägerkaserne Mittenwald

Gropper schert sich einen Dreck um das ehemalige militärische Sperrgebiet. Der Krieg ist seit über einem Jahr beendet, und den Kommandeur gibt es nicht mehr.

Nach einer kurzen Strecke durch den Wald steigt der Weg an. Rechts beginnt ein Hang in die Höhe zu ragen, links geht es hinter dichtem Gebüsch abwärts. Während der Hang neben Gropper immer steiler wird, stößt die Erdwand bald fast senkrecht an die Fahrspur. Die Steigung nimmt zu. Gropper muss mehr Gas geben, um hinaufzukommen. Dazu neigt sich nun der Weg mehr und mehr nach links zum Abhang hin und wird zur holprigen Furt. Wurzeln so dick wie Autoreifen wachsen quer über die Spur. Vor und hinter ihnen haben sich Wasserlöcher gebildet, deren Tiefe Gropper nicht abschätzen kann. Würde er den Wagen mit Gewalt über die Wurzelsperren treiben, könnten sie ihm den Auspuff abreißen, und die Räder versänken in einem der Wasserlöcher. So steuert er den Wagen seitlich in eine kleine, schiefe Nische am Steilhang. Er schaltet den Motor aus, zieht die Handbremse straff an, steckt seine Ausweispapiere in die Brusttasche seiner Jacke und steigt aus. Sorgfältig verschließt er den Wagen. Nun also weiter zu Fuß.

Hier war Gropper schon einmal. Vor mehr als zwanzig Jahren,

als er mit Xaver und dessen Vater Ludwig durch den Wald streifte.

Ludwig Feigl erklärte ihnen an jenem Tag den Unterschied zwischen einer Rotbuche und einer Weißbuche, wie die Rinde eines Ahorns, einer Eibe und einer Lärche aussieht, wie man an den Losungen erkennen kann, ob sie von einem Rotwild oder einem Schwarzwild stammten, und wie man einen Fuchsbau von einem Dachsbau unterscheidet.

Damals sind sie allerdings nicht bis zum Steinriegel hinaufgestiegen, sondern nur in der unteren Region umhergewandert.

»Da obn is des zgfährli füa eich Buam«, beschied sie der Feigl Ludwig.

»Warum? Was ist denn da?«, fragten sie ihn, denn was gefährlich war, interessierte sie besonders.

»Wilderer soll's da gebm. Da is a scho oana erschossn woan, dea so an Wilderer fanga wollt«, raunte der Oberförster. »Da geh a i net gean rauf. Nua wenn i unbedingt muaß.«

Seitdem ist der Steinriegel für Gropper ein unheimlicher Ort.

Mit dem Wetter hat er heute Glück. Die Junisonne meint es gut mit ihm. Nur wenige Wolken ziehen am Himmel, und sogar wenn er hier im Schatten der Bäume steht, spürt er ihre wärmende Kraft. Oben wird es sicher kühler und windig werden.

Das Einzige, weswegen er Bedenken hat, sind seine Schuhe. Die flachen Halbschuhe eines Städters. Nicht gerade geeignet für den Steinriegel. Er hätte seine Haferlschuhe anziehen müssen. Doch die stehen in seinem Pensionszimmer. Er hat heute Morgen einfach nicht daran gedacht, in dieses halbwegs geeignete Schuhwerk zu schlüpfen. Nun ist es zu spät, er muss weiter in seinen leichten Sommerlatschen.

Der erdige Weg ist hier etwa zwei Meter breit, jedoch nass und voller Wasserlöcher. Der Boden hat die Gewittergüsse von vor ein paar Nächten noch nicht aufgesaugt. Gropper umgeht die dunklen Tümpel, und wenn gar kein Durchkommen ist, drückt er sich an dem ein wenig höher gelegenen Wegstreifen direkt am Hang entlang, wo der Boden etwas trockener ist. Balancierend setzt er vorsichtig einen Fuß vor den anderen, um nicht in die Lachen auszurutschen. Dazu muss er über dicke, mit Moos überwachsene Wurzeln steigen. Schon nach wenigen Metern hat er große schwarze Erdklumpen an den Schuhen.

Obwohl der Weg weiter ansteigt, wird der seitliche Hang flacher. Ein leicht hügeliges Gelände tut sich vor ihm auf, und er betritt einen hellen Buchenwald. Sonnenlicht flirrt durch das Gitter der Baumkronen und lässt das Moos vor ihm grün aufleuchten. Die Lichtflecken tanzen hin und her, je nachdem wie der Wind die Baumwipfel bewegt. Er bleibt einen Moment stehen und lauscht. So still ist es ringsum. Er hört nur das Rauschen der Baumkronen. Wo sie zu dicht sind, liegt Halbschatten auf dem vermoderten Laub. Hier ist es kühl und feucht. Mit einem Laubbüschel wischt er die Erdklumpen von seinen Schuhen. Irgendwo hämmert ratternd ein Specht.

Der Weg führt ihn weiter an dicken Buchenstämmen entlang, an denen tellerförmige rötliche Pilze wachsen. Im Vorübergehen bricht er ein Stück davon ab und zerreibt es in der Hand. Wie feuchtes Mehl zerkrümelt es zwischen seinen Fingern.

Er muss über einen dicken Stamm klettern, der quer über dem Weg liegt. Der Baum wurde mit seinem gesamten Wurzelwerk aus der Erde gerissen, das nun senkrecht aufgerichtet steht. Das dichte Flechtwerk der Wurzelballen ist zugepappt mit schwarzer Erde.

Vor ihm schwebt in einem breiten Sonnenstrahl eine dichte Wolke tanzender Mücken auf und nieder. Er will ihnen ausweichen, doch da erscheint ein weiterer Schleier aus winzigen, hin und her sausenden Punkten vor ihm. Er muss hindurch und schlägt mit der flachen Hand in die Wolke. Sie stiebt auseinander, sammelt sich aber sofort wieder neu. Gropper hält die Luft an, um den Mückenschwarm nicht einzuatmen, und geht schnell hindurch.

Seitlich des Weges wuchert dichtes Moos, bedeckt von herabgefallenen Rindenstücken. Er erinnert sich daran, wie er und Theres einmal als Kinder in einem Wäldchen bei ihrem Bauernhof kleine Häuschen bauten. Zwei Zweige mit einer Gabel in die Erde gesteckt, darüber ein kleiner Stecken. Das war der First des Häuschens. Als Wände stellten sie Baumrinden auf, die kleinen herausgebrochenen Öffnungen waren die Türen. Als Dach nahmen sie große, aus der Erde herausgeschälte Moosfladen. So entstand ein Häuschen neben dem anderen. Ein ganzes kleines Dorf. Und um das Dörfchen im Wald pflanzten sie einen eigenen kleinen Wald, steckten herausgerissene Baumsprösslinge verkehrt herum in den Boden, mit dem kleinen Wurzelwerk nach oben. Das waren dann die Baumkronen. Als sie am nächsten Tag nach all ihren Mühen die Anlage zerstört vorfanden, war die Enttäuschung groß. Eichkätzchen, Dachse oder gar Wildschweine hatten bei ihrer Futtersuche alles durchwühlt und verwüstet. Da begannen sie als Baumeister ihre Arbeit von Neuem.

An einer Weggabelung entdeckt Gropper auf einem Stamm einen Pfeil, eingeritzt in die glatte Rinde. Geht es in diese Richtung weiter nach oben zum Steinriegel? Er lässt es darauf ankommen und folgt dem Pfeil. Man wird schon sehen. Der Weg wird zu einem schmalen Pfad, wird steinig und steigt nun plötzlich steil an. Hier beginnt nach und nach das Reich der Fichten und Tannen. Es wird dunkler und kühler. Wasserläufe sprudeln ihm entgegen, bilden breite Rinnen, formen sich an flachen Stellen zu schlammigen Lachen. Die Steine, über die er ausweichen will, sind glitschig. Er rutscht mit seinen Schuhen in ein Schlammloch hinein, steht bis zu den Knöcheln im Wasser. Als er seine Füße herauszieht, sind seine Schuhe ein einziger Matschklumpen. Auch in den Schuhen schwappt der Schlick. Am liebsten würde er die verschlammten Schuhe ausziehen und barfuß weiterstapfen. Aber das geht nicht. So tapst er mit klatschnassen Füßen weiter und hofft, dass die Pampe von allein abfällt und seine Füße irgendwann wieder trocknen.

Für Feigl, Kilian und Nafziger mit ihren hohen Wehrmachtsstiefeln wäre dieser schlammige Pfad kein Problem gewesen. Auch nicht für Rosi, sie hätte diese Hindernisse geschickt übersprungen. Unmöglich aber, dass Berger mit seinem BMW hier hochgefahren ist. Und er war mehrmals zur Kontrolle oben bei den Gruben. Es muss also noch einen anderen Weg zum Steinriegel geben.

Obwohl Gropper durch seine Anstrengungen der Schweiß auf der Stirn steht und seine Kleider am Rücken kleben, durchrieselt ihn ein leichtes Frösteln. Er bleibt stehen. Was will ich eigentlich da oben?, fragt er sich. Was suche ich da? Die Lösung, wer Nafziger umgebracht hat, werde ich da oben nicht finden. Völlig sinnlos, zum Steinriegel hinaufzusteigen. Wie geleerte Gruben nach einem Jahr aussehen, kann er sich denken. Müll wird er finden. Müll in den Gruben und in der Hütte, in der Feigl, Kilian und Nafziger gehaust haben. Die Amerikaner haben alles ausgeräumt, dank der

Dienste von Nafziger. Mag sein, dass danach noch hundert andere alles nach möglichen Goldresten durchwühlt und ihren Dreck hinterlassen haben. Auch Feigl und Kilian sind sofort nach ihrer Entlassung auf den Steinriegel geeilt und haben sicher in ihrer Wut über die leeren Gruben alles verwüstet.

Also umkehren, zurück nach Mittenwald, um keine wertvolle Zeit zu verschwenden.

Trotz seiner Einsicht geht Gropper weiter. Warum, weiß er nicht. Irgendetwas zieht ihn dorthin. Der Steinriegel wirkt auf ihn wie ein großer, mächtiger Magnet.

Er kommt an eingefallenen Schützengräben vorbei. An den Wänden hängen noch die Verschalungsbretter, und in den Gruben liegen rostige Stacheldrahtrollen, überwuchert von Brombeersträuchern. Kreuz und quer liegen Gerippe von Fichten, weiß wie Elfenbein. Feuchter Modergeruch nach Holz, nach Pilzen und bitterem Laub umweht ihn. Der Boden unter seinen Füßen federt. Er nimmt eine Handvoll des dunklen Waldbodens, zerkrümelt die Erde, legt verfaulte Nadeln und Moose frei und Regenwürmer. Er lässt sie auf seiner Hand krabbeln, dann schüttelt er sie zurück auf den Boden.

An einer felsigen Wand entlang führt ihn der Pfad immer höher hinauf. Kniehohe Gesteinsbrocken ragen aus der Erde. Wieder hält er an. Die Mulis hätten diese Hindernisse bei ihrem Aufstieg umgehen können. Aber die Amerikaner mit ihren Jeeps wären hier nicht durchgekommen, als sie unter Nafzigers Führung hinauffuhren. Auch sie müssen bei ihrer Fahrt hinauf und zurück vollbepackt mit schweren Goldkisten und Geldsäcken einen anderen Weg genommen haben. Womöglich eine ausgebaute Straße, die Nafzigers Vorgänger für dieses Übungsgelände auf dem Bergrücken angelegt haben. Da es eine solche Zufahrt geben muss, warum mussten sie dann die Goldlast mit Mulis hinaufschleppen lassen? Mit ihren Kübelwagen hätten sie das viel einfacher raufschaffen können. Vielleicht aber war dieser bequemere Weg nicht ganz fertiggestellt. Oder mit den Mulis haben sie eine Abkürzung genommen, einen Pfad, den Gropper nicht kennt. Ihm wird klar: Er ist auf einen Irrweg geraten. Wieder mal. Er steckt in einer Falle, geht aber weiter.

Links fällt der Hang steil ab und verengt sich zu einer Schlucht.

Gropper will sehen, wie tief es da hinabgeht, kann aber nichts erkennen. Dichtes Buschwerk und hinabgestürzte Bäume versperren den Blick nach unten. Und gerade hier zwingt ihn die Route, nach links abzubiegen. Er muss über ein schmales Holzbrückchen. Zwei etwa fünfzehn Meter lange Baumstämme liegen über der Schlucht, an beiden Seiten nur mit Seilen an Felsen befestigt. Darüber sind quer kleine Bretter genagelt. Einige fehlen, sodass man kleine Sprünge machen muss, um den nächsten Halt zu erreichen. In Hüfthöhe ist ein Handseil gespannt, ebenfalls zu beiden Seiten an Felsen festgezurrt.

Gropper überlegt, ob er es riskieren soll, diese vermaledeite Holzkonstruktion zu betreten. Je länger er überlegt, umso stärker wachsen seine Bedenken. Es erinnert ihn an seinen ersten Sprung vom Dreimeterbrett im Mittenwalder Schwimmbad. Als er als Kind wegen einer Mutprobe auf dem Sprungbrett stand und hinunterschaute, erschrak er. Von unten hatten diese drei Meter nicht so hoch ausgesehen, doch nun wurde ihm fast schwindelig. Und je länger er hinabblickte, desto tiefer schien es hinabzugehen. Von unten schrien Xaver, Jörg und Anton: »Feigling! Feigling!«, und feixten. Das konnte er sich nicht gefallen lassen, schloss die Augen, hielt sich die Nase zu und sprang in die Tiefe. Er klatschte ins Wasser und tauchte befreit und lachend wieder auf. Dabei zog er schnell seine Unterhose hoch, die ihm beim Aufplatschen bis zu den Knien hinuntergerutscht war.

»Reschpekt«, sagten die drei, als er sich aus dem Wasser schwang und seine Hose noch höher zog.

So überlegt er auch jetzt nicht länger und wagt den ersten Schritt auf das Brückchen. Vorsichtig wippt er auf und nieder, hin und her. Der Bau scheint einigermaßen stabil zu sein. Und so fasst er das Handseil und geht Schritt für Schritt voran. Wo Bretter fehlen, muss er springen. Als er in der Mitte steht, schaukelt die Anlage. Noch fester hält er sich am Handseil fest. Doch sollte der ganze Laden zusammenkrachen, würde ihm dieses Seil auch nichts mehr nützen. Kurz schaut er hinab. Er erschrickt, wie tief es da hinuntergeht. Die Felswände werden nach unten hin immer enger, und am Grund schäumt ein reißender Bach. Schnell wendet er den Blick wieder ab. Er will nicht ausprobieren, ob er tatsächlich schwindelfrei ist.

Unmöglich, dass die Mulis damals mit ihrer Zentnerlast auf dem Rücken über diesen Steg balanciert sind. Noch dazu nachts. Wo aber ist die Straße, die sie unter ihren Hufen hatten? Noch eilig fünf, sechs Meter, dann hat er es auf die andere Seite geschafft. Ihm zittern die Knie. Er muss sich setzen. Auf einem halb verfaulten Baumstrunk lässt er sich nieder und schaut auf die Holzkonstruktion. Über dieses wackelige Ding geht er nicht mehr zurück. Das steht für ihn fest. Für den Rückweg muss er die Piste finden, die Nafziger mit den Amerikanern benutzt hat.

Neben ihm fällt ein Tannenzapfen ins Gebüsch. Aufgeschreckt flattert ein Wildhuhn aus dem Busch und schwirrt girrend auf die andere Seite der Schlucht. Gropper geht weiter.

Je höher er steigt, umso steiniger wird der Wald. Mehr und mehr ragen Felsen aus dem Pfad. Wasserläufe spülten den letzten Rest Erde weg, legten die darunterliegenden Felsspitzen frei. Der Weg wird zu einer Runse. Schnaufend kämpft er sich zwischen den Felsbrocken hindurch. Fichtenäste, von denen von Zweig zu Zweig filzige Flechtenfahnen herabhängen, neigen sich über ihn. Eine alte Eiche greift mit ihren zerzausten Armen in die Luft. Mit grellem Pfiff flattert ein Habicht hoch. An einer Felsenwand sieht Gropper seltsame Zeichen in den Stein geritzt. Wahrscheinlich militärische Informationen, die er nicht kennt.

Dann steht er plötzlich auf einer Lichtung. Stürme und Gewitter haben die Stämme der Fichten und Tannen in der Mitte abgebrochen und eine gewaltige Schneise geschlagen. Die spitzen Splitter der Bruchstellen leuchten weiß. Von dieser Lichtung aus hat Gropper einen freien Blick auf den Walchensee, der im Sonnenlicht glitzert. Er kann Sassau erkennen. Schwarz liegt die Insel da. Er muss an Rosi denken, die er dort unten am Ufer fand, von Maden überkrabbelt. Hoch über ihm kreist am wolkenlosen Himmel ein Bussard.

Nach einiger Kraxelei über die niedergeworfenen Stämme steht er vor einer angerosteten, verbogenen Zielscheibe, die an einen Baum angenagelt ist. Die Ringe der Blechscheibe sind durchlöchert von Einschüssen. Nur wenige Meter weiter hängt an einem Lärchenstamm ein Marterl. Hier hat jemand sein Leben gelassen. Dem geschnitzten Christus wurde ein Bein weggeschossen. Oder es ist abgefallen, weil ein Specht hartnäckig am Holzbein gehämmert hat. Dicht neben dem Marterl liegt erneut ein eingefallener Schützengraben. Als Gropper sich darüberbeugt, huscht pfeifend ein Murmeltier in seine Höhle.

Ganz in der Nähe entdeckt er im dunkel glänzenden Preiselbeerkraut noch andere Gruben. Sie sind etwa zwei Meter tief und mit Brettern ausgeschalt. Um sie herum liegen Dachpappen, mit denen die Gruben ausgelegt und abgedeckt waren, und Haufen von vertrockneten Fichtenzweigen. Sie dienten wohl zur Tarnung. Nun verrotten in den Gruben aufgebrochene Wehrmachtskisten mit verbogenen Deckeln, die aus den Scharnieren gerissen sind, und Fetzen von Leinensäcken.

Gropper sieht sich um. Zwischen Tannen steht eine Hütte. Die Holztür liegt neben dem Eingang. Als er hineingeht, sieht er einen Raum voller Müll. Auf den Bohlen liegen vermoderte, stinkende Wolldecken, Verpflegungsdosen der Wehrmacht, verrostetes Kochgeschirr, ein zerbeulter Spirituskocher, Fetzen vom »Völkischen Beobachter« und sogar von »Stars and Stripes«. Natürlich, die Amerikaner waren hier.

Er tritt aus der Hütte heraus, um sich nochmals die Gruben anzusehen. Als er zu einer der Gruben geht, knallt es plötzlich mehrmals hart hintereinander. Drei-, vier-, fünfmal. Kugeln schlagen dicht neben ihm sirrend in die Baumstämme. Jemand schießt auf ihn. Gelähmt bleibt er stehen. Kugeln schlagen zischend neben seinen Füßen in den Boden ein, Erde spritzt auf. Er kann nicht sagen, aus welcher Richtung die Schüsse kommen. Von Panik gepackt, rennt er in die Richtung, aus der er gekommen ist, zurück zum Marterl mit der Christusfigur, der man ein Bein weggeschossen hat, auch auf die Gefahr hin, direkt ins Feuer zu laufen. Nur weg von hier, schnell weg! Als er am Marterl vorbeihastet, muss er wieder kurz daran denken: Hier hat jemand sein Leben gelassen.

Da stehen zwei Militärpolizisten mit Maschinenpistolen vor ihm. Sie sehen ihn an. Warten auf ihn mit ihren vorgehaltenen MPs.

Gropper schreit aufgebracht: »Sie haben auf mich geschossen!«

Die Patrouille kommt auf ihn zu, die Stahlhelme tief ins Gesicht gedrückt und die MPs immer noch im Anschlag.

»Sie wollten mich erschießen!«, brüllt er erregt.

Die Militärpolizisten scheren sich einen Dreck darum. Sie fordern barsch: »Identy Card.«

Mit zitternden Händen zeigt Gropper seinen Dienstausweis. »Kriminalpolizei München«, sagt er.

Sie stecken seinen Ausweis ein und tasten ihn nach Waffen ab. »What are you doing here?«, blafft einer der Uniformierten Gropper an. »Why are you here? What are you looking for?«

»Das geht Sie nichts an.«

»This is a restricted area.«

»Der Krieg ist vorbei.«

Die Militärpolizisten schubsen ihn mit ihren Waffen vor sich her durch den Wald, zu einer Stelle, an der es bergab geht. Grupper hat Angst, dass einer von ihnen abdrücken könnte. Sie treffen auf einen Pfad, der weiter hinabführt. Gropper fragt nichts mehr, protestiert auch nicht mehr. Das wäre in seiner Situation völlig sinnlos.

So treiben sie ihn eine ganze Weile voran, immer bergab. Bis Gropper unten am Abhang auf einer Piste einen Jeep stehen sieht, in dem ein MP sitzt. Als sie den Wagen erreichen, sprechen die beiden Militärpolizisten kurz mit ihm. Der Uniformierte im Jeep greift zum Feldtelefon, macht eine Meldung, lauscht auf die Order und befiehlt Gropper: »Come on!«

Gropper muss an Buchners DKW denken, den er unten im Wald stehen gelassen hat. Wie kommt er jetzt wieder an seinen Wagen?

Die beiden MPs stoßen ihn auf den harten Rücksitz, einer schwingt sich neben ihn und hält seine Maschenpistole auf ihn gerichtet, der andere nimmt vorn Platz.

Der Fahrer fährt los, mit Vollgas. In rasender Fahrt geht es auf der Erdpiste in Serpentinen bergab. Gropper muss sich mit beiden Händen an den Griffen festhalten, um nicht aus der offenen Karre hinausgeschleudert zu werden. Unten angekommen, stoßen sie auf die B 11, dort biegt der Fahrer nach links ab und fährt, immer mit Vollgas durch Wallgau und Krün nach Mittenwald. Im Ort ahnt Gropper, wo die Fahrt enden wird: bei der CIC-Villa »Hohenlohe« in der Kranzbergstraße.

Vor den beiden Wachen am gusseisernen Gartentor stoppt der Jeep abrupt. Die Wachen salutieren, der Militärpolizist neben Gropper springt aus dem Wagen und fordert ihn zum Aussteigen auf. Er wird abgeliefert.

Mit einem Summton springt das Tor wie schon bei seinem ersten Besuch automatisch auf, er wird über den Kiesweg zur Villa geleitet. Auch das Eichenportal öffnet sich automatisch, und er wird in das große holzgetäfelte Vestibül mit dem mächtigen Farbporträt von General Eisenhower geführt.

»Wait«, verfügt der Militärpolizist und verschwindet hinter der schweren Eichentür mit dem Schild »CIC Detachment Mittenwald – Commanding Officer«.

Nach langer Zeit wird Gropper aufgefordert einzutreten; der Militärpolizist kehrt zu seinem Jeep zurück.

Hinter einem breiten Schreibtisch sitzt ein athletisch aussehender Mann mittleren Alters, seine Haare leuchten rotblond. Über ihm an der Wand hängt ein großes Farbfoto von Eisenhower. Eisenhower über alles.

Das muss Humphrey Thompson sein, der Abwehrchef gegen Spionage, Sabotage und Subversion, der Nafziger schriftlich »jegliches Entgegenkommen sowie alle mögliche hilfreiche Unterstützung« gewährt hat. Vor ihm auf dem Schreibtisch liegt Groppers Dienstausweis.

»Ihre Leute haben auf mich geschossen!«, platzt Gropper heraus.

Das interessiert den CIC-Chef nicht, er stellt nur ruhig und in fließendem Deutsch fest: »Sie sind also dieser Kommissar vom Münchner Polizeipräsidium.« Dabei wippt er auf seinem federnden Ledersessel hin und her.

Aufgebracht über Thompsons Gleichgültigkeit, fährt Gropper ihn nochmals an: »Ihre Leute wollten mich erschießen!«

Thompson wippt nur weiter hin und her und bemerkt herablassend: »Seien Sie froh, dass sie nicht gezielt auf Sie geschossen haben.«

Gropper zwingt sich zur Ruhe. »Danke für die Gnade, mich am Leben zu lassen.«

»Sie wollen also den Fall Nafziger aufklären.«

»Dafür wurde ich nach Mittenwald geschickt.«

»Damit eines klar ist: Belästigen Sie nicht weiter Frau Lucretia«, warnt Thompson. »Sie steht unter meinem persönlichen Schutz.«

»Wenn sich herausstellt, dass die Dame Mittäterin bei Nafzigers Ermordung war, nützt ihr auch Ihr persönlicher Schutz nichts.«

190

»Mit Ihren Ermittlungen werden Sie nicht weit kommen.«

»Natürlich, Sie sind ja Chef der Sabotage.«

Thompson hört auf, in seinem Ledersessel zu wippen. »Was wollten Sie auf dem Steinriegel?«

»Warum ließen Sie auf mich schießen?«

»Was suchten Sie dort?«

»Warum ließen Sie mich festnehmen?«

»Wir haben Erkundungen über Sie eingeholt.«

»Für Sie als Spionagechef kein Problem.«

»Wir wissen einiges über Sie.«

Gropper denkt an das »Certificate«, das er Nafziger ausgestellt hat. Und an das Gold. »Ich auch über Sie. Auch für mich kein Problem.«

»Lachhaft! Sie wissen nichts.«

»Mehr, als Ihnen lieb ist.«

Thompson wirkt jetzt tatsächlich etwas verunsichert. Gropper hat Lust, ihn weiter zu provozieren. »Danke für das schöne Pensionszimmer. Ein überzeugendes Beispiel für Ihre professionelle Sabotage meiner Arbeit.«

Thompsons Augen verengen sich zu schmalen Schlitzen.

»Ich habe mir übrigens erlaubt, Ihre Abhöranlage im Vernehmungsraum zu kappen. Auch ich verstehe etwas von Subversion.«

Thompson duckt sich, als würde er jeden Moment wie ein Tiger über den Schreibtisch springen und ihn zerfleischen wollen. »Schluss jetzt!«, schreit er dann und schlägt mit der flachen Hand donnernd auf den Schreibtisch. »Auf dem Steinriegel gibt es nichts mehr zu sehen.«

»Nachdem Sie die Gruben ausgeräumt haben.«

Thompsons Gesicht versteinert.

»Mit Hilfe Ihres Freundes Nafziger«, sagt Gropper triumphierend. Er kann Thompson ansehen, dass dieser genau weiß, wovon er spricht, aber nicht geglaubt hat, dass Gropper es herausfinden würde.

»Nafziger war ein ehrenwerter Mann«, sagt der CIC-Chef heiser.

»So ehrenwert wie die Geschäfte, die er in seinem Lokal getrieben hat. Gemeinsam mit Ihren Leuten. Und mit der von Ihnen gewährten Lizenz.«

Thompson droht fast auseinanderzufallen. Das nutzt Gropper aus und schlägt einen neuen Keil ein. »Ich bin mir sicher, dass Sie sehr genau wissen, wer Ihren Freund Nafziger erschossen hat.«

Da springt Thompson plötzlich auf. »Ich verbiete Ihnen, in der Angelegenheit Nafziger weiter zu ermitteln. Das ist ein Befehl.«

»Meine Dienstanweisung erhalte ich vom Polizeipräsidium München, nicht von Ihnen«, kontert Gropper. »Das ist eine Klarstellung.«

Bevor Thompson ihn hinauswirft, schießt Gropper noch einen Pfeil gegen ihn ab. »Wohin haben Sie das Nazigold geschafft? In die USA?«

»Ich kann auch Sie zum Schweigen bringen.«

Für einen Moment herrscht Stille. Hat Thompson das eben wirklich gesagt? Gropper sieht ihn lauernd an. »So wie den Nafziger?«

»Noch ein Wort, und Sie kommen hier nicht mehr raus!«

»Und Sie landen vor Ihrem Militärgericht. Wegen Beihilfe zum Mord an Nafziger. Zumindest wegen Strafvereitelung.«

Thompson, kalkweiß im Gesicht und mit Schweiß auf der Stirn, wirft Gropper den Dienstausweis hin und drückt auf einen Knopf seiner Telefonanlage. Kurz darauf tritt ein Uniformierter in den Raum. Mit einer Handbewegung gibt Thompson ihm zu verstehen: Weg mit ihm.

Als Gropper bei den Wachen vor dem Gartentor abgeliefert wird, ist ihm klar: Der CIC-Chef hat Nafziger erschießen lassen. Er hat ihn zum Schweigen gebracht. Nafziger durfte nicht ausplaudern, dass er Thompson die Verstecke verraten und dieser das Gold ausgeräumt hatte. Er durfte nicht ausplaudern, dass er als Dank dafür freigelassen wurde und von Thompson die Lizenz für seine Schwarzhändlerbude erhielt, in der auch die CIC-Leute ihre Geschäfte betrieben. Doch warum ließ er ihn erst nach einem Jahr beseitigen? Warum so spät? Was ist in diesem Jahr geschehen?

Als Erstes muss Gropper zum Polizeirevier. Er muss Buchner über die Schüsse auf ihn berichten und ihm gestehen, dass sein DKW bei Einsiedel im Wald steht.

An einer Hauswand ist ein älterer Mann mit einem Motorrad beschäftigt. Irgendwie kommt er ihm bekannt vor. Als Gropper stehen bleibt, wendet sich der Alte um und schaut ihn an. Er trägt einen alten, zerschlissenen braunen Kordanzug, ein grauer Vollbart umrahmt struppig sein Gesicht, und ein Filzhut mit breiter Krempe und ausgefranster Kordel sitzt schief auf seinem Kopf. Gropper kennt diesen alten Filzhut, weiß aber nicht, an wen er ihn erinnert. Unwillkürlich tritt er näher an den alten Mann heran und sieht seine graublauen Augen. Er ist sicher, er kennt ihn. Aber wer ist es?

»Ja grüß dich Gott, Martl«, sagt der Mann freundlich.

Seine Stimme, diese gutturale Stimme mit dem leicht rollenden R – jetzt weiß er, wer da vor ihm steht: sein alter Lehrer Maier, Karl Maier, den er in seiner Schulzeit als Hauptlehrer durch fast alle Klassen hindurch hatte! Er muss jetzt etwa siebzig Jahre alt sein.

»Lehrer Maier«, ruft Gropper aus, so laut, dass einige der Vorübergehenden sich irritiert umdrehen.

»Ja freilich, kennst mich jetzt?«

Herzlich schütteln sie sich die Hände. Maier hat immer noch denselben starken Händedruck wie damals.

»Ja Kruzinesn, da legst dich nieder! Der Martl ist plötzlich wieder da.«

Seinen alten Lehrer wiederzusehen, ist für Gropper das erste freudige Erlebnis an diesem Tag. Seine Erschöpfung durch den Anstieg auf den Steinriegel, sein Schock angesichts der Schüsse auf ihn, sein Zorn wegen seiner Festnahme, seine Wut gegen Thompson – alles fällt mit einem Mal von ihm ab, als er seinen Lehrer wiedersieht, den er sehr mochte und bewunderte. Gropper zeigt auf das Motorrad. »Ist das noch deine alte Triumph?«

»Freilich. Baujahr '37. Saust immer noch flott. Bleibst jetzt hier bei uns?«

Gropper erzählt ihm vom Grund seines Aufenthaltes.

»Ja, der Nafziger«, sagt Maier. »Den hat der Teufel geholt. Jetzt bist also hinter dem Teufel her. Da hast du hier viel zu tun.«

Gropper erzählt ihm von seinem schäbigen Pensionszimmer.

»Dann zieh doch zu mir. Kannst bei mir übernachten. In meiner alten Schulwohnung.«

Er dankt ihm für sein Angebot. »Kann ich schon morgen kommen?«

»Wann du willst.«

»Ich muss erst das Auto vom Buchner von Einsiedl zurückbringen.«

Maier fragt völlig verdutzt:»Was? Der Buchner hat dir seine Lieblingskarre geliehen? So kenn ich den gar nicht. Da war er aber extrem generös.« Er überlegt einen Moment und fügt hinzu:»Weißt was, setz dich auf den Sozius, ich fahr dich hin, und du holst das Auterl ab.«

Beide sehen auf die Uhr, es ist inzwischen später Nachmittag. Vier-, fünfmal muss Maier das Pedal schwungvoll niedertreten, bis der Motor der alten Triumph anspringt.

»Aber fahr nicht zu schnell«, sagt Gropper.

»Hast Angst?«

»Du bist schon damals zu schnell durch den Ort gefahren.«

»Und hab von dir eine Strafe bekommen.«

»Das hast du nicht vergessen?«

Maier dreht am Griff kurz das Gas auf.

»Wenn man vom Gendarm, der ein ehemaliger Schüler ist, bestraft wird, das vergisst man nicht.«

»Tut mir leid, ich musste das damals tun. Hab dir auch nur die geringste Geldbuße aufgebrummt.«

»Die ich nie bezahlt hab.«

»Hab ich bemerkt. Und es dabei belassen. Obwohl ich als Schüler von dir manchmal Tatzen bekommen hab.«

»Das hast also du nicht vergessen.« Maier lacht.

Gropper lacht ebenfalls.»Wenn man von seinem Lieblingslehrer Tatzen bekommt, das vergisst man nicht.«

»Los, hock auf.«

Maier stülpt seine große Pilotenbrille übers Gesicht, wobei ein Riemen seinen Filzhut festklemmt, und Gropper schwingt sich auf den harten Sozius, der nur aus Eisenstangen besteht. Maier gibt Gas, und los knattern sie durch den Ort, eine dunkle Abgasfahne hinter sich herziehend. Eng an Maiers Rücken gepresst, schlingt Gropper seine Arme um dessen Bauch.

Nach knapp einer halben Stunde erreichen sie vor Einsiedl die Abbiegung in den Wald.

Mit Vollgas treibt Maier seine alte Triumph über den Forstweg die Steigung hoch, holpert über die dicken Wurzeln und braust durch die Lachen hindurch, dass es nur so spritzt.

Der DKW steht immer noch in der schrägen Nische unter den Buchen. Steif steigt Gropper vom Sozius. Der Hintern tut ihm weh.

Er muss eine lange Strecke rückwärts fahren, bis er auf dem Forstweg eine Ausbuchtung findet, um den Wagen wenden zu können. Dann geht es zurück nach Mittenwald, Maier mit seiner Knattermaschine voran, Gropper im Auto hinterher. Bei der Schule verabschieden sie sich. Gropper fährt weiter und stellt den DKW vor dem Polizeirevier ab.

Buchner ist nicht da. Dienst machen nur die beiden jungen Bergmoser und Senger. Sie reichen ihm ein geschlossenes Kuvert, das eben abgegeben wurde, adressiert an Ferdinand Buchner. Auf der Rückseite des Umschlages liest Gropper: »CIC Detachment Mittenwald – Commanding Officer«. Obwohl Gropper weiß, dass er nicht berechtigt ist, einen für Buchner persönlich bestimmten Umschlag zu öffnen, löst er vorsichtig den Verschluss, ohne das Papier einzureißen. Natürlich wird Buchner erkennen, dass er den Brief geöffnet hat. Aber das ist ihm egal, auch wenn es Krach mit ihm gibt.

Er faltet das Blatt auseinander. In dem Schreiben teilt Thompson dem Polizeihauptmeister Buchner mit, dass er als Chef des Geheimdienstes ihm verbietet, die unter dem Schutz des CIC stehende Madam Lucretia festzunehmen.

Gropper flucht. Das war nach Thompsons Warnung zu erwarten. Eine entscheidende Zeugin und vielleicht sogar Mittäterin geht ihm jetzt verloren. Aber was soll er machen? Das CIC hat Verfügungsgewalt. Und Buchner wird sich über diese Amtshilfe der Amerikaner freuen. Er ist nun befreit von seinem Dilemma, aus dem er sich von Anfang an herausschleichen wollte.

In seinem provisorischen Vernehmungsraum lässt sich Gropper an seinem wackeligen Schreibtisch nieder und stützt den Kopf in die Hände. Ihm brummt der Schädel. Nach dieser Mitteilung muss er erst mal Bilanz ziehen, wer ihm im Mordfall Nafziger als Verdächtiger noch bleibt.

Thompson selbst kann er wegen Beihilfe nicht belangen, obwohl er ihn nach seiner Äußerung vorhin stark verdächtigt, irgendwie mitgeholfen zu haben, Nafziger verstummen zu lassen. Ihm oder einem seiner Männer könnten die glatten Schuhsohlenabdrücke gehören. Bleiben neben den Stöckelabsätzen, die er nach wie vor Lucretia zuordnet, zwei Paar Stiefel von Wehrmachtsangehörigen, eventuell von ehemaligen Gebirgsjägern. Berger scheidet aus. Schon seit über einem Jahr tot. Feigl und Kilian kämen in Frage. Neben Berger und Nafziger waren sie die Einzigen, die noch von den Gruben wussten. Sie können es aber nicht gewesen sein. Sie wurden erst zwei Tage nach Nafzigers Ermordung entlassen. Wenn es stimmt, was sie sagten. Am Dienstag wird er es in der Lagerverwaltung erfahren, vorausgesetzt, er kann sich von irgendjemandem diese Sondererlaubnis beschaffen. Dann wird man ja sehen, ob sie gelogen haben. Kann Kilian mit dem linken Arm überhaupt so zielgenau schießen? Gropper kann sich das nicht vorstellen. Bleibt noch der Feigl. Es gibt aber noch ein paar hundert andere Gebirgsschützen.

Gropper ist plötzlich unendlich müde.

Sorgfältig faltet er Thompsons Schreiben zusammen, schiebt es in das Kuvert und verschließt es, so gut es geht.

Dann überlegt er, ob er über die Pfingstfeiertage nach Hause fahren soll. Im Moment sieht er keine Notwendigkeit hierzubleiben. So entschließt er sich, morgen in aller Frühe zu seiner Luise zu fahren. Wenn nichts dazwischenkommt.

12

Den Seinen gibt's der Herr im Schlaf.

Pfingsten, das liebliche Fest, ist gekommen. Es ist Sonntag, aber es scheint keine Sonne, vielleicht regnet es sogar. Der Himmel jedenfalls scheint stark bewölkt zu sein, denn durch das Dachlukenfenster dringt kaum Licht in sein schäbiges Loch. Gropper hat Mühe, wach zu werden. Er ist noch gerädert vom gestrigen Tag und benommen vom Schlaf. Irgendetwas hat er geträumt. Er kann sich nicht mehr daran erinnern. Aber da war etwas. Durch seine halb geöffneten Augen lässt er seine Blicke durch das Zimmer gleiten. Die Tür seines Zimmers steht weit offen! Er ist sicher, dass er sie abgeschlossen hat und sogar den Schlüssel im Schloss stecken ließ. Schlagartig ist er wach. Er springt aus dem Bett, stolpert zur Tür, sieht hinaus in den Flur. Niemand zu sehen. Als er die Tür schließt, sieht er den Schlüssel auf dem Boden liegen. Wie ist das möglich? Wie kann jemand von außen den innen steckenden Schlüssel herausdrücken?

Er legt den Schlüssel auf den Tisch. Da steht eine Flasche. Auf dem Etikett liest er: »E 605 – Pflanzenschutzmittel«. Darunter ist auf einem orangefarbenen Aufkleber mit dem Hinweis »Achtung Gift!« ein Totenschädel mit zwei gekreuzten Knochen abgebildet. Sein Herz pocht bis zum Hals. Man droht ihm mit Gift. Wer droht ihm? Man durchwühlt sein Zimmer, schießt auf ihn, stellt ihm eine Giftwarnung auf den Tisch. Was kommt als Nächstes?

»Lass es sein«, hat seine Schwester zu ihm gesagt. »Du riskierst dein Leben.« Er nahm das nicht ernst und lächelte nur. Seit den gestrigen Schüssen lächelt er nicht mehr. Thompson hat ihn davor gewarnt, weiter zu ermitteln. Will er es nun mit Gift versuchen? Immerhin haben es seine Agenten geschafft, in das abgeschlossene Zimmer zu kommen. Ist Wondratschek einer seiner Agenten?

Gropper braucht eine Weile, um sich zu beruhigen. Dann holt er aus der Jackentasche seine Gummihandschuhe, die er immer bei sich hat, stülpt sie über und nimmt die Flasche in die Hand. Sie ist leer. Er dreht sie hin und her und kann auf dem Glas Flecken erkennen. Mit dem bloßen Auge kann er nicht sehen, ob es Fingerabdrücke sind. Aber selbst wenn es Fingerabdrücke wären, diese alte Flasche ist durch so viele Hände gewandert. Und derjenige, der ihm diese Warnung auf den Tisch gestellt hat, würde sicher nicht so dumm sein und seine Fingerabdrücke hinterlassen. Nichts wie raus hier aus diesem Loch. Sofort.

Aus dem Schrank holt er seinen Koffer. Das Schloss ist aufgebrochen. Man hat sich also auch noch an seinen Koffer rangemacht! Er kontrolliert, ob etwas fehlt. Wäsche, schmutzige und frische, Toilettenzeug, Knirps, Regencape, Schuhe, Tasse, Löffel, Kaffeepulver, Tauchsieder – alles noch da. War wohl nicht wichtig für den Schnüffler. Ein Glück, dass er alle wichtigen Unterlagen im Revier deponiert hat.

Er lässt die Flasche mit dem Giftetikett in eine seiner Zellophantüten gleiten und wirft sie in den Koffer. Dazu seine Hemden, die über dem Stuhl hängen, und seine Hausschuhe. Als er sein Rasierzeug vom Waschbecken nimmt und den Apparat mit der Klinge in der Hand hält, schaudert es ihn. Vielleicht werden sie ihm in der nächsten Nacht im Schlaf mit dieser Rasierklinge die Kehle durchschneiden! Schnell in den Koffer damit. Noch ein paar Geldscheine für die Logis auf den Boden geworfen, dann nichts wie weg.

Kurz vor der Haustür kommt Wondratschek vom Keller hoch. Als er Groppers Koffer bemerkt, schreit er mit wutverzerrtem Gesicht: »Sie bleiben hier!« Dieses Mal ohne sein »Bittschön«.

»Einen Dreck werd ich«, schreit Gropper zurück und will durch die Haustür. Doch Wondratschek versperrt ihm den Weg. Mit einem kräftigen Schwung seines Koffers stößt Gropper ihn rücklings zu Boden, wobei er ihm zugleich ein Bein stellt. Wondratschek brüllt Unverständliches, und ehe er sich wieder aufrappeln kann, ist Gropper draußen. Durch Wondratscheks Geschrei kommen einige Flüchtlinge herbeigelaufen.

»Festhalten! Festhalten«, befiehlt er ihnen.

Die Flüchtlinge wissen nicht, was los ist, und bleiben nur fassungslos stehen.

★★★

Maier ist nicht überrascht, als Gropper atemlos mit seinem Koffer vor ihm steht.

»Ist jetzt der Teufel hinter *dir* her?«

»Mehrere«, sagt Gropper. »Und alle auf einmal.«

»Komm rein, wir sperren zu, dann müssen sie draußen bleiben.« Maiers alte Dienstwohnung liegt im Parterre eines Seitenflügels der Schule. Gropper war früher schon ein paarmal hier, als Schüler, wenn er bei ihm Nachhilfestunden im Rechnen nehmen musste, als Gelegenheitsarbeiter, wenn er sich bei ihm über einen alten Maler erkundigte, für dessen Lüftlmalerei er die Gerüste baute, und als Gendarm, wenn einer von Maiers Zöglingen mal wieder was ausgefressen hatte.

Maier öffnet die Tür zu seinem früheren Arbeitszimmer. »Hier kannst du übernachten, solang du willst.«

Es ist ein sympathischer heller Raum mit einer durchgelegenen Schlafcouch, einem Schrank und einem ausladenden Schreibtisch. Hier hat Maier früher auch seine Schönschrift- und Diktathefte korrigiert und so manches rot angestrichen.

»Wo ist denn deine Frau?«, erkundigt sich Gropper.

»Die Geli ist '44 an einer Lungenentzündung gestorben.«

Gropper ist bestürzt, das zu hören. Er hat Angelika gut gekannt und spricht ihm sein Beileid aus.

»Hier im Krankenhaus. Hat ja damals kaum Medikamente gegeben«, fügt Maier bitter hinzu und versinkt einen Moment in trauriger Erinnerung. Dann strafft er den Rücken. »Wenn du Luise anrufen möchtest, bedien dich.« Er deutet auf sein altes Bakelittelefon mit der großen Wählscheibe, das auf dem Schreibtisch steht. »Grüß sie von mir«, sagt er im Hinausgehen.

Gropper stellt seinen Koffer ab, wirft seinen Trenchcoat über die Couch und ruft Luise an. Er wünscht ihr ein schönes Pfingstfest, darf ihr aber nichts von den Schüssen auf ihn sagen, nichts von seiner Festnahme und von der Giftdrohung und was sonst noch für unangenehme Dinge passiert sind. Sie würde sich nur um ihn sorgen.

»Wie kommst du denn voran?«, fragt Luise.

»Na ja, der Kreis wird enger«, schwindelt er. »Bald schnappt die Falle zu.«

»Die Falle, in der du steckst?«, argwöhnt sie.

Wieder ist er verblüfft über ihre hellseherischen Fähigkeiten. Offenbar sind seine angedeuteten Erfolge nicht sehr überzeugend am anderen Ende der Leitung angekommen.

»Bist du in Gefahr?«, fragt sie ängstlich.

Er will sie dadurch beruhigen, dass er nun bei seinem alten Lehrer wohnt, und grüßt sie von ihm.

»Bist du nicht mehr im ›Karwendelblick‹? Also doch Molesten.« Er möchte die Gefährdung herunterspielen, sie glaubt ihm aber nicht.

Als Gropper die Küche betritt, hat sein Lehrer ein üppiges Frühstück aufgetischt: Brot, Semmeln, Salzbrezen, Butter, Wurst, Schinken, Käse, Honig.

Gropper staunt über die Vielfalt. Als Maier in Zeiten des Muckefucks auch noch Kaffeebohnen in die elektrische Mühle schüttet, in der sie krachend zermahlen werden, und Gropper beim Aufgießen der würzige Duft des Bohnenkaffees in die Nase steigt, fragt er: »Woher hast du das alles?«

»Wirst nachher schon sehen«, orakelt Maier. »Greif erst mal zu.«

Durch die nur einen Spaltbreit geöffnete Küchentür kommt mit erhobenem Schwanz eine grau-schwarz gestreifte Katze hereinstolziert.

»Na, Betti, wieder da? Wo hast du dich denn die Nacht herumgetrieben?«

Sie streicht um den Tisch herum, bleibt vor dem Stuhl stehen, auf dem Gropper sitzt, sieht zu ihm hinauf und maunzt. Er sieht ihre schönen grauen Augen.

»Gib Ruh, Babette«, ermahnt Maier die Katze, und fügt an Gropper gewandt hinzu: »Das ist nämlich ihr Stuhl, auf dem sie gern sitzt.«

»Soll ich mich woanders hinsetzen?«, fragt Gropper und will ihr Platz machen.

»Kommt gar nicht in Frage«, sagt Maier und weist in eine Ecke der Küche. »In dein Körbchen, Babette!«

Miauend zieht die Katze ab zu ihrem Körbchen und rollt sich auf dem Kissen ein.

Während sie ausgiebig frühstücken, erzählt Gropper, wie es ihm und Luise in St. Gallen ergangen ist, was Luise nun macht und wie er so schnell Kommissar geworden ist.

»Es war gut, dass ihr weggegangen seid«, sagt Maier und schenkt ihm von dem kräftigen Kaffee nach. »Wer weiß, was sie mit dir gemacht hätten, wenn du dich geweigert hättest, in die Gestapo einzutreten. Ich war ja '39 mit meinen fünfundsechzig für ihre Schweinereien zu alt.« Er schmunzelt. »Ist doch was wert, wenn man alt ist. Und am Schluss dann für den Volkssturm erst recht. Selbst wenn sie mich dafür noch geholt hätten, hätt ich mich blöd gestellt und so getan, als könnte ich nicht mit einer Panzerfaust umgehen. Nie hätt ich so ein Ding in die Hand genommen. Und wenn sie mich dazu gezwungen hätten, hätte ich das Ding beim Einmarsch der Amis weggeworfen und wäre davongelaufen.«

»Der Sattler hat dich aber groß gelobt, wie tapfer du dich beim Einmarsch der Amis verhalten hast. Und sich vor allem mit seinen eigenen Heldentaten gebrüstet.«

»Der Sattler ist ein Gschaftelhuber. Was er Auswärtigen immer erzählt über sein Heldentum bei der Übergabe von Mittenwald, ist geschwindelt. Die kampflose Übergabe des Marktes Garmisch-Partenkirchen fand schon davor dort im Rathaus statt. Es stimmt, dass Sattler, Pfarrer Berghammer und ich den amerikanischen Panzern am 1. Mai bis zur Weggabelung bei der Bahnüberführung entgegengegangen sind, aber die entscheidende Verhandlung mit den Amerikanern haben andere bereits zwei Tage zuvor geführt. Es stimmt auch nicht, dass der Sattler, wie er immer erzählt, vorn auf dem Führungspanzer gesessen hat und so mit großem Hallo in Mittenwald eingefahren ist. Wenn der Panzer fährt, kannst du vorn gar nicht sitzen. Die Eisenplatte ist viel zu heiß, weil der Motor darunter ist. Da kannst du ein Spiegelei drauf braten. Die Wahrheit ist, dass sie den Sattler, den Pfarrer und mich in einen Jeep gepackt haben, bewacht von einem Ami mit Maschinenpistole, und uns so zum Rathaus nach Garmisch geschafft haben. Dort haben sie den Sattler erst mal für einen Tag in die Gefängniszelle der Gendarmerie gesteckt und verhört. Doch gleich danach haben sie ihn wieder freigelassen und als Mittenwalder Bürgermeister eingesetzt. Seine Dienstpistole, seine ›Ehrenwaffe‹, hat er bis heut nicht abgegeben. Gemauschelt hat er mit den Amis, wenn man auch nicht genau weiß, wie und was. Und außerdem ist da noch eine andere Geschichte.«

»Was?«

»Kurz nach seiner Ernennung zum Bürgermeister war er plötzlich ein reicher Mann. Man munkelt, er habe auf Sassau einen Goldschatz gefunden. Aber keiner weiß etwas Genaues. Nur Gerüchte, Gerüchte. Die schwirren hier ja nach dem Krieg herum wie die Fliegen. Nur dass er quasi über Nacht sehr vermögend war und plötzlich die Insel zum Naturschutzgebiet erklärte, das steht fest. Seitdem ist es verboten, Sassau zu betreten.«

»Doch nicht, um die Natur zu schützen.«

»Natürlich nicht. Naturschützer war der Sattler nie.«

»Was will er denn dann schützen?«

»Genau weiß das keiner außer ihm.«

Gropper erinnert sich an das Schild »Betreten streng verboten«, das er am Bootssteg gesehen hat, als er mit dem Angler zur Insel hinüberruderte, wo Rosi lag.

»Auffällig war«, erzählt Maier weiter, »dass er als Bürgermeister des Öfteren auch Angelegenheiten im Internierungslager zu regeln hatte und jedes Mal einige seiner ehemaligen Ortsgruppenmitarbeiter und sonstigen Nazispezis, die von den Amerikanern verhaftet worden waren, plötzlich freigelassen wurden. Mit Entlassungsscheinen und Entnazifizierungspapieren. Auch dein Kollege Buchner. Den hatten die Amis erst mal in seine eigene Zelle im Keller gesperrt. Als Gendarm hatte er ja fleißig mit der Gestapo zusammengearbeitet. Ich nehme an, dass Sattler durch seinen unerwarteten Reichtum großzügige Spenden machen konnte, also haben die Amis auch ihn freigelassen und wieder als Gendarm eingesetzt. Bis heute stattet der Sattler dem Lagerkommandanten, einem gewissen Major Victor Korner, Besuche ab. Dass er in seiner Aktentasche kleine Schätze mitbringt, ist ein offenes Geheimnis. Und prompt werden alte NSDAP-Genossen mit Persilscheinen entlassen.«

Gropper denkt an die Goldmünze in Sattlers Buick, auf die er getreten war und die er eingesteckt hatte. Stimmen die Gerüchte, und der Bürgermeister hat tatsächlich auf Sassau einen Goldschatz gefunden? Ihm fällt die Legende von der Nixe vom Walchensee wieder ein.

»Wenn es wirklich stimmt, dass der Sattler auf der Insel einen Goldschatz an sich genommen hat, warum hat ihn dann die Nixe nicht geholt?«

»Die vom Walchensee?«

Gropper nickt. »Wundert mich, dass sie ihn nicht in ihren See hinabgezogen hat.«

»Wenn Sattlers Reichtum von der Insel stammt, hat sie wohl einen Grund, dass sie ihn verschont«, erwidert Maier schmunzelnd.

»Und der wäre?«

»Sag ich dir nachher. Muss dir erst was zeigen.« Er steht auf, holt aus dem unteren Teil seines Küchenschrankes ein altes Album, schiebt die Frühstücksreste beiseite und legt den an der Seite mit einer dicken Kordel zusammengehaltenen Band auf den Tisch. »Das ist mein Schatz«, sagt Maier und schmunzelt wieder. »Erinnerungen an schönere Zeiten. Auch mit dir.«

Er schlägt den dunklen Wälzer auf. Vergilbte Fotos mit gezackten Rändern sind auf kartonartige schwarze Blätter geklebt, dazwischen sind halb durchsichtige, milchige Seiten mit Spinnwebenmustern geheftet.

Maier deutet auf einige Fotos. »Das war 1917. Da haben wir einen Klassenausflug gemacht in die Partnachklamm. Da wart's ihr noch Kinder. Du warst bei mir in der zweiten Klasse.«

Gropper erinnert sich: In der Klamm war es dämmrig, kalt und nass. Überall tropfte es herab. Und an manchen Stellen des Weges, an denen es direkt hinter dem Holzgeländer tief in die Felsenschlucht hinabging und unten die Partnach tobte, wagte er gar nicht, hinabzuschauen in diesen tosenden Schlund. Er war froh, als er wieder aus der Klamm heraus war.

Maier blättert weiter. »Das hier war 1925 beim Besuch des neuen Wasserkraftwerks. Ein Jahr nach der Einweihung. Da seid ihr alle zusammen: der Feigl, der Kilian, der Nafziger und du. Da hattest du schon deine blonden Locken. Und das hier, da waren wir zum Schulabschluss 1926 auf dem Herzogstand. Ihr wart schon Jugendliche, und die Mädchenklasse war auch dabei. Da hat's so manche Liebschaft gegeben. Heimlich natürlich.« Maier zeigt auf ein Foto. »Das da bist du. Du legst gerade den Arm um Wilmas Schultern. Sie schaut ganz geniert. Warst sehr verliebt in dieses Mädel. Hab ich schon mitbekommen damals.«

Gropper wird es warm, als er das gelbliche Foto ansieht. »Weißt du, was aus ihr geworden ist?«, fragt er gespielt beiläufig.

»Noch vor Kurzem hab ich sie im Ort gesehen. Wir haben uns gegrüßt, sonst nichts.«

Sie wohnt also wirklich noch hier. Nach der Erzählung der Bedienung in der Wirtschaft ist das nun schon der zweite Hinweis. Ihm wird heiß. Er versucht, sich seine Hitzewallung nicht anmerken zu lassen, doch Maier hat sie längst bemerkt.

»Die alte Liebe glüht also immer noch.«

»Weißt du, wo sie wohnt?«

Verschmitzt blickt Maier ihn an. »Das weiß ich nicht. Aber das findest du schon heraus, wenn du sie wiedersehen willst. Wo die Liebe treibt, ist kein Weg zu weit.« Nach einer Weile fügt er hinzu: »Du warst immer ein stiller Bub. Mit deiner Liebe zum Wald. Und zu Wilma.«

Gropper will diesem Thema entgehen und blättert die Seite im Album schnell um.

Da schaut ihm Maier direkt ins Gesicht. »Bist du gar wegen ihr nach Mittenwald gekommen?«

Das trifft Gropper bis ins Mark. Er weiß sich nicht anders zu helfen, als noch mal schnell umzublättern. Maier scheint verstanden zu haben und belässt es dabei.

Vor ihnen ist nun ein Foto, das Kilian als Bub zeigt. Er trägt eine kurze Lederhose und hält eine Steinflitsche in der Hand.

»Der Jörg. Dieser Rotzlöffel mit seiner plärrenden Stimme«, kommentiert Maier. »Immer wollte er recht haben. Er hatte ein wahnsinniges Geltungsbedürfnis. Man musste sich vor ihm in Acht nehmen. Manchmal hat er Mitschülern von hinten in die Kniekehle getreten, dass sie zusammensackten. Darüber freute er sich hämisch. In sein Abschlusszeugnis hab ich geschrieben: ›Sein Betragen ist unreif und gibt Anlass zur Sorge.‹«

Gropper betrachtet noch eine Weile das Foto, dann fällt ihm ein: »Du wolltest mir noch sagen, warum nach deiner Meinung die Nixe den Sattler nicht holt.«

»Weil er eine sehr gute Tat vollbracht hat.«

»Der Sattler? Eine gute Tat? Kann ich mir nicht denken.«

Maier sieht Gropper ernst an. »Der Korbi ist sein uneheliches Kind.«

Gropper muss sich das zweimal sagen lassen.

»Da staunst du, was?«

»Das hab ich nicht gewusst.«

»Das weiß keiner in Mittenwald. Außer mir.«

»Und wieso weißt du das?«

»Als der Sattler einmal nach einer Parteifeier sturzbesoffen war, hat er es mir gestanden. Mich hat's damals genauso umgehauen wie dich jetzt.«

»Und die Mutter?«

»Sattler kam 1918 als Achtundzwanzigjähriger aus dem Ersten Weltkrieg zurück. Aus Frankreich. Mit einer jungen Französin, Yvonne hieß sie. Sie diente bei den Sattlers als Haushälterin. Eines Tages war sie schwanger und bald darauf verschwunden. Zehn Jahre später, 1928, tauchte Korbi in Mittenwald auf. Keiner wusste, wer er war. Außer Sattler. Es entstanden die wildesten Gerüchte, woher der Bub stammen könnte, das weißt du ja sicher noch. Yvonne hat man nie wieder gesehen. 1933 wurde Sattler Ortsgruppenleiter und zugleich Bürgermeister. Als um 1940/41 überall die behinderten Kinder abgeholt wurden, um sie zu vergasen, hat Max Sattler auch da mitgemacht. Fünf Kinder vom Ort hat er in die Euthanasie geschickt. Von all dem will er heute natürlich nichts mehr wissen, und die Tätigkeitsberichte hat er bei Kriegsende alle verbrannt. Aber den Korbi hat er nicht abholen lassen. Den gab er nicht her. Er hat alles getan, dass Korbi nicht ins Gas geschickt wurde. Immerhin.« Maier steht auf. »Komm mit.«

Er klopft an die Tür des Nebenzimmers. »Kann ich reinkommen? Ich bring einen Besuch mit.«

Aus dem Zimmer kommt keine Antwort. Maier öffnet, und Gropper traut seinen Augen nicht. Mitten im Raum hockt Korbi auf dem Holzboden und schussert mit Goldmünzen! Sie rollen über die Bretter, und Korbi jauchzt vor Vergnügen. Er schaut gar nicht auf, ist ganz mit seinen kullernden Goldstücken beschäftigt, sammelt die Handvoll Münzen ein und lässt sie wieder kullern. Gropper verschlägt es die Sprache.

»Stundenlang kann er so herumschussern«, sagt Maier. »Als wären es billige Klunker.«

Nachdem er sich wieder gefangen hat, fragt Gropper: »Woher hat er die Münzen?«

»Den Seinen gibt's der Herr im Schlaf.« Mehr sagt Maier nicht dazu. Stattdessen erklärt er: »Das war das Zimmer meiner Tochter, von der Annamirl. Sie ist vor ein paar Monaten mit einem GI nach Florida gegangen und hat ihn dort geheiratet. Jetzt hat sie einen

Bungalow mit Terrasse zum Meer. Und Korbi wohnt hier in ihrem Zimmer.«

»Du hast ihn also sesshaft gemacht.«

»Gar nicht. Er treibt sich immer noch überall herum. Manchmal schläft er sogar beim Sattler. Aber der will nicht, dass er zu oft bei ihm übernachtet. Es könnte ja sonst der Verdacht entstehen, Korbi hätte etwas mit ihm zu tun. Manchmal vergisst Korbi auch, dass er bei mir ein Zimmer hat, und schläft in einem Heustadl. Dann ist er am Morgen voller Heu und sieht aus wie ein Vagabund.«

Erst jetzt bemerkt Korbi, dass Gropper im Zimmer steht. Er springt auf, lacht, begrüßt ihn lallend und hopst um ihn herum. Dann zeigt er auf bunte Zeichnungen, die rundherum an den Wänden hängen.

»Die hat er selbst gemalt. Mit Farbstiften, die ich ihm geschenkt habe.«

Korbi überstürzt sich mit seinen Hinweisen auf seine Bilder. Aufgeregt zeigt er auf ein großes rotes Haus und lallt dabei etwas, was nach »Max« klingt.

Maier erklärt kurz: »Das Haus vom Sattler.«

»In der Hochstraße?«

»Steht heut noch so da.«

Jetzt ist Gropper klar, warum Korbi bei seiner Ankunft so hitzig auf dieses rote Haus in der Hochstraße gedeutet hat.

Eifrig zeigt Korbi auf eine andere Zeichnung: Ein großer, dicker Mann, der Sattler sehr ähnlich sieht, schenkt einem Jungen einen Fußball. Korbi zeigt auf den Mann und stammelt wieder: »Max. Max.«

Auf einem anderen Bild ist dieser dicke Mann mit SS-Runen auf dem Kopf zu sehen. Daneben hängt eine Zeichnung, die einen jungen Mann mit einem großen gelben Vollmondgesicht darstellt. Das Gesicht ist flach und sieht aus wie eine riesige Goldmünze.

»Und das bist du«, sagt Gropper.

Korbi freut sich wie ein gelungener Pfannkuchen, dass er ihn erkannt hat, und stupst mit dem Finger immer wieder auf eine andere, recht sonderbare Zeichnung: eine dunkle Höhle mit einem kleinen Schlupfloch als Zugang. In dem finsteren Gewölbe sind goldene Kleckse verteilt, und über der Höhle steht eine Art Schuppen.

»Was ist das?«, fragt Gropper. Korbi hebt einige Goldmünzen vom Boden auf und hält sie an das Bild.

»Interessante Zeichnung«, sagt Maier und lächelt.

»Du weißt also, woher er das Gold hat.«

»Natürlich. Hätte ich dir sonst so ein Frühstück bieten können?«

Nun ist Gropper völlig verwirrt. Maier kennt also die Höhle, aus der Korbi seine Goldmünzen holt, und lebt davon bestens.

»Lassen wir ihn weiterschussern«, unterbricht Maier seine Überlegungen und geht mit ihm hinaus. Sofort fängt Korbi wieder an, mit seinen Goldstücken zu spielen.

Als sie in die Küche zurückkehren, hat es sich die Katze auf Groppers Stuhl gemütlich gemacht.

»Babette«, rügt Maier sie, und schon springt die Katze auf den Boden. Doch kaum sitzt Gropper, landet sie mit einem Satz auf seinem Schoß.

»Merkwürdig«, stellt Maier fest. »Macht sie sonst nie bei Fremden.«

Gropper hält es nicht mehr aus vor Neugierde: »Woher hat er diese Münzen?«

»Vielleicht zeigt dir Korbi das Versteck. Wenn du ihn darum bittest, macht er es sicher. Weiß der Teufel, wie er dieses Schlupfloch entdeckt hat. Jedenfalls ist er schon paarmal da reingekrochen und hat Goldmünzen mitgebracht. Einmal hat er sogar einen Goldbarren angeschleppt. Aber mit diesem Trumm in der Tasche kam er wohl schlecht durch das enge Loch und hat es dann später bleiben lassen. Ich weiß nicht, wo er den Barren jetzt hat. Will es auch gar nicht wissen. Kann den Klumpen sowieso nicht verkaufen. Da mache ich mich nur verdächtig, und das will ich nicht. Ich will meine Ruhe haben. Er bringt auch keine Banknoten mit. Er nimmt nur, was glitzert. Goldmünzen eben. Auch mit ausländischer Prägung von all den Staaten, die die Nazis überfallen und ausgeraubt haben. Er hat keine Ahnung, was die wert sind. Ich auch nicht. Ich hab nur Angst, dass sie ihn einmal erwischen. Dann würde sogleich die amerikanische Militärpolizei bei mir in der Wohnung stehen. Aber dieses Kerlchen ist ja so flink. Und was mir noch Sorgen macht: Jedes Mal, wenn Korbi zurückkommt, stinkt er ganz schrecklich nach Benzin. Ich vermute, dass es in der Höhle auch Benzinfässer gibt. Ein Glück, dass Korbi nicht raucht. Der würde sich in seiner Ahnungslosigkeit zwischen den Fässern glatt eine Zigarette anstecken.«

Da kommt Korbi herein, kauert sich mit hochgezogenen Knien auf einen alten Schaukelstuhl und wippt mit vorgebeugtem Oberkörper hin und her.

Gropper fragt ihn: »Zeigst du mir deine Schatzkammer?«

Ohne zu überlegen, nickt Korbi heftig und lacht über das ganze Gesicht.

»Pass nur auf«, mahnt Maier. »Du bist nicht so fix wie der Korbi.«

Plötzlich fängt die Katze auf Groppers Schoß an zu würgen, als würde sie etwas auskotzen müssen. Um nicht vollgespien zu werden, schubst er sie auf den Boden.

Maier springt auf. »Ach du liebe Scheiße! Jetzt fängt das wieder an.«

Und schon erbricht die Katze lang gezogenen gelblichen Schleim auf die Dielen.

»Raus, Babette!«, befiehlt er, reißt die Türen auf und scheucht sie hinaus in Freie. Dann wischt er mit nassen Putzlappen das Erbrochene auf, spült die Lappen durch und schüttet alles ins Klo.

»Das hatte sie schon mal«, sagt Maier. »Vor zwei Wochen. Da musste ich mit ihr zum Tierarzt. Jetzt fängt sie wieder an. Jetzt muss ich wieder zu ihm in die Klotzstraße.« Er geht kurz hinaus und sieht nach seiner Betti. Schnell ist er wieder zurück.

»Und?«, fragt Gropper. »Wie geht's ihr?«

»Sie frisst Gras. Das hilft ihr anscheinend. Übrigens, da fällt mir ein: Als ich mit ihr beim Tierarzt war, traf ich den Feigl Xaver.«

Gropper wird neugierig. »Wann war das?«

»Ende Mai.«

»Am 31.?«

»Nein, davor. Ich hab gesehen, wie er zum Kilian ins Haus ging. Der wohnt ja in der Klotzstraße. ›Ah, bist du wieder draußen?‹, hab ich ganz freundlich zu ihm gesagt. ›Haben sie dich entlassen?‹ Da hat er mich nur ganz konsterniert angestarrt, kein Wort gesagt und ist zum Kilian ins Haus.«

Gropper ist plötzlich ganz unruhig. »Wann genau warst du beim Tierarzt?«, drängt er.

»Weiß ich nicht mehr.«

»Bitte erinnere dich.«

»Ich weiß es wirklich nicht mehr. Aber es war ein paar Tage vor dem 31. Ich hab mir das nicht aufgeschrieben.«

»Aber der Tierarzt kann nachsehen.«

»Martl, jetzt ist erst mal Pfingsten.«

»Ich brauche das genaue Datum. So schnell es geht.«

»Warum ist das so wichtig?«, fragt Maier.

»In der Nacht vom 28. auf den 29. wurde Nafziger erschossen. Den Spuren nach waren zwei ehemalige Wehrmachtsangehörige am Tatort. Feigl und Kilian *sind* ehemalige Wehrmachtsangehörige, und sie haben ein Motiv. Sie haben mir aber gesagt, sie seien erst am 31. entlassen worden. Nach dem Tod von Nafziger.«

Maier zieht die Augenbrauen hoch. »Oha, da wird's für die zwei aber brenzlig.«

Gropper steht auf. »Ich muss mir den Feigl noch mal vornehmen. Ich muss zu ihm nach Einsiedl.«

»Aber geh nicht auf die Insel.«

»Hab ich auch nicht vor.«

»Du weißt schon: die Nixe.«

»Ich glaub nicht an diese Nixe«, sagt Gropper, doch insgeheim denkt er anders, und es schaudert ihn.

13

Am Abend is ma gscheit für den vergangnen Tag,
doch net gscheit gnua für den, der kommen mag.

Gerade als Gropper das Forsthaus betreten will, kommt der alte
Feigl heraus. Gropper erschrickt, wie alt er geworden ist.
Seine Wangen sind eingefallen, seine Haare schütter und farblos. Früher
waren sie so dunkel und so kräftig. Dabei ist er doch erst etwas über
sechzig.

»Der Wiggerl!«
»Der Martl!«
Sie umarmen sich herzlich.
»Kreszenz hat mir schon gsagt, dass du da bist.«
»Ist sie im Haus?
»Sie ist mit dem Radl nach Walchensee. Zum Friedhof. Da sucht
sie ein Grab für unsre Rosi aus. Und auch eines für sich, meint sie.«
Nach einer Pause fügt er hinzu: »Wir habn unsre Rosi noch im-
mer nicht zurückbekommn aus Münchn. Wie lang dauert das denn
noch?«
Gropper erklärt ihm, dass die Obduktion eine gewisse Zeit in
Anspruch nimmt.
»Wir hättn halt gern bald unsre Rosi wieder zurück«, klagt der
Alte. »Damit sie wieder bei uns ist.«
»Hab noch etwas Geduld«, tröstet ihn Gropper.
»Und warum bist du jetzt hier?«
»Ich muss mit dem Xaver reden.«
»Der ist nicht da.«
»Wo ist er denn?«
»Auf Sassau.«
»Und was macht er da?«
»Er holt Fisch vom Walchensee.«
»Dass die Amerikaner das Angeln verboten haben, stört ihn wohl
nicht.«
»Die Amis können uns mal.«
»Wann kommt er zurück?«
»Das kann dauern.«

»Dann fahr ich zu ihm.«

»Worum geht's denn?«

»Um seine Freilassung.«

»Ach, die Sach. Ist das denn wichtig?«

Gropper will den alten Oberförster nicht beunruhigen. Aber er muss fragen. »Wann wurde Xaver entlassen?«

Eine Weile schweigt Ludwig Feigl. Er scheint zu grübeln. Anscheinend hat er Skrupel, Gropper das Datum zu nennen. Er druckst herum: »Ich bin sein Vater. Und er ist mein Sohn. Und als Vater möcht ich nicht … Obwohl ich mich mit ihm weiß Gott oft gstritten hab und mit seiner politischn Anschauung überhaupt nicht einverstandn war und schon gar nicht damit, dass er zu diesen verfluchtn Jagern gangn ist … Trotzdem. Ist doch mein eign Fleisch und Blut. Ich kann doch nicht mein eign Sohn … Zuerst der Tod von unsrer Rosi, und jetzt die Gschicht mit dem Nafziger.«

Gropper sieht, wie es im Kopf des Alten wühlt.

»Ich kann mir nicht denkn, dass er's gtan hat. Mein Sohn macht so was nicht. Er hat das nicht gmacht. Dafür kenn ich ihn zu gut.«

»Wirklich?«

Ludwig Feigl schüttelt den Kopf und sagt leise: »Nein.«

Gropper versucht, ihn zu beruhigen. »Es ist ja gar nicht sicher, dass er es war. Wenn er's war, wär's aber das Beste, er würde ein Geständnis ablegen.«

»Wenn er's aber nicht war, braucht er auch kein Gständnis ablegn.«

Gropper legt seine Hand auf die Schulter des Alten. »Ich fahr jetzt zu ihm.«

Er parkt Buchners DKW neben dem Bootshaus, an dem ein altes NSU-Motorrad angelehnt steht. Dass diesmal nur ein Kahn im Bootshaus aufgebockt ist, erstaunt ihn nicht. Schließlich ist Feigl auf der Insel. Sattlers großes Verbotsschild am Bootssteg stößt er um und wirft es ins Wasser. Dann zieht er den Kahn aus dem Bootshaus und rudert hinüber zur Insel.

Die Wellen schlagen an die Planken des Bootes, und während er rudert, denkt Gropper an den SS-Obersturmbannführer Berger, der das Nazigold nach Mittenwald brachte, an Nafziger, der die Gruben leerte, und an Sattler, der sich offenbar ebenfalls einen Teil unter den Nagel riss und damit nun seine Getreuen aus dem Lager der Alliierten freikauft. Nach und nach legt er sich eine neue Version der Walchenseelegende zurecht.

Es war einmal ein Diktator in Berlin. Und weil ein anderer Herrscher sein Reich bedrohte und seinen Reichsbankschatz rauben wollte, raffte der Diktator all sein Gold in eisernen Kisten zusammen und ließ es mit Lastwagen in das Gebirge beim Walchensee bringen. Hier vergruben seine Diener das Gold. Aber einer seiner Diener schaffte einen Teil davon auf die Insel Sassau, um sich den Schatz anzueignen, sobald die Gefährdung des Reiches vorüber war. Als er die Insel betrat, fand er dort eine wunderschöne weiße Nixe am Strand liegend vor. Sie versprach ihm, seinen Schatz zu bewahren und jeden Räuber in ihren See hinabzuziehen. Sogar bis in das Gebirge um ihren See herum reichte ihr Fluch und würde die Räuber ins Verderben stürzen. Schon bald kam ein anderer Diener des Reiches und raubte das Gold auf der Insel. Wieder andere waren lüstern auf das gleißende Gold im Gebirge. So sprach die Nixe ihren Fluch, und die Diener gerieten in gewaltigen Streit. Unterstützt von einem neuen Herrscher, der es ebenfalls auf das Gold abgesehen hatte, schlugen sie sich schließlich gegenseitig tot.

Während Gropper weiter zur Insel rudert, glaubt er, im Aufplatschen der Wellen an die Bootsplanken die helle silberne Stimme der Nixe zu hören.

Begehrst du das Gold, tauch ich auf aus dem See, hol dich hinab in die murmelnden Wogen.

In meinen Armen, so weiß wie der Schnee, ist dein Goldtraum des Lebens verflogen.

»Ich will nicht das Gold«, ruft Gropper in den See. »Den Berger und den Nafziger hast du dir ja schon geholt!«

Doch in seinem Kopf tönt weiter die Stimme.

Begehrst du das Gold, so komm mit dem Kahn. Ich still auf dem Grund dein Verlangen.

Dann bist du mein, vorbei ist dein Wahn. Ich werd dich auf immer umfangen.

»Ich will nicht das Gold«, ruft Gropper nochmals in das Wasser. »Ich will zum Feigl!«

Endlich erreicht er das Ufer, doch er meidet die Stelle, wo er und der Angler anlegten, als sie zur angeschwemmten Rosi gingen.

Diesen Ort will er nicht mehr sehen. Und schon gar nicht die Stelle, wo er Rosi halb im Wasser liegend fand. Er rudert darum weiter entfernt in das Schilf hinein und zieht den Kahn in einer kleinen Bucht auf den Sand. Mit Hilfe einer besonders hohen Eibe merkt er sich die Anlegestelle für seine Rückkehr.

Wo ist Feigl? Er hole Fische, hat sein Vater gesagt. Gropper kann sich nicht erinnern, dass Feigl je geangelt hat. Sicher holt er die Fische von einem Angler ab. Dann kann er sich nur irgendwo am Ufer aufhalten.

Doch an das Wasser ist nur selten heranzukommen. Schilf und Wildnis hindern Gropper daran. Dazu wuchert überall undurchdringliches Gestrüpp, sodass man den See gar nicht sehen kann. Abseits vom Wasser breiten sich Sümpfe aus, die er umgehen muss. Verfaulte Baumstümpfe ragen aus den schwarzen Tümpeln heraus. Und rund um das Brackwasser schimmert schwarze Erde, in die seine Schuhe tief einsinken. Überall schwirren kleine Mücken. Ihre Stiche spürt er zuerst nicht, doch dann schwellen sie rot an und brennen. Je mehr er daran reibt, umso heftiger brennen sie. Als Kind hat er immer Spucke daraufgetupft. Das hilft auch jetzt ein wenig. Die großen Schnaken sieht er wenigstens, wenn sie sich auf seinen Armen und vorn am Hals niederlassen. Ein Klatsch mit der Hand darauf, und seine Jacke und sein Hemdkragen haben schwarze Flecke. Doch wenn sie sich auf seinem Nacken niederlassen, kann er sie nicht sehen und spürt den Stich erst, wenn es zu spät ist.

Er bleibt stehen und schlägt um sich, um die Mücken zu vertreiben. Wo finde ich hier diesen verdammten Feigl?, fragt er sich ungeduldig. Rufen will er nicht. Womöglich versteckt Feigl sich dann vor ihm, und sein Inselbesuch wäre ganz für die Katz.

Da raschelt etwas ein paar Meter hinter ihm im Gebüsch. Er dreht sich um, kann aber nichts erkennen. Wahrscheinlich ein Wildschwein, denkt er und geht weiter. Wieder raschelt es hinter ihm. Jetzt will er wissen, was da ist, und geht auf das Dickicht zu. Wieder kann er nichts sehen. Als er weitergeht, springt ihn jemand von hinten an und wirft ihn zu Boden. Beinahe wäre Gropper mit der Schläfe auf eine armdicke Wurzel aufgeschlagen. Wäre er auf sie geknallt, er wäre jetzt ohnmächtig. Neben ihm auf dem Boden liegt eine verfilzte Schirmmütze, die ihm bekannt vorkommt. Schnell wälzt er sich um. Da kniet der Angler wie ein Gnom auf seiner Brust. Dieser alte Angler mit seinem buschigen Schnauzbart, seinen kräftigen Augenbrauen und seinem zotteligen Gesicht, der ihn vor ein paar Tagen zu Rosis Leiche führte. Auch jetzt trägt er wieder seine abgerissene Schreinerkluft und seine hohen Gummistiefel. Der Angler, von dem er vergessen hatte, Namen und Adresse zu erfragen, bevor er mit seinem Motorrad nach Walchensee zum Krankenhaus fuhr. Jetzt erinnert sich Gropper: Die NSU-Maschine neben dem Bootshaus ist sein Motorrad.

»Was willste hier?«, faucht der Alte, wobei ein paar Tropfen seines Speichels auf Groppers Gesicht spritzen.

»Lass mich los«, schreit Gropper und versucht, ihn abzuschütteln.

»Was willste hier?«

Wieder versucht er, sich von ihm zu befreien. Vergeblich. Der kleine Alte ist wahnsinnig stark und hält ihn fest wie in einem Schraubstock.

»Ich such den Feigl.«

»So, so, den Feigl. Warum?«

Endlich löst sich der Alte von ihm, und Gropper kann aufstehen. Seine Schulter schmerzt heftig vom Sturz. Als er sich aufgerichtet hat, zieht der Mann dicht vor ihm ein Messer aus einem Futteral. Es ist ein Fischmesser, ein spitzes Filiermesser mit einer etwa zwanzig Zentimeter langen Klinge. Er hält es ihm an die Kehle.

»Wollen Sie mich abstechen?«

Die dunklen Augen des Anglers funkeln teuflisch.

Gropper versucht, ihn zu besänftigen. »Wir kennen uns doch!«

»Kenn dich nicht.«

»Wir waren zusammen auf der Insel.«

»Kenn dich nicht.«

»Sie haben mir die Stelle gezeigt, wo die kleine Rosi lag.«

»Kenn dich nicht.«

»Wo ist Feigl? Der Xaver?«, fragt Gropper und will ihm mit einer blitzschnellen Bewegung das Messer wegschlagen, doch der Kerl hält es fest am Griff, und beinahe hätte die Spitze seine Kehle aufgeschlitzt. Schnell tritt Gropper ihm mit voller Wucht gegen das Schienbein, und der Alte taumelt. Gropper rennt weg, hastet mit seiner schmerzenden Schulter zurück in die Richtung, in der er glaubt, angelegt zu haben. Der Alte hetzt hinter ihm her und schreit: »Xaver! Xaver!«, als wäre er irre. Gropper rast durch goldgelb blühende Ginsterbüsche hindurch und steht plötzlich vor einer Grube, und neben der Grube steht Feigl. Sie weichen voreinander zurück. Nun kommt auch der Alte mit seinem Messer angerannt. In diesem Moment fällt Gropper nichts anderes ein, als zu keuchen: »Die kannst sein lassen. Ist leer. Hat der Sattler ausgeräumt. Kommst auch da zu spät.«

Feigl reagiert darauf nicht, er starrt ihn nur an. »Verfolgst mich bis hierher!«

Gropper muss erst verschnaufen, ehe er wieder Luft hat.

»Ich muss mit dir reden.«

»Gibt nichts zu reden.«

»Xaver, sei vernünftig. Wir kriegen das noch irgendwie hin.«

»Was hin?«

»Die Sache mit Nafziger.«

»Da gibt's nichts zu reden.«

»Und mit Kilian schaff ich das auch noch. Du musst nur mit mir drüber reden.«

»Über was?«

»Über eure Entlassung.«

Xaver steht vor ihm, der Alte mit dem Messer hinter ihm.

»Mach's!«, befiehlt Feigl.

Gropper dreht sich um, und in dem Moment sticht der Alte sein spitzes, scharfes Filiermesser in Groppers linken Oberschenkel. Gropper schreit auf und fasst sich ans Bein. Die Wunde brennt wie Feuer. Seine Hand ist nass und dunkelrot, seine Hose voller Blut. Es läuft unter der Hose über seinen Schuh und versickert im Boden.

Feigl droht: »Von hier kommst du nicht mehr weg. Mich kriegst du nicht.«

Gropper will es nicht glauben, doch nun steht es fest: Feigl hat Nafziger umgebracht. Aber der Beweis! Der Beweis!

Ihm wird schlecht vor Schmerz. Ihm wird schwindlig. Er sinkt nieder. Kalter Schweiß steht ihm auf der Stirn, er kippt um.

Als er wieder zu sich kommt, sind die beiden weg. Er bleibt noch eine Weile liegen, sieht vor seinem Gesicht Käfer im Gras krabbeln, Ameisen über Halme klettern, kleine schwarze Spinnen dünne Fäden ziehen. Er ordnet seine Gedanken. Was ist passiert? Als er aufstehen will, peitscht ein Feuer durch sein linkes Bein. Er kommt nicht hoch. Er sieht seine blutdurchtränkte Hose. Schlagartig hat er wieder das Messer des Alten vor Augen. Seine schmerzende Schulter ist nun Nebensache. Er muss sich zusammenreißen, doch es dauert lange, bis er sich aufrichten kann. Endlich steht er aufrecht, muss aber warten, bis er sein Gleichgewicht wiedergefunden hat. Dann humpelt er los.

Durch diesen Überfall hat er völlig die Orientierung verloren. So hält er sich möglichst immer in Ufernähe. Irgendwann muss diese hohe Eibe auftauchen, an der Stelle am Ufer, wo er angelegt hat. Doch auf dieser Insel gibt es viele hohe Eiben am Wasser. Dazu muss er vor Schmerz immer wieder stehen bleiben. Er weiß nicht, wie lange er herumgeirrt ist, da sieht er tatsächlich im Schilf seinen Kahn liegen. Er ist noch da, denkt er erleichtert. Wenigstens das! Doch als er das Boot ins Wasser zieht, erkennt er geschockt, dass an der rechten Bordwand eine Planke zertrümmert ist. Ein handbreites Loch klafft im Kahn, knapp über der Wasseroberfläche.

Sie wollen, dass ich absaufe, ist sein erster Gedanke. ›Von hier kommst du nicht mehr weg‹, hat Feigl gedroht. Es ist bereits Wasser durch das Leck eingedrungen, und wenn der Kahn durch sein Gewicht tiefer ins Wasser gedrückt wird, läuft er nach und nach voll. Doch was blieb ihm übrig? Nur mit Mühe kann Gropper sein verletztes Bein über den Bootsrand schieben. Dabei muss er darauf achten, dass der Kahn nicht zu sehr schaukelt und nicht noch mehr Wasser eindringt.

Wie schaff ich es nur bis nach drüben?, fragt er sich verzweifelt. Er rückt das Sitzbrett so zurecht, dass er seinen rechten Fuß gegen die Öffnung stemmen kann, damit so wenig Wasser wie möglich in das Boot läuft und er zugleich sein verletztes linkes Bein ausstrecken kann.

Er schaut auf den See. Noch liegt er ruhig und flach da. Er weiß, er braucht eine Viertelstunde, um das Bootshaus zu erreichen. Bis dahin darf kein Wind aufkommen. Wenn es Wellengang gibt, läuft der Kahn schneller voll und versinkt, dann bleibt ihm nur Schwimmen. Und das mit dieser Wunde! Er wagt nicht, darüber weiter nachzudenken, und beginnt die Überfahrt. Jetzt gilt es, den rechten Schuh auf das Leck zu drücken, das linke Bein möglichst nicht zu belasten und ruhig und gleichmäßig zu rudern, immer nur ruhig rudern. Kein Schaukeln des Bootes, keine Veränderung des rechten Fußes.

Eine Weile geht das gut. Als er die Hälfte der Strecke zurückgelegt hat, verkrampft sich sein rechter Fuß. Der Krampf kriecht die Wade hinauf. Er muss die Stellung des Fußes ändern. Das Boot schaukelt. Für kurze Zeit verliert Gropper das Gleichgewicht, und Wasser dringt ein. Durch seinen Wadenkrampf findet sein Fuß nicht sofort die Öffnung in der Bootswand. Noch mehr Wasser strömt in den Kahn; der wird schwerer, verlangsamt die Fahrt. Wild schlägt Gropper die Ruder in die Wellen, alle Vorsicht ist nun vergessen. In seiner Angst zu ertrinken, hört er die Stimme der Nixe singen: *... tauch ich auf aus dem See, hol dich hinab in die murmelnden Wogen. In meinen Armen, so weiß wie der Schnee ...*

Es sind noch etwa hundertfünfzig Meter bis zum Steg. Der Krampf in seiner Wade wird so stark, dass er den Fuß kaum noch halten kann. Für ein paar Sekunden muss er den Fuß vom Leck nehmen. Noch mehr Wasser im Boot! An seine brennende Wunde im Oberschenkel denkt er schon fast nicht mehr. Wieder findet sein Schuh nicht die Öffnung, als er das Leck wieder abdecken will. Das Wasser steht nun bis knapp unter dem Sitzbrett. Wieder hört er die Nixe singen: *... dann bist du mein. Ich werd dich auf immer umfangen.*

Panisch fuhrwerkt Gropper mit den Rudern im Wasser. Dadurch schaukelt der Kahn noch heftiger. Das Boot ist schon fast bis zum Rand voll. Dabei sind es nur noch wenige Meter bis zum Steg. Gropper zwingt sich, die Ruhe zu bewahren, und atmet tief durch. Einige letzte Anstrengungen mit den Rudern, dann kann er nach den Pfählen des Steges greifen. Halb betäubt vom Feuer des Schmerzes im Bein, wälzt er sich auf die rettenden Bretter. Dort bleibt er kraftlos liegen und sieht, wie seitlich neben ihm der Kahn glucksend im Wasser versinkt.

In seinen Ohren rauscht es, als wären sie voll Wasser. In diesem Rauschen hört er wie von weit entfernt die Stimme seiner Mutter und seines Lehrers Maier. »Geh nicht auf die Insel.«

Irgendwann, er weiß nicht, wie lange er so dagelegen hat, rafft er sich auf und hinkt zum Bootshaus. Das Motorrad ist weg. Aber sein Wagen steht noch da. Er sieht nach, ob die Reifen durchstochen sind. Wäre ja mit dem Filiermesser des Anglers kein Problem gewesen. Gott sei Dank, keine Platten.

★★★

Im Mittenwalder Krankenhaus Am Anger trifft er Schwester Agathe auf dem Flur, eine ehemalige Kollegin und Freundin von Luise. Sie erkennt ihn sofort wieder.

»Der Martin Gropper! Aber wie schaun Sie denn aus?«

Die Hose klatschnass und voller Blut, die Jacke ebenso nass und mit Erde verschmiert und im Gesicht die Spuren der erlebten Schrecken und Anstrengungen – so steht er vor ihr.

»Wo kommen Sie denn her? Der Krieg ist doch schon über ein Jahr vorbei«, stammelt sie halb zwischen Scherz und Entsetzen.

»Kommen S' mit.«

Sie führt ihn in ein Behandlungszimmer. Gropper zieht seine Hose aus, und die Schwester untersucht seine Wunde.

»Das schaut bös aus. Aber ich hab ganz andere Wunden gesehen bei Kriegsende, als das hier Lazarett war. Wie ist das denn passiert?«

»Ein Messer ist mir ausgerutscht.«

»Da unten am Oberschenkel?«

Gropper schweigt verlegen.

»Na ja, geht mich nichts an. Müssen wir erst mal desinfizieren.« Aus einem Glasschrank holt sie ein Fläschchen Jod und fragt dabei: »Wie geht es denn Luise?«

»Gut«, antwortet Gropper. »Sie arbeitet jetzt im Lungensanatorium Gauting. Bei den ehemaligen KZlern.«

»Achtung, das brennt jetzt«, sagt sie und tupft mit einem Wattebausch die rötliche Flüssigkeit auf den langen, tiefen Schnitt. Es brennt höllisch, als würde man eine Streichholzflamme daranhalten. Ein herbeigerufener Arzt versetzt ihm eine Spritze zur örtlichen Betäubung, stellt, nachdem die Stelle völlig taub ist, eine kleine Abdeckung auf und näht die Wunde. Noch eine schmerzstillende Spritze, dann bestreicht Schwester Agathe die Wunde mit einer Salbe, klebt ein großes Pflaster darauf, darüber eine Kompresse, und umwickelt das Ganze mit einer Mullbinde.

»Morgen Vormittag kommen Sie zu mir zum Verbandswechsel. Dann schauen wir uns die Sache mit Ihrem ausgerutschten Messer noch mal an. Und danach pflegt Sie Ihre Luise weiter.«

Als er seine völlig versaute Hose hochgezogen hat, betrachtet sie ihn nochmals von oben bis unten. »So können Sie aber nicht im Ort herumlaufen.«

Gropper erklärt, er habe in seiner Unterkunft Ersatzkleider.

»Kommen S' mit.« Agathe führt ihn über den Flur in eine Kleiderkammer und nimmt einen alten Wehrmachtsmantel vom Bügel. »Ziehen S' den so lang an. Den hat ein Soldat liegen lassen, der hier gestorben ist. Wir haben noch mehr davon.«

Gropper schlüpft hinein. Der Mantel ist ihm viel zu groß.

»Passt doch«, sagt sie und verabschiedet sich von ihm. »Also dann bis morgen. Und schöne Grüße an Luise.«

»Mach ich.«

Mach ich nicht, entscheidet Gropper. Sie darf nichts von meiner Wunde wissen.

***

Maier erkennt ihn kaum wieder, als er im Wehrmachtsmantel vor ihm steht. Gropper erzählt, was passiert ist. Am Ende sagt Maier nur: »Ich hab's dir gesagt.«

Und als er ihm seinen Verband am Oberschenkel zeigt, ruft Maier aus: »Ach, du St. Rochus! Jetzt haben wir noch einen! Der erste steht in der Pfarrkirche, linker Seitenaltar, rechts.«

Gropper erinnert sich: Bei seinem Besuch des Hochamtes am Sonntag war ihm wieder dieser seltsame Heilige aufgefallen, der auf seine Wunde am linken Oberschenkel zeigt. Schon als Kind hat er sich darüber gewundert.

»Übrigens: Der echte St. Rochus verdankt seine Wunde der Pest in Piacenza. Aber wie du siehst, geht es auch anders.«

Im Badezimmer reißt sich Gropper die blutverschmierten Kleider vom Leib, duscht sich, wobei er auf den Verband achten muss, und kehrt in frischen Kleidern wie neugeboren zu Maier zurück.

In der Küche kauert Korbi wieder mit hochgezogenen Knien in dem alten Schaukelstuhl und wippt hin und her. Noch in dieser Nacht möchte er Gropper sein Goldversteck zeigen. Aber das ist unmöglich. Nicht mit dieser Wunde, die immer noch schmerzt. Und am nächsten Tag, am Pfingstmontag, muss Gropper wieder ins Krankenhaus, zu Schwester Agathe, um den Verband zu erneuern. Außerdem braucht er einen Tag Schonung. Dann aber will er des Nachts mit Korbi los. Dieses Goldversteck lässt Gropper keine Ruhe.

14

»Grüaß Gott beisamm«, hat der Fuchs gsagt,
wie er im Hennerstall drin war.

Drei Uhr. Noch ist es dunkel. Sie haben nicht viel Zeit. Denn in einer Stunde beginnt es zu dämmern. Dann ist wieder Werktag, dann sind die ersten Mittenwalder wieder unterwegs zur Arbeit. Nur diese Nachtstunde ist günstig, um nicht entdeckt zu werden. Trotzdem hat Gropper Angst, man könnte sie erwischen. Korbi dagegen ist voller fröhlicher Sorglosigkeit. Er hat ja Erfahrung. Das beruhigt Gropper aber nicht, auch wenn das »Crazy Horse« schon seit drei Stunden geschlossen ist, Lucretia längst das Lokal abgesperrt und verlassen hat und im Obergeschoss im Büro seit eineinhalb Wochen kein Licht mehr brennt.

Korbi hat ihn an der Innsbrucker Straße, Ecke Dekan-Karl-Platz zu einem hohen Bretterzaun geführt, den Gropper gut kennt, die zwei lockeren Bretter entfernt und ist flink durch den Spalt geschlüpft. Auch Gropper ist hier schon einmal durchgekrochen.

Er betrachtet das Loch im Bretterzaun. Ein Idiot bin ich, sagt er sich, mich mit meinem neuen Verband da hindurchzuzwängen. Trotzdem quetscht er sich durch die enge Lücke. Er muss dieses Nazigoldversteck sehen. Bei der geringsten Berührung seines Oberschenkels an den Bretterkanten schmerzt seine Wunde teuflisch. Behutsam achtet er darauf, Agathes Verband nicht abzureißen. Endlich ist er durch.

Wie ein Wiesel huscht Korbi hinter die Garage. Humpelnd kann Gropper ihm kaum folgen. Sie bleiben vor einer großen Eisenplatte stehen, die an der Garagenrückwand lehnt. Diese Platte hat Gropper bei der Verfolgung der Schuhabdrücke wohl gesehen, sich aber nicht darum gekümmert. Mit seinen kräftigen Armen wuchtet Korbi das schwere Teil beiseite. Ein Erdloch kommt zum Vorschein. Es führt unter die Garage.

»Wie hast du das entdeckt?«, flüstert Gropper erstaunt.

Korbi reagiert nicht und lässt sich mit den Füßen voran in das Erdloch hineingleiten. Wieder staunt Gropper, wie gelenkig und geschmeidig er durch die enge Öffnung schlüpft. Da komm ich nie durch, denkt er. Da will ich auch gar nicht rein.

Als Korbi ganz durchgerutscht ist, kann er nur noch mit den Händen herauslangen, bricht am Erdrand ein paar Brocken ab, damit Gropper besser hindurchkann, und winkt ihm zu: Komm, komm!

Gropper hat immer noch Bedenken. Der Einstieg ist durch die herausgebrochenen Erdklumpen zwar nun etwas breiter, er bezweifelt aber, dass er da hindurchkommt. Trotzdem versucht er es. Wie Korbi rutscht auch er mit den Füßen voran hinab und drückt dabei eine Hand auf seinen Verband. In der Mitte bleibt er stecken. Die Taschenlampe in seiner Hosentasche nimmt durch die Ausbeulung zu viel Platz weg. Auf was habe ich mich da eingelassen?, zürnt er gegen sich selbst. So ein Unsinn! Wie soll ich hier wieder rauskommen?

Er versucht, seine Lampe aus der Hose herauszufummeln. Erst nachdem ihm das gelungen ist, rutscht er ganz durch und steht schließlich auf etwas Wackeligem. Mit den Schuhen tastet er die Fläche ab und fühlt eine Kante. Noch ein kleines Stück abwärts, dann endlich hat er festen Boden unten den Füßen. Er steht in einem dunklen Keller. Scharfer Benzingeruch steigt ihm in die Nase. Nur mit Mühe kann er ein Niesen unterdrücken. Zur Begrüßung schüttelt Korbi ihm vor Freude glucksend die Hände.

Im Schein seiner Taschenlampe kann Gropper erkennen, dass er auf einer Metallkiste steht. Die Decke ist sehr niedrig, er kann sie mit ausgestreckten Armen berühren. An einer Wand stehen diverse brusthohe Benzinfässer in einer Reihe. Benzin! Dieser so rare und teure Sprit steht hier fässerweise im Keller. Schmugglerware, Schwarzhandel, saust es durch Groppers Kopf. Er leuchtet die anderen Wände ab. Kleine Metallkisten sind auf dem Betonboden gestapelt. Eine der Kisten will er hochheben und umfasst dazu mit beiden Händen die Metallgriffe. Er kann sie kaum bewegen, so schwer ist sie. Neben den Kisten stehen dick gefüllte Leinensäcke. Im Strahl der Lampe kann er den Schablonenaufdruck lesen:»Deutsche Reichsbank Berlin«. Er tritt mit dem Fuß dagegen und hört Papier rascheln. Auch einen der Säcke will er hochheben. Es gelingt ihm nicht. Zwischen den Kisten und Säcken befindet sich eine eiserne Tür. Dort geht es wohl zu einem anderen Kellerraum.

Korbi scheint sich hier wie zu Hause zu fühlen und kramt sofort in einigen Ecken herum. Aufgeregt zeigt er auf einen geöffneten Metallbehälter. Dabei zappelt er, wirft seinen Körper vor und zurück, als müsste er mit Gewalt etwas hervorbringen, und stößt unheimliche Laute aus. Schon fürchtet Gropper, Korbi könnte einen epileptischen Anfall bekommen.

Immer wieder zeigt er auf den Inhalt der Kiste: Sie ist randvoll gefüllt mit Goldmünzen und Goldbarren.

Dies ist also tatsächlich der geheime Keller, in dem Nafziger seinen Teil des Nazigoldes gehortet hat. Den Teil, den er an jenem 2. Mai auf dem Steinriegel für sich beiseiteräumte, während Feigl und Kilian zum Forsthaus hinabgingen, um trockene Kleider und Essen zu holen.

Fröhlich stopft sich Korbi die Hosentaschen voll Münzen. Plötzlich hält er mit dem Grapschen inne. Nebenan hören sie Schritte auf einem Steinboden. Es sind ganz deutlich die Geräusche von Stöckelschuhen. Das könnte Lucretia sein. Der benachbarte Kellerraum dürfte direkt unter dem Lokal liegen. Sofort schaltet Gropper seine Taschenlampe aus und hält den Atem an. Nebenan hören sie das Kullern von Flaschen, dann das Zerbrechen von Glas. Eine Frauenstimme zetert. Es ist die Stimme von Lucretia. Was macht sie so spät noch hier unten? Das Lokal ist doch längst geschlossen!

Bei ihrer Vernehmung hat Lucretia angegeben, seit Nafzigers Tod den Schlüssel für dessen Schatzkammer zu besitzen. Demnach könnte sie jeden Moment die Eisentür aufschließen, Licht machen und sie entdecken. Gropper und Korbi wagen sich nicht zu bewegen. Hoffentlich müssen sie jetzt nicht niesen wegen des Benzingestanks.

Lange, sehr lange dauert es, bis sich die Schritte wieder entfernen und eine schwere Tür ins Schloss fällt.

Sofort stopft sich Korbi weiter seine Hosentaschen voll und gibt ihm Zeichen: du auch, du auch! Doch Gropper wehrt ab. Er weiß nicht, warum er sich diese einmalige Gelegenheit entgehen lässt. Er möchte einfach nicht, sagt sich aber dennoch: Schön blöd. Schön blöd.

Korbi hat genug und zeigt zum Erdloch. Gropper will zuerst hinausklettern. Er steigt auf die Metallkiste und schiebt sich nach oben, erleichtert, dem Benzingeruch zu entgehen. Doch während er noch bis zur Hüfte im Schlupfloch steckt, richten sich zwei Maschinenpistolen auf ihn, im Anschlag gehalten von zwei Militärpolizisten. Um Korbi zu warnen, tritt Gropper mit einem Fuß nach hinten und spürt, dass er ihn getroffen hat. Korbi hat anscheinend verstanden, denn nach einem nochmaligen Tritt spürt er ihn nicht mehr. Er hat sich wohl zurückgezogen.

Ein dritter Militärpolizist kommt hinzu und mit ihm Lucretia in einem knallgelben Bademantel. »Da ist er! Da ist er!«, schreit sie und zeigt auf ihn.

Gropper steckt immer noch bis zur Hüfte im Loch. Wie kommen die Militärpolizisten so plötzlich hierher? Hat Lucretia sie alarmiert? Hat sie doch etwas gehört oder gesehen?

Mühsam zwängt er sich nach oben, wobei er eine Hand auf seinen Oberschenkel presst. Die Militärpolizisten treten mit ihren MPs noch näher an ihn heran. Schließlich steht er vor ihnen.

»Hands up!«, befehlen sie. Er hebt die Hände hoch.

»Da ist er! Da ist er!«, kreischt Lucretia wieder.

Der dritte Uniformierte tastet Gropper nach Goldbarren ab und durchsucht seine Taschen nach Goldmünzen, kann aber nichts finden. Gropper muss die Schuhe ausziehen und die Einlagen herausnehmen, um zu zeigen, dass er keine Banknoten in den Schuhen versteckt hat. Ihnen ist unbegreiflich, dass er nichts eingesteckt hat. Er ist in dieses geheime Versteck hineingekrochen und hat nichts mitgenommen? Unmöglich! Auch Lucretia kann es nicht glauben und blafft die Amerikaner an, diesen Eindringling gefälligst genauer zu durchsuchen.

Gropper wird festgenommen. Das kennt er nun schon. Er muss seine Kennkarte und seinen Dienstausweis abgeben. Auch das kennt er schon. Und er muss seine Taschenlampe abgeben.

Man führt ihn zu einem Jeep an der Ecke Innsbrucker Straße. Lucretia rennt hinterher und keift: »Kopf ab! Weg mit ihm! Kopf ab!«

Während die Karre mit Vollgas in Richtung Karwendelstraße braust, sieht Gropper Korbi wie ein Hase Haken schlagend über den Dekan-Karl-Platz davonrennen. Dabei hält er beide Hände fest an seine Hosentaschen gedrückt, um keine Münze zu verlieren.

Gropper atmet auf. Wenigstens er ist noch einmal davongekommen. Was ihm jetzt aber bevorsteht, darüber will er im Moment nicht nachdenken.

15

Mitm Wind ist leicht blasn
und gegen den Wind schlecht brunzen.

Grell leuchten die weißen Mauern der ehemaligen Gebirgsjäger-Kaserne »Edelweiß« im Scheinwerferlicht; auf ihren Kronen blitzen die Stacheldrahtrollen auf. Vor vier Tagen ist Gropper schon einmal ein Stück an dieser Mauer entlanggefahren. Das war vergangenen Freitag, als er zur Lagerverwaltung wollte, um das Entlassungsdatum von Feigl und Kilian zu erfragen. Da wurde er schroff abgewiesen. Nun wird er in einem Jeep zum Lager transportiert, bewacht von zwei bewaffneten GIs. Und von ihren Wachttürmen herab richten die Posten ihre Scheinwerfer auf ihn und verfolgen ihn mit ihrem Lichtstrahl.

Es beginnt, leicht zu dämmern, und hinter dem Karwendel zieht am wolkenlosen Himmel bereits ein Schimmer von Morgenröte auf.

So geht es eine Strecke an der Umfassungsmauer des Internierungslagers entlang. Dann treffen sie vor dem Torbogen am eisernen Gitter ein. Auch jetzt wird er von einem Scheinwerfer angestrahlt. Gropper schaut nach oben, um zu sehen, woher das gleißende Licht kommt, wird aber so geblendet, dass er für ein paar Momente nahezu erblindet. Nur schemenhaft kann er erkennen, wie einer der Militärpolizisten im Jeep anderen Amerikanern in Kampfanzügen und mit Stahlhelmen seinen Ausweis vorzeigt. Am Freitag verweigerten sie ihm den Zugang. »No admittance.« Jetzt kann er im Jeep passieren.

Bis zur Einweisung um sechs Uhr wird Gropper in einen Kellerraum gebracht. Von Keller zu Keller. Es ist vier Uhr früh. Zwei Stunden muss er nun in diesem Betonverlies warten. Er legt sich auf die harte Holzbank und versucht zu schlafen. Er schafft es nicht, die Zeit will nicht verstreichen.

Endlich ertönt irgendwo eine Sirene. Man holt ihn ab und führt ihn in einen großen, kahlen Raum, in dem schon etwa hundert Männer warten. Die meisten tragen abgerissene Wehrmachtsklamotten, zusammengestückelte Uniformteile verschiedener Verbände und Formationen. Manche haben sich Zivilkleider beschafft, zu weite Hosen, zu enge Jacken, die sie irgendwo aufgetrieben haben. Wieder andere stecken in schmutzigen Militärmänteln oder stehen nur in Hose und Hemd da. Unter den Wartenden befinden sich auch ältere Männer mit korrektem Haarschnitt und in feinen Anzügen mit Bügelfalte und Krawatte. Alle schweigen.

Ein Officer ruft Namen in die Menge. Die Aufgerufenen melden sich und treten vor. An zusammengeschobenen Kantinentischen müssen sie sich in Listen eintragen lassen und ihre Wertsachen abgeben.

Nach langer Zeit wird auch Gropper aufgerufen. Auf dem Tisch, den man ihm zuweist, liegen seine Kennkarte, sein Dienstausweis und seine Taschenlampe. Auf einer langen Liste wird nun auch sein Name abgehakt. Dann muss er alles abgeben, was er noch bei sich hat: seine Geldbörse, in der sich kaum Geld befindet, seine teure Schweizer Armbanduhr, ohne die er völlig ohne Orientierung sein wird, Krügers Kfz-Papiere und den Ausweis mit dem Foto von Berger, seinen Kamm, sein Taschenmesser und das Bild von Luise, das er immer bei sich trägt. Sogar seinen Ehering muss er abstreifen, was einige Zeit in Anspruch nimmt, da er ziemlich fest sitzt.

Penibel trägt eine uniformierte Amerikanerin alle abgelegten Gegenstände in eine weitere Liste ein. Als sie Krügers Kfz-Papiere und dessen Ausweis hinzufügt, hat Gropper Angst, dass sie ihn fragt, was das für Dokumente seien und woher er sie habe, er heiße doch Gropper und nicht Krüger. Schweiß tritt auf seine Stirn. Doch sie kümmert sich nicht um solche Einzelheiten. Tausendfach hat sie schon Privatkram registriert, ohne ihn genauer zu betrachten. Es geht wohl nur darum, dass die Eingelieferten nichts mehr in den Taschen haben, keine Messer, keine Scheren und ähnliches spitzes Zeug.

Gropper atmet auf. Er hat jetzt nur die Sorge, ob er bei seiner Entlassung auch alles wieder zurückerhält. Er muss unterschreiben, dann steckt sie seinen Besitz in einen grauen Beutel, verschließt ihn und heftet die Liste daran. Schließlich wirft sie seine Sachen zu all den anderen Beuteln in einem CARE-Paket-Karton.

Am Schluss wird er von einem GI von oben bis unten abgetastet und durchsucht, wie schon vor Nafzigers Garage: nichts mehr in den Taschen. Gott sei Dank hat er seine Goldmünze bei Maier gelassen, und dreimal Gott sei Dank hat er im Keller nichts in seinen Kleidern versteckt. Sonst würde man ihn jetzt sicher mit einer speziellen Eskorte abführen.

»Next one.«

Gropper muss sich am Ausgang des Gebäudes einer großen Gruppe anschließen, die schon lange auf die weitere Prozedur wartet. Als etwa hundert Männer beisammen sind, führt ein Uniformierter sie quer über den ehemaligen Exerzierplatz zu den weißen Kasernenblocks. Sie kommen an offenen Garagen vorbei, in denen Hunderte von Gefangenen zusammengepfercht auf Betonböden kampieren. Auf der Lagerstraße schlendern amerikanische Offiziere mit Reitpeitschen und Hunden an den Leinen.

Groppers Gruppe wird aufgeteilt. Er wird mit einigen anderen in einen der nahe liegenden Kasernenblocks gebracht. Über Steinstufen geht es hinauf zum ersten Stock, dann durch einen langen, kahlen Gang. Tür reiht sich an Tür, alle nummeriert. An die Rahmen sind Namenslisten geheftet. Ihr Bewacher öffnet eine der Türen und führt sie in einen großen weiß getünchten Saal. Zu beiden Seiten des Mittelgangs stehen dicht aneinandergedrängt einfache Holzbetten bis nach hinten zum Fenster. Auf den Betten hocken Männer, nur mit Hose und Hemd bekleidet. Andere liegen in voller Kleidung auf ihrem Bettzeug und starren zur Decke. Hinten beim Fenster hat sich in einer Ecke an einem Tisch eine Gruppe versammelt und klopft Karten. In dem Saal stinkt es nach Fußschweiß und anderen üblen Gerüchen. Seit Wochen scheint man nicht mehr gelüftet zu haben.

Auch die Betten sind nummeriert. Der Bewacher weist Gropper das Bett Nr. 45 zu. Er zeigt ihm den schmalen Blechspind, in dem sich sein Bettzeug befindet, weist ihn darauf hin, dass sich die Duschräume und Toiletten draußen am Ende des Flures befinden, und geht.

Gropper hockt sich auf die Bettkante. Herrgott!, flucht er stumm, ich muss den Mord an Nafziger aufklären und bin nun eingesperrt in diesem Knast. Verfluchte Scheiße! Wie komme ich hier wieder raus?

Ein älterer, verwahrlost aussehender Mann setzt sich ihm direkt gegenüber auf ein Bett und glotzt ihn an. Dem Aussehen nach hat er sich seit Wochen nicht mehr rasiert und seine verfetteten Haare nicht mehr gewaschen. Er stinkt nach Körperschweiß. Seine verklebte Wehrmachtsjacke und seine bis zu den Knöcheln herabgelassene Knickerbockerhose verbreiten einen ekelhaften Dunst. »Na, neu im Mittenwalder Gehege?«, grunzt er. »Schon bei der Entlausung gewesen?«

Gropper antwortet nicht.

»Auch Waffen-SS?«

Er hat keine Lust, sich mit diesem Kerl in ein Gespräch einzulassen.

»So fein, wie du aussiehst, warst du bei der Gestapo.«

»Am Arsch!«, fährt Gropper ihn an.

»Also doch Gestapo«, stellt der Abgewrackte fest. Obwohl sich Gropper abwendet, grunzt er weiter: »Mach dir nichts draus, Kamerad. Du bist hier in bester Gesellschaft. Alle hier sind SS, SD, SA, OKW, OKH, Gestapo. Nur das Feinste vom Feinen. Und jede Menge Gebirgsjäger.«

Wütend steht Gropper auf und geht hinaus. Er braucht frische Luft. Draußen am Eingang des Kasernenblocks lehnt er sich an die Betonwand. Vor ihm hängt die Lagerordnung. Er will sie nicht lesen und liest sie doch. *Es ist verboten, folgende Gegenstände zu besitzen: Waffen, Munition, Explosivkörper, Messer, Scheren, Nagelfeilen, andere spitze Gegenstände, nationalsozialistische Literatur, Abzeichen und Fahnen. Jeder Internierte darf sich innerhalb seines Blockbereiches frei bewegen. Ab einundzwanzig Uhr müssen die Blockhöfe geräumt werden. Bis einundzwanzig Uhr dreißig muss jeder Internierte seine Lagerstatt aufgesucht haben. Das Licht muss um einundzwanzig Uhr dreißig gelöscht werden. Es ist verboten, sich dem inneren Stacheldrahtzaun weniger als fünf Schritte zu nähern. Bei Fluchtversuch wird scharf geschossen.*

Er sieht hinauf zu den Posten auf den Wachttürmen. Sie tragen Maschinenpistolen. Am Ende der Lagerordnung steht: *Jeder Versuch, mit der Außenwelt in Verbindung zu treten, ist strengstens untersagt.*

Verdammt noch mal! Er muss doch Theres, Buchner und Maier darüber informieren, dass man ihn hier gefangen hält! Sie müssen ihn herausholen. Vor allem Theres mit ihren guten Verbindungen zu den Amerikanern kann das schaffen. Er muss sofort zum Lagerkommandanten. Zumindest zu seinem Stellvertreter. Sie müssen sie sofort anrufen. Sie muss doch wissen, wo er steckt. Verflucht, wie komm ich hier raus?, fragt er sich.

Nafziger wurde schon nach zwei Tagen freigelassen, weil er den Amerikanern die Verstecke auf dem Steinriegel zeigte. Gropper kann sich nicht freikaufen. Er hat nichts. Und Buchner wurde durch Sattler ausgelöst. Nie würde der Bürgermeister einen Finger rühren, um ihn herauszuholen. Sicher ist er froh, dass er nun ausgeschaltet ist.

Zumindest werde ich, wenn ich nun hier bin, so schnell wie möglich zur Lagerverwaltung gehen und mir die Entlassungsdaten von Feigl und Kilian geben lassen, nimmt sich Gropper vor. Heute ist Dienstag. Heute arbeiten die Büroangestellten nach den Feiertagen wieder. Ich muss eine schriftliche Bestätigung darüber haben, wann die beiden entlassen wurden. Ich muss etwas Amtliches in der Hand haben.

Die Lagersirene heult auf. Morgenappell.

Auf dem ehemaligen Exerzierplatz müssen sich alle Internierten geordnet nach ihren Blocks in Fünferreihen aufstellen. Während der Zählung schaut Gropper immer wieder hinauf zum Wetterstein und zum Karwendel. Weit hinter den Kasernenmauern stehen die Felsenmassive, golden von der Morgensonne beschienen. Noch nie ist er während seiner Zeit in Mittenwald auch nur am Fuß dieser Gebirge gewandert. Doch jetzt, während die Zahlen hin- und herfliegen, stellt er sich in seiner Phantasie eine solche Wanderung vor. Zwischen Felsschluchten hindurch, über reißende Bäche hinweg, vorbei an scharfkantigen Felsbrocken und über lockeres, gefährlich abrutschendes Geröll. Viel wilder und aufregender und abenteuerlicher als sein kleiner Aufstieg zum Steinriegel.

Bis die über dreitausendsechshundert Inhaftierten durchgezählt sind, ist über eine Stunde vergangen. Die Lageruhr am Kommandantenhaus ist vom Appellplatz aus gut zu sehen. Am Ende der Zählung werden die Namen der Personen aufgerufen, die heute entlassen werden.

»Alles Block- und Zellenleiter des Ortsgruppenleiters«, bemerkt einer neben Gropper.

»Wir sind nicht dabei«, meint ein anderer verbittert.

Nach dem Appell eilen die Kolonnen zum Abholen des Frühstücks. Während der Ausgabe hört Gropper andere Internierte von Läusen reden. Dabei kratzen sie sich am Kopf und zwischen den Beinen. Alle haben irgendeinen Topf in der Hand, ein Kochgeschirr, eine Konservendose, einen Blechnapf. Gropper hat nichts. Als er an der Reihe ist, drückt man ihm eine verbeulte Maisbüchse in die Hand und schüttet eine dunkle, heiße Plörre hinein. Das soll Kaffee sein. Es riecht nicht einmal danach. Dazu eine Scheibe Weißbrot.

Um die Flüssigkeit zu schlürfen und sein Brot zu kauen, setzt er sich auf eine der Bänke neben der Ausgabe. Ein etwa gleichaltriger Mann in Gebirgsjäger-Uniform lässt sich neben ihm nieder. »Auch 98er?«, fragt er.

Gropper verneint.

»Da haste was versäumt. Wenn wir Einsatz hatten, da flogen die Späne.«

Bevor er weiter über seine Heldentaten erzählt, fragt Gropper ihn: »Kennen Sie einen Anton Nafziger?«

»Na freilich«, legt der Mann begeistert los. »Der war doch mit uns in Russland, im Kaukasus, in Serbien, Griechenland. Am Schluss wurde er hier Kommandeur, als es noch die Jäger-Kaserne war. Ein prima Kerl! Er hat auch ein Buch geschrieben über unsere Kampfzeit, hab ich gehört. Wenn ich draußen bin, will ich das kaufen. Da steh ich bestimmt auch drin.« Der Gebirgsjäger kaut sein Brot und nimmt einen großen Schluck von seiner Brühe. »Der Nafziger ist schon vor über einem Jahr plötzlich entlassen worden. Weiß der Teufel, warum. War nur zwei Tage hier. Weißt du, was der jetzt macht?«, fragt er mit vollem Mund.

»Er ist ermordet worden. Vor ein paar Tagen.«

Der Gebirgsjäger reißt seinen Mund auf, dass man sein Gekautes sehen kann. »Wieso das?«

Gropper zuckt die Schultern.

»So ein prima Kerl. Unsere Kämpfe hat er überlebt, aber kaum ist Frieden, schon ist er tot. So ein prima Kerl.«

Dann schluckt er endlich.

»Kennen Sie auch den Xaver Feigl und den Jörg Kilian?«, fragt Gropper.

»Und wie ich die kenn«, bestätigt er. »Mit denen hab ich auf einer Stube gelegen. Sind vor Kurzem entlassen worden.«

»Wann war das?«, will Gropper wissen. »Wann genau?«

»Das weiß ich nicht. War ein Jahr lang mit denen zusammen hier drin. Leben die wenigstens noch?«, fragt er besorgt.

Wieder heult die Sirene, Aufstellung zur Arbeitseinteilung. Gropper muss die Toiletten auf seiner Etage reinigen. Die jeweiligen Kolonnen verteilen sich sogleich auf die ihnen zugewiesenen Arbeitsplätze. Doch bevor Gropper mit seiner Kloputzerei beginnt, eilt er noch schnell zum Kommandantenhaus. Durch die große Lageruhr mitten auf dem Dach ist es leicht zu erkennen. Er muss den Kommandanten sprechen, muss sofort raus aus diesem Lager.

Auf dem Weg kommt er an einer Gruppe Internierter vorbei. »Willst wohl freigelassen werden«, höhnen sie.

Schon am Eingang des mächtigen Baus weisen ihn die Posten ab: »No admittance.« Sie lassen sich von ihm nicht einmal erklären, worum es geht.

Auf dem Rückweg muss er wieder an dieser Gruppe vorbei. Spöttisch frotzeln sie: »Is wohl nix mit der Extrawuarscht.«

Gropper eilt weiter zu einem Gebäude, das so aussieht, als könnte es die Lagerverwaltung sein. Bei der Kontrolle fragt ihn ein Deutscher: »Um was geht's?«

»Ich soll zur Poststelle kommen«, erfindet Gropper. Er hat Glück, er kann eintreten. Man zeigt ihm sogar den Weg.

Ein langer, karger Flur tut sich vor ihm auf. An beiden Seiten reihen sich primitiv gezimmerte Holztüren aneinander. Wo findet er die Registratur für Entlassene? Er geht an den Türen vorbei und liest die in Englisch und Deutsch beschrifteten Schilder: »Asservatenregistratur«, »Einkauf«, »Krankenregister«, »Personal Deutsch«, »US-Personal«, »Poststelle«, »Straferfassung« und schließlich »Neuzugänge – Abgänge«. Das ist meine Tür, stellt Gropper erfreut fest und klopft an. Niemand antwortet, er tritt trotzdem ein und steht in einem Vorzimmer. An einem Schreibtisch sitzt eine junge blonde Frau vor ihrer Schreibmaschine, raucht und unterhält sich lachend mit einer anderen jungen Frau, die neben ihr steht. Sie plaudern vergnügt auf Bayrisch. Gott sei Dank, denkt Gropper, wenigstens keine Amerikaner. Sie werden mir helfen.

Während die beiden sich ihre fröhlichen Erlebnisse während der

Feiertage mitteilen, schaut sich Gropper um. Auf einem Schränkchen stehen ein Tauchsieder und eine elektrische Kaffeemühle, in dem offenen Regal weißes Kaffeegeschirr, Kaffeepackungen, Libby's Milchdosen, Zuckerdosen und eine große Keksschachtel. Über dem Schränkchen hängt ein großer Wandkalender mit einer wunderschönen Farbaufnahme des Wettersteinmassivs mit Schneefeldern in der Höhe. Aufgeschlagen ist der Monat Juni mit durchgestrichenen Daten bis heute, Dienstag, den elften.

Es dauert eine ganze Weile, bis die Blonde am Schreibtisch ihn wahrnimmt und ihn anfährt: »Was wolln S'?«

Gropper erklärt ihr sein Anliegen.

Das junge Ding braust auf: »Ja, des wär ja noch schöna! Wo kemman mia denn da hi, wenn jetz scho d'Häftling si des Recht rausnehman tät, ins Entlassungsregister zschaun?«

Die neben ihr stehende junge Göre kichert zustimmend.

»Ich will nicht selbst hineinschauen, ich möchte nachsehen lassen«, korrigiert Gropper.

»Des is desselbe. Nix da.« Mit einem triumphierenden Lächeln wendet sie sich wieder ihrer Kollegin zu.

Ami-Schicksn. Mistamsel, mistige, knurrt Gropper in sich hinein, geht und wirft die Tür hinter sich zu.

Kaum ist er zum Toilettenreinigen wieder auf seiner Etage angekommen, tritt ihm ein Hüne in den Weg, der mit seiner geschorenen Frisur aussieht wie ein Zuchthäusler. Wütend klopft er auf seine Armbanduhr und herrscht ihn an: »Too late. Next time you will be punished. Come on!«

Der Amerikaner führt ihn zu den Toiletten am Ende des Flurs und zeigt auf Schrubber, Putzkübel und Klobürsten. Voller Wut macht sich Gropper an die Arbeit.

»Herrgottnochmal«, wütet er. »Ich soll den Fall Nafziger aufklären und muss nun die vollgeschissenen Klos putzen!«

Als er fertig ist, setzt ihm der Amerikaner ein paar Dutzend GI-Stiefel vor, die er bürsten, einfetten und polieren soll. Als Erstes schaut sich Gropper die Sohlen an: keine Nägel.

Wieder ertönt die Sirene, diesmal wieder zur Essensausgabe. Gropper reiht sich in die langen Schlangen ein. Neben ihm fällt plötzlich das Wort »Bürgermeister«. Gropper hört genauer hin.

»Der war heut wieder da.« – »Latrinengerücht.« – »Gesehen?« – »Ich nicht. Andere.« – »Er war's.« – »Bist sicher?« – »Kenn ihn doch.« – »Können wir ja wieder hoffen.« – »Nur wenn du PG warst bei ihm.«

Aus einem riesigen Kübel kippt man Gropper mit einem Schöpfer heiße Suppe in seine Büchse und drückt ihm einen schmutzigen, verbogenen Blechteller mit zwei Kartoffeln in die Hand. Das ist alles. Einen Löffel gibt es nicht. Und Gabeln und Messer sind verboten. Er tritt zur Seite und sieht sich das dunkle Suppenzeug an. Es ist nicht zu erkennen, was das für ein Gebräu ist. Auch als er vorsichtig davon trinkt, kann er keinen Geschmack feststellen. Ist es Erbsen-, Bohnen-, Kartoffel- oder Brotsuppe? Jedenfalls ist die Plempe heiß. Die beiden matschigen Kartoffeln muss er mit den Fingern essen.

Nach seinem fehlgeschlagenen Versuch, in das Kommandantenhaus zu kommen, muss er jetzt unbedingt den Stellvertreter sprechen. Ratlos steht er auf dem Platz. Ein Uniformierter mit einem Gummiknüppel kommt auf ihn zu.

»Nothing to do?«

»Ich bin zum stellvertretenden Kommandanten beordert«, behauptet Gropper.

»Provost Marshal Haig?«, fragt der Amerikaner sehr skeptisch.

»Ja«, bekräftigt Gropper.

Der Amerikaner sieht ihn misstrauisch von der Seite an.

»Ich muss sofort zu ihm. Wo ist er?«

Nach einer Weile presst der Amerikaner zwischen den Zähnen hervor: »Over there.« Dabei zeigt er mit seinem Knüppel auf einen großen Kerl mit einer Reitgerte in der Hand, der in einiger Entfernung eine Gruppe von Gefangenen kommandiert. Er trägt die Uniform eines Offiziers der Militärpolizei.

Als Haig seine Kommandos beendet hat und die Gruppe abmarschiert, tritt Gropper auf ihn zu und sagt ohne Umschweife: »Mr. Provost Marshal Haig, ich muss sofort entlassen werden.«

Der Stellvertreter ist einen Moment perplex. Dann sieht er Gropper mit schräg gestelltem Kopf spöttisch an und klopft mit seiner Gerte amüsiert an seine Uniformhose. »Impossible«, erwidert er grinsend.

Gropper beharrt: »Ich muss sofort entlassen werden.«

233

»Why do you want to leave us? It is so beautiful in our camp.«
Wieder grient Haig ihn an.

Diesen Sarkasmus kann Gropper nicht ertragen und fordert:
»Jetzt, sofort!«

Haig fährt mit seiner Zunge zwischen seinen Zähnen umher, als wolle er einen Essensrest zwischen seinen Zahnlücken herauspressen.

»Theresia Leitner ist meine Schwester. Sie dolmetscht für die Amerikaner und arbeitet mit dem CIC-Chef Thompson zusammen. Der Kommandant muss mit ihr reden. Sie soll mich herausholen.«

Haig zuckt mit den Schultern. »We all have good friends outside«, bemerkt er verächtlich und wendet sich ab.

Gropper muss sich stark zusammennehmen, um diesen arroganten Bengel nicht anzubrüllen. Dann muss ich eben direkt zum Kommandanten Korner, nimmt er sich vor. Von diesem Haig hab ich nichts zu erwarten. Der Sauhund lässt mich hier schmoren.

Am Nachmittag hat jemand sein gemachtes Bett auseinandergerissen. Bettbezug und Decke sind zerwühlt. Gropper muss sein Bett wieder militärisch korrekt beziehen. Kaum ist er fertig, kommt wieder dieser Hüne mit der Zuchthäuslerfrisur auf ihn zu, wirft ihm einen Besen, einen Schrubber und einen Putzkübel vor die Füße und befiehlt: »Clean your dorm.« Er soll den Schlafraum putzen.

Gropper widersetzt sich: »Ich muss sofort zum Lagerkommandanten Korner.«

Der Kerl tut so, als würde er ihn nicht verstehen.

»Sie verstehen mich sehr gut.«

»Mak schnell«, raunzt der Ami.

In Gropper staut sich Zorn an. »Ich muss zu Major Korner.«

»Mak schnell, du Kraut!«, kommandiert der Geschorene.

Verärgert stößt Gropper Besen, Schrubber und den leeren Putzkübel mit dem Fuß beiseite und schreit den Uniformierten an: »Sofort!«

»Mak schnell.« Verächtlich fügt er hinzu: »You Nazi.«

Gropper hat keine Lust, sich mit ihm wegen dieser Bezeichnung einzulassen. Er würde sowieso den Kürzeren ziehen und von ihm drangsaliert werden. So füllt er den Kübel mit Wasser, Putzmittel gibt es nicht, schleppt den Eimer in eine Ecke seines Schlafsaals und beginnt, den Steinboden zu kehren, zu schrubben und zu wischen. Niederknien kann er sich nicht. Seine Wunde am Oberschenkel schmerzt noch zu sehr. Immer wieder streift er gewohnheitsmäßig seinen linken Ärmel hoch, um zu sehen, wie spät es ist. Und immer wieder muss er feststellen, dass er keine Uhr mehr hat. Ohne Uhr fühlt er sich völlig hilflos, ausgeliefert. Irgendwann hört er die Lagersirene. Abendappell. Nun gibt es fast viertausend Internierte im Lager. Das heißt über dreihundert Neuzugänge.

Bis zur Räumung des Hofes lungert Gropper auf dem Platz herum. Er will sich nicht auf die Bänke setzen, die im Geviert um den Exerzierplatz aufgestellt sind. Da hocken schon so viele und erzählen sich ihre alten Geschichten. Da will er sich nicht dazusetzen und sich ausfragen lassen, warum er denn hier sei und in welcher Einheit er an der Front gewesen sei. Er hockt sich lieber unter eine der Fichten, riecht ihren Harzgeruch, dröselt herabgefallene Zapfen auf und schaut den dicken und dürren Männern zu, die ungelenk auf dem Exerzierplatz mit einem Fußball herumbolzen.

Stunden später liegt er in seinen Kleidern auf dem Bett und grübelt. Er kann nicht schlafen. Obwohl das Licht ausgeschaltet ist, ist es fast taghell im Saal. Die Scheinwerfer, die die Mauer mit dem Stacheldraht anstrahlen, werfen ihr Licht auch auf die Betten. Irgendwann schläft er dann doch ein.

Um sechs Uhr fünfzehn reißt ihn die Lagersirene aus dem Schlaf. Noch benommen, will er automatisch auf seine Armbanduhr sehen. Sie ist weg. Man hat sie mir gestohlen!, zuckt es durch sein Gehirn. Da erinnert er sich, dass er sie gestern abliefern musste.

Im Waschraum reiht sich ein Waschbecken an das andere, und überall drängeln die Männer. Gropper zieht sein Hemd und sein Unterhemd aus. Nur eiskaltes Wasser fließt aus dem Hahn. Es gibt keine Seife. Auch keine Spiegel über den Waschbecken. Man könnte sie zerschlagen und mit den Scherben alles Mögliche anstellen. Mit seinem Hemd rubbelt er seinen Oberkörper trocken. Alles muss sehr schnell gehen. Hinter ihm drängen schon die Nächsten, um an das Waschbecken heranzukommen. Rasieren ist nicht. Wie alle anderen hat auch er kein Rasierzeug bei sich. Klingen sind verboten. Zum Rasieren wäre auch gar keine Zeit. Nach einer Viertelstunde müssen alle den Waschraum verlassen haben.

Im Anschluss an den Morgenappell und das Frühstück wird ihm bei der Arbeitseinteilung befohlen, den Hof zu kehren und den Müll einzusammeln. Stattdessen versucht er nochmals, in das Kommandantenhaus zu gelangen, wird am Eingang jedoch wieder abgewiesen.

Als er sich gerade zum Gehen wendet, stürmt der stellvertretende Kommandant auf ihn zu, schlägt wütend mit seiner Reitgerte durch die Luft und schnauzt ihn an, was er sich denn erlaube, in der Gegend herumzuspazieren, anstatt seine befohlene Arbeit zu erledigen. Als Strafe ordnet Haig an, dass Gropper im hinteren Teil des Kasernengeländes beim Umbau der ehemaligen Muliställe mitarbeiten soll.

Feigl hat ihm von den Mulis erzählt, von denen die Gebirgsjäger unter Nafzigers Kommando Hunderte gehalten hatten. Mehrere von ihnen mussten die Kisten und Säcke vom Forsthaus zum Steinriegel hinaufschleppen.

Als Gropper an der Baustelle eintrifft, werden die Betonböden der Ställe mit Presslufthämmern aufgestemmt, dass es nur so staubt. Dann werden die Schutthaufen mit Schubkarren weggefahren, neue Bretterböden eingelegt, die Stallgatter abgerissen und Wände aus Holzspanplatten errichtet.

Man erklärt ihm, man müsse Platz schaffen für die Massen von *Displaced Persons*, die hier untergebracht werden sollen. Alles ehemalige Zwangsarbeiter aus Polen und Russland, aber auch Kriegsgefangene und ehemalige KZ-Häftlinge, die nicht in ihre Heimat zurückkehren können. Diese DPs, diese heimatlosen Ausländer, werden hier nun vorübergehend einquartiert.

Ein Aufseher, ebenfalls ein Internierter, drückt Gropper eine Zange, einen Hammer und eine Säge in die Hand und gibt ihm Anweisungen. Jetzt ist Gropper Bauarbeiter geworden. Bald hat er große Blasen an den Händen. Sie brennen teuflisch. Dazu schmerzt seine Wunde am Oberschenkel.

Auch der dicke, etwa gleichaltrige Mann, der mit ihm zusammen Nägel aus den Bohlen zieht, gegen Balken hämmert und sie zersägt, hat große, feurige Blasen an den Händen und zeigt sie ihm.

»Wohl auch nicht vom Baugewerbe«, stellt Gropper mitfühlend fest. Blasen verbinden.

Er schüttelt den Kopf. »Bei meinem Beruf habe ich weiße Handschuhe getragen.«

»Oh«, staunt Gropper. »Warst wohl Dirigent.«

»Chauffeur«, erklärt der Mann und klemmt seine schmerzenden Handflächen unter die Achseln. Dabei bleiben sie am schwarzen Tuch seines stark ramponierten Anzugs kleben.

»Dann hast du sicher einen feinen Pinkel gefahren.«

»Kann man wohl sagen.«

»Wen denn?«

»Den kennst du nicht.«

Sie machen sich wieder an die Arbeit.

»Seit wann bist du im Lager?«, fragt Gropper.

»Schon seit über einem Jahr.«

Gropper muss an Feigl und Kilian denken und will wissen, ob er diese beiden hier getroffen hat. Doch der Dicke verneint. Er habe diese Namen nie gehört.

»Und warum bist du hier?«

»Ich konnte meine Hotelrechnung nicht bezahlen.«

»Dafür wird man doch nicht interniert.«

»Ich schon.«

»Aber dafür doch nicht.«

»Zugegeben, meine Papiere waren nicht ganz sauber.«

»Gefälscht?«

»Klar. Sonst hätte man mich gleich geschnappt.«

»Warum?«

»Ist 'ne besondere Geschichte.«

»Quatscht nicht so lang!«, brüllt der Aufseher herüber. »Wir werden sonst nie fertig!«

»Quatsch du nicht!«, ruft der Dicke zurück.

»Wer bist du denn?«, will Gropper wissen.

»Wolfgang Albrecht.«

Gropper kennt keinen Wolfgang Albrecht.

»Und wer bist du?«, fragt Albrecht zurück.

Schnell erfindet Gropper einen Namen.

»Und warum hat man dich eingelocht?«

»Ich war bei der Gestapo«, lügt Gropper spontan. »Das hat den Amis nicht gepasst.«

Albrecht fällt fast der Hammer aus der Hand. Gerade will er ihm bewundernd die Hand schütteln – »Respekt! Respekt!« –, da stürmt wutschnaubend der Aufseher heran und schnauzt sie an, nicht herumzustehen, sondern zu arbeiten. Widerwillig beginnen sie wieder zu hämmern, zu sägen und Nägel aus den Planken zu ziehen.

Nachdem sich der Aufseher weit genug entfernt hat, fragt Albrecht: »Wo hast du denn Dienst gemacht?«

»Kripo München. Polizeipräsidium.«

»Da kenn ich mich nicht aus. Ich komm aus Berlin.«

Gropper ist erleichtert, dass seine Schwindelei nicht aufgeflogen ist. Und um von sich abzulenken, hakt er nach: »Wieso kommst du aus Berlin hierher?«

»Ich habe meinen Chef gefahren. Er hatte in Mittenwald einige wichtige Dinge zu regeln.«

»Wer ist dein Chef?«

»Ein ganz hohes Tier. Hier im Lager ist er aber nicht. Wäre ihm sonst schon längst begegnet.«

Jetzt ist Groppers Neugier entfacht.

»Wie heißt er denn, dein Chef?«

»Berger.«

Gropper haut es fast um. Ist das die Möglichkeit? Sein Bauarbeiterkollege hier war Bergers Chauffeur? Er kann kaum glauben, was er da gehört hat. »Berger? Dr. Friedrich Berger?«

Nun ist Albrecht ebenso verblüfft. »Du kennst unseren Obersturmbannführer?«

»Ich habe viel über ihn gehört.«

»Was hast du gehört? Wo ist er? Was macht er?«, bedrängt Albrecht ihn. »Ich hab ihn schon seit über einem Jahr nicht mehr gesehen.«

Gropper druckst herum. Er weiß nicht, ob er ihm sagen soll, dass sein Chef ein kleines Mädchen umgebracht hat und in eine Jauchegrube gestoßen wurde.

Albrecht deutet sein Zögern richtig und fordert eine Antwort: »Was weißt du über ihn?«

»Berger lebt nicht mehr«, entschließt sich Gropper zu sagen. Albrecht erstarrt. »Er lebt nicht mehr?«

»Schon seit Anfang Mai '45 nicht mehr.«

»Bist du da sicher?«

»Ganz sicher.«

»Und woher weißt du das?«

»Gestapo weiß alles.«

»Erzähl«, fordert Albrecht.

Gropper sieht sich um. »Nicht hier. Woanders.« In dem Moment rennt der Aufseher zu einer anderen Gruppe und staucht sie zusammen. Gropper und Albrecht nutzen die Gelegenheit und verdrücken sich geschwind hinter einen der nahen, hohen Bretterstapel, der sie ganz verdeckt. Dort lassen sie sich auf dem Boden nieder. Gropper streckt ächzend sein verletztes Bein aus; Albrecht presst seine schmerzenden Hände unter die Achseln.

»Erzähl«, fordert er erneut.

In kurzen Sätzen teilt Gropper ihm mit, was ihm Fanny Jais über Bergers Tod berichtet hat. Dass ein gewisser Nafziger, den Albrecht nicht kennt, ihn umgebracht hat. Albrecht ist erschüttert, auf welche Weise sein Chef ermordet wurde.

»Das hat er nicht verdient«, bringt er stammelnd hervor. Nach einer Weile fügt er hinzu: »Ich hab den Obersturmbannführer gern gemocht. Er war ein feiner Kerl. Ein echter Kamerad. Und immer sehr anständig zu mir.«

Vorsichtig erhebt sich Gropper und späht um die Ecke des Bretterstapels, um nachzusehen, wo sich der Aufseher herumtreibt und ob er ihre Abwesenheit schon bemerkt hat. Er ist nirgends zu entdecken, und so lässt sich Gropper beruhigt wieder nieder und fragt Albrecht: »Seit wann kennst du den Berger?«

»Ich war schon in Berlin sein Fahrer. Seit '42. Als er noch von Adolfs Adjutanten in der Reichskanzlei war und zu Adolfs persönlichem Sicherheitsstab gehörte. Der Berger war ein Gentleman. Er war gebildet. Hatte Jura und Staatswissenschaften studiert, Geschichte, auch etwas Theologie. An der Friedrich-Wilhelm-Universität in Berlin. Hatte sogar den Doktortitel. Ein Jammer, dass ein so tapferer SS-Mann in einer Jauchegrube endet.«

»Was hat euch überhaupt in diese Gegend verschlagen?«

»Das Ganze begann im April '45«, erzählt Albrecht freimütig.

Nach dem Tod seines Chefs fühlt er sich wohl nicht mehr an seinen SS-Schwur »Treue heißt unsere Ehre« gebunden. »Der Iwan rückte auf Berlin zu, und der Berger überzeugte den Adolf, dass die Reichsbankreserven an einen sicheren Platz in die bayerischen Alpen geschafft werden müssen. Weil Berger die Gegend um den Walchensee gut kannte, wurde er vom Adolf persönlich damit beauftragt, den Lkw-Konvoi zu den Verstecken zu begleiten.« Er macht ein wichtiges Gesicht. »Der Berger und ich haben schon seit Langem gewusst, dass der Krieg verloren geht und wir den Siegern ausgeliefert sein werden. Wir waren ja schließlich nicht blind. Viele der obersten Etagen sorgten für die Nachkriegszeit vor und beschafften sich neue Papiere. So auch der Berger. Er hat sich in der Fälscherwerkstatt vom KZ Sachsenhausen neue Papiere machen lassen. Dazu ein ziviles Kennzeichen für seinen BMW. So schlau war er! Auch für mich hat er gefälschte Papiere herstellen lassen. Er würde für die Besatzer Heinrich Krüger sein, ich würde Neumann heißen. Den Namen fand ich gut. Ich sollte nach der Niederlage als neuer Mann davonkommen.« Albrecht grinst. »Ist aber nichts draus geworden. Seit über einem Jahr hocke ich in diesem verlausten Loch.« Er wirkt nun gar nicht mehr amüsiert.

Albrecht steht auf und lugt nun selbst um den Bretterstapel, um zu überprüfen, ob sie nicht plötzlich von dem Aufseher überrascht werden können. Die Luft ist rein. Also setzt er sich wieder und fährt fort: »Damit wir am Ende nicht so ganz ohne Vermögen aus der Sache herauskommen, hat Berger in Berlin zwei Kisten vom Reichsbank-Gold abgezweigt und in den Kofferraum seines BMWs geladen, dazu für uns beide Zivilkleider. Wir folgten den fünf Lkws, die vollgepackt waren mit dem Gold und den Devisen der Reichsbank, nach Mittenwald, fuhren aber nicht in den Ort hinein, sondern über Einsiedl zur Insel Sassau. Berger kannte die Strecke. Bei einem Bootshaus luden wir die beiden Kisten in einen Kahn und ruderten hinüber zur Insel. Wir vergruben die Kisten zwischen Ginsterbüschen und steckten einen großen verdorrten Ast in die Erde, um die Stelle später wiederzufinden. Berger versprach mir von diesem Gold einen Anteil, sobald der Krieg vorbei war. Dann fuhren wir zurück nach Mittenwald. Ich trug nun meine Zivilkleider, denn ich sollte von den Gebirgsjägern, die nun die Reichsbankreserven in die vorgesehenen Verstecke verbrachten, nicht mit ihm in Verbindung gebracht werden. Außerdem durfte ich natürlich die Verstecke nicht kennen. Ich war ja nur ein Chauffeur der Nazis, kein Eingeweihter. Schon vor unserer Abreise aus Berlin hatte Berger für mich im Hotel Post ein Zimmer besorgt. Dort sollte ich mich mit meinen gefälschten Papieren als Berliner Tourist so lange aufhalten, bis er mich nach Vollendung seines offiziellen Dienstes als Berger oder Krüger wieder abholte. Je nachdem, wie weit der Iwan bis dahin vorgedrungen wäre. Dann fuhr er mit seinem BMW weiter zur Edelweiß-Kaserne.« Albrecht sieht Gropper bedauernd an. »Von diesem Abend an habe ich ihn nie wieder gesehen.«

Albrecht ist so aufgewühlt, dass er nicht mehr auf dem Boden sitzen kann. Er steht auf, geht die wenigen Schritte hinter dem Bretterstapel hin und her und achtet gar nicht darauf, ob man ihn sehen könnte.

»Berger kam und kam nicht zurück. Es war inzwischen Anfang Mai, und die Amis hatten seit ein paar Tagen Mittenwald besetzt. Ich war fest davon überzeugt, dass sie ihn geschnappt hatten. So ein Obersturmbannführer ist doch ein dicker Fisch. Als das Autofahrverbot aufgehoben wurde, lieh ich mir in einer Autowerkstatt einen Wagen, fuhr zur Insel und ruderte hinüber. Ich wollte an unser vergrabenes Gold. Als ich zu dem Versteck kam, traf mich fast der Schlag: Die Grube war leer. Alles ausgeräumt. Ich dachte: Der Berger hat die beiden Kisten für sich gerafft. Ich kochte vor Zorn. Es war doch auch mein Gold, mit dem ich nach dem Krieg gut leben wollte!«

»Der Berger war's nicht«, sagt Gropper ruhig.

»Woher weißt du das?«

»Ich weiß es.«

»Wer dann?«

»Es gibt Verdächtigungen.«

Albrecht nickt und fragt nicht weiter. Er scheint ein schlechtes Gewissen zu haben, dass er Berger des Verrats an ihm verdächtigt hat. »Ich also zurück zum Hotel. Die Hotelwirtin kam und verlangte, dass ich mein Zimmer bezahle. Ich hatte kaum noch Geld, das reichte nicht für die Logis. Dazu war das Gold weg. Auf einmal standen Militärpolizisten in meinem Zimmer. ›Sind Sie Mr. Neumann?‹ – ›Ja‹, sagte ich. Sie verlangten meinen Ausweis, drehten ihn hin und her. Mir schlotterten die Knie. Ruck, zuck nahmen sie mich mit zu einer vornehmen Villa. Dort verhörte mich der amerikanische Geheimdienst, das CIC. Wahrscheinlich haben sie dann doch entdeckt, dass mein Ausweis gefälscht war, obwohl die KZler in Sachsenhausen für ihre Professionalität und ihr Können bekannt waren. Und schwupps war ich hier in diesem Lager.« Er verzieht das Gesicht zu einer Grimasse. »Da hock ich nun seit einem Jahr in diesem Drecksloch. Das Gold auf Sassau weg, der Adolf weg, Berger in der Jauche und ich hinter Stacheldraht. So eine Scheiße!«

★★★

Als Strafmaßnahme wegen ihres unerlaubten Entfernens vom Arbeitskommando müssen Gropper und Albrecht am nächsten Tag die hohen Bretterstapel, hinter denen sie sich versteckt hatten, in eine andere Ecke des Lagers schleppen und sie dort aufschichten. Dabei ziehen sie sich Holzschiefer in die Hände. Auch ihre Blasen schmerzen noch. Am Nachmittag müssen sie die riesigen Stapel, die sie aufgetürmt haben, wieder umlagern, zurück in die erste Ecke. Schikane, zürnt Gropper. Reine Schikane.

»Immerhin besser als das, was eine andere Arbeitsgruppe vor ein paar Tagen erleben musste«, beruhigt ihn Albrecht. »Am Mittenwalder Güterbahnhof mussten sie Reste von deutschen Artilleriegranaten aus Waggons in Lkws umladen. Dabei sind mehrere Geschosse explodiert. Ein Güterwaggon und zwei Lkws fingen Feuer. Nur weil die Mittenwalder Feuerwehr und die Amerikaner schnell eingriffen, flog nicht der ganze Zug mit dem Plunder in die Luft. Trotzdem kamen vier Internierte ums Leben.«

Kurz vor dem Abendappell, als Gropper auf einer leeren Holzkiste hockt und versucht, sich die Schiefer aus den Händen zu pressen, kommt plötzlich Haig auf ihn zu. »The commander wants to see you«, sagt er so nebenbei und klopft dabei mit seiner Reitgerte an seine Uniformhose.

Er führt Gropper über den Exerzierplatz zum Kommandantengebäude. Die Lageruhr zeigt kurz vor siebzehn Uhr. Die beiden Posten am Eingang salutieren. Haig bringt Gropper in eine große Empfangshalle.

»Wait.«

Haig klopft an eine Eichentür, an der in einem Silberrahmen das Schild »Major Victor Korner – Camp Commander« angebracht ist, und verschwindet dahinter. Gropper wartet.

Nach einer Weile kommt Haig wieder hervor, weist Gropper an einzutreten und verlässt wortlos die Halle.

Gropper wird von einer lächelnden jungen Dame in einer grauen Uniform empfangen. »Grüß Gott«, sagt sie freundlich.

»Ah, Sie sind auch Deutsche.«

»Freili, aus Mittenwald. Der Herr Kommandant wartet schon auf Sie.« Sie klopft an den Rahmen einer dick gepolsterten Tür.

»Come in«, hört Gropper von innen eine Stimme rufen.

Sie öffnet die heilige Pforte und lässt Gropper eintreten. Nun steht er im Dienstzimmer des ehemaligen Kasernen-Kommandeurs Nafziger. Hinter einem großen Schreibtisch, auf dem mehrere Telefone mit zahlreichen Knöpfen stehen, lehnt der jetzige Kommandant Korner lässig in einem breiten Ledersessel und spielt mit einem kleinen hölzernen Gliederesel. Ein Kinderspielzeug, bei dem man durch Drücken eines Klotzes im Podest, auf dem der Esel steht, diesen in verschiedene Richtungen niedersinken lassen und wieder aufrichten kann. Hinter ihm an der Wand hängt wieder ein großes farbiges Porträt von General Eisenhower, wo früher das Hitler-Bild dräute. Gropper bleibt vor dem Schreibtisch stehen.

Korner hat einen militärischen Bürstenhaarschnitt, ein mageres, asketisches Gesicht und trägt eine pedantisch korrekte Uniform, die aussieht, als käme sie direkt aus der Wäscherei und Bügelei. Als Gropper vor ihm steht, sieht er nicht auf, sondern spielt weiter mit seinem Esel. Er bietet ihm auch nicht den Stuhl neben Gropper an.

Endlich stellt Korner sein Spielzeug auf die grüne Filzfläche seines Schreibtischs und taxiert ihn stumm von oben bis unten. Nach einer Weile stellt er in fließendem Deutsch drohend klar: »Damit wir uns gleich richtig verstehen, ich bin kein Deutscher. Ich war einmal Deutscher. Jetzt bin ich Amerikaner. Amerikanischer Staatsbürger. Ich bin aus Ihrem Land geflohen, weil man mich hier umbringen wollte, und nur vorübergehend zurückgekehrt mit meiner Army. Als Commander. Also keine falschen Hoffnungen von wegen Fraternisierung. Ich bin hier in einem besiegten Feindesland. Kapiert?«

»Warum ließen Sie mich kommen?«, fragt Gropper.

»Ich wollte mir mal den Münchner Kommissar ansehen, der hier ermittelt. Das CIC hat Ihre Aktivitäten genau registriert.« Korner zieht ein Blatt Papier aus seiner Schublade und liest vor: »Besuch des Tatortes. Gespräch mit der Putzfrau. Besuch der CIC-Villa, Gespräch mit Bardame Lucretia. Am Abend vergeblicher Besuch des ›Crazy Horse‹. Besuch bei der Schwester. Auf dem Schwarzmarkt Kauf eines Dokuments. Besuch beim Bürgermeister. Vernehmung der Bardame Lucretia. Besuch beim ehemaligen Internierungsgefangenen Feigl, später dann bei dessen Kameraden Kilian. Erneuter Kauf eines Dokuments auf dem Schwarzmarkt. Besichtigung der Gruben auf dem Steinriegel.« Er legt das Blatt vor sich auf den Schreibtisch.

»Observiert das CIC auch Nafzigers Mörder so genau?«, fragt Gropper.

Korner schweigt.

»Wer hat Nafziger erschossen? Sie wissen es.«

»Hören Sie«, erklärt Korner und schubst dabei seinen kleinen Esel auf dem grünen Filz leicht hin und her. »Ich habe seit meiner Landung in Europa so viele Leichen gesehen, da kommt es auf diesen einen Toten nicht mehr an.«

Gropper lässt es darauf ankommen und fragt unbeirrt: »Warum wurde der hier inhaftierte Anton Nafziger schon nach zwei Tagen wieder freigelassen? Ich nehme an, das hat mit dem Nazigold auf dem Steinriegel zu tun.«

Korner wirkt verärgert, sein Gesicht schwillt rot an.

Gropper stößt nach: »Die beiden Internierten Feigl und Kilian hingegen wurden ein Jahr lang festgehalten. Sie konnten Ihnen wohl kein so komfortables Lösegeld anbieten.«

Der Lagerkommandant ringt nach Luft. Dass Gropper ihm frech Bestechlichkeit unterstellt, passt ihm offenbar gar nicht.

»Und wie ist das mit dem Bürgermeister Sattler?«, provoziert Gropper weiter. »Er war Ortsgruppenleiter und befindet sich trotzdem nicht in diesem Lager. Im Gegenteil. Sie haben ihn wieder als Bürgermeister eingesetzt. Warum? Wahrscheinlich weil auch er genug Gold hat, um sich und seine Spezis freizukaufen.«

Ehe Korner seiner Wut Luft machen kann, setzt Gropper nun alles auf eine Karte. »Sie wissen, wer Nafziger umgebracht hat. Sie wollen die Täter schützen. Warum?«

»Bin ich hier in einem Polizeiverhör?«, brüllt Korner plötzlich los. »Ich war schon vor 1933 vehementer Nazigegner. Als SPD-Mitglied wurde ich einen Tag nach dem Reichstagsbrand Ende Februar verhaftet, über einen Monat in einem Münchner Gefängnis eingesperrt und von der Gestapo verhört! Wissen Sie, was das bedeutet, von der Gestapo verhört zu werden?«

Gropper will etwas sagen, aber der Commander lässt ihn nicht zu Wort kommen.

»Nein, das wissen Sie nicht, Sie Flegel! Dafür sind Sie noch zu jung. Man hat mich in das KZ Dachau verschleppt und dort über drei Jahre inhaftiert. Dann bei Krauss-Maffei zwangsverpflichtet zum Panzerbau. 1937 gelang mir die Flucht und danach die Emigration in die USA. Und jetzt behaupten Sie Lümmel, ich würde Geschäfte mit den Nazis machen!«

»Das machen Sie doch«, sagt Gropper ruhig.

Wütend stößt Korner hervor: »Als wir in Dachau die KZ-Überlebenden befreit haben, in dem KZ, in dem ich beinahe krepiert wäre, habe ich gesehen, was Ihre Leute getan haben, wie viele sie umgebracht haben. Diese Leichenberge! Da stand für mich eines fest: Rache. Wir nehmen uns hier alles, was uns in die Finger fällt. Wenn es irgendwo möglich ist, holen wir uns unseren Teil.«

»Auch die Reichsbank-Reserven auf dem Steinriegel.« Gropper weiß, dass er eine dicke Lippe riskiert, kann sich aber trotzdem nicht zurückhalten. »Fragen Sie Ihren CIC-Chef Humphrey Thompson. Der weiß darüber gut Bescheid.«

»Ja!«, kreischt der Kommandant außer sich vor Zorn über diesen kleinen, miesen deutschen Rechthaber vor ihm. »Überall, wo wir was raffen können!« Seine Stimme überschlägt sich. Er atmet schwer.

Nach diesem Wutanfall bringt Korner mühsam und mit gefährlichem Ton hervor: »Ich werde Sie zurückschicken ins Lager und endlich Ihr Maul stopfen.« Er zerquetscht fast den kleinen Esel in seiner Faust. Seine Augen funkeln böse. »Ich kann Sie hier so lange schmoren lassen, wie ich will.«

Gropper lässt sich davon nicht beeindrucken. Auch wenn Korner ihn in das Lager zurückschickt, seine Münchner Kripo wird ihn herausholen, vorausgesetzt, sie erfährt, wo er steckt. Und wenn nicht, ist ja noch seine Schwester Theres da mit ihren guten beruflichen und vielleicht sogar privaten Verbindungen zu den Amerikanern. Sie wird ihn auf jeden Fall heraushauen, vorausgesetzt, sie hat genug Lösegeld für ihn.

»Schöne Befreier, die uns vom Nazigold befreien und die Nazis laufen lassen«, zischt Gropper bitter.

Bei diesem Vorwurf kann Korner nicht mehr sitzen bleiben. Er schnellt aus seinem Sessel hoch und weist Gropper zurecht: »Glauben Sie nur nicht, wir sind gekommen, um Sie von Ihrem Hitler zu befreien. Sie hatten zwölf Jahre Zeit, das selbst zu erledigen. Sie haben es nicht getan. Zugegeben, von ein paar wenigen Ausnahmen abgesehen. Wir sind nach Europa gekommen, um zu verhindern, dass der Russe bis zum Atlantik durchmarschiert. Hätte Stalin an seinen Grenzen haltgemacht, wären auch wir in unserem Land geblieben, und Ihr Volk hätte sich selbst von seinem Führer befreien müssen. Warum hat es Ihr Volk nicht getan? Gelegenheit dazu hatte es genug.«

»Und Sie hätten jetzt Gelegenheit dazu, als Kommandant Anweisung zu geben, dass man mir Auskunft über das Entlassungsdatum von Xaver Feigl und Jörg Kilian erteilt.«

Korner starrt ihn wütend an. »Holen Sie Ihre Sachen aus der Asservatenkammer und verschwinden Sie!«

Gropper kann das kaum glauben. So plötzlich entlassen, trotz der Vorwürfe und ohne den Kommandanten bestochen zu haben? Was steckt dahinter? Warum diese plötzliche Gnade?

Verwirrt wendet er sich ab, um zu gehen. Doch kaum macht er den ersten Schritt, stoppt ihn Korner.

»Moment, Herr Kommissar.«

Gropper bleibt abrupt stehen, ohne sich umzudrehen. Er hält den Atem an.

»Ich warne Sie dringend, weiter zu ermitteln«, kommt es rasierklingenscharf von Korner. »Das CIC hat Sie vor ein paar Tagen schon einmal gewarnt. Sie haben sich nicht daran gehalten. Im Wiederholungsfall werden wir uns ganz schnell wiedersehen. Und dann auf längere Zeit.«

Gropper dreht sich nun doch zu ihm um und sagt ihm ins Ge-

sicht: »Sie werden mich nicht daran hindern, meinen Beruf auszuüben.«

»Ich habe Sie gewarnt.« Korner greift zum Telefon und schreit
einen Befehl in den Hörer. Kurz darauf tritt ein GI salutierend in
den Raum und bleibt an der Tür stramm und einsatzbereit stehen.
»Take him away«, befiehlt Korner schroff, und Gropper wird
abgeführt.

In der Asservatenkammer erhält er alles zurück, was er abgeben
musste. Er unterschreibt die Rückgabequittung und bekommt den
Entlassungsschein. Auf dem Papier liest er als Grund für seine Entlassung: »Aus gesundheitlichen Gründen.«

In der Rubrik Internierungskategorie sieht er die Eintragung
»SA«. Er protestiert: »Ich war nicht in der SA!«

Man klärt ihn auf: »Das bedeutet ›Special Arrest‹.« Dann lässt
man ihn frei. Als er durch das Lagertor geht, verstärkt sich sein Verdacht, dass das CIC auch bei den nächtlichen Besuchen in seinem
Pensionszimmer die Finger im Spiel hatte.

16

Wenn'st an Stoa net wegräumn kannst,
muaßt halt drüberspringa.

Aufgeregt und froh, dass Gropper wieder da ist, werkelt Maier in seiner alten Strickjacke und in Filzpantoffeln zwischen Herd und Tisch herum. Da er nicht wissen konnte, dass Gropper plötzlich vor seiner Tür stehen würde, kramt er alles zusammen, was er gerade vorrätig hat, und macht es warm: Leberkäs, Bratwürste, Sauerkraut.

Gropper muss vorsichtig sein mit dem Essen. Drei Tage lang hat er diese Plempe schlürfen müssen. Da muss sich sein Magen erst wieder an normales Essen gewöhnen. Das Bier trinken sie direkt aus der Flasche. Mit dieser flüssigen Wohltat hat sein Magen keine Probleme.

»Da bist du ja wieder, Betti«, freut sich Maier. »Wo warst du denn so lang?«

Die Katze war mit aufrecht erhobenem Schwanz hereinstolziert, umschmeichelt Groppers Beine und streift um seinen Stuhl herum. Sie bleibt davor stehen, schaut zu ihm hinauf, springt mit einem Satz auf seinen Schoß und macht es sich dort schnurrend bequem.

Nach der Katze kommt auch Korbi herein. Gropper will ihn begrüßen, doch er beachtet ihn gar nicht, kauert sich mit hochgezogenen Knien auf seinen alten Schaukelstuhl und wippt mit vorgebeugtem Oberkörper hin und her.

»Als er allein mit den Hosentaschen voller Münzen zurückkam, wusste ich, dass sie dich geschnappt haben«, erklärt Maier. »Er gestikulierte, machte Geräusche dazu und fing an, ganz wild zu zeichnen. Moment.« Maier geht in Korbis Zimmer und kommt mit einem Blatt zurück. »Das hat er gemalt. Da wusste ich Bescheid.«

Auf dem Blatt ist in grellen bunten Farben ein Mann zu sehen, der mit weit geöffneten Augen die Hände hochhebt, daneben finstere Männer, die mit Gewehren auf ihn zielen, und ein Auto mit großen Rädern. Das Papier ist an einigen Stellen von den Farbstiften aufgerissen, so stürmisch hat Korbi gemalt, was geschehen ist.

»Ich wundere mich, dass nach seinem Eintreffen die Militärpolizei nicht auch gleich bei mir ankam. Wenn die sein Zimmer kontrolliert hätte – eine Katastrophe.«

Gropper fragt ihn, woher er denn wissen konnte, dass man ihn in das Lager geschafft hat.

»Wenn die Militärpolizei Leute aufgreift, bringt sie sie entweder zum CIC oder gleich ins Lager. Ich hab also die Verwaltung dort angerufen und erfahren, dass du eingeliefert wurdest. Mit Korbis Goldmünzen hätte ich dich sicher auslösen können. Das hätte ich als letztes Mittel auch eingesetzt. Davor aber rief ich deine Schwester an. Sie hat ja so besondere Beziehungen zu den Amerikanern und zum CIC.«

Korbi holt sich eine Flasche Coca-Cola aus dem Kühlschrank.

»Er ist ganz wild auf das neumodische Zeug. Ich mag das gar nicht. Ich bleib bei meinem Bier.«

Gierig trinkt Korbi die Coca direkt aus der Flasche und rülpst kräftig.

»Dann hat also Theres mich herausgeholt.«

»Nehme ich an.«

***

Eine Stunde später steht Gropper nach drei Tagen endlich mal wieder geduscht und frisch rasiert vor Theres' Häuschen bei der Sägemühle. Wieder parkt vor dem Hauseingang ihr roter BMW mit dem silbernen Grill.

In diesem Wagen hat Albrecht Berger nach Sassau gefahren, als sie ihr Gold auf der Insel vergruben. In diesem Wagen hat die kleine Rosi auf dem Rücksitz gegen die Scheiben geschlagen, als Berger sie zum Bootshaus fuhr und sie dort erschlug. Diesen Wagen hat Nafziger, nachdem er Berger in die Jauchegrube gestoßen hatte, weggefahren und irgendwo abgestellt. Vermutlich haben dann die Amerikaner den herrenlosen BMW beschlagnahmt und Theres geschenkt.

Weiter kommt Gropper nicht mit seinen Gedanken, denn Theres stürmt aus dem Haus. »Hast im Lager nicht lang ausgehalten. Da gab's wohl keine Frauen«, sagt sie frech. »Komm rein. Da gibt's wenigstens mich.«

In der Diele begrüßen sie sich wieder mit ihrem Ritual des gegenseitigen Anboxens, mit einer kräftigen Umarmung und einem Kuss auf die Wange.

»Als mich dein alter Lehrer anrief, habe ich mir schon denken können, wo du steckst«, sagt sie in der Küche und schenkt für beide Cognac ein. Sie stoßen an und trinken auf seine Freilassung.

»Hat dich nicht der Kommandant oder sein Stellvertreter informiert?«

»Nichts. Nur dein Maier.«

Theres berichtet, wie sie daraufhin nach ihm geforscht und wen sie angerufen hat. Zuerst den Thompson, dann den Korner. Beide waren wütend auf Gropper, versprachen ihr aber, sich ihr zuliebe für diesen Kraut aus München einzusetzen.

»Du sollst dich bei denen ja schrecklich aufgeführt haben.«

»Was haben sie denn erzählt?«

»Vergiss es. Genieße deine neue Freiheit, Brüderchen.«

Er bedankt sich bei ihr, dass sie ihn aus dem Lager herausgeholt hat, sie prosten sich wieder zu und leeren das zweite Glas mit einem Schluck.

»Ich hab's aber nicht allein geschafft«, merkt Theres so nebenbei an.

»Wer noch?«

»Allein wäre mir das vielleicht nicht gelungen.«

»Wer hat noch mitgeholfen?«, will er wissen.

Doch sie weicht aus. »Hauptsache, du bist jetzt draußen. Prosit.«

Nach dem dritten Glas gesteht er reumütig, dass es absolut idiotisch von ihm war, in diesen Keller einzusteigen, aber wie ein Spürhund musste er sehen, was sich darin befand.

»Sicher hätten sie auch einen anderen Grund gefunden, dich einzusperren«, tröstet sie ihn.

Er kann sich immer noch nicht erklären, wieso die Militärpolizei so schnell da war.

»Kann ich dir sagen, Brüderchen. Im Kellerraum nebenan hat Lucretia den Schein deiner Taschenlampe durchs Schlüsselloch gesehen. Da rief sie die MP. Pass also bei deinem nächsten Abenteuer besser auf«, ermahnt sie ihn. Sie stoßen an, trinken ex, und Theres schiebt ihrer Mahnung hinterher: »Also Obacht gebn, länger lebn.«

Von seinem Besuch auf Sassau erzählt er ihr lieber nichts. Und schon gar nicht von seiner Verletzung am Oberschenkel. Sonst hält sie ihn noch für ganz verrückt.

Mittlerweile sind sie beim vierten Glas Cognac angekommen. Er hat das Gefühl, sich auf einem schwankenden Schiff zu befinden. Ein Glück, dass er zu Fuß hier ist. Mit Autofahren wär jetzt nichts mehr. Und auch Theres rollt nicht mehr so gerade in ihrem Gleis und rutscht mit ihrer Zunge hin und wieder aus, da hört er sie sagen: »Übrigens, Wilma war bei mir.«

Gropper verschluckt sich, als er in diesem Moment vom Cognac trinkt.

»Ja, deine Wilma.«

Er braucht eine Weile, um wieder sprechen zu können.

»Sie ist also doch noch hier.« Zwei Hinweise hatte er ja schon bekommen.

»Natürlich. Sie ist nie weg gewesen.«

»Und du hast das gewusst?«

»Wir sind doch befreundet. Sie war oft bei mir.«

»Als ich nach ihr fragte, hast du mir nichts davon gesagt.«

»Es war Wilmas Wunsch.«

»Aber warum denn?« Gropper ist fassungslos.

»Sie will dich nicht sehen.«

Ihm wird flau. Fast muss er sich am Stuhl festhalten.

»Wann war sie bei dir?«

»Zuletzt, als du im Lager warst.«

Plötzlich schmeckt ihm der Cognac nicht mehr.

»Sie weiß, dass du hier bist. Sie weiß es seit deiner Ankunft.«

Wilma weiß, dass ich hier bin. Hat mich gesehen, oder Theres hat es ihr gesagt. Will mich nicht mehr sehen. Seine Gedanken schwimmen im Cognac.

»Es ist besser, du siehst sie nicht mehr«, sagt Theres und will ihm neu eingießen, doch er schiebt sein Glas beiseite. Er muss wieder in die Spur kommen.

»Das Wichtigste aber habe ich dir noch nicht gesagt«, kündigt Theres mit bemüht fester Stimme an.

»Noch eine schlechte Nachricht?«

»Wie man's nimmt.«

»Was kommt denn noch?«, bringt er niedergeschlagen hervor.

251

»Die Bedingung, dich freizulassen, war: Du musst Mittenwald sofort verlassen.«

Ihm ist, als hätte sie ihm mit einer Keule auf den Kopf geschlagen. Einen Moment lang kann er gar nicht mehr denken. In seinen Ohren rauscht es. Mittenwald sofort verlassen. Ist seine Schwester so betrunken, dass sie so einen Unsinn redet?

»Du hast richtig gehört«, bestätigt sie.

Völlig verwirrt fuchtelt er mit den Händen in der Luft herum.

»Aber warum denn? Das ist doch unmöglich. Das geht doch nicht!«

»Das war die Bedingung. Sonst hätte ich dich nicht herausbekommen.«

»Wer hat diese Bedingung gestellt?«

»Das CIC. Ich hab's dem Thompson zusichern müssen.«

»Einen Scheißdreck werde ich! Ich bleibe hier und ermittle weiter.«

»Dann kann ich für nichts mehr garantieren.«

»Aber ich muss doch hier meine Arbeit machen.«

»Nicht mehr.«

»Was soll das heißen, ›nicht mehr‹? Ich bin mitten in meiner Ermittlung. Die Jais hat die Lucretia begründet verdächtigt, und die Lucretia hat halb gestanden! Feigl und Nafziger stehen unter dringendem Verdacht und müssen morgen von Buchner festgenommen werden. Ich stehe kurz vor der Aufklärung, und nun soll ich weg? Das geht doch nicht.«

Steinhart fordert Theres: »Morgen, Freitag, musst du noch hier sein. Das ist wichtig. Aber am Samstag ist Abreise. Absolut.«

»Was ist morgen so wichtig?«

»Wirst schon sehen.«

»Was ist morgen?«, schreit er fast.

»Morgen wirst du es erfahren.«

17

»Heut kimmt der Sonntagsbraten«, hat der Teifi gsagt,
wia den Pfarrer aufm Spieß gesteckt hat.

Vor Gropper liegt ein völlig verkohlter länglicher Gegenstand, an dessen Ende sich etwas Kopfähnliches befindet. Das Ganze ist eine zusammengeschmolzene schwarz glänzende Masse, die einmal ein Mensch gewesen sein muss. Klein und zusammengekrümmt liegt der verbrannte Körper da. Die Haut ist aufgeplatzt, und rötliches Fleisch schimmert unter der schwarzen Oberfläche hervor. Als Jugendlicher stand er nach einem Hausbrand Im Gries vor einer verbrannten Frau. Jahre später sah er als Gendarm vor einem niedergebrannten Wohnhaus am Untermarkt einen verkohlten Mann liegen. Auch bei ihm waren Arme und Beine stark ange-winkelt, als würde sich die Brandleiche zusammenkauern. Er hat sich gewundert, dass Menschen nach dem Verbrennen so zusam-mengeschrumpft und so klein sind. In St. Gallen stand er als Kran-kenwagenfahrer nach einem Feuer vor einer verbrannten Leiche. Ob Mann oder Frau war nicht mehr zu sehen. Kurz nach seiner Rückkehr nach München ging er mit Luise in der Nähe ihrer Un-terkunft durch abgelegene niedergebrannte Schrebergärten. Von den Gartenhütten waren nur noch ein paar schwarze Balken und hier und da noch gemauerte Kamine zu sehen. Da standen sie mit einem Mal vor einer verbrannten Leiche. Regen hatte die Reste des Körpers zu einer matschigen Masse aufgeweicht.

Auch der verbrannte Leib, der nun vor ihm liegt, ist zu einer kleinen schwarzen Gestalt geschrumpft. Er tritt näher heran. Die Lippen sind weggeschmolzen, im weit geöffneten Mund tritt das Gebiss hervor. Es ist Nafziger. Vor ihm liegt der verbrannte Nafzi-ger. Er erkennt ihn deutlich an dem Loch in seiner Stirn. Gropper wundert sich nicht, dass er verbrannt ist. Er staunt darüber, wie klein er jetzt ist und was Feuer aus einem Körper machen kann. Wäh-rend er die Brandleiche näher betrachtet, verwandelt sich Nafzi-gers Gesicht in das Gesicht von Lucretia. Ihre blondierte Mähne ist weggeschmolzen, ihr Schädel glänzt schwarz, und ihre Gesichts-haut ist zusammengeschrumpft. Sie sieht aus, als würde sie grinsen.

Wieder verändert sich das Bild. Nun sieht ihn Feigl an. Von seinem verkohlten Schädel sind noch deutlich sein breites Kinn und seine Wangenknochen zu erkennen. Jetzt verwandelt sich sein Gesicht in das von Kilian. Seinen hinterhältigen Blick konnte auch die Hitze des Feuers nicht auslöschen.

Sirenengeheul reißt Gropper aus seinem Traum. Im ersten Moment weiß er nicht, ob er die Sirenen geträumt hat oder ob sie tatsächlich durch den Ort jaulen. Er benötigt ein paar Sekunden, um völlig wach zu werden. Jetzt hört er sie ganz deutlich. Die Feuerwehr rast in seiner Nähe vorbei.

Automatisch will er nach seiner Taschenlampe auf dem Nachtkästchen greifen, da wird ihm bewusst, dass er in Maiers Arbeitszimmer schläft und eine funktionierende Lampe neben seiner Schlafcouch steht. Er schaut auf seinen Wecker: drei Uhr fünfunddreißig.

Hastig schlüpft er in Hose, Hemd und Schuhe und eilt vor das Haus. Am Eingang steht schon Maier im Morgenmantel über seinem Schlafanzug, die nackten Füße stecken in Pantoffeln. Schlaftrunken und nur in einer weißen Unterhose mit einer weiten Jacke über seinem nackten Oberkörper, tapst auch Korbi heran und stößt kehlige Laute hervor: Feuer! Feuer!

»Wo brennt's denn?«, fragt Gropper, immer noch verwirrt von seinem Traum.

»Die Kirche ist es nicht«, sagt Maier. »Sonst würden die Glocken Sturm läuten.« Er zeigt in Richtung Dekan-Karl-Platz, wo riesige schwarze und weiße Rauchschwaden, vom hellen Mond beschienen, in den Nachthimmel aufsteigen.

Gropper will sich den Brand ansehen, und Korbi gibt zu verstehen: Ich mit! Ich mit!

»Lauft nur zu. Ich hab schon so viele Brände gesehen.«

Als Gropper und Korbi über die Bahnhofstraße rennen und Korbi aufgewühlt und schreiend von Erlebnissen berichtet, die Gropper nicht verstehen kann, kommen immer mehr Neugierige aus ihren Häusern, rufen sich zu: »Brenna tuat's! Brenna tuat's!«, und eilen ebenfalls zu der gewaltigen Rauchwolke. In Mittenwald herrscht Aufregung.

Der Obermarkt ist schon voller voranstürmender Menschen. Männer, Frauen und Alte, voller Angst, das Unglück könnte Freunde getroffen haben, Kinder mit aufgerissenen Augen, die barfuß in ihren Nachthemden herumlaufen, junge Burschen und Mädel, die nach einer nächtlichen Sensation gieren: Alle wollen das Feuer sehen. Am Dekan-Karl-Platz steht die Menge so dicht gedrängt, dass Gropper und Korbi kaum vorankommen. Endlich schaffen sie es bis zur Brandstätte: Das »Crazy Horse« steht in Flammen! Groppers erster Gedanke: Brandstiftung. Tatwaffe: Feuer. Das hat es in Mittenwald schon öfter gegeben, dass Leute aus Rache ein Haus, einen Bauernhof oder auch nur einen Heustadl eines Verhassten angezündet haben.

An der Ecke Innsbrucker und Adolf-Baader-Straße stehen die Wagen der Freiwilligen Feuerwehr mit ihren vier Motorspritzen. Dazwischen liegt ein Wirrwarr von oft undichten Schläuchen, aus denen das Wasser in hohen Fontänen spritzt. Auch aus den alten Anschlüssen an den Hydranten strömt das Wasser. Auf dem Pflaster um die Brandstätte steht es bald drei Zentimeter hoch. Die Feuerwehrleute in ihren Helmen hasten hin und her, brüllen Kommandos. Alles geht drunter und drüber. Die Motorspritzen pumpen Wasser in das Feuer, alles, was die Hydranten und in der Straßenmitte der Marktbach hergeben, von dem man an mehreren Stellen die Abdeckung weggenommen hat. Doch bevor die löschenden Ströme auf den Flammengrund niederrauschen, verdampfen sie in der Hitze des Infernos.

Die Lohe ist so heiß, dass auch Gropper und Korbi in weitem Abstand zum Feuer stehen bleiben müssen. Sie kämen ohnehin nicht näher an den Brand heran, denn die Militärpolizei sperrt im weiten Kreis das lodernde »Crazy Horse« ab.

Korbi ist außer sich. Wie in einem Veitstanz springt er in den Wasserlachen hin und her, dass über seinem nackten Oberkörper seine weite Jacke hochfliegt. Er stolpert über die Schläuche, fängt sich aber wieder. Jetzt erst bemerkt Gropper, dass auch Korbi barfuß ist. Er will ihn beruhigen, zieht ihn an sich, doch Korbi reißt sich los, hält seine Hände vors Gesicht und jammert laut. Immer wieder zeigt er voller Entsetzen auf den lohenden Flammenschlund im Keller und will in das Feuer hineinrennen, wohl um noch ein paar Goldmünzen herauszuholen. Nur mit Mühe und Kraft kann Gropper ihn zurückhalten. Er sieht im Geiste, wie die Goldmünzen im Feuer schmelzen und zu großen Klumpen zusammenpappen.

Er wundert sich, dass ein Betonklotz so lichterloh brennen kann. Die alte Gaststätte »Edelweiß« hatte ein Obergeschoss aus Holz. Mit dicken dunklen Bretterwänden und mit einem Giebeldach aus kräftigen Balken. Diesen hölzernen Aufbau hat Nafziger abreißen und dafür ein Obergeschoss aus Beton errichten lassen. Anstelle des alten Giebeldaches setzte er ein simples Flachdach darauf. Was nun krachend in Flammen aufgeht, kann nur die Inneneinrichtung sein. Im flackernden Feuerschein entdeckt Gropper nahe bei sich die Rohrmoserin. Er hört, wie sie so laut, dass Gropper es auch bestimmt hören kann, zu einer Frau neben ihr sagt: »Seit dea Schweiza wieda da is, bringt ea uns nua Unglück.«

Von der Garage sind jetzt nur noch die halb eingestürzten gemauerten Wände zu sehen, dazwischen ragen schwarze Balken wie erhobene Schwurfinger heraus. Das Teerpappedach hat sich in einen verschmorten rot glühenden Brei verwandelt.

Teile der Vorderfront des Lokals sind herausgebrochen, und die weit offen stehende Eisentür hängt schief und durch die Hitze verbogen in den Angeln. Gropper kann sehen, wie innen die gesamte Einrichtung in einem einzigen Flammenmeer versinkt. Die Holzpaneele auf dem Beton, die Ledersessel, der Tresen, der Parkettboden, alles verleibt sich das gefräßige, tobende Feuer ein und lässt nur noch schwarze Gerippe zurück. Das Wasser aus den Schläuchen verzischt machtlos.

Da gibt es im Keller eine gewaltige Explosion. So laut, dass die Detonation in den Ohren schmerzt. Die Feuerwehrmänner weichen zurück. Die Kellerdecke wird hochgeschleudert, und eine gleißende Feuersäule schießt von unten in das Lokal. Vielleicht durchmengt mit Goldmünzen. Die Eisenträger des Lokalbodens werden aus ihren Halterungen gerissen, eine Hälfte des Parketts kracht in den Keller hinab, der große Spiegel der Tanzfläche zerspringt in tausend vom Feuer erstrahlte Sterne.

In der Menge hört Gropper eine grelle Stimme schreien: »Der Keller! Der Keller!« Er schaut sich um und sieht, wie Lucretia einige Feuerwehrleute anbrüllt: »Der Keller! Nicht blöd stehen! Keller retten!« Die Männer achten nicht auf sie. Sie haben hundert Sachen auf einmal zu tun. Lucretia beschimpft die Männer und kreischt hysterisch: »Mein Keller!«

Gropper kann sich denken, warum sie so dringend gerade den Keller retten will. Davon ist jetzt nichts mehr übrig. Korbi steht wie versteinert. Keine Bewegung mehr. Sein Gesicht ist kalkweiß. Da gibt es noch eine donnernde Explosion im Keller. Wieder wird ein Feuerball nach oben geschleudert und zerstört den Rest des Lokals. Die übrigen erhitzten Wandziegel krachen in die Feuersbrunst. Gleich darauf erschüttert noch eine dritte Detonation die Nacht und speit wie aus einem Vulkan einen weiß blendenden Feuerball.

»Was ist da explodiert?«, hört Gropper Umstehende fragen. Andere wissen es: »Benzin. Benzinfässer. Der Nafziger hat doch mit Sprit geschoben.« Und wieder andere wissen es noch besser: »Sprengstoff. Dynamit von den Gebirgsjägern. Der Nafziger hat damit auf dem Schwarzmarkt gehandelt.«

Plötzlich stößt ihn Buchner an und deutet auf die Flammen. »Na, bist diesmal nicht in dem Keller drin? War's lustig im Lager?« Er grinst schief und sagt im selben Atemzug: »Hast zuvor was versäumt. Ganz am Anfang hat es schon gewaltige Explosionen gegeben. Drei, vier hintereinander. Da hat's gekracht. Da flog alles in die Luft. Ein einziges Flammenmeer. Also dann, wir sehen uns morgen früh. Es gibt Neuigkeiten.« Mit dieser Ankündigung wendet sich Buchner ab.

»Was für Neuigkeiten?«, will Gropper fragen, kommt aber nicht dazu, er muss Platz machen für die eintreffenden Feuerwehren aus Garmisch und aus Partenkirchen. Obwohl nichts mehr zu retten ist, wickeln sie hektisch ihre Schläuche von den Trommeln und suchen nach Wasserquellen. Alle Hydranten sind belegt. Ihnen bleibt nur der spärliche Rest des Marktbaches.

Mehr und mehr wird das Feuer vom Löschwasser besiegt. Die Flammen sind allmählich niedergeschlagen, und nur noch Rauch und Qualm und Dampf steigen in die Höhe. Vom »Crazy Horse« ist außer ein paar eingestürzten Mauern nichts mehr zu sehen. Dafür ist die Luft erfüllt von beißendem Gestank. Der Wind weht einen Schleier Rußwolken in Groppers Gesicht. Seine Augen tränen. Neben ihm bekommt jemand einen Hustenanfall. Es ist Theres. Sie boxt ihn an die Schulter. »Na, auch hier? Du lässt ja nichts aus.«

Er will sie auf ihre gestrige Forderung ansprechen und ihr sagen, dass er sich weigert abzureisen, da schneidet sie ihm das Wort ab und mahnt ihn: »Du hältst dich an die Bedingung. Sonst nimmt man dich wegen Brandstiftung fest.« Und schon ist sie in der Dunkelheit untergetaucht. Gropper will ihr nacheilen, da bemerkt er, dass Korbi verschwunden ist. Wo ist er hin? Er zwängt sich durch die Gaffenden hindurch. Nirgends kann er Korbi entdecken. Er ruft nach ihm. Die Leute schauen ihn spöttisch und belustigt an: Warum soll man denn nach Korbi rufen? Gropper hat Angst um ihn und drängt sich weiter durch die Menge. Er wird doch nicht in den zerstörten Keller gerannt sein, um noch Goldmünzen herauszuholen! Da steht Fanny Jais vor ihm. Mit weit aufgerissenen Augen schaut sie auf die Brandstätte.

»Jetzt hat der Teifi a no sei Räubahüttn gholt«, stammelt sie entsetzt. »Zerst ean selba und jetzt sei Räubaloch. I mecht net in de Höll, wenn i den da untn treff.«

Gropper sucht weiter nach Korbi. Der Brand ist nun gelöscht. Es steigen nur noch vereinzelt schwarze Rauchschwaden auf.

Als er es aufgibt und wieder bei Maier eintrifft, ist Korbi nicht da. Sie bleiben noch eine Weile wach und warten auf ihn. Aber Korbi kommt nicht.

»Ich kann mir nicht denken, wo er bleibt«, sagt Maier beunruhigt. »Wenn es nicht mehr brennt, dann geht doch auch er.« Nach einer sorgenvoller Pause fügt er hinzu: »Vielleicht übernachtet er mal wieder woanders. Er bleibt ja manchmal ganze Nächte weg.«

18

Und alles is anders, als wias oana woaß.

Am darauffolgenden Morgen, Korbi ist immer noch nicht zurückgekehrt, hat Gropper mit Buchner eine Menge zu besprechen. Zuerst: Woher wusste er von seinem Aufenthalt in Nafzigers Keller und seiner Inhaftierung im Lager? Dann: die dringende Festnahme von Lucretia. Buchner weist auf das Verbot des CIC-Chefs hin und wirft ihm vor, das an ihn persönlich gerichtete Schreiben geöffnet zu haben. Und schließlich: Was sind das für Neuigkeiten, die er angekündigt hat?

Buchner erwidert jedoch nur: »War allerhand los, während du weg warst.«

»Was denn?«

»Die Beerdigung von Nafziger gestern Vormittag.«

Da musste Gropper mit Albrecht Bretterstapel von einer Ecke zur anderen schleppen und wieder zurück.

»Zwei Tage davor haben sie uns Nafzigers Leiche aus München zurückgeschickt. Und gestern haben wir sie unter die Erde gebracht. Da liegt er nun neben seiner Mutter. War ein großes Ereignis. Da ist dir was entgangen.«

»Warst du auch dabei?«

»Natürlich. Musst ich doch, als Vertreter der Landpolizei, in Uniform. Und auch als Freund.«

»Wer war sonst noch auf der Beerdigung?«

»Der ganze Ort. Alle. Außer dem Feigl, dem Kilian und dem Maier. Der Sattler war natürlich auch da und die Amerikaner, voran der CIC-Chef, der Thompson, und die Fanny, die arme Haut. Und die Lucretia. Das scheinheilige Biest hat geheult, als wollt sie auseinanderfließen. Dabei war sie doch froh, dass sie nach seinem Tod den Schlüssel für diesen besonderen Raum im Keller hatte. Nützt ihr jetzt nach dem Brand aber auch nichts mehr. Kannst ja den Anton auf dem Friedhof besuchen, wenn du willst. Liegt in der Nähe von dem Grab dieses Unbekannten.«

»Ist das die Neuigkeit?«, will Gropper wissen.

Buchner reibt sich an seiner dunklen Warze neben der Nase,

und als Gropper nochmals fragt, beginnt er, über den gestrigen Brand zu sprechen.

»Es war Brandstiftung. Das ist doch klar.«

»Wieso weißt du das?«

Buchner frohlockt: »Weil ich den Feuerteufel hab.«

»Wen?«

»Den Kerl hab ich mir noch in der Brandnacht geschnappt.«

»Wen denn?«

»Der kommt nimmer raus.«

»Wer, verflucht noch mal?«

»Er hat gestanden. Alles gestanden und fertig.«

»Herrgottsakra! Wer?«

»Unser Idiot. Der Korbi. Wer sonst?«

Gropper wird blass. »Den lässt du sofort frei«, befiehlt er.

»Er hat das Feuer gelegt.«

»Er hat in der Nacht bei Maier geschlafen und ist mit mir zum Feuer gerannt.«

»Das sagst du. Deshalb muss das noch lange nicht stimmen.«

»Der Maier ist Zeuge!«

»Ihr steckts alle unter einer Decke. Der Idiot war's. Hat sich schon lange verdächtig gemacht.«

»Wodurch?«

»Immer ist er um den Keller herumgeschlichen.«

»Das ist nicht verdächtig.«

»Für mich schon.«

»Wo ist er?«

Buchners Augen funkeln böse.

»Wo ist er?«

»Unten in meiner Zelle.«

»Gib mir den Schlüssel«, fordert Gropper.

»Das ist mein Gefangener. Der bleibt hier.«

Gropper streckt die Hand aus. »Den Schlüssel.«

Störrisch schüttelt Buchner den Kopf. »Er hat das Feuer gelegt, der Krüppel muss weg, basta!«

Da kann sich Gropper nicht mehr beherrschen. »Dir schaut immer noch der Hitler aus den Augen«, brüllt er ihn aufgebracht an.

»Halt du dein Maul, du Deserteur«, schreit Buchner zurück.

»Ich rufe in München an. Die sollen dir ein Disziplinarverfahren anhängen wegen Amtsmissbrauchs.«

»Da lachen ja die Hühner!«

Gropper greift zum Telefon und wählt.

»Wen rufst du an?«

»Präsidium.«

Buchner reißt ihm den Hörer aus der Hand und knallt ihn auf die Gabel.

»Auch noch Dienstbehinderung?«, zischt Gropper. Wutschnaubend wirft Buchner ihm die Schlüssel auf den Schreibtisch.

»Na also. Warum nicht gleich?«

Buchner bebt vor Zorn.

Gropper steigt in den Keller hinab. Drei Verschließe gibt es in dem kalten und feuchten Gewölbe. Die ersten beiden Zellen sind leer. Als Gropper die dritte aufschließt, sieht er, wie Korbi immer wieder an der Außenwand zum schmalen, vergitterten Kellerfenster hochspringt, um einen Blick nach draußen zu erhaschen. Er hatte gar nicht gehört, dass die Zellentür geöffnet wurde, und erst als Gropper ihn anspricht, dreht er sich erschrocken um. Noch immer ist er barfuß und nur mit seiner weißen Unterhose bekleidet, die jetzt nicht mehr so weiß ist, und mit seiner weiten Jacke über dem nackten Oberkörper. Als er Gropper sieht, stößt er sein wildes Lachen aus. Er fällt ihm um den Hals und klammert sich japsend an ihm fest, dass sich Gropper nur mit Mühe von ihm lösen kann.

Draußen springt Korbi wie ein junger Ziegenbock, der einen Winter lang in einen engen Stall eingepfercht war, kreuz und quer über die Straße, dass Gropper Angst hat, er gerät unter ein Auto.

Als er in die Revierstube zurückkehrt, bebt Buchner noch immer vor Wut. »Bin froh, wenn du wieder weg bist«, sagt er.

»Das könnte dir so passen.«

»Kannst gleich heute nach Hause fahren. Der Fall Nafziger ist erledigt.«

Gropper glaubt, nicht richtig gehört zu haben. »Wie, erledigt?«

»Geh nach nebenan. Da liegt was auf dem Tisch.«

»Ist das die Neuigkeit?«

»Vorgestern in der Früh war eine Frau hier und hat als Zeugin ausgesagt. Drüben liegt das Protokoll.«

»Das sagst du mir jetzt erst?«

»Du warst ja mit deinem Krüppel beschäftigt.«

Gropper geht nach nebenan. Da liegt tatsächlich ein mit der Schreibmaschine getipptes Protokoll. Als Erstes will er die Unterschrift sehen. Doch am Ende der zweiten Seite steht handschriftlich nur das Kürzel »W.G.«.

W.G.? Wilma Gschwandtner? Wilma?

Er kennt ihre Handschrift nicht. Sie hatten sich nie Briefchen geschrieben, sich nie Zettelchen zugesteckt.

Unter dem Kürzel sieht er Buchners Unterschrift, den Stempel der Landpolizei und daruntergetippt: *Auf ausdrücklichen Wunsch der Zeugin werden im Protokoll der Name und die Wohnanschrift der Zeugin nicht genannt. Beide sind dem vernehmenden Polizeihauptmeister bekannt.*

Gropper greift zur ersten Seite und liest: *Mittwoch, 12. Juni 1946. 9.35 Uhr.* – Das war an seinem zweiten Tag im Lager, als er Albrecht traf.

Ich, W.G., geboren am 14.4.1911 in Mittenwald, Tochter des Metzgermeisters J.G. – Es ist tatsächlich Wilma! – *und seiner Ehefrau E.G., wohnhaft in Mittenwald, unverheiratet, Gelegenheitsarbeiterin im Lokal »Crazy Horse«* – Also doch nicht Wilma? – *sage hiermit Folgendes aus: Ab Ende Juni 1945 war ich im Lokal des Anton Nafziger als Animierdame und für Gefälligkeiten gegenüber gewissen Kunden tätig. So verbrachte ich die Nacht von Dienstag, 28.5.1946, zu Mittwoch, 29.5.1946, in Zimmer Nr. 1 neben Nafzigers Büro im ersten Stock des Lokals gemeinsam mit George N., dem Adjutanten des CIC-Chefs Humphrey Thompson.*

Das kann unmöglich Wilma sein, denkt Gropper. Nein, sie kann es nicht sein.

Kurz vor Mitternacht waren wir die Letzten in diesen Zimmern. Die anderen Pärchen waren schon gegangen, das Lokal geschlossen. Der Chef hatte die Schlüssel, um uns unten rauszulassen. Da hörten wir laute Schritte von zwei Männern die Treppe heraufkommen. Sie trugen schwere Stiefel. Wir hatten Angst, dass sie in unser Zimmer eindringen. Das wäre vor allem für George sehr peinlich gewesen, da meine Gefälligkeit für ihn nicht bekannt werden durfte, zumal in seiner Position als CIC-Adjutant. Da wir uns auf eine Flucht vorbereiten mussten, zogen wir uns hastig an.

Die beiden Männer kamen aber nicht zu uns, sondern drangen polternd in Nafzigers Büro ein. Dann hörten wir einen heftigen Streit zwischen den beiden Männern und Nafziger. Wir konnten nicht alles verstehen, nur ein paar Worte wie »Steinriegel«, »Gruben«, »leer«, »Kisten«, »Säcke«, »Gold«, dann Schimpfworte wie »Sauhund«, »Kameradenverräter«, »Mistkerl« und so weiter.

Inzwischen waren wir angekleidet. Das Zimmer hat eine Tür hinaus zum Balkon. Ich wusste, dass sich darunter Nafzigers Garage befindet. Damit George nicht entdeckt wurde, wollten wir vom Balkon auf das Garagendach springen. Dazu mussten wir vorsichtig an Nafzigers Glastür vorbeischleichen. So konnten wir deutlich beobachten, was in dem hell erleuchteten Büro geschah.

Nafziger stand neben seinem Schreibtisch mit dem Rücken zur Balkontür und richtete sein Gewehr auf die beiden Männer. Da sie in unsere Richtung schauten, konnten wir ihre Gesichter sehen. Ich habe die beiden ganz deutlich erkannt. Es waren Anton Feigl und Jörg Kilian. Ich kenne die beiden seit vielen Jahren.

Plötzlich gab es ein Handgemenge, und Nafziger lag rücklings auf dem Boden, das Gewehr neben ihm. Feigl trat mit einem Stiefel auf Nafzigers Kehle, wohl um seinen Kopf festzuhalten, während Kilian mit der linken Hand das Gewehr aufhob und Nafziger in den Kopf schoss. Ein Mal. Wir haben noch gesehen, wie Kilian das Gewehr auf Nafzigers Brust legte und Feigl aus Nafzigers Brusttasche ein Bündel Geldscheine nahm, das sie aufteilten und in ihre Hosentaschen stopften.

Das ging alles sehr schnell, und wir mussten nun schleunigst abhauen, damit die beiden uns nicht entdeckten. Wer weiß, was sie mit uns gemacht hätten. Wir sprangen also auf das Garagendach und von dort runter auf die Erde und rannten in Richtung Innsbrucker Straße zu einem Bretterzaun. Daraus waren zwei Bretter herausgebrochen, durch die schlüpften wir hindurch und dann schnell weg. Ich zu meiner Wohnung und George zu seiner. Wir waren von allem so geschockt, dass wir uns gar nicht verabschiedet haben. George wurde zwei Tage darauf in die USA abgeschoben, damit er nicht als Zeuge aussagen kann. Und ich habe aus Angst vor Feigl und Kilian bis heute meinen Mund gehalten.

Ich bestätige, dass ich die volle Wahrheit gesagt und nichts verschwiegen oder falsch berichtet habe. Ferner bestätige ich, dass ich meine Aussage durchgelesen und nichts weiter hinzuzufügen habe.

Der Betonboden unter Groppers Füßen scheint zu schwanken.

Sein erster Gedanke: Wenn Feigl und Kilian erfahren, dass sie es war, die sie verraten hat, werden sie sich an ihr rächen. Hoffentlich passiert ihr nichts!

Neben Wilmas Aussage liegen weitere Blätter. Es sind die Geständnisse von Feigl und Kilian. Er zieht sie zu sich heran, kann sie aber noch nicht lesen. Immer noch hallt in seinem Kopf das gerade Gelesene. Schließlich beugt er sich über die maschinengeschriebenen Seiten. Datiert sind sie auf denselben Tag wie Wilmas Aussage. Buchner hat die beiden also sofort nach Wilmas Beschuldigung vernommen.

Als Erstes sucht Gropper den Tag ihrer Entlassung: Montag, der 27. Mai 1946. Endlich hat er das genaue Datum. Dann liest er das Protokoll. Was wirklich passiert ist, schildern die beiden so: Nach ihrer Entlassung fuhren Feigl und Kilian sofort zum Steinriegel hinauf, fanden dort aber alle zwölf Gruben vollkommen leer vor. Sie verdächtigten Nafziger und wollten ihn aufsuchen, um von ihm Rechenschaft zu fordern. In Mittenwald schickte man sie zu seinem Amüsierclub »Crazy Horse«, wo sie am Morgen des 28. Mai aber zunächst nur die Putzfrau Fanny Jais antrafen. Als sie um Mitternacht wiederkamen, um Nafziger zur Rede zu stellen, wurden sie von der Bardame Lucretia zu Nafzigers Büro hinaufgeschickt. Zu diesem Zeitpunkt waren die letzten Gäste gerade gegangen, Lucretia löschte das Licht, schloss das Lokal ab und ging ebenfalls nach Hause.

Im Büro angekommen, verschloss Kilian die Tür mit dem im Schloss steckenden Schlüssel, um ein Entkommen Nafzigers zu verhindern, und steckte den Schlüssel ein. Sie forderten Auskunft über den Verbleib des versteckten Nazigoldes. Dabei kam es zu einem heftigen Streit. Nafziger nahm seinen Karabiner aus dem Schrank und zielte auf die beiden mit den Worten: »Ich knall euch ab!«

Der Rest passierte genau so, wie Wilma es bezeugt hatte: Feigl stürzte sich auf Nafziger, warf ihn zu Boden und drückte mit dem Stiefel seinen Hals zu, während Kilian mit der Linken den Karabiner griff und Nafziger in die Stirn schoss. Buchner hat außerdem protokolliert, dass Kilian danach, um seine Fingerabdrücke zu verwischen, aus Nafzigers Enzianflasche Alkohol auf sein Taschentuch goss, damit den Karabiner abwischte und ihn Nafziger in die Hand drückte. Es sollte so aussehen, als hätte er sich selbst erschossen. Die beiden flohen durch die Balkontür über das Garagendach und entkamen durch den Bretterzaun an der Innsbrucker Straße.

Unter dem Geständnis sieht Gropper die beiden Unterschriften von Feigl und Kilian. Und dann folgt sogar noch eine handschriftliche Anmerkung von Kilian: *Genau so war's! Weil das Mistvieh von Nafziger uns mit dem Gold so beschissen hat. Der Saukerl, der verreckte!*

Gropper starrt auf die Zeilen. Das alles deckt sich mit dem, was Wilma als Zeugin ausgesagt hat. Und Geständnis und Zeugenaussage zusammen erklären die vier Schuhabdrücke auf dem Garagendach: vier Spuren, aber zwei Mörder.

Buchner kommt herein. »Na? Was sagst du dazu?«

»Wo sind die beiden jetzt?«, fragt Gropper zurück.

»Wurden gestern mit dem Wagen abgeholt nach München, ins Präsidium.«

»Ohne auf mich zu warten, abgeschoben?«

»Du warst im Lager. Ich wusste doch nicht, wann du wieder rauskommst. Außerdem weißt du, dass wir Untersuchungsgefangene nicht so lange festhalten dürfen.«

»Sie sind also jetzt in München.«

»Kannst sie ja dort besuchen, wenn du willst. Ich hab da noch was.« Buchner reicht Gropper einen zugeklebten Briefumschlag aus braunem Holzpapier. »Für dich privat von W.G.«

Gropper schaut auf das Kuvert. Mit Füller und blauer Tinte steht da geschrieben: »Für Martl von W.«

Eine Nachricht von Wilma.

Buchner bleibt neben ihm stehen. Erst als Gropper ihm einen unwilligen Blick zuwirft, murrt er: »Ich geh ja schon«, und verlässt den Raum. Gropper drückt hinter ihm demonstrativ die Tür zu, setzt sich wieder und reißt den Umschlag mit zitternden Fingern auf. Das Herz pocht ihm bis unters Kinn. Er nimmt die beiden Blätter aus dem Umschlag und faltet sie auseinander.

Auch den Brief hat sie mit Füller und blauer Tinte geschrieben. Gropper liest, und während er liest, hört er Wilmas warme, weiche Stimme.

Mein lieber Martl,

es fällt mir sehr schwer, diesen Brief an Dich zu schreiben. Aber ich muss Dir schreiben, Dir zuliebe. Ich musste der Polizei sagen, dass es der Feigl und der Kilian waren. Auch um mein Gewissen zu erleichtern. Es hätte mich immer gequält, wenn sie ungestraft davongekommen wären. Dabei wollte ich unbedingt, dass Du die Täter fasst. Ich wollte nicht, dass Du erfolglos nach München zurückkehren musst. Ich möchte doch, dass Du Glück hast. Von Theres habe ich erfahren, dass Du nach Mittenwald kommst. Zuerst hatte ich mich gefreut, Dich nach sieben Jahren wiederzusehen. Doch dann wuchsen meine Bedenken. Ich hatte Angst vor einem Wiedersehen. Du bist sicher der geblieben, den ich in Erinnerung habe. Aber ich bin nicht mehr die, die Du geliebt hast, damals. In meiner Aussage hast Du von meiner Tätigkeit im »Crazy Horse« erfahren. Nie im Leben hätte ich mir träumen lassen, so etwas zu machen. Ich bin auch gar nicht dafür geschaffen. Du kennst mich ja. Aber nach dem Krieg musste ich Geld verdienen. Ich hätte ja leicht die Metzgerei meiner Eltern übernehmen können. Aber Du weißt ja, dass ich keine Tiere töten und auch nicht ihr Fleisch essen kann. So habe ich diese Arbeit bei Nafziger angenommen. Es gefällt mir nicht, die deutschen und amerikanischen Geschäftemacher zum Trinken zu bringen und mit ihnen ins Bett zu gehen, das geschieht routinemäßig, ganz ohne Gefühl. Doch wenigstens verdiene ich dabei sehr gut. Bei einem Wiedersehen wärst Du von mir deshalb sicher ganz schrecklich enttäuscht gewesen. Das wollte ich Dir ersparen. Außerdem hätte ich mich vor Dir ganz schlimm schämen müssen. Ich hätte Dir nicht in die Augen sehen können.

Ich hatte immer Angst, dass wir uns zufällig auf der Straße begegnen. Vielleicht hättest Du mich aber auch nicht wiedererkannt. Ich bin nämlich nicht mehr so schön wie damals.

Mit Theres bin ich immer noch sehr gut befreundet. Und so hatte ich sie ganz innig gebeten, Dir nicht meine Adresse zu geben. Ich wollte unbedingt vermeiden, dass Du zu mir kommst.

Als Du an jenem Abend in das Lokal kamst, habe ich Dich gleich erkannt. Ich wollte auf keinen Fall, dass Du mich dort als Flittchen siehst. Das wollte ich Dir nicht antun, und ich hätte mich vor Dir so geschämt. Deshalb habe ich dafür gesorgt, dass Du aus dem Lokal hinausgewiesen wurdest. Ja, das habe ich gemacht. Und im Nachhinein wirst Du das auch verstehen.

Von Theres habe ich erfahren, dass man Dich im Lager gefangen hält. Da haben wir besprochen, wie wir Dich am schnellsten herausholen können. Theres kennt ja als Dolmetscherin hohe Amis, und ich habe durch meine Tätigkeit im »Crazy Horse« guten Kontakt mit dem Chef des CIC. So hoffe ich, dass unsere Fürsprache schnell Erfolg hat.

Jetzt habe ich große Angst, dass sich Feigl und Kilian an mir rächen, wenn sie aus dem Zuchthaus kommen. Sie werden bestimmt erfahren, wer sie verraten hat. Hier quatscht man ja sehr schnell und viel. Ich werde also so bald wie möglich aus Mittenwald wegziehen, bevor sie mir was antun können.

Ich hoffe, Du bist glücklich mit Luise. So sehr hatte ich damals gewünscht, dass Du Dich dazu entscheidest, dass wir heiraten. Dass Du Förster wirst und wir in einem Häuschen im Wald leben, umgeben von vielen Tieren. Das war doch unser gemeinsamer Wunsch. Aber dann hast Du Dich anders entschieden.

Behalte mich so in Erinnerung, wie Du Dich jetzt an mich erinnerst. Oder vergiss mich – wenn Du das kannst.

Einen lieben Kuss von Deiner Wilma

Gropper ist wie betäubt. Ein Schmerz sticht in seiner Brust. Er stöhnt. Tränen steigen ihm in die Augen. Er wischt sie mit dem Handrücken ab. Aber neue Tränen quellen hervor und verschleiern seinen Blick. Er schnäuzt sich kräftig. Erst dann kann er weiterlesen.

PS: Zu meinen Eltern habe ich keinen Kontakt mehr. Mein Vater war wegen seiner Nazizugehörigkeit kurze Zeit im Mittenwalder Lager interniert, wurde jedoch bald freigelassen und zum Küchenchef im Offizierscasino in Garmisch befördert. Dort geht es ihm sehr gut. Meiner Mutter geht es auch gut. Sie arbeitet zusammen mit Vater im Casino. Wenn Du sie vielleicht einmal besuchst, sag ihnen auf keinen Fall, was ich hier im »Crazy Horse« gemacht habe. Das würden sie nie verstehen und mich verfluchen. Erspar ihnen das.

Noch mal Küsse von mir.

Gropper betrachtet ihre Handschrift. Sie ist deutlich, klar und sauber. Jeder Buchstabe genau ausgeführt. Mit runden Bogen und sorgfältigem Auf- und Abstrich. Nicht hingehuscht, nicht kreuz und quer. Alle Sätze genau auf Linie.

Kraftlos schiebt er Wilmas Brief beiseite. Zusammengesunken sitzt er da. Er will überhaupt niemanden mehr sehen. Lange braucht er, bis er wieder zu sich kommt. Am liebsten würde er jetzt einen Schnaps saufen. Er ist froh, dass Buchner jetzt nicht hereinkommt und fragt: Na, was schreibt sie? Erleichtert hört Gropper, dass er telefoniert.

Langsam faltet er Wilmas Brief zusammen und steckt ihn in seine Brusttasche. Er soll ihren Brief nicht sehen. Muss er ihn auch vor Luise verstecken?

19

Wer nia umgworfn hat, is a nia gfahrn.

Gropper hat seinen Koffer gepackt, und während des Frühstücks berichtet ihm Maier von einem Gerücht, das er am Morgen beim Bäcker beim Kauf der Semmeln gehört hat. Demnach war die idiotische Lucretia die Brandstifterin. Unfreiwillig, versteht sich. Als sie in der Nacht wieder mal in ihrem Tresorraum im Keller aus den Kisten Nachschub für ihre Privatkasse holen wollte, soll sich die dumme Kuh da unten eine Zigarette angesteckt haben. Dabei hat sie nicht gesehen, dass eines der Benzinfässer ein Leck hatte und Benzin ausfloss. Da stand natürlich gleich alles in Flammen. Sie konnte sich gerade noch aus dem Keller retten und rannte aus dem Lokal.

»Jetzt ist ihre Bude ein Aschehaufen. Das hat sie nun davon«, sagt Maier, und mit einem Blick auf Korbi in seinem Schaukelstuhl fügt er hinzu: »Bin ganz froh drum, dass der Keller weg ist. Dann kann er nichts mehr ranschleppen. Einmal wär doch die MP vor der Tür gestanden, und dann hätten sie mich mit ihm ins Lager gesteckt.«

Maier kocht zwei Eier, sieht auf der Küchenuhr, dass sie hart sind, und nimmt sie vom Herd. Dann schmiert er ein Schinken- und ein Käsebrot und wickelt alles zusammen mit zwei Fleischpflanzerln, die er gestern gebraten hat, in knisterndes Butterbrotpapier.

»Da, steck's ein. Proviant für die Reise. Damit du durchhältst bis Gauting.«

Eine Stunde später überqueren Gropper, Korbi und Maier den Bahnhofplatz. Wieder ist der Platz voller unschuldig dreinblickender Grüppchen. Wieder wird verstohlen gehandelt.

»Willst noch was einkaufen?«, fragt Maier verschmitzt. »Ein kleines Mitbringsel aus Mittenwald?«

Auf dem Bahnsteig warten sie auf den Zug. Zwei Wochen war Gropper in Mittenwald. Seine Wunde am Oberschenkel schmerzt fast nicht mehr, dafür schmerzt ihn Wilmas Brief umso mehr, nach dem er in seiner Brusttasche tastet. Als die Ankunft des Zuges über

Lautsprecher in unverständlichem Gedröhn angekündigt wird, hopst Korbi vor Aufregung auf und ab. Dann drückt er Gropper freudig eine Goldmünze in die Hand, zum Dank, dass er ihn aus Buchners Zelle befreit hat.

Gropper will sie ablehnen, aber Maier sagt: »Nimm sie nur. Er hat doch genug davon.«

Der Zug fährt ein.

»Also bis zum nächsten Mal«, sagt Maier ein bisschen wehmütig. An Groppers Miene kann er sehen, dass sein Gast nicht so scharf darauf ist, noch mal nach Mittenwald zu kommen. »Dann komm wenigstens zu meiner Beerdigung. Ich sag dir Bescheid. Den Friedhof kennst du ja.«

Das verspricht ihm Gropper in die Hand. Sie umarmen sich herzlich. Gropper umarmt auch Korbi und drückt ihn fest an sich: »Du Baazi, du.« Korbi japst vor Freude.

Dann klettert er über die Eisenstufen auf die Wagenplattform und lässt das Scherengitter herab. Der Bahnhofsvorsteher in seiner alten Reichsbahnuniform und mit seiner zerknautschten Mütze auf dem Kopf hebt die rote Kelle und pfeift den Zug ab.

Die Waggons setzen sich in Bewegung und rollen immer schneller. Maier bleibt zurück und winkt. Korbi aber rennt stolpernd und mit den Armen fuchtelnd noch eine Weile neben dem Zug her. Gropper hat Angst, er könnte stolpern. Schließlich gibt Korbi seinen Wettlauf auf, lässt die Arme sinken und wird mit zunehmender Entfernung immer kleiner, bis er ihn gar nicht mehr sehen kann.

Gropper möchte sich nicht im Waggon auf die Holzbank setzen, obwohl noch einige Plätze frei sind. Am Samstagvormittag ist der Andrang Richtung München nicht so groß. Er bleibt auf der Plattform stehen. Der kühle Fahrtwind streift ihm über die Stirn. Aus dem Päckchen wickelt er das Schinkenbrot aus und entdeckt, dass Maier ihm auch ein Fläschchen Enzian dazugegeben hat. Er schraubt den Verschluss ab und nimmt einen kräftigen Schluck. Immer schneller gleiten die letzten Häuser von Mittenwald vorbei. Nun breitet sich die Landschaft vor ihm aus. Durch Baumgruppen hindurch kann er entfernt die weißen Blöcke des Internierungslagers sehen.

»Ach ja«, seufzt er. »Da war was.«

Noch mal setzt er das Fläschchen an den Mund und lässt die wohltuende Flüssigkeit durch seine Kehle rinnen. Dieses Mal brennt der Enzian nicht mehr so scharf, sondern wärmt ihn behaglich. Er lehnt sich an das Scherengitter, schaut zurück auf den Wetterstein und den Karwendel, die in der Junisonne glänzen, und freut sich, wieder nach Hause zu fahren zu seiner Luise.

Paul Kohl
NACHT ÜBER KÖLN
Broschur, 256 Seiten
ISBN 978-3-89705-832-3

»Der Autor verwöhnt seine Leser mit allen Zutaten, die einen
Roman schmackhaft machen: straff und logisch erzählte
Handlung, kluge Ermittler, witzige Dialoge und eine Lösung,
die zufriedenstellt. Was dieses Buch zu einem echten Lecker-
bissen macht, sind die wunderbar gelungenen Schilderungen der Ereignisse im Köln des Jahres 1955.«
Rheinische Post

»Ein spannendes Stück Nachkriegsgeschichte im Krimi-
format.« Westdeutsche Zeitung

www.emons-verlag.de